넥타이를
세 번 맨 오쿠바

넥타이를 세 번 맨 오쿠바

초판 1쇄 발행 | 2016년 6월 7일
초판 2쇄 발행 | 2016년 7월 7일

지은이 유채림
발행인 이대식

주간 이지형
편집 김종숙 나은심 손성원
마케팅 김혜진 배성진 박중혁 **관리** 홍필례
디자인 모리스

주소 서울시 종로구 평창길 329(우편번호 03003)
문의전화 02-394-1037(편집) 02-394-1047(마케팅)
팩스 02-394-1029
홈페이지 www.saeumbook.co.kr
전자우편 saeum98@hanmail.net
블로그 blog.naver.com/saeumpub
페이스북 facebook.com/saeumbooks

발행처 (주)새움출판사
출판등록 1998년 8월 28일(제10-1633호)

© 유채림, 2016
ISBN 979-11-87192-10-7 03810

넥타이를 세 번 맨 오쿠바

유채림 장편소설

새홍

1장
변호사 이덕열

차례

1장

변호사
이덕열

이게 다 1971년 사법파동 때문이야

새벽마다 실망하면서 새벽마다 옆자리를 더듬는다. 아내는 또 사라졌다. 굳건한 여자다. 아마 무릎까지 눈이 쌓일지라도 사라질 여자다. 아마 방문을 막아서면 창문을 넘어서라도 사라질 여자다. 나이를 먹어도 변하지 않는 말랑말랑한 엉덩이를 흔들면서 보나마나 새벽예배에 참석했을 것이다.

나는 일어날까 말까, 생각하다가 말랑말랑한 아내의 베개를 허벅지 사이에 끼웠다. 아내가 돌아오기까지 누워 있을 생각이다. 하지만 목이 타고 오줌보가 터질 것만 같다. 불과 십 분을 못 견디고 기어이 자리에서 일어선다. 마치 이 모든 일이 굳센 아내의 새벽 출타 탓인 것처럼 속이 끓어오른다.

새벽마다 기도할 일이 왜 그리 많은지 도대체 모를 일이다. 새벽마다 잠 깨어 새벽마다 옆자리를 더듬으면서 새벽마다 그런 생각을 한다. 하물며 어떤 저녁, 특히 어떤 금요일 저녁 같은 경우는 어떤가. 퇴근해서 돌아와 현관문을 열자 낯선 신발 대여섯 켤레가 나를 맞았다. 여보, 하고 부르자, 이 세상 험하고 나 비록 약하나 늘 기도 힘쓰면, 같은 찬송이 나를 밀어냈다.

나는 애써 분을 삭이면서 교양 있게 조용히 현관문을 되닫았다. 시장 어름으로 나가 초원다방으로 가는 계단을 올랐다. 미팅 명소인 명동의 초원다방 이름을 따고 있으나, 그저 그런 동네 다방이다. 저도 한 잔, 하고 말하는 미스 박 몫으로 한 잔, 나 한 잔을 시켜놓고 30분 넘게 커피를 홀짝거리다가 다시 집으로 향했다. 만약 예전의 또 다른 금요일 저녁처럼, 예수쟁이들이 아직도 떠나지 않았다면 죄다 엎어버리리라, 은근히 입술을 사리물고 현관문을 당겼다.

하지만 낯선 신발들이 여전히 나를 맞았다. 새미구두 한 짝이 뒤집혀 있는 걸로 보아 그사이 누군가가 나왔다 들어간 모양이다. 예배는 끝났는지 웃고 깔깔대는 소리가 현관까지 들려왔다. 거실로 발을 들여놓자 과자 나부랭이를 먹고 있던 아내를 포함한 예수쟁이들이 일제히 일어섰다.

"어쩌나? 이 변호사님 오셨네! 이제 가야 되는데, 우리가 너무 늦었죠?"

내 기억이 정확하다면 결코 갈 것 같지 않으면서도 갈 것처럼 말하는 그녀는 구역장이다. 지난번에도, 늦었지요, 이제 가야죠, 하면서 한 시간 이상 뭉개고 앉았던 경력의 여자다. 당시 아내는 내게 미안했던지 구역장인데 송사가 많아 조만간 당신을 정식으로 찾을 거고 말했다. 물론 나는 지금 일만으로도 미칠 지경이니 제발 말 많은 구역장이 안 찾아주기를 바란다고 답했다.

현관문을 열 때의 혈기대로, 늦은 걸 알았으면 이제라도 당장 나가달라고 말할 수는 차마 없는 일이다. 나는 건성으로 예예, 하면서 구역장과 나머지 사람들에게 고개만 살짝 숙인 채 서재로 들어갔다. 그게 바로 지난 금요일 늦은 저녁의 일이다.

　나는 아내의 새벽 부재와 지난 금요일을 떠올리면서 화장실을 다녀오고, 물을 두 컵 마시고 캄캄한 거실로 나왔다. 마당에는 비가 내리고 있었다. 하늘이 내려앉은 허약한 새벽 미명에 빗줄기는 보이지 않았다. 보이지 않을수록 소리는 더욱 요란한 법이다. 처마 끝에서 떨어지는 빗소리에 귓구멍이 얼얼할 정도다. 나는 소파에 기대어 앉았다. 아내를 기다리려는 게 아니다. 이 비를 맞으면서도 새벽예배에 참석한 아내의 태도를 두고 대놓고 나무랄 생각을 하려는 것도 아니다. 내가 이태 전 일을 못 잊듯이 아내 역시 그때 일을 못 잊을 것이다. 내가 못 잊어 악을 쓰는 동안 아내는 신앙이라는 통로를 통해 잊으려 했다. 그런 아내를 막아 세우려 했다면 진즉 그렇게 했어야 했다. 그러나 그때는 교회에 나가는 게 위안이 되려니 싶어 빤히 보기만 했다.

　워낙 황망 중에, 워낙 호되게 당한 터라 당시 내 머리는 터지기 직전의 폭탄덩어리였다. 폭탄덩어리가 밖이고 안이고 굴러다니니 아내는 또 발발 떨었다. 소주! 하고 외치면 술상이 차려졌다. 내가 개새끼들, 하고 말하면 아내는 그놈들은 벌받을 거예요, 하고 말했다. 내가 또 술, 하고 외치면, 여보 이제 좀 누워요, 하면서도 또다시 술상이 차려졌다. 내가 잠들면 아내는 양말을 벗겨줬고, 내가 코를 골면 아내는 처녀 때 읽던 성경을 끄집어내어 펼쳐들었다. 그러니 이제 와서 예수를 작작 믿으라고 목청을 돋우기는커녕 오히려 아내에게 미안해하고 고마워해야 할 일이다.

2년 전 1971년 8월의 그 사건은 그만큼 충격적이었다. 치사하면서도 악랄한 폭력이었다. 나는 그날 번쩍 들려져 법원 밖으로 내동댕이쳐졌다. 내가 누군가. 중고등학교와 대학을 거치는 동안 재수라는 걸 몰랐던 인간 아닌가. 사법고시에서조차 재수라는 걸 몰랐던 인간 아닌가. 내가 누군가. 맞선 한 번으로 결혼에 골인하고, 첫날밤 동침으로 정확히 10개월 뒤에 아들을 얻은 인간 아닌가. 단 한 번도 주춤거리지 않고 전진 전진만 해온 서울지법 항소3부 부장판사 아닌가.

겁날 게 없으니 나는 거침없었다. 막강한 권력에도 아랑곳 않고 맞섰다. 자고 나면 간첩이 만들어지고, 자고 나면 내란음모자가 만들어지던 제7대 대통령 선거(1971. 4. 27)와 제8대 국회의원 선거(1971. 5. 25) 어름에도 나는 전진 전진만 했다. 제8대 국회의원 선거를 두고 신민당사를 점거한 채 총선 무효를 주장하던 농성 학생들에게는 무죄를 선고했다. 학생운동 관련 논문을 게재한 월간 「다리」지의 반공법위반 사건 때도 세 명의 피고인에게 모두 무죄를 선고했다.

안 그래도 월남전 참전용사와 관련한 사법부의 보상판결문제로 머리통에 불나 있던 정권은 급기야 폭발했다. 검찰을 앞세워 부장판사인 나와 최 모 판사와 이 모 서기를 기소했다. 죄목은 아주 너저분했다. 제주도 출장 때 피고인 측 변호사에게 항공료 와 술대접을 받았다는 거였다. 기소장에는 당시 내 술시중을 들 었던 김인지 박인지 최인지 강인지 모를 여종업원의 증언까지 끌어들였다. 앞가슴을 두 번 주무르다가 급기야 젖퉁이에 얼굴 을 파묻고 수차례 비벼댔대나 어쨌대나, 폭탄주를 일부러 그녀 의 허벅지에 엎질렀대나 어쨌대나 하는 얘기였다.

피고인 측 변호사에게 향응·접대를 받은 게 뭐 어떠냐고 항변 하려는 게 아니다. 그걸 잘한 짓이라고 말하는 미친놈이 세상 어디에 있겠는가. 그게 아니다. 더욱 심한 향응도 관행이랍시고 눈감아왔는데, 하필 내 차례에 와서 검찰이 그 일을 터뜨렸느 냐는 얘기다. 줄곧 전진 전진만 해온 내게 감히 보복성 기소장 을 던져대고 앞길을 막아서느냐 이 말이다. 나는 뒷골이 뻐근해 졌다. 도대체 용납할 수 없었다. 결코 굴하지 않고 더욱 세게 나 갈 생각이었다. 다행히 동료 판사들도 가만있지 않았다. 그들은 검찰의 영장 청구가 보복성에 따른 것이라고 들고일어났다. 법 원이 시국사건에서 잇따라 무죄를 선고한 데 대한 정권의 보복 이라는 거였다.

서울지법 판사 37명이 사표를 제출했다. 뒤이어 전국에서 150명의 판사들이 사표를 제출했다. 즉시 모든 미결수의 재판 이 무기한 연기됐다. 구치소 미결수들이 교도소로 넘어갈 수 없게 됐다. 경찰서 유치장에 대기 중인 미결수들이 구치소로 넘어갈 수 없게 됐다. 구치소와 유치장이 만원이었다. 경찰서 보호실은 더욱 만원이었다. 급기야 두부에 석회가루를 넣고, 고추장에 톱밥을 넣고, 정부미 자루와 됫박을 속인 현행범을 체포하고서도 가둘 곳이 없어 구두 방면해야 할 형편이었다.

엄청난 사법파동에 놀라지 않을 사람이 있겠는가. 내가 놀란만큼 정권도 놀랐다. 종신제를 꿈꾸는 대통령은 법무장관을 급히 대법원장한테 보냈다. 나와 최 모 판사와 이 모 서기가 관련된 사건을 백지화한다는 것과 판사의 처우를 개선하겠다는 약속이 있었다.

법원을 떠났던 판사들이 돌아왔다. 그동안 밀린 판결을 소화하느라 어떤 판사는 자배기 가득 코피를 쏟았다. 어떤 판사는 수북이 쌓인 판결문 탓에 순서를 헷갈리기도 했다. 절도 피고인의 판결문을 조폭 피고인의 판결문으로 잘못 읽는 바람에 휴정 소동을 빚기도 했다. 덕분에 3년 형을 예상했던 절도 피고인은 7년 형이 과하다고 울부짖었다. 7년 형을 예상했던 조폭 피고인은 3년 형에 놀란 나머지 밖에서 보살펴주신 형님들 덕분이라고 눈물을 뚝뚝 떨구었다. 나와 최 모 판사 역시 벼락 치는 언덕을 달리듯 판결문을 작성하고 판결문을 읽었다.

대법원장이 그런 나와 최 모 판사를 불렀다.

"대통령이 굴복하셨네. 우리도 보답해야잖어?"

말라비틀어진 데다 턱까지 쪽 빠진 대법원장은 보일 듯 말듯 입술을 떨었다. 나와 최 모 판사는 한동안 망설였다.

"미안허이. 막을 수 없었네."

나는 대법원장의 방을 나왔다. 내 방으로 돌아와 옷걸이에 걸린 법복을 창밖으로 던졌다. 더러운 비둘기들이 법복 위에 내려앉았다. 전진 전진만 해온 내 인생의 첫 좌절이었다. 통금시간이고 뭐고 없이 오래도록 술을 마셨다. 동료 판사들이 열어준 송별식만으로 모자라, 최 모 판사와 사흘, 혼자서 닷새, 아내와 열흘을 마셨다. 아내는 사이사이 교회를 다녔다. 나는 풀린 눈으로 아내의 외출을 보면서도 말리지 않았다. 망각할 수 없다면 신에게 던져놓고 사는 것도 세상살이의 방법이라고 생각했다.

한동안 집 안에만 틀어박혔다가 가을 어느 날 기지개를 켜듯 일어났다. 법학연수랍시고 6개월간 영국을 다녀왔다. 그리고 이듬해인 1972년 봄, 정동 언저리에다 변호사 사무실을 개업했다. 부장판사 출신이 갖는 위력 때문인지 6개월 넘게 의뢰인이 줄섰다. 나는 함께 법복을 벗은 최 모 변호사에게 많은 의뢰인을 떼어줬다. 그런데도 의뢰인이 넘쳐나 가려가면서 사건을 맡았다.

"어쨌든 7년 이하로만 해주십시오." 그런 의뢰인에게 나는 3년 6월을 받게 해줬다.

"그놈이 진짜 고생 많이 한 놈이에요. 불쌍한 놈. 다 이 어미 잘못이에요. 이건 소 판 돈이고요. 변호사님, 제발 굽어 살펴주

셔요." 나는 소 판 돈이라는 걸로 보석금을 걸고 아들놈을 어머니의 품으로 돌려보내줬다.

"남편은 재산이 없어요. 없어서 못 갚는 거지 결코 안 갚는 게 아녜요. 물론 남편 명의를 저한테로 돌려놓았으니, 저야 좀 있죠. 하지만 아시다시피 법정에서 우리 부부는 합의 이혼한 남남일 뿐이에요. 부장판사셨으니 알아서 잘 하실 거로 믿어요." 나는 의뢰인을 최 변호사에게 소개했다. 의뢰인은 몹시 난처해하며 굳이 나한테 매달렸다.

나는 물웅덩이에 빠진 것처럼 제자리만 맴돌았다. 전진 전진 뿐이던 내게 똑같거나 비슷한 변론의 되풀이는 입을 마르게 했다. 내가 그러는 동안 바깥은 더했다. 그해 가을인 1972년 10월 17일, 대통령은 종신 대통령을 선언했다. 십 분 동안 '10월 유신' 선언문을 낭독하면서 그는 '민족'이라는 단어를 무려 22번이나 반복했다. '남북'이라는 단어를 무려 20번, '통일'이라는 단어를 무려 19번 반복했다. '비상조치'라는 단어를 9번, '번영'이라는 단어를 7번 반복했다. 반복의 실체는 단순화였다. 4천만을 대신하여 2천3백59명의 통장統長이 대통령을 뽑게 되었다. 4천만을 대신하여 2천3백59명의 통장이 73명의 국회의원을 뽑게 되었다. 선거라는 국민의 심판을 영영 없애버린 체육관 대통령은 이제 단순하면서도 명료한 종신 대통령이 되었다.

그 종신 대통령이 처음 한 일은 복수였다. 실미도사건을 폭로했던 이세규 의원을 발가벗겼다. 항명파동으로 고문받은 국회의원들을 폭로한 김한수 의원을 발가벗겼다. 유신음모를 폭로했던 최형우 의원을 발가벗겼다. 발가벗겨진 국회의원들은 붉은 고춧물을 하도 먹어 오줌색깔까지 붉었다. 그들은 몽둥이로 얼마나 두들겨 맞았는지 죽는 날까지 한옥이나 사찰 방문을 하지 않겠다고 선언했다. 서까래만 봐도 공포가 밀려온다는 게 그 이유였다. 그만하면 종신 대통령의 복수극은 끝나도 되었다. 하지만 이듬해인 1973년 3월, 종신 대통령은 나를 기소할 때 들고일어났던 150명의 판사들 중 48명을 골라내어 그들의 법복까지 벗겨버렸다.

전진 전진뿐이다가 졸지에 좌절한 나는 종신 대통령 아래에서 더욱 납작해졌다. 주위를 둘러봐도 온통 납작해진 사람들뿐이었다. 법복을 벗고 변호사 개업을 앞둔 동료들은 내 주위에서 굴러다녔다. 숨 막힌다고 한 잔, 뭐 이런 법이 다 있냐고 한 잔, 바둑이나 두자고 한 잔, 바둑에서 졌다고 한 잔을 마셨다.

동료 변호사들 사이로 길게 늘어선 의뢰인들은 더욱 처참한 사람들이었다. 낭떠러지 저 아래 피투성이 바닥에서 지푸라기라도 잡고자 몸부림치는 사람들이었다. 절도용의자의 부인은 만삭인 배를 내보이며 그저 살려달라고 애원했다. 원체 허리가 휘어져 하늘을 올려다볼 수 없는 할머니는, 김창식이 내 손준디요, 갸는 절대루 강간하지 않았시유, 라는 말만 되풀이했다. 한 여자는 젖먹이 아들에게 젖을 물린 채, 애아버지는 우표든 성냥갑이든 껌 종이든 담뱃갑이든 무조건 모으는 게 취미인

사람이에요. 북한 삐라도 그래서 차곡차곡 모은 거예요, 절대로 빨갱이가 아녜요, 하고 울먹였다.

나는 전진할 길이 막혔으니 의미 있는 변론이라도 하고 싶었다. 피투성이가 된 자들의 삶을 돌아보고, 피투성이가 된 자들을 살려내는 변론에 주력하고 싶었다. 사건 수임료는 뒷전이었다.

범죄는 어떻게, 왜 일어나는지, 사례를 찾느라 남동으로 뛰었다가 북동으로 뛰었다. 동남쪽에 귀 기울였다가 서북쪽에 귀 기울였다. 억울한 이들을 찾느라 때론 주간지를 뒤적이기도 했다. 「주간경향」, 「선데이서울」, 「주간여성」에서 '사형수 다섯 명의 마지막 유언', '청운복지원 탈출기', '어느 반공법 위반자의 출소 후 3년' 같은 기사들을 닥치는 대로 읽었다.

'오'의 살인사건을 만난 건 그 여름이었다. 1심과 2심에서 사형판결을 받은 오는 대법원에 상고 중이었다. 나는 국선변호사로서 그를 접견했다. 오는 지은 죄를 뉘우치지 않았다. 오는 감형도 바라지 않았다.

"무죄입니다. 제가 저지른 죄는 오직 간통뿐입니다. 절대로 저는 쌀가게 주인 정시화와 두 아이를 죽이지 않았어요."

"그런데 왜 죽였다고 진술했지요?"

"고문입니다. 고문이 저를 이렇게 만들었습니다. 형사들은 천장에 거꾸로 매달아놓고 제 콧구멍에 쉴 새 없이 물을 부었습니다. 폐가 부풀어 올라 터져버릴 것 같았어요. 살고 싶었어요.

오직 살고 싶었습니다. 그래서 제가 죽였다고 했어요. 모든 게 고문 때문입니다."

오는 진저리를 쳤다.

"사건이 일어난 시각, 부평역에서 이성철을 만났다고 했지요? 경찰에서 이성철도 그렇게 진술했구요. 그런데 당신이 아버지한테 건네려다 압수당한 명함을 보면 '성철아, 8시 30분경 나를 만났다고 경찰에 얘기해줘'라는 메모가 있어요. 굳이 그런 메모를 건넬 필요가 없었지요. 경찰이 이성철을 조사하면 결국 드러날 테니까."

"그때 제게는 성철이뿐이었어요. 성철이가 사실대로만 말해주면 제가 살아날 거라고 믿었어요. 하지만 그때는 형사들이 성철이를 안 부를지도 모른다는 생각이 먼저 들었어요. 설령 불러도 겁먹은 성철이 얘기 안 할지도 모른다는 생각도 했구요. 그러니 겁내지 말고 꼭 증언해달라는 의미로 메모를 전달하려 했던 거예요. 그런 건데 형사들이 알리바이를 맞추려는 것으로 몰아세운 거죠. 제발 저를 믿어주세요! 한 번만 살려주세요! 저는 정말 결백합니다."

나는 얼굴이 뜨거워졌다. 오를 믿는다고 말해주고 싶었다. 나는 그렇게 말해주었다. 나를 믿어보라는 말도 하고 싶었으나, 대법원까지 올라온 돌처럼 단단해진 사건을 두고 나 자신조차 나를 믿을 수 없었다.

나는 오와 관련된 자료라면 남김없이 읽었다. 그리고 오의 집이 있는 인천 신흥동도 찾아갔다. 제국시대의 가옥들이 길게 늘어선 신흥국민학교 뒷길에는 연탄가스가 싸했다. 낡은 미닫이 유리창에 붉은 완자卍字 표시가 돼 있는, 점집을 연상시키는 오의 집을 확인했다. 살인사건이 일어난 정시화의 '시화쌀상회'는 그곳에서 불과 3, 4분 거리에 있었다. 쌀가게는 이름만 '부두쌀상회'로 바뀐 채 여전히 문을 열고 있었다. 국수도 파는지 가게 앞 빨랫줄에는 국숫발이 촘촘히 널려 있었다. 경찰 측 증인으로 자주 불려 다녔던 이옥님의 신흥라사는 그 맞은편에 있었다. 나는 신흥라사로 들어갔다.

내가 시화쌀상회 사건에 대해서 묻자 이옥님은 오의 사건이라면 이제 지긋지긋하다면서 손사래를 쳤다.

"오랑 연분순이요? 또 왜요? 저는 더 이상 아무것도 몰라요."

하지만 계속되는 내 물음에 그녀는 마침내 입을 열었다.

황해중학 2년을 중퇴한 오는 한동안 수도검침원으로 일했다. 그는 사건 발생 1년 전부터 부모가 믿는 일련정종日蓮正宗의 신도가 돼 있었다. 반일정서 때문에 일본계 불교인 일련정종은 폐쇄적인 방법으로 신도를 늘려나갔다. 하지만 '남묘호렌게쿄'를 외우면 질병이 없고 복도 굴러 온다는 말에 꾸준히 교세가 성장하는 쪽이었다. 오는 그런 일련종의 포교당에서 연분순을 6개월 전에 만났다.

남편 정시화와 사이에 일곱 실과 다섯 실짜리 남매를 둔 연분순은 그해 스물일곱이었다. 연분순은 같은 포교당의 서른세 살 총각 오를 좋아했다. 오는 키가 작은 대신 체격이 다부졌다. 둘은 배꼽이 맞았다. 바람이 났다는 말이다. 이를테면 포교당 뒷마당 같은 데서, 연분순이 한 눈을 깜박이면 오 역시 얼른 한 눈을 껌벅였다. 사람이 많은 데서는 유독 멀리 떨어져 다녔다. 둘은 주위사람들이 전혀 눈치채지 못하는 은밀한 곳에서 은밀히 만났다. 포교당을 다녀온다는 명목으로 신흥동에서 먼 독쟁이고개나 용현동 여인숙을 돌았다. 철저히 사람 눈을 피했다. 그래도 염려가 된 오는 종종 소주를 사들고 시화쌀상회에 들렀다. 연분순의 남편을 떠보기 위해서였다.

"형님 뭐하시오?"

"뭐는 뭐해. 만날천날 그 모양이지."

어릴 때 추락사고로 하체를 다친 정시화는 다리를 끌었다. 그는 가게 밖 평상에 걸터앉으면서 오에게 앉으라는 말을 하고는 했다.

"매번 이런 걸 사오구 그래. 다음부턴 제발 그냥 와!"

오가 내놓는 소주병을 두고 한마디 하지만 결코 싫은 내색은 아니었다. 정시화는 가게 안 단칸방을 향해 안주 좀 내오라는 말을 했고, 연분순은 양은소반에 김치쪼가리를 내오면서 유독 투덜거리고는 했다.

"오늘은 몇 병으로 끝내시려오? 하루가 멀다 하고 술이니 쌀장사는 내가 다하네. 마누라한테 배달 맡겨놓고 미안치도 않아요. 오 씨도 불쌍한 이웃 구제할 셈 치고 그만 좀 술 퍼다 날라요."

"이게 뭐요? 물 한 대접 붓고 연탄불만 빌리면 김칫국이 되는 건데, 달랑 김치 한 보시기네. 나는 김칫국 내올 때까지 날마다 시화쌀집 출근해야겠소."

오는 정시화의 얼굴을 살피면서 실실 웃었다. 연분순은 술 처먹는 인간들한테는 물도 아깝네, 그냥 노는 연탄불도 아깝네, 하면서 천천히 살림방으로 사라지고는 했다.

누구 한 사람 오와 연분순을 의심하지 않았다. 아무에게도 들키지 않았다. 들키지 않았으니 속이 달아올라 더욱 열불이 났다. 둘은 팔짱을 끼고 보란 듯이 자유공원에 오르고 싶었다. 공화춘 청요릿집에 가서 서로의 입에 자장면을 넣어주고 싶었다. 애관극장 이층 뒷좌석에 붙어 앉아 신성일의 〈별들의 고향〉을 보고 싶었다. 특히 문희가 출연한 주옥같은 영화들을 보고 싶었다. 〈낙엽 따라 가버린 사랑〉, 〈아무 말도 하지 않았다〉, 〈누가 그 여인을 모르시나요〉를 보고 싶었다. 칸느영화제를 노렸으나 주최 측 주소를 몰라 국내 팬들에게만 개봉한다는 〈위험한 관계〉는 제목만 봐도 가슴이 저렸다. 그러나 다른 무엇보다도 연분순과 오는 한 이불 속에서 잠들었다가 한 이불 속에서 깨어나고 싶었다. 그렇게만 된다면 굶어 죽어도 여한이 없다는 게 연분순의 생각이었다.

때문에 연분순은 남편 정시화랑 사주 싸웠나. 죽어라, 뒈져라, 그악스레 소리 지르다가 차라리 날 죽여라, 날 죽여라, 하고 악을 써댔다. 연분순이 남편을 제발 보지 않게 되기를 바랄수록, 정시화는 차곡차곡 소주병을 쌓았다. 그때마다 두 아이는 겁먹은 얼굴로 엄마와 아버지를 불렀다. 정시화는 제 몸을 가누기도 힘들 만큼 취해 있어서 두 아이의 목소리를 들을 수 없었다. 연분순은 남편과 두 아이가 철창이고 감옥이고 지옥이니 두 아이의 목소리가 들리지 않았다. 아이들은 점차 부모의 싸움에도 울지 않을 만큼 익숙해져 갔다. 두 아이는 부모의 싸움 중에도 방 한 귀퉁이에서 모로 쓰러진 채 침을 흘리며 잘 수 있게 되었다. 이런 좆도 아닌 년이 남편 알기를 비단장수 왕서방으로 아는 거야 뭐야, 장기판의 졸로 아는 거야 뭐야, 하면서 목소리를 높이던 정시화 역시 그런 아이들 곁에 대자로 누워 잠들고는 했다. 모두 잠들고 나면 연분순은 집 밖으로 나와 동네를 배회하고는 했다. 오의 집 어름에 이르면 침이 마르고 가슴이 뛰었다. 그런데도 이웃의 귀가 있고 눈이 있으니 차마 소리 내어 오를 부르지는 못했다. 그녀는 통금시간이 임박해서야 집으로 돌아와 아이들 곁에서 자빠져 자는 여자가 되었다.

하루가 일 년, 하루가 십 년처럼 더디 흘렀기에 연분순은 오를 만날 때마다 매달렸다.

"남편과 더는 못 살겠어요. 오 씨, 우리 같이 살아요."

"정시화랑 깨끗이 이혼하면 살겠어."

오는 냉정한 목소리로 그렇게 말했다.

"이혼은 결코 안 한대요. 이혼이 무슨 개수작이냐, 절대 안 돼, 그렇게 말해요."

"하지만 다른 어떤 방법이 있는 게 아니잖아?"

"차라리 우리 도망가요. 어차피 나는 정시화랑 못 살아요. 밥 먹는 꼴도 못 보겠구요, 술 처먹고 흐느적거리는 꼴도 못 보겠구요, 대자로 누워 코고는 꼴도 못 보겠어요. 도망가요. 광주든 부산이든 어디든 좋아요. 인천에서 멀리 떨어진 곳이면 어디든 괜찮아요. 넝마주이를 해도 좋고, 고깃배를 타도 좋아요."

오는 연분순이 끝을 향해 달려간다고 생각했다. 그는 연분순과의 정분에 애 끓이기보다는 도망자의 낯선 삶이 더 두려웠다. 그는 두려웠기에 오히려 거친 목소리로, 도망가서 사는 건 안 될 소리라고 단호히 말했다. 그때마다 연분순은 물러서지 않고 오를 더욱 흔들어댔다. 오는 고개를 저었다. 오는 고개를 또 저었다. 더럽고 치사한 자식이라는 욕설이 연분순의 목 끝까지 차올랐다. 연분순은 오에게 치사하고 더러운 자식이라고 마구 퍼붓고 싶었다. 그러나 입술을 사리문 채 번번이 그 말을 입속에서 삼켰다.

사건은 오와의 사이가 그렇게 미묘한 상태로 틀어져가고 있을 때 일어났다.

연분순은 오가 아닐지라도 정시화랑은 도대체 살 수 없다고 생각했다. 그녀는 미숙한 대로 정시화의 죽음을 자살로 꾸미려고 몇 가지 장치도 해두었다. 쌀가게 맞은편 신흥라사에 들러 이옥님을 만난 게 그거였다. 연분순은 남편이 누군가에게 20만 원을 빌려줬는데, 떼어먹힐 처지여서 몹시 괴로워한다고 이옥님한테 말했다. 정시화의 형네 집에 가서 손윗동서를 만나서도 그녀는 20만 원에 대해 말해놓았다. 근래 부쩍 부부싸움이 잦은 이유도 돈 때문이라고 말해두었다.

그녀는 사건 당일 오후 7시경에 다시 신흥라사를 찾았다. 그녀는 이옥님에게 손윗동서가 불러 큰댁에 가봐야 하니 쌀가게 좀 봐달라고 했다. 시화쌀상회는 문을 닫았고, 불도 꺼놓은 상태였다.

"일곱 시 겨우 넘었는데, 벌써 가게 문 닫은 걸 보니 급한 일인 모양이네?"

"쌀장사야 어디 늦은 손님 있나요? 어둑발 내리면 그냥 닫는 거죠. 여기서 우리 가게 쪽문이 보이긴 하죠?"

"밤이어서 그렇지, 보이긴 보여. 애들 아부지 있을 텐데 내가 안 본들 또 어때? 혹시 어제처럼 또 술 먹고 쓰러진 거야?"

"돈 20만 원 날린 뒤론 하시라도 취하지 않고선 못 살아요. 지금도 술 처먹고 고주망태가 돼서 사니 죽니 난리예요."

"그러게 내 코가 석 잔데 돈 20만 원을 덥석 빌려주고 그러나구. 가게 걱정 말고 어여 다녀와!"

연분순은 저녁 7시 조금 넘겨 이옥님과 헤어졌다. 그리고 밤 10시경 신흥라사가 문 닫을 시각에 다시 나타났다. 그녀는 누군가가 쌀가게를 두드리지 않더냐고 물었다. 이옥님이, 아무도 안 왔다 간 것 같다고 하자, 고맙다는 말을 남기고 이내 집 쪽으로 사라졌다. 그러고는 5분도 안 돼 다시 나타났다.

"우리 집에 도둑이 든 거 같아요!"

"뭐여? 도둑이 들어? 내내 조용했는데, 그럴 리가?"

이옥님은 연분순의 손을 잡고 시화쌀상회로 가서 쪽문을 밀었다. 쌀가마가 쌓여 있는 전방과 방 안은 칠흑이었다. 이옥님은 공포가 훅 끼쳐와 한 발짝도 뗄 수 없었다. 대담하게도 연분순은 방 안으로 들어섰다. 그녀가 백열등을 켜자 제일 먼저 눈에 들어온 게 옷가지가 널린 방 안이었다. 장롱도 열려 있었다. 정말 도둑이 들었구나, 생각이 거기에 미쳤을 때 다음 순간 문지방에 무릎이 걸린 채로 반듯하게 누워 있는 정시화가 눈에 들어왔다. 그는 혓바닥을 한 발대나 입 밖으로 내밀고, 눈을 부라린 채 죽어 있었다. 이옥님은 기겁을 했다. 연분순이 그런 정시화의 시신 위에서 갑자기 몸을 뒹굴며 울부짖었다. 이옥님이 쌀가게를 뛰쳐나가 옆집 고무신가게 최 씨를 불러왔고, 그제야 두 아이 역시 전혀 미동도 하지 않는다는 것을 알았다.

이옥님은 내게 말했다.

"처음엔 도둑이 들어서 애들 아버지까지 죽인 줄 알았어요. 고무신가게 최 씨를 불러와 다시 보니 애들도 안 움직이는 거예요. 그제서는 연탄가스 맡은 줄 알았지요. 최 씨랑 나랑 부랴부랴 애들 하나씩 늘쳐 업고 가게 밖으로 나왔어요. 바깥바람을 쐬게 하려구요. 그 때문에 나중에 형사들한테 불려가 사건현장을 훼손시켰다고 죽도록 혼났어요."

이 사건을 두고 경찰은 아버지가 남매를 살해하고 자신도 목을 맨 단순자살로 처리하려고 했다. 그러나 빈소를 방문한 검사가 연분순의 우는 모습을 보고 의혹을 제기하면서 수사는 원점으로 돌아갔다. 울되 주위를 살피면서 우는 연분순의 모습에서 검사는 뭔가를 숨기고 있음을 포착해낸 거였다.

경찰은 연분순이 개입한 타살이 맞다면 이 끔찍한 사건을 혼자서 치렀을 리 없다고 보았다. 형사들은 그녀의 주변을 집요하게 캤다. 마침내 연분순의 입에서 나온 이름이 오였다. 오는 지문이나 범행도구 같은 아무런 직접증거 없이 오직 정황증거로만 경찰의 신문을 받게 되었다. 아무것도 없는 경찰에게 무언가를 내놔야 하는 게 오의 처지였다.

경찰에 끌려온 오는 무언가를 내놓기까지 무조건 두들겨 맞기부터 했다. 그는 내 죄는 간통뿐이라고 울부짖었다. 아무것도 내놓을 수 없었다. 그런 와중에 생각해낸 것이 부평에서 이성철을 만났던 시각과 시화쌀상회 사건 시각이 같다는 거였다. 오는 이제 모든 희망을 이성철에게 걸었다. 그에게 증언해달라고 명함 뒷면에 메모를 남겨 면회 온 아버지에게 넘겨주고자 했다. 그게 오히려 알리바이를 조작하려 했다는 역증거물이 되고 말았다.

실제로 이성철은 경찰에 불려가 사건이 일어난 시각에 오와 함께 있었다고 증언했다. 그는 일관되게 그렇게 증언했다. 그러나 경찰은 이성철의 증언을 받아들이지 않았다. 경찰은 그 시각 부평에서 이성철이 오와 함께 있었던 게 확실하다면 두 사람을 본 또 다른 사람을 대라고 윽박질렀다. 만약 또 다른 사람이 증인으로 나섰다면 경찰은 또또 다른 사람을 대라고 했을 것이다. 또또 다른 사람이 증인으로 나섰다면 경찰은 또또또 다른 사람을 대라고 했을 것이다. 경찰은 자신들이 짜놓은 각본에 따라 오직 정황증거에만 집착했다. '오는 연분순과 내연관계다. 오 역시 연분순의 남편 정시화를 거추장스럽게 여겼다. 연분순에게 이혼을 요구한 것은 그래서이다. 그러니 연분순 혼자 정시화를 살해했을 리 없다. 연분순을 도와 함께 살해한 것이 분명하다.' 그 같은 각본 말이다.

오는 거꾸로 매달렸다. 콧구멍 안으로 고춧물이 부어졌다. 경찰이 원하는 대로 불어야만 살아남을 수 있었다. 식도가 따갑다가 뜨거워졌고 끝내는 타드는 것만 같았다. 폐는 터질 것처럼 부풀어 올랐다. 오는 이제 법정에서 연분순이 사실대로 말해줄 거라는 최후의 희망만을 가져야 했다. 오는 경찰이 원하는 대로 불기 시작했다. 오가 다 불고 나자 경찰은 이제 끝났다며 마지막으로 이렇게 물었다.

"사람을 죽이면 잘못인 줄 아는가요?"

오가 머뭇거리자 경찰은, 무조건 잘못했습니다. 죽을죄를 졌습니다, 그렇게 말하라고 했다.

"네, 잘못했습니다. 죽을죄를 졌습니다."

"피의자는 유리한 증언이나 할 말이 있나요?"

오가 다시 머뭇거리자 경찰은 또 '없다'는 말을 하라고 했다.

"없습니다."

"지금까지 혹시 고문에 의한 강압적 진술이 있었나요?"

오는 전혀 아니라고 답했다.

"이상의 진술은 사실인가요?"

"네, 사실입니다."

오는 그 조서에 이름을 쓰고 무수히 많은 지문을 찍었다.

오의 마지막 희망이었던 연분순은 1심 재판이 시작될 무렵 구치소 창살에 목을 맸다. 오는 꼼짝없이 자신이 진술한 내용대로 판결을 받아야만 했다. 그는 1심에서 사형을 선고받았다. 2심에서도 사형을 선고받았다. 대법원 상고심만이 그를 기다리고 있었다. 그런 오를 내가 만난 거였다.

나는 대법원 심리가 열리기까지 다섯 번이나 인천에 내려갔다. 오의 부모와 연분순의 손윗동서, 신흥라사 이옥님, 고무신 가게 최 씨를 만났다. 결코 안 만나겠다고 하는 이성철도 설득해서 만났다. 그는 얼마나 호되게 겁박을 당했는지 무슨 일이 있어도 법정에는 서지 않겠다고 말했다. 오가 다녔다는 수도국 검침원들도 만났다. 나는 심지어 인천공설운동장 옆 일련정종 포교당도 찾았다.

법정에선 직접증거가 아닌 정황증거만으로 사형을 선고할

수 있는가에 대해 집요하게 캐물었다. 정황증거만으로 범죄행위를 인정한다면 역정황증거 역시 채택되어야 한다고 말했다. 오와 연분순 사이에 '도망'이라는 문제를 두고 균열이 생겼던 점, 오가 연분순을 책임지고 싶어 하지 않았던 점이야말로 소중한 역정황증거가 아니냐고 따지고 들었다. 그러나 나는 다른 무엇보다도 이성철의 증언을 소중히 여겼다. 경찰이 초동수사에서 무시해버렸던 이성철의 증언이야말로 오의 무죄를 증명하는 최고의 알리바이일 거라고 호소했다. 하지만 그것은 오가 남긴 명함 뒷면의 메모를 끝내 넘어서지 못했다.

오의 상고는 기각되었다. 나는 오의 실망과 절망을 볼 수 없어서 오가 죽는 날까지 그를 찾지 않았다. 훗날 사형집행장에서 오가 남긴 마지막 유언은 이랬다.

"나는 절대로 죽이지 않았습니다. 죽어 원혼이 되어서라도 나를 잘못 판결한 판사에게 반드시 복수하겠습니다."

변호사 이덕열이 만난 특별한 의뢰인

오의 사형판결이 확정된 뒤 나는 한동안 사무실에 나가지 않았다. 오의 재판에만 주력해왔기에 그동안 맡은 변론 건수도 몇 없었다. 집 안에 틀어박힌 채 가끔 사무원의 전화만 받았다. 사무원은, 새로운 의뢰인이 찾아왔다, 후배인 하태우 판사에게서 연락이 왔다, 위두환 변호사가 개업소식을 알려왔다, 로통도의 유 마담이 술값 때문에 꼭 통화하고 싶어 한다, 그런 것들이었다. 나는 골치 아팠다. 웬만하면 그냥 알아서 하라고 답했다. 매사에 정확하고 꼼꼼한 사무원은 내 말을 쉽게 알아들었는지 전화 거는 빈도수를 현저히 줄였다.

나는 많이 위축돼 있었다. 전진 전진만 해온 내게 서울지법 항소3부 부장판사 시절은 있기나 했는지 가물가물했다. 오의 상고심 법정에선 담벼락에 대고 변론하는 기분이었다. 대법관들은 콧구멍을 쑤시거나 하품을 해댔다. 서로의 옆구리를 찔러 귓속말로 뭔가를 주고받기도 했다. 만면에 미소를 짓는 것으로 보아 심리와는 상관없는 얘기들을 주고받는 것일 수도 있었다. "아드님 결혼식, 다음 달 13일 맞죠?" "용케 기억하시는군요." "우리 여식 결혼식도 그날이니까요." "맞아요, 생각납니다. 서로 못 가볼 상황이니, 그럼 우리 쌤쌤하는 걸루 칩시다." "그래도 될까요? 꼭 가봐야 할 자린데 좀 아쉽군요." "저도 그렇습니다."

생명이 경각에 달린 자를 두고 법관들의 상고심 판결은 지극히 단순명료했다.

"피고인의 상고를 기각한다."

퇴정하는 매정한 법관들을 바라보는 오의 눈에선 방울방울 눈물이 떨어졌다. 그는 눈물도 훔치지 않은 채 이번에는 퇴정하는 검사를 쏘아보았다. 이윽고 그는 나를 돌아보았다. 하나의 눈빛이 어쩌면 저리도 양극의 표정을 담을 수 있을까 싶었다. 검사를 쏘아보던 살기 띤 눈빛은 한순간에 사라졌다. 나를 바라보는 눈빛은 한없이 측은하고 한없이 처절했다.

오의 그 같은 눈빛이 좀처럼 지워지지 않았다. 나는 밥술을 뜨다가도 오의 눈길이 떠오르면 불현듯 숟가락을 놓았다. 잠자리에 들려고 애써 눈을 감았다가도 벌떡 일어나 거실로 나왔다. 사전 예약된 어떤 사건의 변론을 위해 법정에 서면 정돈되지 않은 말들이 거칠게 쏟아져 나왔다. 생명에 대한 예의가 없는 법정에서 나는 구겨진 자존심을 세우듯 검사를 향해 거칠게 쏘아붙였다.

술을 마셔도 되는 이유 때문에 나는 눈이 풀리고 자주 혀가 꼬였다. 아내에겐 오의 눈빛을 좀처럼 지울 수 없기 때문이라고 말했다. 전전 진진민 해온 내가 얼마나 모멸감을 느끼면서 변론해야 했던가에 대해서도 말했다. 그리고 최종적으로는 항소3부 부장판사 시절에 나도 그런 놈이었느냐고 물었다. 물론 아내가 알 리 없는 자조 섞인 물음이었다. 그때마다 아내는 나를 걱정했으나 드러내놓고 자신의 생각을 말하지는 않았다. 안팎으로 폭탄이 굴러다닌다고 생각했는지 아내는 발걸음조차 조심스러웠다. 그럴 때는 당연히 외부손님도 들이지 않았다.

아내가 외출한 어느 저녁 무렵도 그랬다. 소파에서 잠들었던 나는 전화벨소리에 수화기를 들었다. 아내를 찾는 어떤 여자의 전화였는데, 알고 보니 예수쟁이였다. 그녀는 왜 나의 아내가 집에 없느냐고 물었다. 나는 어두컴컴한 집 안을 둘러보며 나도 그게 궁금하다고 말했다. 그녀는 다른 사람도 없느냐고 또 물었다. 나는 우리 집에 왜 다른 사람이 있어야 하느냐고 되물었다. 그녀는 오늘이 구역예배 날인데 우리 집에서 모이기로 했다고 말했다. 그리고 아마 무슨 일 때문인지 몰라도 예배장소를 바꾼 모양이라면서, 혹시 어디로 간다고 했는지 아느냐고 물었다. 나는 끈 떨어진 멧돼지 신세인 그녀에게 예수 믿는 것과 관련해서 아내는 아무 말도 하지 않는다고 말해주었다.

조용한 아내는 나를 자극하지 않으려고 예배장소를 바꾼 모양이었다. 아내는 그렇듯 모든 일을 드러내지 않고 풀어나갔다. 고마웠다. 오의 눈빛이 사라지지 않고, 분노 역시 가라앉지 않았지만 조용한 아내를 위해 이제는 일을 잡아야겠다고 생각했다. 나는 근 한 달여 만에 사무실 출근을 재개했다. 정동길에는 벚꽃이 만발했다. 오랜만에 점심을 같이하자는 동료 변호사들과 식당을 찾는 동안 꽃잎은 눈발처럼 흩날렸다. 봄날은 꽃잎으로 흐드러지게 피어나는 모양이었다.

그 흩날리는 꽃잎은 이층 내 변호사 사무실에서도 잘 보였다. 바람에 쓸려가는 꽃잎을 밟고 내 사무실로 오는 의뢰인도 잘 보였다. 나는 흩날리는 꽃잎에 취하면서 머릿속이 맑아지는 걸 느꼈다. 오의 눈빛이 꽃잎처럼 떨어져 내리고, 원혐처럼 쌓인 분노 역시 그렇게 표표히 날아가는 것만 같았다. 별다른 큰 건수 없이 소소한 사건들을 맡는 동안 나는 일상으로 돌아오는 길이 뜻밖에 쉽다는 생각을 했다. 그즈음 한 손님이 나를 찾았다.

사무원의 안내를 받아 내게로 온 그는 어디선가 본 듯하면서도 기억나지 않는 일흔 전후의 노신사였다. 나는 낯설지 않으면서도 낯선 그를 소파에 앉게 했다. 사무원이 커피를 내오기까지 그는 아무 말도 하지 않았다. 무슨 일로 오셨느냐고 내가 묻자 겨우 입을 열었다.

"김재준이라고 합니다. 목사입니다."

국제사면위원회(엠네스티) 한국위원장 김재준이었다. 나는 그의 얼굴이 낯익으면서도 낯설었던 이유를 그제야 알았다. 시국 사건 관련 기사가 신문지상을 덮을 때면 종종 사진으로 접해왔던 인물이었다. 내가 부장판사로 있던 시절엔 다행히 한 번도 부딪진 직 없었다. 하지만 여태도 법복을 입고 있었다면 부득이 정치적 판결을 내릴 경우, 한 번은 부딪쳐야 했을 인물이었다. 나는 그 노신사에게 이곳은 웬일이냐고 물었다.

"지난해 가을, 혹시 춘천에서 일어난 살인사건, 그걸 기억하십니까?"

종신 대통령까지 나서서 열흘 이내에 반드시 범인을 잡으라고 펄쩍펄쩍 뛰었던 사건이다. 대다수 국민에게 충격을 안겨줬던 엽기적 강간살인사건의 범인은 사건 9일 만에 체포되었다. 나로서는 종신 대통령의 말 한마디에 범인이 체포되었다는 점이 더욱 놀라웠다. 나는 당연히 그 사건을 기억한다고 말했다.

"내 제자입니다."

그는 메마르고 건조한 목소리로 말했다.

"얼마 전 1심에서 무기징역을 선고받았습니다. 지금 춘천교도소에 있는데, 자살을 두 번이나 시도했더군요."

"어떤 제자였기에 그 같은 끔찍한 일을 저질렀습니까?"

"한신대 교수시절, 무척 고집이 셌던 제자였지요. 졸업하던 해에 다들 목회하겠다고 교회 전도사로 나서는데, 혼자서만 카메라 메고 사진작가로 나서겠다며 설레발치고 다녔습니다."

김재준은 창문 너머 흩날리는 꽃잎을 보다가 사무원이 타다 준 커피를 마셨다. 내 얼굴을 보면서 그는 다시 입을 열었다.

"정군은 무죄입니다. 이대로 두면 누명을 쓴 채 평생 무기수로 살아야 합니다. 이 변호사님 얘기는 익히 압니다. 71년에 법복을 벗게 된 원인도 알고, 특히 얼마 전 동아일보에 사형제 폐지에 대한 기고문도 잘 보았습니다. 이 변호사님이라면 내 제자를 건져주시리라 믿습니다. 부탁합니다."

"정군이 무죄라는 건 어떻게 확신합니까? 지금까지 없던 어떤 증거나 알리바이를 찾아낸 것도 아니실 텐데?"

"제자 중에 이런 놈이 다 있었나 원망도 하고, 정작 내가 살인 죄인이라는 생각도 들어서 참으로 견딜 수 없이 부끄러웠습니다. 내내 숨고만 싶었지요. 실제로 정말 어디에도 나서지 않은 채 한동안 숨어만 지냈습니다. 그러다가 녀석에게 누가 면회는 갈까, 그런 생각이 들었습니다. 그래서 뒤늦게 춘천교도소에 다녀왔습니다. 정군을 만났지요. 할 말이 어디 있겠습니까? '잘 죽였다, 이놈아. 살인 잘했다, 이놈아. 밥 잘 처먹고 잘 살아라, 이놈아.' 그런 말을 해야겠습니까? 그게 아니면 두 번이나 자살을 시도한 녀석에게 회개하고 기도하라고 해야겠습니까? 그런데 막상 얼굴을 보니 모든 게 군걱정이란 생각이 들었습니다. 이상하게도 살인했다는 게 믿어지지 않는 겁니다. 그래서 그걸 물었습니다. '네가 사람 죽인 게 정말 맞아?' 녀석은 아무 말도 못하고 한동안 울기만 하더군요. 맞느냐고 다시 물었지요. 그제야 입을 여는데, 놀랍게도 안 죽였다고 하더군요. '비록 신을 부정하고 제 자신을 학대해왔을지언정 저는 결코 살인하지 않았습니다. 제가 스승님 앞에서 뭘 속이겠습니까. 저는 정말 죽이지 않았습니다. 단지 고문을 이겨낼 수 없었을 뿐입니다.' 내 무릎에 얼굴을 묻고 흐느끼는 녀석이 그 순간 얼마나 고마웠는지 모릅니다."

김재준은 눈동자가 흐려지는지 안경을 벗었다. 손수건을 꺼내어 눈자위를 닦은 뒤, 아까처럼 한참 동안 흩날리는 꽃잎을 보았다.

나는 한 번 더 그에게 묻지 않을 수 없었다. 스승 앞에서는 살인하지 않았다고 해도 정군의 그 말을 어떻게 곧이곧대로 믿을 수 있겠느냐고 물었다. 그는 꿈을 꾸듯 나를 바라보았다. 그 정도 믿음조차 나눌 수 없다면 진즉 아이들을 가르치지 않았겠지요. 조선사람 다 못 믿어도 나는 믿습니다. 정군은 살인하지 않았습니다. 그는 매듭을 짓듯 말했다.

나는 사무원에게 메모지를 가져오라고 했다. 정원탁이라는 이름을 적고, 수인번호를 적고 김재준의 연락처를 적었다. 아주 독특한 의뢰인인 김재준과는 더 많은 이야기를 나누었다. 그는 그로부터 한 시간쯤 지나서 일어났다. 내게는 잘 부탁한다는 말을 남겼고, 나는 정원탁의 변론을 심각하게 고민하겠다고 답했다. 그리고 결정되는 대로 즉시 연락하겠다고 말했다. 나는 그를 택시 잡는 곳까지 배웅했다.

오후의 사무실에선 내내 정원탁을 떠올렸다. 그가 스승에게 고백한 대로 살인범이 아니라면 나는 오의 사건을 두 번 겪는 셈이다. 만약 정원탁을 무기수에서 구해내지 못한다면 나는 그 충격에서 정말로 헤어나지 못할지도 모른다. 그런데도 변론해야 하는가. 물론 오의 사건과는 다르게 희망도 있기는 하다. 오의 사건은 막장인 대법원 상고심이었으나, 정원탁은 고등법원 항소심이다. 변론할 준비과정은 충분하다. 여하튼 무죄한 사람이 무기수로 전락할 상황이라면 조건 없이 뛰어드는 게 내 일이긴 하다. 앞뒤 잴 것 없이 하시라도 뛰어들어야 한다. 그러나 만약 스승에게 고백한 것과 달리 정원탁이 진범이라면 어쩌겠는가. 생각해볼 필요는 있지만, 그것은 선처를 호소하면 되는 가장 수월한 변론이 될 것이다.

나는 김재준이 남긴 숙제를 두고 오후 내내 생각에 잠겼다. 생명을 농락하는 악랄한 법정이라면 볼 것 없이 싸워야 한다, 싸워야 한다, 그런 생각을 했다. 그런데도 전진 전진만 해온 내가 또다시 벽에 부딪친다면 이겨낼 수 있을까, 이겨낼 수 있을까, 그 같은 근심을 아니 할 수 없었다.

나는 근심을 집까지 끌고 갔다. 아내에게 김재준 목사가 찾아온 내력에 대해 말해주었다. 내가 어떻게 했으면 좋겠느냐고 묻자, 아내는 당신이 알아서 잘하지 않겠느냐는 믿음이 있다고 말했다. 그러면서도 정원탁의 변론을 꼭 해주었으면 하는 바람이 있음을 솔직히 드러냈다. 제자를 믿는 김재준 목사의 마음이 애틋하여 실망시키지 않았으면 좋겠다는 게 그 이유였다. 나는 복잡한 이유를 들어 고민하기보다는 감정에 호소하는 아내의 단순한 일처리에 오히려 머리가 맑아짐을 느꼈다.

그날 밤 아내의 엉덩이를 두드려주면서 당신이 내일 새벽출근만 않는다면, 정원탁이 항소심에 매달리겠노라고 농담했다.

이미 아내의 생각대로 마음을 굳힌 상태였다. 아내는 웃기만 할 뿐 별다른 말이 없었다. 그리고 이튿날 새벽엔 변함없이 자리를 비웠다. 출근 도장 찍느라 교회에 간 게 분명했다. 나는 아내의 말랑말랑한 베개를 허벅지 사이에 끼운 채 사무실에서 그랬던 것처럼 정원탁 사건을 변론할 때 있을 여러 가지 경우의 수를 다시금 떠올렸다.

아내의 배웅을 받으며 꽃잎 흩날리는 정동길을 따라 아침 출근했을 때 내가 제일 먼저 한 것은 김재준 목사에게 전화를 넣는 일이었다. 최선을 다하겠다는 게 내 말의 요지였다. 내 결정에 깊은 감사의 뜻을 전한다는 게 김재준의 답이었다. 나는 이달의 일정표를 살폈다. 이틀 뒤 오전 변론이 끝나면 다음 날까지 비어 있었다. 나는 아내를 데려갈 생각을 하고 집으로 전화를 걸었다. 이틀 뒤 오후에 춘천으로 출발할 건데 같이 가겠느냐고 물었다. 좀처럼 자기표현을 않는 아내였지만 그때만큼은 몹시 고마워했다.

그 이틀 뒤 나는 아내를 태우고 경춘가도를 달려 춘천에 닿았다. 정원탁이 있는 춘천교도소를 뒤에 두고 죽림동에 있는 춘천지방법원을 먼저 찾았다. 키 작은 반송盤松이 정면에 떠억 버티고 있는 춘천지법은 고즈넉한 곳이었다. 그곳에서 정원탁이 지난해 11월에 제출했다는 탄원서와 올 1월에 제출한 장편 탄원서, 판결문, 검찰의 공소장, 경찰조서를 복사했다. 시내로 나와서 닭갈비로 배를 채우는 동안엔 수없이 소주를 넘기고 싶었다. 나는 입술을 깨물거나 벌컥벌컥 물을 마시면서 애써 참았다. 내일 오전 정원탁을 접견하려면 사건기록부터 훑어보는 게 급선무였기 때문이다. 아내는 그런 내 속을 충분히 짐작하는 눈치였다. 내가 숙소부터 잡아야 한다고 했을 때 그녀는 쉽게 고개를 끄덕였다. 이럴 거면 왜 같이 오자고 했는지 모르겠다며 투덜거릴 수도 있으나, 아내는 결코 그런 여자가 아니었다. 남편이 사장이면 부인이 회장이고, 남편이 대대장이면 부인이 연대장이라는 시쳇말과 상관없이 아내는 늘 내 안에서 조용히 있는 여자였다. 물론 교회에 나가는 문제에선 예외지만 말이다.

나는 그런 아내에게 이곳까지 오는 동안 그림 같은 강을 보여줬고, 능선을 따라 흐드러지게 피어난 진달래꽃을 보여줬다. 그것만으로도 아내는 본전을 뽑은 거나 다름없었다. 내일 돌아가는 길에 졸지만 않는다면, 한 번 더 산천을 즐기는 상여금까지 받게 될 거였다. 그러나 왠지 부족하다는 생각이 들어 나는 숙소를 찾기 전에 공지천 쪽으로 차를 몰았다. 그곳에서 창문 너머로 황혼이 바스러지는 근사한 다방을 찾았다. 나와 아내는 창가에 앉아 서울보다 30원 비싼 80원짜리 커피를 마시면서 붉은 노을과 노을이 바스러지는 호수를 보았다. 아내는 꿈을 꾸는 듯한 표정으로 연애시절만 같던 신혼 초가 떠오른다고 말했다. 중매로 결혼한 아내에겐 신혼시절이야말로 연애하는 기분이었던 모양이다. 그 시절, 나의 퇴근시간에 맞춰 아내는 종종 감리교 선교사 센센의 기념판 어름에서 나를 기다리고는 했다.

나는 아내와 함께 저녁을 먹고 종로1가에 있는 이층 르네상스에서 클래식 음악을 감상하고는 했다. 그것과 노을 지는 공지천이 가져다주는 상관관계를 떠올리면서 나 역시 약간은 그렇다고 말해주었다.

해가 넘자 산 그림자는 성큼성큼 호수의 수면을 밟아왔다. 위대한 어둠이 빠르게 밀려오자 아내는 이제 숙소를 잡아야 하지 않겠느냐고 물었다. 정원탁의 사건기록을 하시라도 빨리 훑어보기를 바라는 거였다. 나는 다방을 나와 약사동에 있는 춘천교도소 쪽으로 차를 몰았다. 길 가까운 곳에 위치한 호텔로 들어가 객실을 잡고 가방 속 짐을 풀었다. 아내는 욕조에 물을 받았고, 나는 객실 탁자에 복사해온 것들을 늘어놓은 채 검찰의 공소장부터 읽기 시작했다.

사건은 1972년 9월 27일 밤 8시 30분에서 9시 사이에 일어났다. 장소는 춘천시 우두동에 있는 농촌진흥원 시험답지 논두렁이었다. 당시 우두동에서 만홧가게를 운영하던 정원탁은 밤 8시경 집을 나섰다. 집에서 2백여 미터 떨어진 곳에 위치한 이층 만홧가게에 거의 도착했을 때였다. 그는 그곳에서 같은 동네 파출소 소장의 딸인 열두 살짜리 장양을 만났다. 그는 만홧가게 앞에 있는 구멍가게에서 요깡을 사들고 장양을 꾀었다. 그리고 그곳에서 7백여 미터 떨어진 농촌진흥원 시험답지로 데려가, 장양을 강간하고 목을 졸라 살해했다. 사건현장은 다음 날 아침 농촌진흥원 직원 이성록에 의해 발견되었다. 이성록은 발가벗겨진 장양의 시신 곁에 몽당연필 한 자루, 검은 빗 하나, 슬리퍼 한 짝이 놓여 있었다고 증언했다.

유죄판결의 근거는 이랬다. 검찰에서 밝힌 정원탁의 자백과 이를 녹음한 테이프, 사건과 관련하여 여섯 명의 증인이 밝힌 진술, 또 정원탁의 아들과 정원탁이 운영하던 만홧가게 여종업의 진술 등이 유죄판결의 근거였다. 증거물로는 피해자 장양의 위에서 검출한 내용물에 대한 국립과학수사연구소의 감정서, 머리빗, 동아연필, 슬리퍼, 흰 팬티가 있었다. 정원탁과 장양이 함께 있는 걸 보았다는 결정적 증언이나 물증은 없었다. 하지만 이 정도의 간접증언이나 자백만으로도 범인이 아니라고 의심할 만한 근거는 없었다.

그러나 이 사건에 대한 판결은 일사천리로 진행되지 않았다. 자백과 여러 증언이 확보된 사건은 2개월, 길어야 3개월이면 1심 판결이 끝나는 법이다. 정원탁 사건은 1심 선고의 만기를 거의 채운 6개월 만에야 내려졌다.

나는 검찰의 공소장을 덮고 숨을 몰아쉬었다. 어느새 샤워를 끝냈는지 아내는 내 곁에서 정원탁의 탄원서를 읽고 있었다. 140장이 넘는 탄원서였는데, 듬성듬성 읽었는지 거의 뒷부분에 이르고 있었다. 아내의 머리에선 아직 물기가 반짝거렸다. 탄원서 내용이 어떠냐고 묻자 아내는 끔찍하다는 말부터 꺼냈다.

"정말인지 의심스러워요. 책상과 책상 사이에 경찰봉을 올려 놓고 정씨의 손발을 거기에 묶었어요. 통닭처럼 이렇게 말이죠.

그리고 정씨 얼굴을 수건으로 덮고 물을 붓기 시작했어요. 사흘 동안이나 그런 고문을 반복했대요. 끔찍하고 잔인하고 비열하고 더없이 악랄해요."

아내는 진저리를 치면서 탄원서를 내게 넘겨주었다. 더는 어떠한 기록도 읽을 마음이 없는 것처럼 보였다. 나는 아내에게 푹 쉬라는 말을 하면서도 눈길은 벌써 탄원서에 가 있었다. 미농지에 쓴 것을 복사한 것이지만 상태는 좋았다. 이렇게 긴 탄원서를 본 적은 없었다. 판사시절에 이 같은 탄원서를 봤다면 아마 날렵하게 집어던졌을 거였다. 왜 이리 길어, 젖 먹던 시절부터 써놓은 모양이네, 하면서 읽기도 전에 한없는 지루함을 느꼈을 거였다. 검찰의 공소장을 읽고 허점 살피기도 급급한 마당이니, 다른 문제가 없다면 탄원서 읽을 여력이 없다는 얘기였다. 내가 그랬다고 다른 판사도 그럴까. 하지만 다른 판사도 그럴 거라는 생각을 하면서 나는 정원탁의 탄원서를 읽어 내려갔다.

탄원서의 첫 주장은 경찰이 유력한 증거물로 내놓은 검은 머리빗과 동아연필이 결코 자신의 것이 아니라는 거였다. 자신은 대머리인 데다 스포츠형 짧은 머리를 하고 다니기에 굳이 머리빗이 필요 없는 사람이라고 했다. 동아연필 역시 아들 재만의 것을 자신이 갖고 다닌 거라고 경찰이 주장하고 있지만, 이는 경찰한테 겁박당한 재만이 거짓 진술한 거라고 주장했다. 그 밖에도 경찰이 내놓은 증거물들은 하나같이 조작과 강요에 의해 자신의 것으로 만들어진 거라고 주장하고 있었다.

탄원서의 앞부분은 특히 자신의 알리바이를 입증하는 데에 주력하고 있었다.

경찰은 사건이 일어난 시간이 밤 8시 30분에서 9시 사이라고 했는데, 그 시간 자신은 분명 집에 있었다고 했다. 이것은 자신의 아내인 강은호와 그날 밤 빚 2만 원을 받으러 온 송경림을 통해서도 확인할 수 있다고 했다.

늦은 오후부터 목수 두 명과 집에서 선반 매는 일을 한 정원탁은 그들과 함께 막걸리를 마셨다고 했다. 당숙모인 송경림이 찾아온 건 아직 술자리를 파하지 않은 7시 30분경이었다. 8시경 목수들이 돌아가고 나서야 정원탁은 아내와 함께 있는 송경림을 보기 위해 안방으로 들어갔다. 2만 원 갚을 일이 막막하니 좋은 얘기가 오갈 리 없었다. 정원탁은 좀 더 기다려달라는 말을 했고, 송경림은 얼마나 더 기다려야 하느냐고 물었다. 정원탁은 뭐 좀 풀려야 하는데, 아직 아무것도 풀리는 게 없다고 대답했다. 송경림은 내가 올 때마다 막걸리 퍼마시고 있으니 도대체 무슨 일이 제대로 풀리겠느냐고 언성을 높였다. 막걸리야 몇 푼 되느냐고 퉁을 놓았다가 송경림의 잔소리만 더욱 불렀다. 그는 아예 입을 다물었다. 송경림은 한참을 더 속을 헤집어놓다가 밤 9시를 넘긴 뒤 정원탁의 집을 나섰다. 버스가 끊겼으면 어쩌나 하면서 정류장으로 향하는 그녀를 정원탁은 바래다주지 않았다. 그러니 사건이 일어난 밤 9시 전에는 아예 집 밖을 나서지도 않았다는 얘기였다.

그런데도 경찰은 열흘 내에 사건을 해결하겠다는 내무장관의 담화문 발표가 있은 뒤, 그를 연행해 사흘 동안 물고를 내기에 이르렀다. 정원탁은 거의 탄원서의 3분의 2를 고문사례와 겨르롭지 못한 그때의 심리상태를 기술해놓았다. 경찰과 달리 따귀 한 번 친 적 없는 검사 앞에서 거짓자백을 하게 된 이유에 대해서도 설명해놓았다. 검사 앞에서 범죄사실을 부인해 경찰로 되돌아오면, 너는 죽는다고 했던 형사들의 겁박은 겪어본 사람만이 아는, 상상을 뛰어넘는 최고의 공포라고 했다.

끝으로 정원탁은 자신의 장남을 뇌수막염으로 잃은 뒤, 지난 몇 년 동안 똥구덩이에 빠진 것처럼 살아왔다고 했다. 비틀거리는 몸을 끌고 근화동 장미촌을 찾아가 함부로 몸을 섞은 적도 있다고 했다. 그는 신을 등지고, 신을 잊고 살았기에 이처럼 누명을 쓰고 감옥살이하는 거라고 절규했다. 하지만 견딜 수 없이 가혹하다고 했다. 논두렁에서 현장검증을 할 때 구름처럼 몰려든 사람들을 보고 특히 그런 마음이 들었다고 했다.

"저놈이 우리 동네 놈 진짜 맞나?"

"어? 맞네. 만홧가게 주인, 그놈 맞잖아? 이제 만 동네에 우리 동네사람 찍혔으니 어찌 돌아댕기나."

"인두겁을 써도 그렇지 어린애를 어쩌면 그래 죽이나?"

"미친 개자식이 요깡 사들고 꼬였다네. 애가 비명 지르니까 볼 거 없이 목 졸라 죽인 거지. 그것두 파출소장 딸을!"

"무섭네. 꿈에 볼까 무섭네. 저런 놈은 그냥 볼 것 없이 돌로 쳐 죽여야 돼!"

"저놈만 죽이면 뭐해. 아예 씨를 말려야지!"

"맞아, 아예 씨를 훑어야 돼!"

정원탁은 그 부끄러움과 모멸감 속에서 무엇보다 가족의 얼굴이 먼저 떠올랐다고 했다. 자신은 차라리 돌에 맞아 죽어도 좋으니 어머니와 가족, 특히 둘째 아들 재만을 위해서라도 누명만은 꼭 벗게 해달라고 기도했다고 했다.

탄원서는 그렇게 끝나 있었다.

침대에 누운 아내는 잠들어 있었다. 무언가에 집중하면 끝장을 보는 내 성격을 익히 알기에 조용히 잠든 거였다. 시계는 새벽 2시를 넘고 있었다. 머릿속은 수학적 상상이 가능할 만큼 맑았다. 그 맑은 머릿속으로 정원탁 사건을 파헤쳐볼 약한 고리를 찾고, 면회 때 그에게 물어야 할 것들을 메모했다. 기상청에 전화를 넣어 사건 당일 일몰시간을 확인해야겠다는 메모도 해두었다. 방송국에 전화를 넣어 그날의 TV와 라디오 프로그램을 확인하는 것도 잊어서는 안 될 일이었다. 그것은 검찰 측 증인 중에 이상구, 이명자가 어떤 사람이 하수구에서 손 씻는 것을 봤는데, 곧바로 집에 들어갔을 때 9시 뉴스가 진행 중이었다고 증언했기 때문이다. 물론 두 사람이 말한 어떤 사람이 정원탁임을 검찰은 기정사실화하고 있었다. 마지막으로 정원탁의 이니 강온호와 당숙모 송경림을 만나서 물어야 할 것들도 조목

조목 정리해두어야 했다.

마침내 눈알이 따가웠다. 빠르게 머릿속이 헝클어지는 것을 느꼈고 잠이 밀려왔다. 나는 간신히 이빨만 닦고 아내 곁에 누웠다. 그런 중에도 아내가 오늘만은 새벽출근을 못할 거라는 생각이 들어 괜한 웃음이 흘러나왔다.

다음 날 아침, 혼곤한 잠에서 깨어났을 때는 8시가 넘어 있었다. 아내는 운전을 해야 하는 나를 위해 최대한 늦게 깨운 거였다. 커튼 사이로 들어오는 봄 햇살은 찢어지게 밝았다. 머리에 수건을 감고 있는 것으로 보아 아내는 이미 세면을 끝낸 모양이었다. 나는 잠이 덜 깬 목소리에다 장난기도 반쯤은 섞어 지난 새벽을 어떻게 보냈는지 물었다. 아내는 이내 내 말뜻을 파악하고 조용히 웃었다. 당신은 애들 같은 구석이 있어요, 그래서 좋아요, 종종 그런 말을 하면서 웃듯이 지금도 그렇게 웃었다.

"교회는 못 갔어도 침대에서 내려와 당신에게 용기와 힘을 달라고 기도했어요."

"출석부에 도장을 못 찍었으니 섭섭하긴 하겠구료?"

그 말에는 대꾸를 않았다. 아내에겐 정원탁 사건에 대한 나의 결론이 무엇보다 궁금한 모양이었다. 그녀는 사건 기록들을 읽어본 소감이 어떠냐고 물었다.

"지난번 오의 사건이랑 여러 면에서 느낌이 같소. 정황상 연분순 혼자 죽였을 리 없다, 오가 공범이다, 그렇게 밀어붙였던 것처럼 말이오. 정원탁도 똥구덩이에서 뒹굴었다고 하니 충분히 장양을 살해하고도 남을 인간이다. 범인이 맞다. 경찰이 그런 확신을 갖고 밀어붙였을 수도 있겠지요."

"하지만 이번 사건은 증인이 열다섯 명이나 되잖아요?"

"증인이 많긴 하지만, 역으로 보면 확실한 증인은 없다는 얘기도 돼요. 실제로 정원탁이 장양을 끌고 가는 걸 목격했다거나, 사건현장을 빠져나오는 정원탁을 목격했다는 증인은 하나도 없어요. 빗이니 연필이니 검찰이 내놓은 증거물도 그래요. 정원탁이 대머리에다 스포츠머리를 하고 다니는 게 사실이라면, 증거물로 내놓은 빗이 무슨 소용이겠소? 오히려 머리빗 때문에 범인이 아닐 수도 있다는 얘기가 나오지 않겠소. 하지만 아직 일러요. 정원탁을 만나보고 몇몇 증인을 만나봐야만 판단을 세울 수 있을 것 같소."

"정씨가 범인이 아닐 수도 있다는 생각을 갖고 계시긴 하군요?"

"그래서 섭섭한 거요?"

나는 웃으면서 물었다.

"아니요, 얼마나 고마운지 몰라요. 정씨에게 고맙고, 제자를 믿어준 김재준 목사님께 고맙고, 특히 당신에게 고마워요."

"그래봐야 아직 시작도 않은 거요. 그렇게 덥석 믿고 고마워하니 나중에 실망은 또 어찌 감당하겠소? 내 보기에 당신은 별수 없이 예수쟁이요. 뭐든 의심 없이 워낙 잘 믿으니까."

나는 아내의 등을 두드려주었다. 아내는 별다른 대꾸 없이 나를 욕실로 밀었다.

세면을 끝내고 다시 나왔을 때 아내는 화장대 앞에 앉아 있었다. 지난밤 아무렇게나 던져둔 양말은 이미 치워졌고, 새 양말이 침대에 놓여 있었다. 사건 관련 문건들도 정리된 상태였다. 나는 그것들을 가방에 담고 옷을 입었다. 프런트에서 보자는 말을 남기고 먼저 객실을 나섰다.

아내를 태우고 눈부신 햇살 속으로 차를 몰면서 아무래도 집에는 늦은 저녁이나 돼야 도착할 것 같다고 말했다. 정원탁을 만나고, 사건현장을 다녀오고, 몇몇 증인까지 수소문하다 보면 그리될 게 분명하다고 했다. 시간이 되면 춘천방송국과 기상청까지 연락할 생각이라고 덧붙였다. 무슨 일이든 잘 참아내는 아내는 아무 걱정 말라고 짤막하게 답했다.

도로가에 있는 식당에서 아침을 들고 춘천교도소에 도착했을 때는 아직 10시가 안 돼 있었다. 나는 변호사 접견신청을 먼저 해놓았다. 그 시간 동안 아내에게는 산책이라도 하라고 말했지만, 아내는 이미 자기 일을 만들어두고 있었다.

"사건 당일 일몰시간과 방송프로그램도 확인하실 거라고 하셨잖아요. 그건 제가 알아볼게요."

"그건 시간 남으면 확인하겠다는 거였고, 아니면 사무원한테 맡겨도 되는 건데, 괜한 수고 아니겠소?"

아내는 그 정도는 자신도 할 수 있다고 말했다. 나는 굳이 뭘

가를 하고 싶다는 아내를 말릴 생각은 없었다. 힘닿는 데까지 알아보라고 했다. 접견 끝나면 승용차에서 보자는 말도 남겼다.

변호사 접견실은 제국시대에 지어진 낡은 건물의 복도 중간쯤에 있었다. 나는 그곳에서 정원탁을 기다렸다. 이윽고 서른 중반으로 보이는 짧은 머리의 남자가 교도관의 안내에 따라 안으로 들어왔다. 푸른 수의에는 정치범이나 무기수만이 다는 붉은색 수번이 달려 있었다. 37세, 대머리에 짧은 머리, 무기수 수번, 첫눈에도 정원탁이었다. 그는 의아한 눈길로 나를 보았다. 변호사 접견실로 들어왔으니 내가 변호사임은 알겠지만, 가족 중 아무도 의뢰할 사람이 없지 않은가. 그렇다면 법정에서 진심으로 반성하고 있으니 선처 바랍니다, 운운하는 국선변호사인가. 하지만 국선변호사라면 나이 예순은 좋이 넘었을 텐데, 앞에 있는 변호사는 많아 봐야 마흔 초중반 정도밖에는 안 돼 보이지 않는가. 그러니 누군가? 누군데, 누구 때문에 나를 접견하는 걸까? 아마도 그는 그런 생각을 하는 모양이었다. 나는 의혹의 눈길을 감추지 않는 정원탁에게 자리에 앉으라는 말부터 꺼냈다.

"이름이 정원탁이고, 나이는 서른일곱, 1934년생 맞습니까?"

그는 여전히 의아한 눈길을 감추지 않은 채 고개만 끄덕였다.

"혹시 김재준 목사를 아시오? 며칠 전 내 사무실에 다녀가셨는데, 스승 되시죠?"

"예? ……! 하지만 저는 제자도 아닌 놈입니다. 그냥 그분의

49

얼굴에 먹칠만 해온 근심덩어리입니다."

전혀 생각지도 않았던 이름이 내 입에서 흘러나왔는지 그는 놀라워했다.

나는 김재준이 사무실을 다녀간 내막에 대해 설명해주었다. 두 차례나 자살을 시도한 것에 대해 염려하시더라는 얘기와 무죄에 대한 확신도 분명한 것 같더라는 얘기도 해주었다. 내가 말하는 동안 그는 자신의 스승을 떠올려서인지 시종 고개를 들지 못했다. 나는 분위기를 환기시킬 요량으로 그의 머리스타일에 대해 물었다.

"원래부터 머리를 그렇게 스포츠로 깎고 다닙니까? 대머리면 머리카락 한 올도 아까워 오히려 열심히 기르고 관리도 철저히 할 텐데?"

"보시다시피 저는 좀 심합니다. 머리카락 몇 올로 벗겨진 머리를 숨길 수 없으니, 아예 드러내놓고 다녔습니다."

"그런데도 경찰이 유력한 증거물로 빗을 내놓았단 말이지요?"

그는 대답 대신 물끄러미 나를 쳐다보았다. 내 물음의 진의를 파악하는 것처럼 보였다.

"사건현장에서 발견된 증거물로는 빗 말고도 동아연필, 슬리퍼 한 짝이 더 있습니다. 특히 슬리퍼 한 짝이 제 것이 틀림없다면, 오히려 빗보다 더 확실한 증거물이 됐겠지요. 하지만 슬리퍼는 볼이 좁아 아예 제 발을 넣을 수조차 없었습니다."

"그러나 검찰에선 자신의 것이 맞다고 다 인정했지요?"

"예. 제 것이 맞다고 인정할 수밖에 없었습니다."

"탄원서에 보면 사건 당일 아홉 시 전에는 집 밖으로 나가지도 않았다고 했습니다. 그런데 아홉 시 전에 일어난 그 사건을 두고, 자신이 범인이었다고 진술했습니다. 그것도 그렇게 진술할 수밖에 없어서였습니까?"

"탄원서를 보셨다니 아시겠지만, 저는 조작된 인간적 약점 때문에 범인으로 내몰려 고문을 당했고, 범인이 돼야만 했습니다."

정원탁은 이미 탄원서에서 읽은 조작된 인간적 약점이라는 것과 고문과정에 대해서 길게 살을 덧붙였다. 나는 필요하면 중간중간 말을 끊고 그의 증언을 보다 구체적으로 들을 수 있었다. 그가 범인이 아니라는 확신은 그의 벗겨진 짧은 머리를 처음 봤을 때부터 갖게 되었다. 그런데도 나는 그의 얘기를 가능한 한 구체적으로 듣고자 했다. 검찰의 공소장을 뒤엎을 결정적인 방증 내용을 얻게 될지도 모른다는 기대감 때문이었다. 그러다 보니 금번 살인사건과 직접 관련이 없는 정원탁의 인생역정에 대해서도 들었다. 한때는 신학도였던 자가 왜 목회의 길을 버리고, 처참하게 무너져내렸는지에 대해 들었다. 대학을 졸업한 지 15년이 지났는데도 스승 김재준과의 관계가 유지돼온 그 이면 세계에 대해서도 들었다. 큰아들은 언제 죽고, 만화가게는 어쩌다 하게 되었는지도 들었다.

물론 이런 이야기들은 여전히 사건과 관련 없는 것들이다. 그러나 검찰은 될 대로 되라는 식으로 살았으니 살인도 저지를 놈이라는 정황적 증거를 토대로 정원탁을 범인으로 몰아가지 않았는가? 나 역시 반대의 정황적 증거를 들이댈 필요가 있다면 언제든 들이댈 생각이었다.

나는 정원탁에게 반드시 누명을 벗게 될 날이 있을 거라는 말을 남기고 그와 헤어졌다. 이미 점심때가 지나 있었다. 아마도 독방에서 지낸다는 정원탁은 식은 밥을 먹어야 하겠다. 그건 좀 안타까운 일이지만, 감옥살이를 시작한 이래 가장 의미로 가득한 하루를 보내지 않을까, 하는 것으로 나는 위안을 삼았다.

아내는 차에서 기다리고 있었다. 얘기가 길었던 모양이라고 묻기에, 나는 앞으로도 몇 차례 더 면회해야 할 거라고 말했다. 그리고 기상청과 춘천방송국에 연락은 해보았느냐고 물었다.

"생각보다 꽤 오래 걸렸어요. 기상청은 쉽게 알려줬지만, 방송국은 노골적으로 뻣뻣하더군요. 부득이 서울로 전화해서 최 변호사님 도움을 받았어요. 작년 9월 27일 일몰시각은 오후 여섯 시 오십 분이고요. 그날 방송프로그램은 라디오, TV 할 것 없이 모두 박스컵 축구, 우리나라와 버마의 결승전을 내보냈다네요."

"경기는 몇 시부터 몇 시까지였소?"

"일곱 시 삼십 분부터 아홉 시 삼십 분까지요."

"그렇다면 검찰이 세운 증인들이 죄 거짓말을 한 거군. 이상구, 이명자가 하수구 근처에서 정원탁이 손 씻는 걸 보고 집에 들어갔더니 9시 뉴스 중이었다는 게 거짓말이고, 일몰시각이 여섯 시 오십 분이면 이계호와 한동수가 50미터, 100미터 거리에서 정원탁을 목격했다는 것도 있을 수 없는 일이잖소? 어떻게 밤 여덟 시 넘은 시간에 그 먼 거리에서 오줌 누는 사람을 분간할 수 있단 말이오?"

나는 갑자기 모든 게 풀리는 듯한 희열을 느꼈다. 그러면서도 증인들이 왜 하나같이 그런 거짓말을 하는 건지 그 이유가 궁금했다. 뿐만 아니라 약간의 불안도 느꼈다. 나는 그 의문을 풀고자 모든 경우의 수를 떠올려보았다. 하지만 어떤 경우든 나를 설득시킬 만한 답은 없었다. 그 같은 의문과 불안은 정원탁의 만홧가게에서 일했던 여종업원 이은실을 만나러 갔을 때 더욱 증폭되었다. 그녀는 집에 없었다. 검찰에서 증언한 내용을 공판과정에서 번복했다가 위증죄로 6개월 실형을 선고받고 수감 중이라는 거였다. 2차 공판 때 사건현장에서 발견한 머리빗이 정원탁의 것이었다고 했다가, 3차 공판 때 이를 번복했다는 게 그녀의 의붓아버지 말이었다.

더욱 심란해진 나는 늦은 점심조차 들 수 없었다. 아내에게 점심을 들겠느냐고 물었다. 예수쟁이는 나보다 더욱 밥 생각이 없다고 말했다. 만약 아내가 먹자고 했다면 지금 밥이 넘어가나, 징 배고프면 딩신 혼자 믹어라, 그렇세밖에 말하시 못했을 거였다. 이럴 땐 죽이 맞아 다행이었다. 나는 정원탁의 문 닫힌 만홧가게와 사건현장을 둘러본 뒤, 곧바로 그의 집으로 향했다. 정원탁의 아내를 만나기 위해서였다. 하지만 가족은 이미 어디론가 이사한 뒤였다.

생각해보면 가장이 살인범으로 내몰린 마당에 남은 가족이 그곳을 떠나지 않는 게 제정신일 리 없었다. 나는 잠시 난감해하다가 사건 당일 빚 받으러 왔다던 송경림을 떠올렸다. 곧장 그녀가 사는 곳으로 차를 몰았다. 정원탁의 당숙모인 그녀는 사건현장과 상관없는 곳에서 살고 있었기에 파출소에 들러 주소지를 확인하고서야 찾을 수 있었다. 그녀는 집에 있었다. 대문을 밀고 안으로 들어서자 마당 한쪽 텃밭에서 고추 모종을 심고 있는 그녀가 보였다. 내가 신분을 밝히고 찾아온 목적을 말하자 그녀는 당장 몸부터 떨며 극력 나를 피하려들었다.

"여태도 증언인지 뭔지 해야 합네까?"

그녀는 피난민인 모양이었다. 많이 부드러워지긴 했어도 아직 된 발음이 남아 있는 북쪽 사투리를 썼다. 나는 경찰이나 검찰과는 전혀 다른 변호사라고 한 번 더 힘주어 말했다. 그녀는 그게 그거 아닙네까, 하면서 굳이 부엌 쪽으로 피하려들었다. 아내가 옆에서 거들고, 내가 정원탁이 풀려나야 빌려준 돈 2만원도 받을 수 있는 거라고 설득했다. 그녀는 겨우 툇마루에 앉았다. 그녀의 긴장을 풀어주느라 나는 사건과 무관한, 정원탁의 당숙모라면 멀다면 먼 사이일 텐데 관계를 유지해온 이유가 뭐였는지부터 먼저 물었다. 송경림은 방금 심다가 만 고추 모종에 시선을 둔 채 더듬더듬 삼팔선을 넘은 얘기를 꺼냈다.

"징용 나간 남편이 해방 뒤에도 소식 없었음메. 기다리다 못해 강원도 평강에서 아들 하나만 달랑 데리고 삼팔선 넘었디요. 춘천에 들어와 살려는데 살 수 있어야디요? 치과병원 하던 정원탁의 아부지를 찾아갔디요. 죽은 남편의 사촌형님이디요. 도움 많이 받았디요. 원탁이네 아녔음 아마 춘천서 뿌리 못 내렸겠디요. 특히 막내 원탁인 우리 아새끼럴 무척 이뻐해서, 우리 집에도 자주 놀러 왔디요. 원체 착하구 그런 애였디요."

"그랬군요. 그럼 정원탁이 춘천으로 내려와 아주 살기 시작한 건 언제부텁니까?"

"고작 일 년이 넘었을까, 고것밖에 안 됐디요. 원래 원탁인 목사님 되는 학교 댕긴다구 했디요. 그런데 웬일인디 목사님은 안 하고 경상도 봉화인가에서 학교선생님 하고 그랬디요. 그러다가 원탁이 큰아들 죽었다는 소식 들었디요. 그 소식 있구 나서 춘천으로 아주 온 거디요. 만홧가게에 테레비 들여논다구 내게 와서 돈 빌려갈 정도루 아주 빈털터리가 돼서 돌아왔디만, 아들 죽은 충격 때문인지 입때껏 술로만 살았디요. 그래도 사람 죽일 원탁인 결코 아니야요."

송경림은, 사람 죽일 원탁이 아니라는 마지막 말에 힘을 주었다. 그때 대문이 열렸고, 마당 안으로 이십대 중반쯤으로 보이는 젊은 여자가 늘어왔다. 송경림은 나와 아내에 사신의 미느리라고 그녀를 소개했다. 나는 며느리와는 인사를 하는 둥 마는 둥 송경림에게 사건 당일 정원탁을 찾았다가 그 집에서 나온 때가 몇 시쯤이었느냐고 물었다. 사건과 직접 관계된 질문이어선지 송경림은 처음처럼 다시 긴장하는 게 역력해 보였다. 굳게 입을 다문 채 한동안 땅만 바라보았다. 좀처럼 입을 열 것 같지 않았다. 나는 무기수가 된 정원탁을 생각해보라는 말을 했다. 내게 솔직히 말해줘도 변론에 참고할 뿐이니 아무런 피해를 입지 않을 거라고 덧붙였다. 그런데도 송경림은 여전히 망설였다. 나는 노골적으로 한 번 더 물을 수밖에 없었다.

"2차 공판 때는 정원탁의 집을 여덟 시경에 나왔다고 했다가, 4차 공판 때는 아홉 시를 넘겨 나왔다고 했지요? 어느 게 맞는 얘깁니까?"

"처음에 형사들은 나를 잡아 죽일 듯이 대했디요. 너무 무서워서 시키는 대로 여덟 시에 나왔다구 말할 수밖에 없었디요. 그러다 보니 나 때문에 원탁이 저리됐나 싶어 잠이 안 오구, 그래서 두 번째 법정에선 바른대로 말했던 거디요. 물론 그것 때문에 경을 치고 감옥까지 갈 뻔했디요. 변호사님이 그러시니 말씀드리디만, 그날 원탁이네 집을 아홉 시 넘겨 나온 게 맞습네다. 우리 며느리도 내가 열 시 넘어서 집에 들어온 걸 분명히 기억하고 있디요."

송경림의 며느리도, 그날 어머니가 10시 다 돼가는 데도 돌아오지 않아 많이 걱정했던 걸 분명히 기억한다고 거들었다. 사건이 일어난 지 닷새째 되는 날 형사들이 어머니를 끌고 가면서, 사건 당일 어머니가 집에 도착한 시간을 자세히 물었기에 또렷이 기억한다고 덧붙였다.

"그런데 그 아이가 발가벗겨져 죽은 시간이 그렇게도 중요합네까?"

송경림은 전부터 그게 몹시 궁금했던 모양이다. 나는 장양의 죽은 시간이야말로 진범을 가려내는 가장 중요한 열쇠라고 말해주었다.

검찰은 그날 저녁을 먹은 장양이 만홧가게에 간다면서 7시경에 집을 나섰다고 했다. 장양의 엄마가 어둑어둑해질 때 집을 나갔다고 했기에, 일몰시간과 연결 지어 장양의 외출을 7시경으로 어림잡은 거였다.

집을 나선 장양은 만홧가게에 가지 않았다. 만홧가게 어름에서 납치된 뒤 7백여 미터 떨어진 농촌진흥원 시험답으로 끌려갔다. 그리고 그곳에서 발가벗겨진 채 살해당했다. 시신은 이튿날 오전 농촌진흥원 직원인 이성록에 의해 발견됐다. 곧바로 춘천도립병원 외과과장인 이석이 시신을 부검했다. 이석은 부검 결과, 장양은 위의 내용물로 보아 식후 한 시간 이내에 죽었다, 칼국수 면과 콩나물과 김치가 원형 그대로 검출되었기 때문이다, 하는 소견서를 내놓았다. 이석의 소견서대로라면 장양의 살해시간은 7시 30분에서 8시 사이를 넘지 않는다.

무슨 이유에선지 검찰은 이석의 부검 소견서를 무시해버렸다. 장양의 위 내용물을 서울의 국립과학수사연구소로 다시 보냈다. 열흘 뒤 날아온 국과수 소견서에는, 내용물의 부패 정도로 보아 식후 한 시간에서 두 시간 사이에 사망한 것으로 추정한다고 기록돼 있다. 서울까지 위 내용물의 운반과정에서 부패를 재촉했을지도 모를 온도와 시간을 고려했다는 첨부사항은 없었다. 여하튼 국과수에서 내놓은 소견서대로라면 장양은 8시에서 9시 사이에 사망한 것으로 볼 수 있었다.

검찰은 정원탁을 살인범으로 만들었다. 춘천도립병원 외과 과장 이석의 사망 추정시간에 맞추려면 정원탁의 외출을 7시로 해야 한다. 국과수의 사망 추정시간에 맞추려면 8시로 해야 한다. 검찰은 밤 9시 전에는 집을 나서지도 않은 사람을 7시 외출로 잡기에는 무리가 따랐는지 8시 외출로 밀어붙여 살인범으로 만들었다. 필요하면 증인을 만들고, 필요하면 송경림의 경우처럼 증언까지 조작해놓았다. 항소심에서 검찰 측 증인들만 바른말을 해준다면 정원탁은 쉽게 풀려날 수 있었다. 하지만 위증죄로 법정구속을 겁내야 하는 증인들로서는 증언을 번복하기란 불가능할 것으로 보였다.

나는 송경림과 그의 며느리에게 고맙다는 말을 하고 아내와 함께 대문을 나섰다. 손목의 시계는 오후 4시를 넘고 있었다. 한 식당에 들러 허기를 달랜 뒤 천천히 서울로 향했다. 꽃봉오리의 버는 속도가 서울보다 늦는지 경춘가도의 꽃잎은 그제야 흩날렸다. 눈물겹도록 아름다웠다. 십 년 세월 동안 할 일을 마침내 해치운 것처럼 몸은 지나치게 나른했다. 그러나 졸음이 밀려오기보다는 과연 정원탁을 살려낼 수 있을까. 그 걱정이 앞섰다. 이제 시작에 불과한 일이지만, 나는 이미 씻을 수 없는 크나큰 실패를 맛본 뒤였다. 서울구치소의 독방에서 무작정 사형집행일을 기다리고 있을 오를 기어이 구해내지 못한 거였다. 나는 오의 얼굴에 오버랩되는 정원탁의 얼굴을 보면서 살려낼 수 있을까, 살려낼 수 있을까, 수없이 되뇌었다.

이를 위해선 검찰 측 증인들을 다시 법정에 세워야 하지만 이는 불가능하다. 오직 1심에서 증언한 내용들을 일일이 무너뜨리는 방법밖에 없다. 오늘 만나지 못한 증인들까지 만나서 조작된 증언내용들을 듣고, 그 또한 깨뜨려야 하니 결코 만만한 일이 아니다. 이를 위해선 무엇보다 춘천도립병원 외과과장인 이석의 법정 증언을 끌어내야 한다. 그의 증언이 받아들여진다면 검찰은 정원탁을 7시에 집을 나선 자로 바꿔야 한다. 모든 증언이 8시에서 9시 사이로 맞춰져 있으니, 더 이상 정원탁을 옭아맬 방도란 없을 것이다. 정원탁은 무죄다. 이를 위해 나는 또 얼마나 자주 춘천을 오가야 할 것인가.

예리한 긴장감 탓인지 머리는 맑았다. 졸음운전이라도 할까봐 종종 고개를 돌려 내 얼굴을 살피는 아내에게 피곤하면 눈좀 붙이라고 말했다. 아내는 내 걱정은 말라고 하면서 정원탁 사건에 대해 어떤 확신은 섰느냐고 물었다. 당신은 어떠냐고 되물었다. 예수쟁이는 송경림을 만난 뒤로 무죄라는 확신이 섰나고 말했다. 나 역시 그렇다는 말을 했으나, 머릿속을 맴도는 생각을 말끝에 달았다.

"무죄로 풀려나기란 쉽지 않을 거요."

아내는 다음 말을 기다렸다.

"워낙 총체적으로 조작된 사건이니, 결코 변호사만으론 안 될 거요. 그만큼 한 점 오심도 허락지 않는 판사의 의지가 꼭 필요하다는 얘기요."

"그렇다면 한 사람이 폐인이 되든 말든 검찰은 왜 그렇게 총체적으로 조작했을까요?"

"글쎄요? 의심스러울 땐 피의자의 이익에 따른다는 상식조차 외면하고 있으니, 나 역시 그걸 이해 못하겠소. 아마도 고문의 위력이 얼마나 대단한지 도대체 실감하지 못하는 데다, 일에 채이다 보니 인간에 대한 애정이고 뭐고 없었던 것 같소. 경찰은 범인을 잡기보다는 범인을 만드는 데 급급했고, 검찰은 사건을 받아 그대로 법원에 넘겨주는 지게꾼 역할만 한 거라고밖에 달리 볼 수 없는 거요."

나는 부장판사 시절 고교후배인 검사가 찾아와 내게 하소연했던 얘기를 아내에게 해주었다. 당시 후배 검사는 참으로 모를 일이라고 하면서 이런 얘기를 했다. 그는 한 살인사건을 송청받고 수사기록을 검토하는데, 피의자의 자백이 참으로 평범하다는 것을 깨달았다. 진범만이 말할 수 있는 비밀폭로가 전혀 없는 거였다. 그는 혹시 고문으로 인해 허위자백한 게 아닌가, 그런 의심을 할밖에 없었다. 후배 검사는 피의자에게 수없이, 경찰 자백은 법정에서 부인하면 증거가 안 된다, 지금 사건과 너를 연결하는 끈은 너의 자백밖에 없다, 너는 필경 경찰에게 심한 고문을 받았을 거다, 그러니 이제라도 늦지 않았다, 사실대로 말해다오, 나는 검사의 명예를 걸고 너를 고문하지 않겠다, 뿐만 아니라 일단 검찰에 송치되면 너는 경찰서로 돌아가는 일도 없을 거라고 설득했다. 그런데도 피의자는 끝내 자기가 범행한 거라고 말하는 거였다. 후배 검사는 시간을 끌 겸 경찰기록에 나와 있는 열여덟 명의 참고인을 전부 불러 물어보았다. 물론 참고인들에게서 얻어들을 만한 것은 없었다. 그는 다시 피의자를 불렀다. 그렇게 총 다섯 번이나 피의자를 불러 번번이 이번이 마지막이라고 하면서 진실을 말해달라고 아예 사정조로 말했다. 하지만 피의자는 끝끝내 자신이 범인이라고 말했다. 후배 검사는 피의자를 기소할 수밖에 없었다. 그런데 1심 재판 중에 진범이 잡혀 그 피의자는 풀려났다. 아예 사정조로 진실을 말해달라고 했던 그 피의자가 범인이 아닌 거였다. 그날 후배 검사는 도대체 모를 일이라고 고개를 절레절레 흔들면서 말했다.

"선배님, 저는 어째서 그 피의자가 살인범죄를 자백하고, 자기가 살인범이라고 고집했는지 그 이유를 지금도 알 수 없습니다. 고문이 두렵더라도 무기수나 사형수 되는 것보다 두려울까요?"

고문의 두려움이 어느 정도인가를 어실히 보여주는 후배 검사의 얘기에 나 역시 감당하기 힘든 충격을 받았다. 그날 이후 법복을 벗기까지 나는 '증거의 꽃'이라는 피의자의 자백을 극도로 의심하기 시작했다. 오직 명백한 정황과 증거가 있을 때에만 피의자를 범인으로 인정하려 했다. 그로 인해 법복을 벗기까지 검찰과 나와의 불화는 끈질기게 계속되었다.

후배 검사의 얘기에 예수쟁이 역시 큰 충격을 받은 모양이었다. 아내는 흐르는 강물에 시선을 묻은 채 좀처럼 입을 열지 않았다. 가끔씩 뜨거운 숨만 내뿜었다. 우리의 긴 침묵 속으로 정원탁이 지나가고, 김재준의 얼굴이 지나가고, 위증죄로 구속 중인 이은실이 지나가고, 송경림의 북쪽 사투리가 섞인 목소리가 지나갔다. 강물엔 어둠발이 내리고 있었다. 어둠발은 황혼을 밀어내면서 성큼성큼 다가오더니 서울에 도착했을 때는 처연한 봄밤을 드리워놓았다.

다음 날부터 항소심 공판이 있기까지 나는 네 차례나 더 춘천을 다녀왔다. 정원탁이 서대문구치소로 이감한 뒤에도 그렇게 했다. 검찰 측 증인을 만나 일일이 증언내용을 확인했다. 처음 증언할 때 경찰의 협박이 있었는지, 때로는 노골적으로, 때로는 우회적으로 물었다. 때에 따라서는 증언의 사실 여부를 조목조목 따져 묻기도 했다.

죽은 장양의 어머니인 이명자를 만났을 때는 장양의 주머니에서 나온 TV시청표가 여로만홧가게 시청표라는 것을 상기시켰다. 장양의 어머니 이명자는 경찰과 검찰에서, 죽은 딸이 다른 만홧가게엔 간 적 없다, 오직 정원탁의 만홧가게만 갔다고 증언했기 때문이다. 내 말을 듣고서야 이명자는 딸이 여로만홧가게에도 간 적 있다고 시인했다. 그러나 여로만홧가게는 주인이 과부였기에 경찰이나 자신은 애초에 정원탁을 의심할 수밖에 없었다고 토로했다.

나는 장양의 집과 정원탁의 만홧가게 거리가 불과 150미터밖에 안 되는 점도 주목하고, 경찰수사의 터무니없는 억지를 들춰냈다. 그날 장양은 7시경에 집을 나섰다. 사건은 8시 30분이 지나서 일어났다. 정원탁이 설령 8시에 집을 나섰다고 한들 장양은 한 시간이 넘도록 도대체 어디서 무얼 하고 있다가 정원탁에게 끌려갔단 말인가. 물론 그날 장양은 정원탁의 만홧가게엔 발길도 하지 않았다. 그런데도 장양의 어머니인 이명자의 진술은 참고가 되었고, 정원탁의 알리바이는 왜 배척되어야 했는가. 그에 대해서도 조목조목 따져볼 참이었다.

그런가 하면 사건 직후 다리 위를 지나다가 하수구에서 정원탁이 손 씻는 것을 보았다고 증언한 이상구, 김명자의 진술은 전적으로 경찰의 강압에 의한 진술임을 밝혀냈다. 두 사람은 사건 당일 극장에서 영화를 보고 나와 집으로 가는 도중, 하수구에서 손 씻는 정원탁을 보았다고 증언했다. 집에 들어갔을 때 9시 뉴스가 진행 중이어서 정원탁을 본 게 대략 8시 50분쯤이었을 거라고 진술했다. 그러나 나를 만난 이상구와 김명지는 형사들이 그렇게 대답해야 한다고 해서 그렇게 대답한 거라고 했다. 두 사람은 정원탁이 누군지도 모르며, 집에 들어갔을 때 9시 뉴스가 진행 중이었다고 한 것도 형사들이 그렇게 말하라고 해서 그렇게 말한 거라고 했다.

그 밖에도 나는 위증죄로 감옥에 있는 이은실을 면회했다. 장양이 만홧가게로 가는 것을 보았다고 진술한 한동수를 만났고, 사건 당일 정원탁의 집에서 선반을 달아주고 함께 막걸리를 마시다가 집으로 돌아갔다고 한 김연식과 이우식도 만났다. 그러나 항소심에서 내가 가장 중요한 증인으로 채택하고자 했던 춘천도립병원 외과과장 이석은 만날 수 없었다. 국군통합병원 외과과장으로 자리를 옮겼다고 해서 어렵게 그곳까지 찾아보았으나 찾을 수 없었다.

사건당사자인 정원탁은 그 무렵 서대문구치소로 이감돼 있었기에 필요할 때면 언제든 만날 수 있었다. 서대문구치소로 이감한 뒤에도 벌써 두 차례나 만난 상태였다. 사건과 관련하여 확인차 만났지만, 정원탁은 종종 내가 묻는 것 이상의 것을 말하고는 했다. 이를테면 송경림이 그날 몇 시경에 돌아갔느냐고 확인하려들면 그는 2만 원을 빌리게 된 경위부터 설명해주는 거였다. 또 그의 아내인 강은호가 당신에게 안부 전하더라고 하면 그는 자신의 아내와 처음 만난 날의 감동부터 늘어놓았다. 자신 역시 보고 싶다면서 눈을 슴벅거리고는 했다.

수소문 끝에 서울로 이사한 정원탁의 아내 강은호를 만나서

들은 얘기까지 보탠다면 나는 정원탁의 일대기를 어느 정도 복원해낼 수 있을 정도였다. 특히 나의 순진한 아내가 종종 강은호의 집을 찾아가 그 불행한 여인의 얘기를 물어온 것까지 포함하면 제법 완벽하게 그의 일대기를 복원해낼 수 있었다. 아내는 처음 나를 따라 강은호를 찾았다. 강은호가 여고후배라는 사실을 알고 나서는 사건과 무관하게 그녀를 찾았다. 내게는 상처받은 여인의 얘기를 누누이 들려주고는 했다. 말 많은 다른 예수쟁이에 비해 아내는 말이 없는 편이었다. 신앙심에 관한 한 자기가 최고라고 여기는 오만한 예수쟁이에 비해 아내는 남을 배려할 줄 아는 순진한 예수쟁이였다.

어쨌든 몇 차례 드라마틱한 여정을 포함해서 정원탁의 삶은 충분히 흥미진진했다. 나는 그의 삶 속으로 들어갔다. 치과의사의 막내아들로서 비교적 유복한 어린 시절을 보낸 그는 원래 농담을 할 줄 알았고, 원래 밝았다. 농담 잘하는 건 나랑 비슷했다. 그는 누명이 벗겨지고 풀려날 수 있게 될 거라는 희망이 생긴 까닭인지 더욱 자신의 지나온 삶을 반성했다. 심지어 출소 후의 삶을 구체적으로 설계하고도 싶어 했다. 그는 자신의 삶을 가려온 온갖 치장품을 하나하나 벗었다. 급기야 그는 홀딱 벗었다.

2장

춘천

오쿠바

유년의 오쿠바

왜정 치하였다. 정원탁은 고향 춘천에서 소학교를 다녔다. 학교에서 그는 오쿠바(臼齒: 어금니)로 불렸다. 아이들은 어금니부터 썩었다. 아래 어금니보다는 위쪽 어금니가 심했다. 오른손잡이의 경우 오른쪽 위 어금니가 먼저 썩었다. 왼손잡이의 경우 왼쪽 위 어금니가 먼저 썩었다. 치과를 다녀온 아이들은 썩은 어금니를 뽑을 때 갖는 두려움과 아픔의 기억에서 자유롭지 않았다. 아이들은 그 강렬한 기억 때문에 치과병원의 막내아들인 정원탁을 오쿠바로 불렀다.

오쿠바의 학교생활은 특별할 게 없었다. 5학년 때 일인교사에게 박계주의『순애보』를 빼앗긴 게 기억에 남았다. 우리말 사용이 금지된 학교에서 우리말 소설『순애보』를 읽는 일은 위험한 거였다. 물론 재미있어서 읽었을 뿐 반항할 뜻은 없었다. 오쿠바는 두려움을 무릅쓰고 도발하거나 저항하기에는 아직 어렸다. 책은 하필 살인누명을 쓴 주인공 문선이 경찰병원에 누워 있을 때 진범이 찾아와 살인전모를 고백하는 장면에서 빼앗겼다. 다음 장면이 궁금해 미칠 지경이었다. 운동장을 열 바퀴 도는 벌을 받고서도 궁금해 미칠 지경이었다. 오쿠바는 분하고 억울해서 며칠간 잠을 이룰 수 없었다. 오죽하면 여고에 다니는 둘째 누나 원희가, 우리 원탁이 뭣 때문에 뿔난 거야, 하는데도 콧방귀도 뀌지 않았을까. 뒤늦게 사정을 알게 된 누나들이 『순애보』를 사주겠다고 나섰으나 오쿠바는 단호히 뿌리쳤다.

"가나자와 선생님이 돌려줄 때까지 난 이제 『순애보』를 절대 안 볼 거야."

오쿠바는 정말 안 보겠다고 결심했다. 열흘쯤 지나 서울을 다녀온 큰누나가 『순애보』를 오쿠바의 책상에 놓기 전까지는 그랬다. 학교에서 돌아온 오쿠바는 제 방에서 그 책을 보는 순간 몹시 마음이 흔들렸다. 보고 못 본 척하는 게 나은지, 안 보고 집어던지는 쪽이 나은지 사뭇 머리가 어지러웠다. 그러다가 자신도 모르게 잽싸게 방문을 걸어 잠그고 책을 펼쳐들었다. 다 읽을 생각은 아니었다. 진범이 자수해 주인공의 누명이 벗겨지는지만 확인할 생각이었다.

주인공 문선의 살인 누명은 벗겨지지 않았다. 살인 누명에다 두 눈까지 잃은 문선은 병원에서 퇴원과 동시에 구속 수감되었다. 하늘이 무너져도 꼭 읽고 싶었던 데까지는 읽은 셈이었다. 그러나 궁금증은 오히려 증폭됐다. 오쿠바는 마른침을 삼키면서 다음 장을 상상했다. 읽을까 말까, 다시 몇 번이나 망설였다. 오쿠바는 끝내 방문을 여는 쪽을 택했다. 큰누나 방으로 가서 『순애보』를 침대 위로 던졌다. 한 줄도 읽지 않은 것처럼, 절대 안 볼 거라고 했는데 왜 사왔느냐고 소리를 질렀다. 큰누나는 미안해서 어쩔 줄 몰라 했다.

이듬해 8월 15일. 광복을 맞자 오쿠바가 제일 먼저 떠올린 것도 『순애보』였다. 그날 병원으로 출근한 아버지는 전에 없이 일찍 집으로 돌아왔다. 아버지는 기왕에 들어왔으니 점심을 준비하겠다는 어머니의 팔을 당겨 라디오 앞으로 끌었다. 아버지는 정오가 되면 일본 왕의 중대 발표가 있을 거라고 말했다. 무슨 이유 때문인지 몰라도 아버지와 데면데면해온 엄마도 그날만은 아버지의 팔에 끌렸다. 지루한 방학을 보내고 있던 오쿠바는 아버지와 엄마 사이에 누워 덩달아 중대 발표를 기다렸다. 마침내 정오 사이렌이 울렸고, 뒤이어 일본 왕의 목소리가 흘러나왔다.

"비상조치로써 시국을 수습하고자 여기 충량한 그대들 신민에게 고하노라."

일본 왕의 목소리는 떨렸다. 무슨 말인지 몰라 잔뜩 긴장하고 있는 오쿠바에게 아버지는 감격 때문인지 거의 울먹이듯 일본 왕이 항복을 선언했노라고 설명해주었다. 오쿠바는 가나자와 선생을 제일 먼저 떠올렸다.

그로부터 열흘쯤 지나서였을까. 소련군이 춘천에 들어온다는 얘기가 있을 때였다. 그러니 아마도 그쯤이겠다. 오쿠바는 친구들 네 명과 함께 가나자와 선생 댁을 찾았다. 선생은 집에 있었다. 부인이 그와 친구들을 맞았다. 가나자와 선생은 겁먹은 얼굴이었다. 소학교 6년에 불과한 제자들한테까지 해코지를 당할까 봐 그랬는지는 몰라도 시선이 몹시 흔들렸다. 오쿠바와 친구들은 부인이 안내하는 대로 거실 다다미 바닥에 둘러앉았다. 부인은 차와 생과자를 내왔다. 가나자와 선생과 예닐곱 살쯤 돼 보이는 아들은 전혀 말이 없었다.

"이렇게 찾아주니 참 고마워요. 가지야, 너도 형들 옆으로 와!"

부인은 상냥하게 말했다. 아들은 이빨이 아프다면서 고개를 저었다. 오쿠바가 보기에도 볼때기가 좀 부어 보였다.

친구들이 생과자를 먹는 동안 오쿠바는 그것을 집어 들지 않았다. 말을 꺼내야 하는데 언제쯤 꺼내야 할지 갈등하는 중이었다. 부인이 생과자를 집어 오쿠바에게 건네고서야 그는 마지못해 그것을 씹었다. 낯선 손님에 대한 긴장이 풀렸을까, 선생의 아들 가지가 거의 울상이 되어 이빨이 아프다는 말을 반복했다. 손님이 있을 때는 참아야 한다고 부인이 입술에 검지를 갖다 댔지만, 아들은 아프다는 말을 되풀이했다. 방문한 목적을 잊은 듯 친구들은 생과자를 먹느라 정신없었다. 오쿠바는 풀잎 향이 각별한 찻잔을 입가에 대고 한 모금 삼켰다. 이윽고 결심한 듯 숨을 내쉬고 나서 상기된 목소리로, 그러나 또박또박 말했다.

"선생님, 작년에 빼앗은 『순애보』를 돌려주세요!"

무슨 일이 생길지 몰라 내내 어두운 표정이던 가나자와 선생은 그런 거라면 아무 일도 아니라는 듯 비로소 구겼던 인상을 폈다. 선생은 자리에서 일어나 다락문을 열고 그리로 올라갔다. 그는 우리말로 된 이십여 권의 책을 들고 내려와 오쿠바와 친구들 앞에 내려놓았다.

"이제 조선말을 찾았으니 돌려주마. 미안하다."

가나자와 선생은 이십여 권의 책 속에서 굳이 오쿠바의『순애보』를 찾는 척했다. 정작 책을 찾은 쪽은 오쿠바였다. 생과자에 정신 팔려 있던 친구들도 뒤늦게 자신들의 책을 찾았다. 약간의 소란 속에서 오쿠바는 남아 있는 책들을 살폈다.

"남은 책들은 어떡하죠?"

가나자와 선생은 친구들끼리 나눠 가져도 상관없다고 말했다. 자신은 이제 곧 본토로 돌아갈 거다. 돌아가는 길에 필요한 건 아무것도 없다. 더군다나 이 책들은 내 것도 아니다. 그렇게 말했다. 지휘봉을 들고 다니며 조선말을 엄격히 통제하던 가나자와 선생이 아니었다. 볼품없이 위축된 처량한 모습이었다. 그러니 선생의 집으로 달려올 때만 해도 기세등등하던 노기는 풍선 바람 빠지듯 가라앉았다. 오쿠바는 남은 책들 속에서 박태원의『천변풍경』을 골랐다. 어떤 친구는 현진건의『무영탑』과 잡지를 골랐고, 또 어떤 친구는 유진오의『주봉』을 고르기도 했다.

밖으로 나왔을 때 배웅 나온 가나자와 선생은 부인의 손을 잡은 채 또다시 미안하다는 말을 되풀이했다. 안에서는 이빨이 아픈 가지의 울음소리가 들려왔다. 오쿠바는 친구들과 함께 발길을 돌렸다. 그러나 이내 돌아서서 선생의 부인에게 말했다.

"가지를 아버지 병원에 데려가고 싶어요. 정말 많이 아픈가 봐요."

선생의 부인은 고맙지만 사양한다고 답했다. 조선인 순사가 소양호에서 시신으로 발견된 뒤부터 일인들은 하나같이 긴장했다. 요 며칠 새 일인들은 시장에도 잘 나오지 않았다. 오쿠바는 선생 내외도 조선사람 만나는 걸 두려워하는 거라고 생각했다. 때문에 자신이 가지를 데려갔다가 데려오면 어떻겠느냐고 물었다. 선생 내외는 머뭇거릴 뿐 굳이 반대하지 않았다. 오쿠바가 집 안으로 들어가 가지를 데리고 나오자 부인은 뒤늦게 같이 가겠다고 따라나섰다.

아버지의 치과병원에 도착했을 때 다른 환자들은 없었다. 일본이 패망한 뒤로 온갖 물건으로 흥청대는 시장과 달리, 오쿠바의 아버지 병원은 파리가 날렸다. 주요 고객인 일본인 환자들이 발길을 끊은 데다, 조선인 상류층 발길도 끊긴 때문이었다. 오쿠바로선 다른 환자가 없는 게 좋았다. 그만큼 가지의 치료가 빨라질 테니까.

가지가 치료받는 동안 오쿠바는 선생의 부인 곁에서 기다렸다. 선생 댁에서 돌려받은 『순애보』를 읽고 싶었지만, 이 상황에서 그런 걸 읽으면 안 된다는 것쯤은 알고 있었다. 선생의 부인처럼 그저 걱정하는 척하는 게 도리라고 여겼다. 오쿠바는 소파에 앉은 채로 점잖게 기다렸다. 엄살이 섞인 가지의 울음소리가

73

좀은 거슬렸으나 그 정도는 참을 수 있었다. 치료는 생각보다 빨리 끝났다. 아버지의 손을 잡고 대기실로 나온 가지의 볼때기엔 두 줄의 눈물선이 선명했다. 가지는 여전히 훌쩍거렸다. 아버지는 선생의 부인에게 그런 가지를 넘기면서 내일 다시 와야 한다고 말했다. 선생의 부인은 고맙다고 답했다.

부인과 가지가 현관문을 밀자 오쿠바도 덩달아 따라나섰다. 간호부 누나와 아버지는 놀다 가라고 말했다. 오쿠바는 고개를 저었다. 가능하면 빨리 돌아가 『순애보』를 펼쳐들고 싶었다. 갈림길에서 선생의 부인과 헤어진 오쿠바는 곧장 집으로 달렸다.

그날 저녁부터 오쿠바는 『순애보』를 다시 읽었다. 기억 속에 또렷이 남아 있다고 생각했던 장면들은 많이 지워져 있었다. 오쿠바는 주인공 문선이 실명失明당하고 살인누명을 쓰게 된 곳부터 다시 읽었다. 어렵지 않은 데다 끝없이 다음 장면을 유혹했다. 오쿠바는 이틀 만에 책을 덮을 수 있었다. 실명한 주인공 문선을 찾아내어 마침내 결혼에 성공한 명희의 순애보는 제법 오랫동안 가슴에 남았다.

춘천은 흥청거렸다. 해방의 감격이 좀처럼 식지 않았다. 거리는 여태도 태극기 물결로 넘쳤다. 오쿠바도 여러 명의 친구들과 함께 일장기를 개조해 만든 태극기를 들고 쏘다녔다. 어떤 친구는 건곤감리乾坤坎離 괘를 넣지 않은 태극기를 들고 다녔다. 어떤 친구는 청색 물감을 구하지 못해 일장기 가운데다 구멍만 뚫은 채로 들고 다녔다. 그만만 해도 괜찮았다. 심지어 어떤 친구는 일장기를 그대로 들고 다니는 경우도 있었다. 하지만 입에서 터져 나오는 구호는 똑같았다.

"대한독립만세!"

늦여름 뙤약볕에 목이 터져라 외치고 다니면 땀에 전 광목 바지가 똥구멍 사이에 끼어서 보폭을 줄였다. 나이 든 여자들은 자꾸만 저고리 섶이 말려 올라가 새카만 젖꼭지를 드러내곤 했다. 그런데도 소양강과 북한강의 합류점에 있는 옥산포 장場이나 읍내 장은 장이 서지 않는 날조차 만세객萬歲客들로 만원이었다. 급기야 장은 매일 서다시피 했다. 장바닥 돗자리마다 광복 이전에는 좀처럼 볼 수 없던 온갖 것들이 쌓였다. 열에 들뜬 만세객들은 만세 반 구경 반으로 그런 장터를 휩쓸고 다녔다.

장에 나온 것들 중 압권은 팔뚝만큼 굵으면서도 길게 늘여 놓은 엿가락이었다. 그중에는 참깨를 빽빽이 박아놓은 것도 있었다. 사탕과자와 피륙이 있고, 한쪽에는 왜인들이 즐겨 입던 셔츠나 터키산 빨간 무명옷들도 쌓여 있었다. 일본 담배나 급사용 가죽가방, 황린성냥, 금속 머리핀들까지 쌓여 있는 장터를 돌고 나면 온몸은 혼곤해져 걸음조차 옮기기 힘들었다. 오쿠바는 그런 몸으로 아버지의 병원을 찾고는 했다. 그때마다 간호부 누나는 병원 뒤꼍에 있는 우물 속에서 사이다를 꺼내 오쿠바에게 내밀고는 했다.

소련군이 춘천에 진주한 건 8월 28일부터 9월 2일까지 닷새

동안이었다. 파장은 컸다. 4천 명에 이르는 일인들에겐 그랬다. 소련군이 진주할 거라는 소문만으로도 일인들은 심히 긴장했다. 떠나는 길과 눌러사는 길 사이에서 주판알을 튕기던 일인들은 급격히 떠나는 길로 돌아섰다. 소련군을 피해 북쪽에서 내려온 일인들은 특히나 충격이 컸다. 그들은 유독 겁먹은 얼굴이었다. 소련군을 피해 사투를 벌이면서 춘천까지 내려왔는데 다시 만나다니, 북쪽에서 내려온 일인들은 공포에 질렸다. 그 와중에 금화에서 내려왔다는 일인 가족은 숨겨온 금붙이를 빼앗겼다. 원산의 적전천 북쪽에서 내려왔다는 일인 여자는 조리돌림을 당했다. 그 여자는 순사부장의 부인으로 마흔이 넘어보였는데, 얼굴을 아는 남자와 맞닥뜨린 바람에 조리돌림을 당했다. 오쿠바와 친구들은 어른들에게 쫓겨 먼발치에서만 발가벗겨진 그 뚱뚱한 여자를 구경했다. 울부짖는 그 여자를 보면서 어른들은, 감춰둔 놋그릇까지 훑어가며 따귀를 치고, 칼등으로 머리를 치던 왜놈 순사들에 비하면 일도 아니라고 소리를질러댔다. 그때는 아직 춘천일본인세화회가 꾸려지기 전이었다. 세화회가 꾸려진 뒤부터 일인들은 자신의 재산과 권리를 지키기 위해 조직적으로 대응했다. 춘천일본인세화회는 1946년 3월, 일인들이 떠난 뒤에도 삼팔이북에서 뒤늦게 내려온 일인들을 지키느라 부산을 떨었다.

오쿠바는 늦여름 내내 태극기와 시장과 어른들 속에서 살았다. 오쿠바가 소학교를 졸업하던 가을까지도 그런 분위기는 계속되었다. 오쿠바는 붕 떠다니는 기분이었다. 바깥의 어수선한 분위기에다 공교롭게도 그즈음 집안 역시 뒤숭숭한 상황을 맞았다. 집안의 막내인 오쿠바마저 알게 되었을 만큼, 어떤 일이 집안 식구들한테 드러난 거였다. 분한 엄마의 목소리로 보아 쉽게 가라앉을 일이 아니었다.

오쿠바가 보기엔 별일이 아니면서도 실인즉 별일이었다. 아버지의 병원을 자주 찾은 근래에 오쿠바가 특별히 어떤 별일을 발견한 적은 없었다. 환자가 없는 날이면 간호부 누나는 아버지의 원장실에서 나와 오쿠바를 반기고는 했다. 그게 뭐 어쨌다는 말인가. 그때마다 어여쁜 간호부 누나는 몰래 어떤 일을 저지르다 들킨 사람처럼 보조개가 들어간 발그레한 얼굴로 오쿠바를 맞았다. 하지만 그게 뭐 어쨌다는 말인가. 간호부 누나는, 얼마나 귀여운지 몰라, 하면서 오쿠바를 으스러지도록 끌어안아주었고, 수건을 적셔와 땀으로 흥건한 오쿠바의 얼굴을 닦아주기도 했다. 심지어 간호부 누나는 오쿠바를 뒤꼍 우물가로 데려가 등목을 시켜준 적도 몇 번 있었다. 그런 간호부 누나를 두고 엄마는 눈알이 촉촉할 때부터 알아봤다면서 여러 남자 홀릴 년이 젖퉁이까지 크다고 분해했다. 오쿠바는 엄마의 상기된 얼굴을 보고 입을 다물었다. 간호부 누나가 왜 욕을 먹어야 하는지 그 이유를 짐작은 하겠으되 짐짓 모르는 척하는 게 그가 할 일이었다.

엄마의 입은 더 이상 열리지 않았다. 엄마는 근래 들어 아버지가 집을 찾지 않는 이유에 대해서도 입을 다물었다. 벽을 향해 등을 돌린 채 엄마는 그해 가을을 견뎌냈다. 종종 아버지가 보고 싶기도 해서 병원을 찾고 싶었지만, 오쿠바는 왠지 그렇게 하면 안 될 것 같아 그렇게 하지 않았다. 낙엽이 흩날리고, 집안에서조차 가을이 깊어갈 무렵 엄마는 홀연히 일어나 이삿짐을 꾸렸다. 그리고 지난봄에 시집간 큰딸을 제외한 3남매를 이끌고 춘천을 떠나 서울의 돈암동에 짐을 풀었다. 물론 아버지와 병원은 춘천에 남은 상태였다.

영치

늦가을 돈암동이나 성북천 어름은 시퍼런 동네였다. 다닥다
닥 붙은 집집마다 처마 밑으로 시퍼런 시래기를 매달았다. 무청
줍는 사람들은 아침마다 돈암시장이나 오일장이 서는 경동시
장으로 달려갔다. 시장은 무청 줍는 사람들로 발 디딜 틈 없었
다. 장작 열 단을 사면 주워 모은 무청까지 날라다줬지만, 대부
분 목이 휘도록 무청을 이고 시오 리 길을 걸었다. 오쿠바의 엄
마는 예외였다. 춘천에 사는 동안 무청을 주워본 적이 없었다.
돈암동에 자리 잡은 뒤에도 엄마는 무청을 주우러 다니지 않았
다. 돈이 좀 있는 데다, 여고를 졸업한 오쿠바의 둘째 누나가 서
울에 정착한 뒤로 화신백화점을 다니기 시작했고, 오쿠바의 형
도 돈을 벌었기에 생활은 그러구러 괜찮았다. 대추나무에 연
걸리듯 빚 걸린 사람들이 지천이던 시절에 오쿠바의 집은 그만
하면 뱃속 편한 집이었다. 장작을 사도 열 단씩 살 수 있는 형편
이었다. 수도가 귀한 시절이었기에 빨래만은 성북천에서 해야
했다. 성북천 흐르는 물은 그런대로 맑았다. 여인네들은 줄지어
앉아 빨래를 했다. 아예 가마솥 따위를 길어놓고 빨래를 삶는

이들도 있었다.

동네는 개판이었다. 웬 개들이 그리도 많은지 떼로 몰려다니며 아무 데나 개똥을 갈겼다. 먹고 사는 공간에서 멀찍이 떨어져 있으나 변소는 실인즉 무엇보다 중요한 곳이었다. 변소는 열대여섯 가구가 하나를 사용하는 공동변소였다. 때문에 변소는 하루 종일 만원이었다. 아이들은 길바닥이건 길섶이건 가리지 않고 한데서 쌌다. 오쿠바의 집은 미국에서 돌아온 이승만이 살던 돈암장 아래쪽 주택가에 있었다. 단칸방에 부엌 하나 딸린 성북천변 일대의 집들과는 비할 바 아니었다. 변소도 집 안에 있었다. 그런데도 오쿠바는 자기 방이 있고, 자기 침대가 있던 춘천 시절을 그리워했다. 물론 서울이 싫은 건 아니다. 무엇보다도 전차가 근사했다. 오쿠바의 집 앞을 지나는 돈암동선은 을지로까지 운행되었다. 전차 차장에게 승환권을 사면 종로네거리에서 용산이든 마포든 청량리든 원하는 대로 갈 수 있었다. 두 칸 전차는 동소문 고개를 넘을 때면 어른의 발품보다 느렸으나, '땡땡땡' 소리를 내며 달릴 때의 위용은 단연 서울의 압권이었다. 오쿠바는 동네 친구들과 어울려 그런 전차를 타고 경성공업중학(서울공고)을 다녔다. 친구들과 어울려 하굣길에는 허물어진 산성을 넘어 성북동 쪽으로 걸어서 돌아오고는 했다. 산성은 원래 혜화동을 지나 창신동 뒤편으로 이어져 있었다. 일제가 산성을 파괴시킨 뒤로 입때껏 복원이 안 된 상태였다. 오쿠바는 허물어진 산성을 하굣길 외에도 수시로 넘나들었다. 종로로 나가거나 창경원에 갈 때도 산성을 넘었다.

일제는 창경궁의 권위를 무너뜨리느라 동물원과 식물원을 궁 안에 차려놓았다. 뿐만 아니라 발 디딜 틈 없이 벚나무까지 심어놓아 조선의 궁이 갖는 은근한 권위마저 앗아버렸다. 이름도 궁이 아니라 원이었다. 그런 창경원은 종묘와 담을 맞대고 있어서 문 하나로 드나들 수 있었다. 오쿠바는 친구들과 그 열린 문으로 몰래 드나들었다. 여하튼 봄날의 창경원은 특히 장관이었다. 온갖 동물의 노린내 위로 흩날리는 벚꽃은 경이롭기까지 했다. 오쿠바는 눈을 통해 서울을 익혀갔다.

오쿠바의 적응 속도와는 달리 엄마는 느리거나 멈춰 있었다. 좀처럼 한숨을 놓지 않았다. 딸 구실하는 막내 오쿠바의 재잘거림에 피식 웃다가도 돌아서면 그뿐이었다. 길고 지루한 엄마의 무료함은 집안에 가득가득 고였다. 창경원에 대해 말해주고, 종로의 야시장에 대해 말해주고, 둘째 누나가 다니는 화신백화점에 대해 말해주었으나, 엄마는 좀처럼 동하지 않는 모양이었다. 원희 누나가 박가분 화장품을 사왔을 때도 그랬다.

"다 늙은 내가 무슨 소용이냐, 너나 발라라."

박 씨네서 만든 분인 박가분은 네모난 분갑 안에 흰 조각이 가지런히 놓여 있었다. 그중 하나를 손바닥에 올려놓고 물에 적셔 비비면 끈적끈적한 액체로 변했다. 원희 누나는 시범 삼아 그것을 엄마의 얼굴에 발라주었다. 엄마는 왼고개를 저었다.

감동이 없는 것들 속에서 살아가는 엄마는 날마다 집안에만 붙어 있었다. 생활을 꾸리기 위한 최소한의 것들, 이를테면 빨래를 하거나 장을 봐야 할 때처럼, 부득이한 일 외에는 거의 외출도 하지 않았다. 하지만 사노라면 늘 반전이란 게 있는 법이다. 오쿠바의 엄마도 그랬다. 엄마는 정말 느닷없이 교회에 나가기 시작했다. 집에서 한 마장 거리인 보문동 낮은 언덕바지에 있는 신암교회였다. 교회에 발길한 내력은 아주 특이했다. 누군가의 손에 이끌렸거나 전도대의 어떤 선전에 이끌린 게 아니었다.

언제부턴가 오쿠바의 엄마는 교회의 종소리가 들려올 때마다 넋을 놓고는 했다. 해거름의 붉은 노을을 타고 대-엥 대-엥 종소리가 들려오면, 그때마다 엄마는 모든 일을 접고 귀를 기울였다. 성북천에서 빨래를 할 때도 그랬고, 밥숟가락을 뜨다가도 그랬다. 종소리가 울리는 5분여 동안 오쿠바의 엄마는 숨소리조차 죽여가며 심취했다. 오쿠바가 눈치 없이, 엄마, 왜 그래요, 하고 묻기라도 하면 엄마는 쉬잇, 하면서 입을 막고는 했다. 그 엄마가 아무런 방해가 없는 새벽종소리에 더욱 빠져들었던 모양이다. 오쿠바가 오줌보가 빵빵해서 일어난 어느 날 새벽이었다. 요강을 찾아 더듬거리자 잠에서 깨어 있었는지 엄마는 금방 석유등을 밝혔다. 잠결에 겨우 오줌을 눈 오쿠바는 다시 자리에 누웠다. 그의 귓전으로 멀리서 대-엥 대-엥 종소리가 들려왔다. 오쿠바는 불을 끄는 엄마에게 잠이 덜 깬 목소리로 물었다.

"엄마도 종소리 들려요?"

"듣고 있다."

오쿠바는 더 말하지 않았다. 눈을 감고 잠을 청했다. 하지만 종소리가 파고들수록 잠은 달아났다. 머릿속이 투명에 가깝도록 맑았다. 종소리가 끝났을 때 오쿠바가 다시 물었다.

"저 소리가 그렇게도 좋아요?"

"그래. 새벽에 저 소리 들으면 옛날 생각난다. 마음이 편해진다."

엄마에게 옛날은 어떤 특정한 옛날이 아니었다. 딱히 마땅한 표현이 떠오르지 않는 은근히 좋은 상태를 그렇게 말하는 것뿐이었다.

"날마다 듣는데도?"

"천만번 들어도 좋다. 아무 잡소리 없는 새벽에 듣는 게 더욱 좋아."

엄마 때문이었을까. 내내 흘려들어온 종소리가 그 새벽에는 긴 여운을 끌었다. 오쿠바는 춘천을 떠올렸고, 아버지를 떠올렸다. 당장 갖고 싶은 게 있을 때마다 늘 먼저 달려갔던 아버지의 치과병원이 스쳐갔다. 불현듯 아버지의 암실이 떠올랐다.

원장실 안쪽에 있는 아버지의 붉은 암실은 아무도 드나들 수 없는 공간이었다. 오직 예외적으로 오쿠바만이 아버지를 따라 드나들 수 있었다. 오쿠바는 그곳 붉은 암실에서 카메라의 필름을 빼내 린싱과 인화까지, 전 과정을 배웠다. 아버지는 독일제 엘마녹스나 롤라이플렉스, 일제 캐논 같은 여러 대의 카메라를 갖고 있었다. 종종 오쿠바를 데리고 호수에 비친 노을을 찍으러 다녔고, 눈 무게에 가지가 휘어진 소나무를 찍으러 다녔다. 옥산포장이나 춘천읍내장이 서는 날은 국밥 먹는 사람들, 장작 파는 사람들, 주인을 기다리는 강아지나 새끼돼지 따위를 찍으러 다녔다. 아버지가 제일 많이 찍은 건 단연 막내아들 오쿠바의 얼굴이었다. 오쿠바는 자신의 얼굴사진을 아버지의 암실에서 인화했다. 오쿠바는 인화된 사진을 원장실로 가지고 나와, 보고 또 보며 감탄을 거듭했다. 자신의 얼굴 때문이 아니라 자신의 인화솜씨 때문이었다.

이제 아버지의 암실은 그리움으로 남아 있다. 노리개처럼 갖고 다니던 일제 캐논 카메라 역시 가물가물하여 그려보기에도 힘들다. 오쿠바는 못 견디게 춘천에 가고 싶었다. 구석구석 숱하게 돌아다니며 카메라를 들이대고 싶었다. 하지만 춘천을 말하지 않는 엄마 앞에서 춘천을 말하거나 춘천을 그리워해서는 안될 일이었다.

엄마는 어느 날 아침, 곱게 한복을 차려입었다. 어디에 가시느냐고 오쿠바가 묻자 엄마는 종소리 나는 데를 간다고 말했다. 교회에 간다는 얘기였다. 오쿠바는 신기해서 자꾸만 엄마를 올려다보았다. 문을 나선 엄마는 앞서 걷는 사람들을 따라 걸었다. 오쿠바가 보기에 그날은 돈암동 사람들 모두 종소리 나는 데로 가는 것처럼 보였다.

그때부터 엄마는 교회에 빠지지 않았다. 심지어 새벽에도 나가더니, 급기야 오쿠바의 팔을 끄는 날까지 생겼다. 오쿠바는 굳이 마다할 이유가 없어서 엄마를 따라 교회에 가보았다. 언덕바지에 있는 교회는 넓은 마당 한가운데 있었다. 마사벽돌로 쌓아 올린 벽에 양철지붕을 덮어씌운 키 낮은 건물이었다. 종탑만은 교회 정문 앞에 삼층 높이로 우뚝 서 있었다. 낯설어서 오쿠바는 약간 주저했으나, 이내 엄마의 손에 끌려 예배당 안으로 들어갔다. 어른들 틈에 앉아 예배를 드렸다. 그건 정말 세상에서 가장 재미없는 일 중 하나였다. 방석도 없는 마룻바닥에 무려 두 시간 넘게 앉아 있어야 했다. 자리도 잘못 잡았다. 얼떨결에 엄마 곁에 앉았지만, 주위를 둘러보니 남자는 모두 오른쪽 줄에 앉아 있었다. 오쿠바만 여자들 속에 파묻혀 왼쪽에 앉아 있는 거였다. 낯이 홧홧거렸다. 오쿠바는 목사의 설교를 듣는 동안 엄마를 원망했다. 기도시간에는 다시 교회에 발길하면 개만도 못한 놈이라고 다짐했다. 별로 흥도 안 나는 찬송가에 박수까지 쳐대는 꼴을 보면서 더욱 그렇게 생각했다. 예배를 마치고 밖으로 나왔을 때, 오쿠바는 엄마의 손부터 놓았다. 거의 두 시간 넘게 이런 곳에서 숨죽이고 있었다니! 끔찍해서 잽싸게 달아나고 싶었다. 하지만 그곳은 갑자기 세상에서 가장 흥미로운 곳이 되었다. 자신을 부르는 목소리 때문이었다.

　"여기야 여기!"

　성북천 쪽에 사는 두 친구가 종탑 아래서 손을 흔들고 있었다. 길동이랑 만보였다. 저놈들이 여긴 웬일인가. 오쿠바는 놀랍고 반가워서 종탑 쪽으로 갔다.

"너도 교회 다녀?"

길동이 물었다. 둘은 이미 교회에 다니고 있는 모양이었다. 오쿠바는 엄마 따라 그냥 한번 와본 거라고 말했다.

"처음엔 누구나 다 그렇게 오는 거야. 그러다가 계속 다니게 되는 거지."

"난 아냐. 아마 이게 처음이자 마지막일 거야."

오쿠바는 엄마의 고집이 대단하지만, 다니기 싫다고 하면 더는 팔을 끌지 않을 거라고 믿었다. 오쿠바의 나이가 겪기에는 대단히 무료한 곳임을 이해해줄 거라고 믿었다.

"소년부는 그래도 재밌어."

길동은 만보의 얼굴을 보면서 말했다.

"소년부는 또 뭐야?"

"우리 같은 애들만 모여 따로 예배드리는 데지. 거긴 재밌어. 여자애들도 많아."

오쿠바는 여자애들이 많다는 말에 귀가 솔깃했다. 지금 당장 확인하고 싶었다.

"다음 주에 나오면 알게 될 거야. 집에서 기다리면 내가 데리러 갈게."

길동의 말에 만보까지 고개를 끄덕이는 것으로 보아 정말 재밌긴 재밌는 모양이었다. 오쿠바는 다시는 발길하지 않겠다던 생각을 일단 보류하기로 마음먹었다.

그들은 그날 보문사 쪽 산길을 타고 종로로 나가 산구악기점까지 갔다. 늘 그렇듯, 악기점 앞은 발 디딜 틈이 없었다. 스피커에선 이애리수의 〈황성 옛터〉가 흘러나오는 중이었다. 황성 옛터에 밤이 되니 월색만 고요해, 폐허에 서린 회포를 말하여주노라, 아 가엾다 이내 몸은 그 무엇 찾으려고, 끝없는 꿈의 거리를 헤매어 왔노라. 몇몇 사람은 앞사람 등에 모조지를 대고 정신없이 그 노랫말을 받아 적었다. 노랫말은 진열창에도 붙어 있겠지만 안쪽으로 헤집고 들어갈 수 없으니 그렇게 하는 거였다. 만약 오쿠바와 친구들이 진열창까지 비집고 들어가겠다면, 그건 맞아 죽겠다는 거나 마찬가지였다. 어른들은 특히 아이들을 절대로 그냥 두는 법이 없었다. 이 요강꼭지 만한 놈들이 어딜 쑤시고 들어와, 다친다 이 간나새끼들, 집에 가서 어미젖이나 더 먹고 와, 하면서 머리통을 수도 없이 쥐어박을 게 분명하다.

〈황성 옛터〉는 몇 차례 더 반복된 뒤, 김용환의 〈눈물 젖은 두만강〉으로 바뀌었다. 오쿠바와 친구들은 〈눈물 젖은 두만강〉이 남인수의 〈애수의 소야곡〉으로 바뀌고 나서도 두어 번인가 반복된 뒤에 그곳을 떠났다.

해가 기울기 시작하자 종로바닥은 벌써 헛가게들이 문을 열 준비로 부산했다. 가늘고 긴 오리목을 네 귀에 세우고 하얀 천을 치면 어연번듯한 가게가 되었다. 짝짝이 신발을 산더미처럼 쌓아놓고 파는 네가 있는가 하면, 나팔이나 땡땡이, 꽹이나 오뚝이 같은 장난감을 파는 데가 있었다. 창호지나 습자지 같은 종이를 쌓아놓고 파는 데가 있는가 하면, 일본식 우동이나 국화빵을 파는 데도 있었다. 오쿠바는 헛가게들을 둘러보다가 길동이와 만보의 등을 밀어 책 파는 데를 찾았다. '빨간 딱지'로 된 새 책뿐만 아니라, 오래 묵은 일본책들까지 두엄 더미처럼 쌓여 있었다. 손님이 많아 어수선하면 한두 권 슬쩍하는 일은 여반장이었다. 오쿠바는 책방에 손님이 별로 없는 것을 보고 길동과 만보에게 책방 주인의 눈을 돌리도록 말을 걸라고 했다. 그사이 한두 권 슬쩍할 생각이었다. 하지만 길동이나 만보는 겁쟁이였다. 책방 주인 앞에서 두 녀석은 말도 꺼내기 전에 몸부터 떨었다. 어른들은 결코 그런 걸 놓치는 법이 없었다.

"세 놈 다 이리 와!"

들켰다는 생각에 오쿠바의 몸도 떨려왔다. 주인은 오쿠바와 친구들에게 무릎 꿇고 앉아 손을 들라고 말했다. 도둑질하다 잡힌 게 아니다. 그런데 왜 손을 들어야 하나, 떨리는 중에도 오쿠바는 벌을 받아야 할 이유가 없다고 말대꾸를 했다. 어린놈의 말대꾸에 주인은 열 받았다. 그는 오쿠바를 잡아채려고 손을 뻗었다. 주춤거릴 새도 없이 오쿠바는 튀었다. 덩달아 길동도 튀었다. 탑골공원까지 뒤도 안 돌아보고 달린 뒤에 이윽고 고개를 돌렸다. 길동은 오쿠바 바로 뒤에서 숨을 할딱거렸다. 쫓아오는 이는 없었으나 만보가 보이지 않았다. 오쿠바는 만보를 보았느냐고 물었다.

"나도 모르지. 네가 뛰는 걸 보고 그냥 정신없이 뛰었으니까."

이름만 만보지. 십 보 백 보도 안 돼 결국 붙잡힌 모양이었다. 오쿠바는 만보가 잡힌 거라고 걱정했다.

"그럴지도 몰라. 만보는 원래 뭐든지 느리니까. 더군다나 책방 아저씨랑 가장 가까이 있었잖아."

오쿠바는 졸지에 무척 의리 없는 놈이 되었다고 생각했다. 겁나는 일이었으나 만보를 찾아야 한다고 마음을 다졌다. 만보를 찾으러 가자고 했다. 길동은 주저했다.

"그러다가 우리까지 잡히는 거 아냐? 난 그냥 여기서 기다렸음 싶은데."

오쿠바는 길동의 팔을 끌고, 조심스레 걸음을 옮겼다. 길동은 마지못해 뒤따라 걸으면서, 만본지 천본지 백본지 다시는 어디 데리고 가나 봐라, 그렇게 궁시렁거렸다. 헛가게들이 보이기 시작하자 길동은 더욱 불안해지는 모양이었다. 네가 도둑질하자고 해서 벌받은 거라는 둥, 점심을 못 먹어 창자가 꼬인다는 둥, 더는 못 걷겠다는 둥 길동은 더욱 지껄여댔다. 오쿠바는 자신의 잘못을 십분 인정하는 터라 대꾸할 말이 없었다. 그는 책방이 눈에 들어올 때까지 아무 말도 하지 않았다.

우려했던 대로 만보는 붙잡혀 있었다. 책방 주인은 팔베개를 한 채 비스듬히 누워 만보를 감시하고 있었다. 만보는 그때까지도 오리목 기둥 곁에서 무릎 꿇은 채 손을 들고 있었다. 책방 주인은 장사는 때려치우고 오직 만보만 붙잡고 있는 것처럼 보였다.

　오쿠바는 책방 주인이 쫓아와도 잡히지 않을 만한 거리에서 멈췄다. 길동은 오쿠바가 쫓아와도 잡히지 않을 만한 거리에서 멈췄다. 책방 주인과 길동 사이는 다리가 부러져도 잡히지 않을 거리였다. 오쿠바는 손을 흔들었다. 만보의 시선을 끄느라 껑충 껑충 제자리 뛰기도 했다. 차마 소리 내어 만보를 부를 수는 없었다. 문제는 바보 같은 만보가 오쿠바의 온갖 지랄에도 불구하고 도대체 이쪽으로는 눈길조차 주지 않는다는 거였다. 급기야 오쿠바는 살짝 박수까지 치면서 몇 걸음 더 나아갔다. 지나가는 어른들이 별 미친놈 다 보겠다는 투로 은근히 노려보았다. 정작 만보만은 여전히 비스듬히 누워 있는 주인의 얼굴만 힐끔힐끔 쳐다볼 뿐이었다. 만보는 가끔 트위스트 춤을 추듯 몸을 배배 꼬면서 살짝 팔을 내렸다가 다시 올리고는 했다. 아마도 책방 주인은 비스듬히 누운 채 잠들어 있는 게 아닌가 싶었다. 그게 아니고서야 지루해서라도 다른 자세를 취할 법했다. 오쿠바는 불안해서 더는 다가가지 못한 채 계속 손을 흔들고 다리를 흔들었다. 어떻게든 만보가 눈치채기만을 바랐다. 마침내 만보와 눈이 마주쳤을 때 오쿠바는 무조건 달리라고 손을 앞뒤로 세차게 흔들었다. 바보 같은 만보는 여전히 손을 든 채 잠든 것 같은 책방 주인을 봤다가, 다시 손짓하는 오쿠바를 봤다가 하면서 애간장을 태웠다. 그러더니 이윽고 벌떡 일어나 오쿠바 쪽을 향해 달리기 시작했다. 오쿠바는 만보가 쫓아오는 걸 보고,

아까처럼 정신없이 탑골공원 쪽으로 뛰었다. 다시 탑골공원에 닿아서 숨을 고를 때는 원래대로 세 명이 돼 있었다.

초긴장이 풀리자 가장 먼저 반응한 곳은 배 속이었다. 오쿠바는 혀가 나올 정도로 배가 고팠다. 무엇이든 먹지 않고서는 단 한 걸음도 뗄 수 없었다. 만보는 아예 나무 그늘 아래 퍼질러 앉아, 혹시 돈 있느냐고 오쿠바에게 물었다. 셋 중에선 그래도 오쿠바의 집이 가장 낫다고 보는 때문이었다. 오쿠바는 고개를 저었다. 길동이 놓치지 않고 물었다.

"누나한테 가면 안 될까? 화신백화점 다닌다고 했잖아?"

오쿠바는 그런 방법도 있구나 싶어서 놀랐다. 하지만 여태 한 번도 원희 누나의 직장에 가본 적은 없었다. 그게 당혹스러워 오쿠바는 답을 쉽게 못하고 망설였다. 길동은 의심스러운 눈길로 재차 물었다.

"너네 누나 정말 화신백화점에 다니긴 다녀? 원래 그렇게 큰 데는 빽 없으면 못 다니는 건데."

"원희 누난 빽 같은 거 없어도 잘만 다녀. 가끔 백화점에서 내 선물도 사오고 그런다니까."

"그게 정말이면 가보자구."

만보까지 가보자고 맞장구를 쳐대는 터라 꼼짝없이 가야만 할 것 같았다. 오쿠바는 백화점에 찾아간들 그 넓은 곳에서 쉽게 누나를 찾을 수 있을지 걱정이었다. 하지만 길동이 자존심을 긴드렸기에 백화점에서 일하는 누나를 두 녀석에게 꼭 보여

줄 필요가 있었다. 오쿠바는 호기롭게, 그럼 따라와, 하면서 앞
장섰다. 헛가게들이 늘어서 있는 대로를 피해 피맛골을 따라 걸
었다. 다시 책방 주인을 만난다면 꼼짝없이 잡힐 만큼 지쳐 있
는 탓이었다. 화신백화점을 향해 걷는 동안 셋은 식당에서 풍
겨 나오는 냄새 때문에 열 번도 넘게 눈이 뒤집혔다. 길을 잃을
뻔한 적도 있었으나, 서울 토박이인 길동 덕에 별일 없이 닿을
수 있었다.

　대리석으로 된 으리땅땅한 6층 백화점은 보는 것만으로도
공포였다. 오쿠바는 이곳에서 정말 누나를 찾는다는 게 엄두가
나지 않았다. 또 갑자기 이렇게 으리으리한 데서 누나가 일하고
있다는 게 맞기는 맞나 싶은 의심도 들었다. 오쿠바는 기가 죽
었다. 원희 누나의 입에서 관리 일을 한다는 얘기를 들은 적 있
지만, 실은 그게 다였다. 정확히 그게 어떤 일인지도 모를 뿐 아
니라, 지금도 그 일을 하는지, 아니면 지금도 화신백화점에 다
니고 있는지 모든 게 불안했다. 오쿠바는 한집에 살면서도 모르
는 게 너무 많고, 의심스러운 게 너무 많다는 생각을 했다. 오쿠
바가 선뜻 안으로 들어서지 못하고 그냥 주저주저하자, 길동이
또다시 속을 뒤집어놓았다.

　"누나가 여기서 일한다면서도 한 번도 안 와봤어?"

　누나가 엄마 모시고 백화점에 들르라고 몇 번이나 얘기한 적
은 있었다. 그런데도 오쿠바는 여태 한 번도 발길하지 않았다.
그건 오쿠바 탓이 아니라 엄마가 결코 내켜하지 않았기 때문이

다. 이미 말했듯이 교회에 다니기 전까지 엄마는 결코 바깥나들이를 좋아하지 않았다. 하물며 이처럼 으리땅땅하고 사람 많은 곳이라면 딱 질색이었다. 오쿠바는 상당히 위축된 상태에서 떠밀리듯, 마침내 백화점 안으로 걸음을 옮기는 자가 되었다.

"누나가 어디서 일하는지는 알아?"

"그거 잘 몰라. 관리하는 일을 한다는 얘긴 들었어."

"그럼 저기 있는 안내원한테 물어봐야 되는 거야."

길동은 그 방면으론 도가 튼 것 같았다. 나중에 안 일이지만 녀석은 이미 대여섯 번이나 엄마를 따라 화신백화점을 방문한 이력을 갖고 있었다.

오쿠바는 길동의 말대로 했다. 쌀쌀맞게 대하는 안내원에게 둘째 누나 정원희의 이름을 대고, 관리 일을 한다는 얘기도 덧붙였다. 안내원은 금방 누그러지더니 한 점원을 불렀다. 점원은 오쿠바와 두 친구를 일별한 뒤 어디론가 사라졌다. 이윽고 점원과 함께 꿈속에서 그려온 것만 같은 원희 누나가 나타났다. 사실 오늘 아침에도 봤던 얼굴이지만, 모든 근심을 단숨에 해결해 줬으니, 심지어 죽다 살아난 기분이었다.

"일 년이 넘도록 단 한 번도 안 오더니 오늘은 우리 원탁이 웬일이야? 친구들까지 모시고 왔네!"

원희 누나는 밤송이 같은 오쿠바의 머리통을 어루만졌다. 오쿠바는 원희 누나가 오늘처럼 예뻐 보인 적이 없었다. 누나의 등장에 넋 나간 듯한 표정을 짓는 길동과 만부의 얼굴을 보자

더욱 그랬다.

"이제 누나 못 보게 될까 봐 오신 건가?"

원희 누나의 농담은 좀 심했다. 오쿠바의 심리상태가 요즘 어떤지 도대체 모르는 농담이었다. 오쿠바는 감정이 상했다. 확 뛰쳐나가고 싶을 정도로 상했다. 오쿠바는 간신히 감정을 눅잦히고 데면데면 받았다.

"아냐, 배고파서 온 거야. 아직 점심을 못 먹었거든."

"그래? 다섯 시가 넘었는데 여태 점심을 못 먹었단 말이지? 이걸 어쩌나? 잠깐만 기다려, 사무실 가서 얘기하고 금방 나올게."

"그럴 필요 없어. 그냥 돈만 좀 주면 돼."

"그래도 그렇지. 우리 도련님이 어려운 걸음 하셨는데, 금방 갔다 올게."

"그럴 필요 없대두. 그냥 돈만 주면 된다니까."

오쿠바는 버럭 화를 냈다. 길동과 만보는 오쿠바의 갑작스러운 돌변에 할 바를 몰라 원희 누나를 보다가 오쿠바를 보다가 시선을 고정시키지 못했다. 당사자인 원희 누나는 오히려 여유로웠다.

"우리 도련님 말씀대로 하옵지요."

오쿠바는 원희 누나한테서 돈을 받자, 돌아볼 것도 없이 백화점을 나왔다. 백화점 구경이라도 하고 가라는 누나의 말도 가차 없이 짓뭉개버렸다. 길동과 만보는 화낼 이유가 없는데도 백화점이 무너져라 화를 낸 오쿠바의 속내를 알 길이 없었다. 궁금해서 미칠 지경이었다. 그 둘이 보기에 원희 누나는 천사였고, 오쿠바는 미친 개자식이었다. 돈을 갖고 있는 게 오쿠바니 지금은 그냥 미친놈을 따라 줄레줄레 걸을 뿐이었다. 국밥집을 찾아 들어가 밥을 시킨 뒤에야 길동이 물었다.

"아까 누나가 왜 못 보게 될 거라고 말한 거야?"

"그럴 일 있어."

"그게 뭔데?"

"원희 누나 다음 달에 시집가."

"시집가?"

"이 세상에서 가장 밥맛없는 인간이랑 결혼한다니까."

오쿠바는 다시 약간 언성을 높였다.

"매형이 뭐하는 사람인데?"

"매형 같은 소리 하지도 마. 난 죽을 때까지 그 인간을 절대 매형이라고 안 부를 거야. 군인장콘데, 악질이고 사기꾼이고 깡패새끼고 돌대가리고 문디자슥이야."

몇 달 전 원희 누나는 선을 봤다. 오쿠바의 집을 찾는 방물장수 할미가 다리를 놓았다. 신랑자리는 창신동에 집을 둔 군인장교라고 했다. 그 전에도 몇 차례 중매 얘기가 오간 적 있었지만 그때마다 엄마는 탐탁잖은 듯, 아직은, 천천히, 다음에, 같은 말로 중신어미를 돌려세웠다. 하지만 이번엔 달랐다. 오쿠바가 모르는 어떤 것들이 엄마이 구미를 당긴 모양이었다. 엄마이

성화에 못 이겨 원희 누나는 선을 보았다. 오래지 않아 그쪽 식구들과 상견례도 가졌다. 상견례 날엔 일 년 넘게 못 보았던 아버지도 만났다. 하지만 아버지를 만난 기쁨은 잠시였다. 아버지는 금세 돌아갔다. 그 대신 원희 누나에겐 군인장교가 따라붙기 시작했다. 오쿠바는 누나를 빼앗긴다는 생각에 돌아버릴 지경이었다. 원희 누나한테 갖는 배신감도 이만저만이 아니었다.

오쿠바의 그 같은 심정을 전혀 모르는 듯 돌대가리 같은 군인장교는 벌써부터 막내처남 어쩌고저쩌고하면서 구역질나게 말을 걸어왔다. 평소 군인을 보면 약간 무섭다는 생각을 해왔기 때문에 노골적으로 성낼 수는 없었다. 그 때문에 오쿠바는 더욱 돌아버릴 지경이었다. 누나에게 돌대가리 같은 군인장교를 만나지 말라는 얘기를 하고 싶었지만, 원희 누나도 그를 환장하게 좋아하는 것 같아 그냥 입을 다물었다. 퇴근길에 누나는 지프를 타고 돌아올 때도 있었다. 멋져 보였다. 그건 사실이었다. 모든 친구에게 자랑도 하고 싶었다. 하지만 오쿠바는 누나를 빼앗긴 거고, 군인장교는 누나를 빼앗은 거였다. 누나는 이제 한 달만 있으면 동아일보 건너편에 있는 부민관(세종문화회관 별관)에서 결혼하기로 돼 있었다. 오쿠바의 기분이 최악인데 원희 누나는, 이제 누나 못 보게 될까 봐 온 거냐고 농을 건 거였다.

춘천에서 큰누나가 결혼할 땐 이러지 않았다. 시집가는 일은 축하해줄 일이라고 생각했기에 그냥 축하해줬다. 큰누나가 원

96

희 누나보다 못하냐면 전혀 그렇지 않았다. 큰누나는 원희 누나보다 싹싹한 맛이 덜해서 그렇지 정은 오히려 웅숭깊었다. 언젠가 경성을 다녀오는 길에 『순애보』를 잊지 않고 사온 것만 봐도 큰누나의 정이 얼마나 웅숭깊은지 쉬 알 수 있었다. 오죽하면 엄마에게 말할 수 없는 것조차 큰누나에겐 말했을까. 뿐만 아니라 원희 누나에게 밥 차려달라는 말은 별로 해보지 않았어도 큰누나에겐 수도 없이 해왔다. 그런데도 큰누나의 결혼 때는 약간의 허전함이 있었을지언정 원희 누나에게서 느끼는 배신감 같은 건 없었다. 매형들만 놓고 봐도 큰 매형보다는 둘째 매형이 될 군인장교가 솔직히 훨씬 나아 보이는 게 사실이었다. 입이 무거운 큰 매형은 그냥 어렵고 불편하기만 했다. 어쩌다 큰누나 집을 찾았을 때도 큰 매형을 만나면 오래 놀고 싶은 마음이 가셨다. 놀다가 저녁 먹고 가라는 누나의 말조차 귓전으로 흘려듣고 번번이 큰누나 집을 나서고는 했다.

그에 비하면 군인장교는 벌써부터 막내처남 어쩌고저쩌고하 듯 실은 굉장히 편한 사람이었다. 정붙인다면 군인장교에게 쉽게 붙일 일이었다. 그러니 원희 누나의 결혼은 충분히 환영할 일이지만 그게 안 되었다. 여전히 원희 누나는 배신자이고, 군인장교는 원희 누나를 가로챈 악랄한 인간임에 틀림없었다.

국밥은 달았다. 진종일 굶은 탓에 셋은 깍두기까지 깨끗이 비웠다. 밖은 서서히 어둑발이 내리고 있었다. 야시장 열릴 때가 되어선지 종로는 아까보다 더욱 붐볐다. 오쿠바에게 돈 남은

게 있음을 알고 길동은 돈암동까지 전차를 타자고 했다. 만보
는 야시장 구경하다가 엿이라도 하나씩 물고 가는 게 어떻겠느
냐고 물었다. 오쿠바는 만보의 제안에 따랐다. 그들은 엿을 핥
고 깨물면서 걸었다. 어둠은 빠르게 내려왔다. 혜화동로터리에
닿았을 때는 별이 쏟아지고 있었다.

그 일이 있은 뒤로 첫 번째 토요일을 맞았다. 늦은 오후였는
데 대문 밖에서 오쿠바를 부르는 목소리가 들렸다. 오쿠바는 길
동일 거라고 생각하면서 대문을 열었다. 옆구리에 검은 색깔의
책을 낀 길동이 만보와 함께 서 있었다.

"무슨 일이야? 설마 또 종로 나가자는 건 아니겠지?"

"오늘 데리러 온다고 지난번에 약속했잖아?"

길동은 옆구리에 끼고 있던 검은 색깔의 책을 들어 보였다.
성경이었다. 오쿠바는 그제야 지난 일요일 교회 종탑 아래서 약
속한 일이 생각났다. 그때는 여자애들이 많다는 말에 귀가 솔
깃했으나 오늘은 별로 내키지 않았다. 두 녀석을 그냥 돌려세울
방법을 찾는데, 친구가 왔으면 들어오게 하라는 엄마의 목소리
가 들려왔다. 엄마는 늘 그런 사람이었다. 춘천 살 때도 오쿠바
의 친구가 찾아오면 그냥 돌려세우는 법이 없었다. 밥때에는 밥
을 먹였고, 밥때가 아니면 사탕이라도 쥐어줬다. 유독 막내인
오쿠바의 친구들한테 그렇게 했다. 오쿠바는 두 녀석을 문 안으
로 들었다.

옆구리에 끼고 있는 성경부터 보았는지 엄마는 길동한테 교회 같이 가려고 온 거냐고 물었다. 길동이 그렇다고 하자 엄마는 착하다는 말을 했다. 우리 원탁이 잘 데리고 다니라는 말도 덧붙였다. 길동이 고개를 끄덕이자 엄마는 무척 똘똘하구나, 네 엄마도 교회 다니시냐고 재차 물었다. 길동은 식구들 모두 다닌다고 말했다. 자기 엄마는 집사이며 자신은 후에 목사가 될 거라는 말까지 덧붙였다. 엄마는 몹시 부러운 표정을 지으면서, 곁에 앉은 만보에게도 같은 물음을 던졌다. 만보는 힘없는 목소리로 자기는 혼자 다닌다고 답했다. 만보 엄마도 교회에 다니긴 했으나, 장사 때문에 빠지는 날이 더 많다는 거였다. 만보의 아버지는 늘 취해 있는 사람이었다. 만보의 엄마는 보따리 옷 장사를 했다. 만보 얘기로는 돈 벌어봤자 아버지 술값으로 다 들어간다고 했다. 그 말이 사실인지 만보네는 일곱 식구가 아직 단칸방을 떠나지 못하고 있었다. 방은 오쿠바네 안방보다 작았다. 만약 술 취한 만보 아버지가 대자로 누워 있다면 만보와 동생들은 볼 것 없이 새우처럼 구부리거나 쪼그리고 앉아서 자야 할 형편이었다. 물론 성북천 어름에는 여덟, 아홉 식군데도 단칸방을 떠나지 못하는 자들이 부지기수였다. 아버지가 술을 먹지 않는데도 그랬다. 아버지가 하루 종일 지게를 지고, 아버지가 하루 종일 굴뚝을 청소하고, 아버지가 하루 종일 솥단지를 때우러 다니는데도 단칸방을 벗어나지 못했다. 만보는 오쿠바의 엄마에게 자신의 어머니 역시 교회에 다니고 싶어 하지만 일요일에도 장사하기 때문에 못 다닌다고 말했다. 가가호호 방문하는 보따리 옷 장사는 가족이 모여 있는 일요일에 더 많이 팔 수 있기 때문이라고 했다. 오쿠바의 엄마는 그쯤에서 친구들을 놓아줘야 했다. 길동이 교회에 늦을지도 모른다고 말했기 때문이다.

오쿠바는 두 친구를 따라 마지못해 집을 나섰다. 하지만 교회당에 닿자 집에 있는 것보다 나왔다는 쪽으로 생각이 바뀌었다. 우선 소년부 예배장소에 또래들만 모여 있다는 게 마음에 들었다. 어른 예배 때처럼 남녀가 구분해 앉기는 해도, 여자애들이 많다는 건 더할 수 없는 즐거움이었다. 열다섯 나이는 그냥 또래 여자애들이 곁에 있다는 것만으로도 충분히 들뜰 나이였다.

오쿠바는 어른 예배와 다를 바 없는 소년부 예배에 대해선 별 관심이 없었다. 찬송시간에는 남자애들 목소리에 막혀 제대로 들리지도 않는 여자애들 목소리를 찾느라 귀를 기울였다. 설교시간에는 설교하는 선생님의 얼굴을 멀뚱멀뚱 쳐다보기만 했다. 아마도 듣는 자세로만 치면 오쿠바만큼 집중하는 이가 없는 것처럼 보였다. 다른 소년부원들은 종알대기에 바빴다. 슬쩍 건드리거나 툭 밀어뜨리기도 했다. 심지어 목사가 되겠다는 길동조차도 하품을 하거나, 만보를 마룻바닥에 밀어뜨렸다.

광고시간에는 얼굴이 홧홧해졌다. 만보가 손을 번쩍 들더니, 얘가 오늘 새로 나왔어요, 하면서 오쿠바를 손가락으로 가리켰기 때문이다. 선생은 오쿠바에게 잠시 마룻바닥에서 일어나라고 말했다. 오쿠바는 마음속 부끄러움과 달리 자신도 모르게 벌떡 일어났다. 경기공업중학 2년생이라는 얘기, 집은 이화장 근처이고, 이름은 정원탁이지만 오쿠바로 더 많이 불린다는 얘기도 했다. 말하는 도중 오쿠바는 힐끔힐끔 여자애들 자리를 훔쳐봤는데, 당돌하게도 몇몇 여자애들은 자신의 얼굴을 빤히 쳐다보는 거였다.

그날 이후 오쿠바는 토요일 오후마다 소년부 예배에 참석했다. 물론 일요일에도 엄마의 손에 끌려 부득이 그 지겨운 어른 예배에 참석해야만 했다. 한 달이 다 돼가도록 여자애들과는 단 한 마디도 나누지 못했다. 예배가 끝나면 여자애들은 마치 위기를 맞은 얼룩말들처럼 자기들끼리만 옹기종기 모여 앉았다. 얼룩말들이 바깥쪽으로 엉덩이를 내민 채 똘똘 뭉쳐 있듯이, 여자애들은 예배실 한 귀퉁이에서 날벼락이 떨어져도 흩어지지 않을 것처럼 모여 앉아 연신 재잘거렸다. 때로는 만보처럼 약간 철딱서니 없는 애들이 여자애들한테 다가가서 냅다 소리를 질러댔다가, 거의 맞아 죽을 지경에 이르는 경우도 있었다. 그때도 여자애들은 결코 뭉쳐 앉은 자세를 풀지 않았다.

그렇더라도 기회는 언제든 오는 법이다. 돌대가리 같은 군인 장교와 원희 누나가 결혼하는 날이 그랬다. 그날 결혼식장인 태평로 부림관엔 엄청나게 많은 사람이 몰려들었다. 오쿠바는 아버지를 다시 만났다. 아버지 곁에는 서울로 이사한 뒤 단 한 차례도 볼 수 없던 춘천사람들도 있었다.

"네가 막내냐? 하이고 많이도 컸네. 장개 보내도 되겠다."

춘천사람들은 오쿠바의 머리를 어린애처럼 쓰다듬었다. 장가가도 되겠다는 말과는 안 어울리는 행동이었다.

"서울물이 좋긴 좋은 모양이다. 얼굴이 뽀얀 게 이담에 한자리하게 생겼다. 우리 근평이가 너 많이 보고 싶어 한다. 공부도 좋지만 시간 나면 춘천도 좀 놀러 오고 그래라."

"어쩌면 너는 정 원장님하고 허벌나게 똑같냐? 이마 벗겨진 거랑 콧날 선 모양이 아부지 쪽 뺐다. 그래, 서울 와서도 여전히 사진은 찍고 그러냐?"

오쿠바는 일일이 인사하고 답하느라 좀처럼 몸을 뺄 수 없었다. 상견례 때 잠깐 보았을 뿐인 아버지랑 말 한 마디 나눌 틈도 없었다. 다행히 엄마가 다니는 교회 사람들이 잔뜩 몰려오는 바람에 춘천사람들 틈에서 벗어날 수 있었다. 피로연장으로 가는 길을 안내하려면 준비할 것도 많은데 잘된 일이었다.

오쿠바는 길동과 만보에게 길 안내를 이미 부탁해두었기에 그들과 움직일 생각이었다. 교인들은 목사님을 필두로 20여 명쯤 돼 보였다. 집사인 길동 엄마도 있었다. 길동과 만보는 보이지 않았다. 길동은 엄마를 따라오지 않은 모양이었다. 아직 식이 시작되려면 시간이 좀 남았지만 갑자기 마음이 급해졌다. 부민관을 못 찾는 건 아닐까, 그러게 엄마가 나설 때 같이 좀 나서지, 혹시 차비 아끼느라 전차를 사양하고 걸어오는 건 아닐까,

별생각이 다 들었다.

기절초풍할 일은 그때 벌어졌다. 부민관 안으로 길동의 얼굴이 막 보이는가 싶더니 소년부 선생님과 만보의 얼굴이 보였다. 그리고 꿈도 꾸지 않았던 여자애들 얼굴이 보였다. 영치와 기선이었다. 오쿠바의 마음을 달뜨게 해온 얼굴들이다. 소년부 대표로 영치가 일어나 기도할 때면 그 목소리가 어찌나 낭랑한지 오쿠바는 일주일이 지나도 잊을 수 없었다. 오쿠바는 약간 상기된 얼굴로 소년부 선생한테 달려가 인사를 하면서 영치와 기선을 일별했다.

오쿠바는 길동과 만보에게 피로연장 안내사항을 얘기하면서 틈틈이 영치와 기선을 훔쳐보았다. 영치와 기선에게도 안내를 맡아달라고 말하고 싶었다. 그건 입술이 떨어지지 않아 차마 말할 수 없었다. 물론 두 여자애들도 길동과 만보를 따라가야 하는 건지 말아야 하는 건지 사뭇 망설이는 것으로 보였다. 그럴 때는 별생각 없이 확확 말해버리는 만보가 나서줘야 하는 거였다. 아니나 다를까. 만보는 가만있지 않았다. 만보는 푼수가 늘 그렇듯, 너희들 빨리 따라와, 하면서 호쾌하게 영치와 기선을 끌어당겼다. 여자애들은 의외로 쉽게 만보를 따랐다. 오쿠바도 따라나서고 싶은 마음이 간절했다. 하지만 오쿠바는 식장을 지켜야 하는 처지였다.

놀랍도록 희디흰 드레스를 입은 원희 누나는 아버지를 따라 입장했디. 군인장교는 붉은 주단이 깔린 통로 중간쯤에서 원희 누나를 가로챘다. 이젠 매형임을 인정하고 받아들일 수밖에 없다고 체념한 까닭일까. 오쿠바는 별로 분노가 일지 않았다. 군인장교는 원희 누나의 팔을 낀 채 주례자를 향해 절도 있게 걸었다. 오히려 자랑스러울 정도로 당당해 보였다. 원희 누나는 군인장교를 따라 사뿐사뿐 걸었다. 이제는 원희 누나야말로 약간 배알이 없어 보였다. 엄마 곁에 앉은 아버지는 좀 침울해 보였으나 식장에 참석한 하객들 중에서 아버지만큼 신식 물이 든 멋쟁이도 없었다. 아버지에 비하면 한껏 멋을 낸 주례자가 오히려 초라해 보였다. 머리를 올백으로 넘긴 주례자는 팔자수염에 분홍색 계통 넥타이를 매고 있었다. 오쿠바는 저런 얼굴에 넥타이는 어울리지 않는다고 생각했다. 차라리 두루마기 차림에 목을 드러냈다면 그냥저냥 어울리지 않았을까 싶었다. 때문에 그 결혼식에서 주례자가 누구이고, 어떤 말을 했는지는 잘 몰라도 상관없는 거였다. 다만 양가부모에 대한 인사 순서에서 군인장교와 원희 누나가 큰절을 올리자, 아버지가 느닷없이 철철 눈물을 흘리기 시작한 일은 큰 충격이었다. 오쿠바는 아버지의 눈물을 보고서야 원희 누나의 떠남을 뼛속 깊이 실감했다. 엄마는 눈물을 보이지 않았다. 상기된 얼굴로 원희 누나와 군인장교를 바라보았을 뿐 입술을 사리문 채 무섭게 인내하고 있었다.

주례사는 창경원에서 본 악어의 하품처럼 길었고, 군복과는 어울리지도 않는 어떤 장교의 축시 낭송도 길었다. 거의 십여

104

명이나 되는 둘째 매형 쪽 유명 인사들의 소개까지 이어지는 바람에 결혼식은 한 시간을 훌쩍 넘기고야 말았다. 오쿠바는 친구들이 걱정되는 데다 영치와 기선을 보고 싶어 미칠 지경이었다. 도대체 되는 일이 없었다. 지루한 식이 겨우 끝났을 때 이번에는 가족과 함께해야 하는 시간이 기다리고 있었다. 다행히 오쿠바 앞에는 어마어마한 일이 펼쳐질 예정이었다.

춘천에서 온 큰누나와 매형은 엄마와 형이랑 얘기하느라 정신이 없었다. 한쪽 벽에 기대어 앉아 눈을 감고 있던 아버지는 이윽고 형 곁에 있던 오쿠바를 불렀다. 아버지는 결코 놓아주지 않을 것처럼 끝없이 이것저것 물었다. 제일 처음 물은 것이 엄마 말 잘 듣느냐는 거였다. 두 번째 물은 게 공부 잘하느냐는 거였다. 오쿠바가 머리를 긁적이는데도 특히 어떤 과목이 재미있느냐고 물었다. 오쿠바는 솔직히 모든 과목이 재미없다고 말했다. 아버지는 허허 웃더니 이제 혼자서도 어디 다닐 만큼 컸으니, 아버지 병원에 놀러 와도 되지 않겠느냐고 물었다. 오쿠바는 앞으로 그렇게 해볼 생각이라고 말했다. 아버지는 흐뭇해서 한참 동안 고개를 끄덕이다가, 사진 찍고 싶지 않느냐고 은근한 목소리로 다시 물었다. 오쿠바는 아버지와의 추억을 떠올리며 물론 그렇다고 답했다.

"내 그럴 줄 알고 선물 가져왔다."

아버지는 곁에 둔 보스턴백을 끌어당겨 지퍼를 열었다. 그 속에서 끼만 기방을 꺼냈다. 오쿠비에게도 익숙한 키메라 가방이었다. 가방을 열자 독일제 롤라이플렉스가 나왔다. 엘마녹스 다음으로 아버지가 아껴온 카메라였다. 아버지는 롤라이플렉스를 오쿠바에게 건넸다.

"생각 없이 몰려다니는 건 머리 가벼운 새나 하는 짓이다. 책 많이 읽고 틈틈이 카메라에 생각을 담아라. 서울은 현상료가 비쌀 테니 현상은 아버지한테 와서 하는 게 좋겠다. 그래야 나도 우리 막둥이를 자주 볼 수 있을 게 아니냐."

오쿠바는 가슴이 뭉클했다. 뜨겁게 아버지를 안아주고 싶었다. 열네 살이기만 했어도 그렇게 했을지 모른다. 하지만 오쿠바는 열다섯 살이었다.

아버지는 묵지 않고 큰누나와 매형을 재촉해 춘천으로 떠났다. 큰누나가 하룻밤 묵어가겠다고 했으나, 아버지는 여지없이 큰누나를 몰아세웠다. 오쿠바에게는 어렵기만 한 큰 매형도 아버지 앞에서는 꼼짝 못했다. 큰 매형은 보스턴 가방을 든 채 아버지의 처분만 기다렸다. 엄마와 아버지는 돌이킬 수 없는 사이인 모양이었다. 아버지가 곧장 춘천을 향해 떠나버리는 것도 그렇고, 엄마가 결코 아버지를 잡지 않는 것도 그랬다.

그날 이후 롤라이플렉스는 온전히 오쿠바의 몫이었다. 형도 그걸 인정했다. 필요하면 빌려달라고 할지언정 내 몫도 있다고 우기지 않았다. 오쿠바는 롤라이플렉스와 함께 살았다. 주로 소설을 읽어온 독서습관에도 약간의 변화가 있었다. 종로로 나가 헌책방에 들를 때면 일어판 사진집이나 촬영의 기법 같은 책들을 열심히 구해 읽었다.

엄마와 함께하는 일요일 예배는 여전히 지켜웠다. 다행히 원희 누나의 결혼식 이후 소년부 예배는 즐거워졌다. 낯선 것들이 걷힌 데다, 영치랑 기선과도 얘기할 수 있는 처지가 되었기 때문이다. 영치와 특히 가까워졌다. 한번은 길동과 만보, 영치랑 기선과 창경원에 놀러간 적도 있었다. 그날만은 종묘 쪽과 연결된 비밀 통로 대신 입장료를 내고 정문으로 통과했다. 카메라 때문에 최고의 인기는 단연 오쿠바였다. 영치는 오쿠바의 카메라를 무척 신기해하며 호랑이 앞에서 한 컷, 여우 앞에서 한 컷, 기린 앞에서 한 컷, 사슴 앞에서 한 컷, 공작새 앞에서 한 컷, 비단구렁이 앞에서 한 컷, 벚나무 앞에서 한 컷, 벚나무 아래서 한 컷, 벚나무 옆에서 한 컷, 벚나무 사이에서 한 컷을 찍었다. 오쿠바는 이번 사진만큼은 종로에 나가 현상할 생각이었다. 방학을 기다려 아버지의 병원에서 현상했다가는 얼굴이 벌게질 게 분명했다. 생각을 카메라에 담으려던 아버지는 영치의 사진들을 보고, 이게 요즘 네 생각이냐, 하고 물을 게 뻔했다. "예, 그게 요즘 제 생각입니다." 아버지 앞에서 어찌 그런 답을 할 수 있단 말인가. 오쿠바는 앞으로도 영치의 사진만큼은 결코 춘천에 가서 현상할 생각이 없었다.

그렇듯 영치와 한층 가까워졌으니 소년부 예배는 즐거움이었다. 보다 정확히 말하면 예배시간은 변함없이 고통스러웠다. 즐거움은 예배가 끝난 뒤에 찾아오는 기였다. 희긴 마룻바닥에 퍼질러 앉아 설교 듣는 일이 결코 즐겁기야 하겠는가. 심지어 선생은 성경조차 꼼꼼히 읽고 설교하는 것으로 보이지도 않았다. 한번은 이런 일도 있었다.

예수가 십자가에 매달렸다. 강도 짓 하다 잡힌 두 사람도 예수의 좌우편에 매달렸다. 좌편 강도는 예수를 한심한 인간이라고 조롱했다. 우편 강도는 당신의 나라가 임할 때 나를 기억해 달라고 부탁했다. 예수는 우편 강도에게, 나와 함께 낙원에 이를 거라고 말했다. 그러니 소년부원들도 우편 강도처럼 예수를 구세주로 고백해야 한다고 말했다.

예배가 끝났을 때 길동이 선생한테 물었다.

"아까 설교하실 때 우편 강도가 구원받았다고 하셨잖아요? 그런데 성경에는 좌우편 구분이 없는데요? 「누가복음」에는 그냥 한쪽 강도가 구원받았다고만 돼 있어요. 「마태복음」과 「마가복음」엔 아예 좌우편 강도 모두 예수를 희롱했다고 돼 있고요."

선생은 그 자리에서 자신이 설교한 「누가복음」을 찾아보았다. 몹시 당황하는 눈치였다. 「마태복음」과 「마가복음」도 찾아보았다. 더욱 당황하는 눈치였다. 심지어 강도 얘기가 아예 없는 「요한복음」까지 뒤적였다. 하지만 없는 내용을 무슨 수로 찾는단 말인가. 선생의 얼굴은 물 한 방울만 튀어도 모락모락 김이 피어오를 만큼 시뻘겋게 달아올랐다.

"길동이가 성경을 열심히 읽는구나."

선생은 애써 태연한 척 말했으나 입술과 볼때기는 푸르르 떨렸다. 길동은 기고만장해졌다. 특히 여자애들이 자신을 우러러 보는 듯하자 어깨를 좌악 펴기까지 했다. 오쿠바는 그게 정말 재수 없었다.

물론 길동이라고 해서 성경을 뚜르르 꿰고 있는 건 아니다. 낙엽이 휩쓸려 다니는가 싶더니 한 집 두 집 시퍼런 시래기를 매달기 시작할 때였다. 아직 성탄절이 되려면 좀 일렀지만, 소년부는 예배만 끝나면 연극 연습에 몰두했다. 성탄전야에 모든 교인 앞에서 공연하기 위함이었다. 등장하는 인물은 마구간 말구유에 누워 있는 아기예수, 엄마 마리아와 아버지 요셉, 목동 둘에 동방박사 세 사람이었다. 오쿠바는 소년부 예배에 참석한 뒤로 아직 일 년이 안 되어선지 재수 없게도 목동 역을 맡았다. 담요를 두르고 그냥 멍청히 서 있기만 하면 되는 역이었다. 만보는 동방박사 역을 맡았고, 길동은 아버지 요셉 역을 맡았다. 오쿠바는 목동 역을 맡은 것이 불만이었다. 길동이 요셉 역을 맡은 게 더더욱 불만이었다. 하필이면 영치가 엄마 마리아 역을 맡았기 때문이었다. 오쿠바는 연극 연습 때마다 담요를 뒤집어쓴 채 그냥 멍청히 하품만 하고 서 있어야 했다. 도대체 이게 연습인가. 목동 역이나 아기예수 역은 성탄전야 때 무대에 오르기만 해도 되지 않는가. 그 같은 불만이 최고조로 달한 상태에서 길동의 그윽한 목소리까지 들어야 하니 정말 고문이었다.

"마리아, 몸은 좀 어떠시오?"

"저는 괜찮습니다. 말구유에 눕혀놓은 아기가 안쓰러울 뿐입니다."

"튼튼한 나귀만 구했어도 이틀 전에 도착해 쉽게 방을 구했을 텐데. 미안하오. 돈이 웬수고 가난이 웬수요."

"무슨 말씀을. 당신은 노름도 안 하고 술도 안 마시니 금방 부자로 살 거예요."

"하지만 그런 게 무슨 소용이겠소? 사두개인이나 바리새인이 아니면 이 나라에선 대접받지 못하잖소."

"그래도 저는 아기예수를 잉태하고 출산하기까지 꿋꿋이 인내해온 당신께 고마워하고 있답니다. 당신은 정말 하느님의 사랑을 받을 만한 자격이 충분해요."

"허허, 그렇게 봐주다니 참으로 다행이오."

이런 대사만으로도 미쳐버릴 지경인데. 심지어 요셉은 마리아를 살짝 안아주기까지 하는 거였다. 오쿠바는 날이 갈수록 배역이 맘에 안 들었다. 요셉과 마리아를 뒤쪽에서 멍청히 바라보고만 있어야 하는 목동 역은 견딜 수 없었다. 차라리 동방박사들처럼 중간에 불쑥 나타났다가 아기예수만 경배하고 급히 사라지는 역이 나을 것 같았다. 오쿠바는 선생님께 목동 역을 1학년한테 맡기는 건 어떻겠느냐고 물었다.

"목동은 서 있기만 하면 되니까. 아무나 해도 괜찮잖아요? 저는 차라리 무대에서 금방 사라지는 동방박사를 하고 싶어요."

"동방박사는 이미 배역이 정해지지 않았냐?"

"동방박사를 한 명 더 만들면 되지요."

그러자 길동이 한심하다는 표정을 지었다.

"넌 도대체 동방박사가 세 사람이란 것도 여태 모르고 있었어?"

여자애들이 키득키득 웃었다. 영치와 기선도 따라 웃었다. 선생님도 묘하게 얼굴을 일그러뜨리며 웃었다. 남자애들마저 낄낄거렸고, 절대 믿었던 만보까지도 낄낄거렸다. 오쿠바는 무척 자존심이 상했다. 그는 길동에게 따졌다.

"성경 어디에 세 사람이라고 돼 있어?"

"「마태복음」에 그렇게 나와 있잖아? 세 사람이 황금과 유향과 몰약을 예물로 드렸다는 것도 몰라?"

"뒤로 자빠질 소리하고 있네. 「마태복음」엔 동방박사들이라고만 나와 있어. 박사들이 세 명이었다는 얘긴 어디에도 없어. 열 명이었는지, 스무 명이었는지 그건 모를 일이야."

오쿠바의 반박에 길동이 씩씩거렸다. 그는 곁에 있는 성경을 집어 들었다. 선생도 「마태복음」을 펼쳤다. 연극 얘기가 처음 나왔을 때 「마태복음」을 꼼꼼히 읽었던 오쿠바는 자신 있었다. 소설을 즐겨 읽는 탓에 소설적 표현법대로라면 더더욱 자신 있었다. 이를테면 세 명이면 동방박사 세 사람이라고 하지, 굳이 동방박사들이라고 표현하지 않는다. 소설적 상상력을 가미한다면 더더욱 세 명일 리 없다. 명색이 왕인데, 긴 여행 끝에 거지 꼴이 된 동방박사 세 사람을 헤롯 왕이 쉽게 맞았을 리 없다. 적어도 헤롯 왕이 맞이할 만한 품위가 있어야 한다. 그 품위는 사람 수에서 온다. 박사들이 머나먼 동방에서부터 값비싼 예물을 준비했다면 큰 별에 대한 의심할 수 없는 믿음이 있지 않았을까. 그 믿음을 따르는 추종자들이 당연히 있었을 것이다. 추종자들 속에는 점성술을 연구하는 또 다른 박사들은 물론, 박사들을 보좌하는 조수들도 있었겠지. 적어도 헤롯 왕을 알현할 때 동방박사 일행은 열대여섯 명 이상은 되지 않았을까. 오쿠바는 자신의 추리가 결코 잘못됐다고 생각지 않았다.

선생은 펼쳤던 「마태복음」을 덮고 다른 복음서를 뒤적였다. 오쿠바의 말이 옳은 모양이었다. 하지만 다른 복음서엔 아예 동방박사 얘기 같은 건 있지도 않았다.

"네 말이 맞긴 맞다. 하지만 세 가지 예물을 바쳤으니 세 명이라고 봐도 무리는 없겠는걸."

"그렇지 않아요. 한 사람이 세 가지 예물을 준비할 수도 있고, 열 사람이 한 가지 예물만 준비할 수도 있는 거잖아요."

선생은 고개를 끄덕였다. 오쿠바의 손을 들어준 거였다. 오쿠바가 맞다면 성경에 관하여 자신만만해하던 길동으로선 자존심 상하는 일이었다. 길동은 결코 수긍할 수 없다는 듯 여전히 성경을 뒤적였다. 보다 못한 만보가, 선생님도 오쿠바가 맞다고 하시잖아, 하고 만류하는데도 길동은 성경을 놓지 않았다. 오히려 더욱 신경질적으로 성경을 뒤적였다.

배역은 바뀌지 않았다. 오쿠바는 그냥 담요를 뒤집어쓴 채 요셉과 마리아의 역겨운 대화만 묵묵히 들어야 했다. 선생님 때문이었다. 선생은 용기가 없었다. 그는 동방박사가 세 사람이 아님을 교정시키기보다는 그냥 넘어가는 쪽을 택했다. 교회라는 데가 원래 그런 모양이었다. 한 번 굳어진 것은 맞건 틀리건 도대체 고칠 수 없는 곳이 교회인 모양이었다.

오쿠바는 성탄전야까지 몹시 실망한 채 교회를 오가야 했다. 담요를 뒤집어쓰고 멍청히 서 있기만 하는 목동이라니! 영치와 기선을 보기에도 은근히 낯 뜨거웠다. 생각 같아선 이참에 교회를 그만두고 싶었다. 그러나 비록 마리아로서 요셉과 달콤한 대사를 주고받을지언정 영치는 오쿠바에게 롤라이플렉스만큼이나 소중한 보물이었다. 그러니 영치가 다니는 교회를 그만둔다는 건 모든 걸 포기하는 것과 마찬가지였다. 더군다나 엄마의 고집을 무슨 수로 꺾는단 말인가. 오쿠바의 팔을 끌기 시작했으면 결코 놓지 않을 사람이 엄마였다. 엄마는 고집이 세고 강하다. 오쿠바가 보기에 엄마는 아버지보다 월등히 강했다. 원희 누나의 신랑자리도 엄마 마음에 들고서야 선보는 것을 허락했을 만큼 엄마는 원체 강하고 굳셌다.

그런 엄마가 새해를 맞은 뒤로 더욱 강하고 굳세어졌으니 오쿠바는 이제 죽어났다. 엄마는 교회에서 열린 신년부흥회인가 뭔가에 참석한 뒤로 더욱 그랬다. 부흥회에서 기도를 어찌나 세게 했는지 엄마의 목소리는 잠겼다. 잠긴 목소리가 엄마를 더욱 굳세게 만들었는지도 모른다. 엄마는 콱 잠긴 목소리로 말했다.

"너를 하느님께 바치기로 약속했다."

겨울방학이어서 엄마와 단 둘이 점심을 먹을 때였다. 오쿠바는 놀랐다.

"그게 무슨 소리예요?"

"지난 신년부흥회 때 하느님한테 서언^{誓言}를기도를 했다. 네 형은 이미 장성했으니 안 되고, 너만이라도 하느님께 바치기로 했다. 넌 이제 목사님이 돼야 한다."

"그런 법이 어딨어요? 내 생각은 묻지도 않고 엄마 맘대로 결정하는 게 어딨냐구요?"

"가장 알찐 길이다."

"전 사진작가가 될 건데요?"

"네 아버지처럼 암실 꾸며놓고 무슨 짓을 하려고? 병든 영혼을 이끄는 목사님만 한 게 세상 어디 또 있다고 마다하냐? 아무 소리 마라."

오쿠바의 머릿속으로 제일 먼저 스쳐간 건 길동의 얼굴이었다. 알 수 없는 거미줄이 벌써부터 길동을 감고 있는 것처럼 보였다. 이를테면 이단옆차기로 길동을 날려버리고 싶을 때가 있지만, 목사가 되겠다고 하는 놈을 걷어차면 안 되지, 하면서 참은 게 몇 번은 되었다. 오쿠바는 그 거미줄이 싫었다. 자유롭게 사진 찍을 수 없을 테고, 헛가게에서 책을 훔쳐서도 안 될 테고, 욕설을 퍼붓거나 이단옆차기를 날려서도 안 될 것 같은 거미줄 말이다. 친구들은 또 자신에게 전차를 훔쳐 타자는 말을 못할 테고, 곡마단 공연에 몰래 숨어들어 가자는 말도 못할 테고, 종로3가에 가서 여자 구경을 하자는 말도 못할 게 아닌가. 어찌 그 같은 거미줄 속에서 살란 말인가. 그러니 엄마는 되지도 않는 요구를 하는 거였다. 이번만은 엄마의 말을 듣지 않겠다. 내가 꿈꾸는 대로 날아가겠다. 오쿠바는 그렇게 속을 다지면서 간신히 밥을 삼켰다.

당장은 엄마의 말을 잘 듣는 것처럼 해야 한다. 변함없이 엄마의 손을 잡고 교회에 가야 한다. 엄마의 손에 끌려 무릎을 꿇고, 엄마의 기도소리에 눈을 감아야 한다. 욕설을 내뱉다가도 엄마의 지청구에 얼른 입을 다물어야 한다. 그건 쉬운 일이면서도 어지간히 어려운 일이다. 개좆같은 놈이라고 욕설을 내뱉다가도 엄마가 눈을 부라리면, 튀어나온 입술을 숨 막힐 때까지 꾸역꾸역 안으로 밀어 넣어야 한다. 엄마의 기도소리에 하품을 쏟다가도 기도가 끝날 즈음엔 반드시 아멘을 붙여주어야 한다.

그러니 당장 오쿠바의 생활에 변화가 있을 리 없었다. 학교에 다니고, 사진 찍으러 다니는 것처럼 오쿠바는 여전히 교회도 다녔다. 어른 예배라면 몰라도 소년부 예배는 친구들 때문에 변함없이 견딜 만했다. 지난해 성탄 연극을 떠올리면 불유쾌한 기분이 아주 없는 건 아니다. 그러나 망각은 그림자처럼 따라다닌다. 요셉과 마리아 사건은 거의 잊혀졌다. 담요를 뒤집어쓰고 벙어리처럼 서 있던 목동 역시 가물가물해졌다.

긴장을 느낄 만한 새로운 사건이 소년부 안에서 또다시 일어나기는 했다. 하지만 연극 때처럼 몹시 자존심 상하는 일로 반

아들이지는 않았다. 오쿠바 또래가 최고학년이 되었기에 회장과 부회장을 새로 뽑아야 했는데, 길동이 회장이 되고 영치가 부회장이 된 거였다. 장래 목사인 길동이 회장 자리에 앉는 것을 반대하는 소년부원은 아무도 없었다. 오쿠바도 거부감 없이 받아들였다. 물론 투표를 통해 뽑은 것은 아니다. 선생의 재량에 따라 그렇게 된 거였다. 영치가 길동과 짝을 이루다니! 그건 좀 못마땅하기는 하다. 대본대로 하는 연극과 달리 회장과 부회장 사이가 무척 긴밀한 것으로 보이지 않는 게 그나마 다행이었다. 부회장은 회장을 보좌한다기보다는 회장이 없을 때 회장을 대행하는 것으로만 보였다.

어른들한테서도 약간의 변화는 일어났다. 놀랍게도 오쿠바 엄마와 영치 엄마가 같은 구역원이 된 거였다. 그건 작은 변화였으나 오쿠바에겐 엄청난 사건이었다. 매달 한 번 꼴로 오쿠바의 집에 모여 예배드릴 때 영치 엄마가 온다는 건 영치도 온다는 것일 수 있기 때문이다. 하지만 김칫국부터 마실 일은 아니었다. 오쿠바의 기대와는 달리 영치 엄마는 딸내미를 데려오지 않았다. 오쿠바의 집에서 세 번째 구역예배가 있을 때까지도 그랬다. 세상에서 가장 재미없는 모임일지라도 영치가 있다면 참석할 의향이 있는 오쿠바로선 실망이 아닐 수 없었다. 엄마의 고집에 끌리듯 두어 번 자리를 지켰던 오쿠바는 끝없이 지루할 뿐인 구역예배에 더는 참석하지 않으리라 마음먹었다. 모든 예배에 참석하기를 바랐으나 엄마도 일요일 예배 때처럼 끈질기게 잡지는 않았다.

구역예배는 두 시간 넘게 걸리는 게 다반사였다. 진짜 예배는
삼십 분이면 될 것 같았다. 신 내림을 받는 듯한 단체 기도시간
이 삼십 분, 다과를 먹으면서 동네 참견하는 시간이 한 시간이
었다. "그 집 갓방에 곡마단 식구들 들었다며?" 예배가 끝나면
누군가가 그런 식으로 운을 뗐다. "쇼하는 동안 한 달만 있겠다
고 했는데, 비가 계속이니 천막도 못 치고 난리지요." "그 식구
들 사는 건 어때? 뭐를 먹고 산대?" "우리네랑 뭐 다를까 봐서
요? 똑같아요. 김치보시기 달랑 놓고 수제비 떠서 주야장천 그
것만 먹어요." "그래? 말로는 고아들 잡아다가 식초만 먹이면서
다리 찢는 운동시켜갖고 무대 올린다던데?" "고아는 무슨! 갓방
에 든 곡마단 식구는 한 가족이 맞더만요. 큰애고 작은애고 지
어미애비 쏙 뺐더만요."

엄마의 구역원들은 수제비까지 끓여 먹고서야 뭉그적뭉그적
자리에서 일어나곤 했다. 이제 끝났으려니 하고 집 밖에서 서성
대다가 마침 대문을 밀고 나온 그네들과 마주친 적도 두어 번
있었다. 하필이면 전봇대에 대고 오줌 누고 있다가 구역원들과
맞닥뜨린 적도 있었다. 그건 환장하게 창피한 일이었다. 낯을
들 수 없는 오쿠바에게 영치 엄마는 확인사살까지 했다.

"엄마 말로는 목사님 될 거라던데, 전봇대에 오줌 싸고 그러
면 쓰겠어?"

솔직히 그때처럼 엄마의 입을 원망한 적두 없었다. 사진작가

가 될 거라고 고래고래 악을 쓰고 싶었다. 오쿠바는 간신히 참았고, 구역원들은 웃으면서 헤어졌다.

영치의 편지

열일곱 살이 되면서 그런 소년부 시절은 끝났다. 오쿠바와 벗들은 장년부원이 되었다. 어른으로서 어른 예배에 참석할 나이가 된 거였다. 그렇다고 어른 대접을 받는 건 아니었다. 예배당 뒷자리에서 친구들끼리 아주 잠깐 얘기를 나눌 뿐인데도 어른들은 무섭게 눈을 부라렸다. 종탑 근처에서 여자애들과 말이라도 섞는 걸 본다면 기절할 게 분명했다.

중고교 분리가 안 된 학제였기에 학교는 4년째 같은 곳을 다녔다. 학교는 무엇 하나 머리통을 퉁겨주지 않았다. 지루한 반복이었다. 그러니 단칸방에 여덟, 아홉 식구가 살면서 쌀밥 먹는 게 꿈이던 시절에 학교는 사치였다. 중학 4학년 이상은 백 명 중 다섯 명만이 다닐 수 있는 형편이었다. 열일곱 살이 되자 만보는 그 다섯 명 밖으로 밀려났다. 만보는 용케 삼륜트럭 조수 자리를 얻었다. 만보는 일곱 식구가 사는 성북천 단칸방을 떠나야 했다. 그는 보따리를 쌌다. 조수라는 게 규칙 없는 일이어서 저녁마다 집으로 돌아온다는 게 불가능하기 때문이었다. 오쿠비는 떠나는 만보에게 둘째 매형이 갖다 준 건빵 몇 봉지를 거넸다. 전에도 종종 건넨 적 있었다. 만보는 그걸 받으면서 말했다.

"너네 매형은 이런 거 계속 갖다 줄 수 있어?"

"몰라. 원희 누나, 어쩌면 의정부로 이사 갈지도 모르거든. 이사 가면 끝이지. 근데 왜?"

"내 동생들이 좋아하거든. 만석이가 아주 좋아해."

만석이는 만보의 막냇동생이었다. 여덟 살이지만 아직 학교에 다니지 않았다. 기계총을 앓아 머리통이 군데군데 폭탄 맞은 듯 민머리인 데다, 횟배를 앓는지 배도 볼록했다. 성장속도가 느려 또래 아이들보다 반 뼘쯤 키도 작았다. 그런데도 어떻게 익혔는지 한글만은 용케 읽었다. 만보는 그런 만석이 대견스럽고 자랑스러운 모양이었다. 오쿠바와 길동이 있을 때면 주위의 간판을 가리키며 만석에게 읽어보라고 시키고는 했다. 막내 만석인 더듬더듬 '대창옥 냉면', '무랑루쥬', '오리온약국', '뼈맞치는의원' 같은 간판을 읽었다. 심지어 '이곳에 잇지 마시오', '여기서 오줌 싸면 짤나버림' 같은 문장도 읽을 줄 알았다. 오쿠바나 길동이 가끔 만보의 집을 찾을 때면 만보는 번번이 그런 만석을 데리고 놀았다. 이제 집 떠나는 처지고 보니 만보는 막내가 안쓰러운 모양이었다. 오쿠바는 원희 누나가 건빵을 갖다 주는 한 언제나 그렇게 하겠다고 말했다.

만보는 떠났다. 학교에서 돌아오다 보면 무너진 성곽 주변이나 성북천 천변에서 쑥 뜯는 여자들이 많이 보일 때였다. 학교나 교회나 동네에서 당장 만보의 공백은 느껴지지 않았다. 그만큼 만보는 중요하지 않았다. 그러나 벚꽃이 흐드러지게 피어 지난해 봄 같은 그리움이 살 속에 파고들 때면 부쩍 만보가 보고 싶었다. 롤라이플렉스 카메라를 메고 어디론가 떠나고 싶었다. 미아리고개를 넘어 가오리천加伍里川으로 나가고 싶었다. 우수수 쏟아지는 배꽃 아래에서 흰 꿈을 꾸는 듯한 영치의 얼굴을 담고 싶었다. 태조 이성계의 계비繼妃인 신덕왕후가 묻혀 있는 정릉을 찾고 싶었다. 그곳 홍살문에 기대어 선 영치의 어여쁜 태를 담고 싶었다. 창경원 춘담지에 드리워진 영치의 그림자를 담고도 싶었다. 오일장이 서는 경동시장에서 말표 '이뿐이 비누'를 고르는 영치의 얼굴을 담고도 싶었다. 그러나 차마 입이 떨어지지 않았다. 여자애들에게 입 떼는 일은 원래 만보의 몫이었다. 만보만이 할 수 있었다. 좋아도 좋다는 말을 할 수 없을 때 만보만은 그렇게 했다. '야, 기선아, 길동이가 너 좋대!', '영치야, 창경원 가자! 오쿠바가 사진 찍어준대.' 만보는 위대했다.

지난해 이미 사진 찍으러 다닌 적 있었는데도 오쿠바와 길동은 차마 그 말이 떨어지지 않았다. 동네와 교회에서 영치나 기선과 마주치면 겨우 웃고 지나칠 뿐, 좀체 속내를 드러내지 못했다. 친구들이나 어른들한테는 입 떼는 일이 그리도 쉬운데, 또래 여자애들한테는 도대체 그게 안 됐다. 때문에 오쿠바는 길동을 만나면 종종, 오늘 같은 날 만보가 있어야 하는 건데, 하고 아쉬워했다. 그때마다 길동도 고개를 끄떡였다. 하지만 한 달에

서너 번 정도는 올 것처럼 말했던 것과 달리 봄이 다 가도록 만보는 오지 않았다.

만보가 다시 나타난 건 몸살을 앓던 그 봄이 지나고 난 뒤였다. 벚꽃 지고 난 자리에선 버찌가 한창 익고 있었다. 초여름 햇빛은 지나치게 쨍쨍해서 그늘이 고마운 때였다. 일요예배를 마친 오쿠바는 교회 마당으로 나왔다. 만보는 종탑 아래서 기다리고 있었다. 교회에 처음 발길했을 때 오쿠바를 맞았던 바로 그 자리였다. 만보는 그곳에서 손을 흔들며 오쿠바를 불렀다. 숯구덩이에서 뒹굴다 나왔는지 만보는 머리부터 발끝까지 땟물이 줄줄 흘렀다. 상고머리 아래로 시커먼 볼때기에는 빨갛고 누런 여드름이 듬성듬성 피어올라 있었다. 오쿠바는 만보의 손을 잡고 한참을 흔들었다.

"언제 온 거야?"

"어젯밤 늦게 왔어."

만보는 햇빛 때문에 눈을 찡그린 채 헤벌쭉 입을 벌리고 웃었다. 그 얼굴이 기묘하게 일그러져 보였다. 몇 달 전처럼 몸매는 여전히 호리호리했으나 전보다 키는 좀 자란 모양이었다. 입고 있는 바지가 발목에 걸려 있었다.

"동생들이 그러던데 오기는 몇 번 왔다면서?"

"잠만 자고 새벽 일찍 나갔어. 늦으면 아저씨가 막 때리거든."

"때려?"

"운전 배우려면 다 그런 거래. 아저씨도 운전 배울 때 많이 맞왔대. 나보고는 그래도 조선 놈한테 배우는 걸 다행으로 알래.
자기는 왜놈한테 배웠는데 삼 년 동안 갈비뼈만 두 번 부러졌대
나 어쨌대나! 그런데 거짓말 같아. 운전 그거, 난 벌써 잘할 수
있거든. 무슨 삼 년이나 걸렸겠어? 가르쳐주기 싫어서 그냥 발
광하는 거지."

"삼륜차를 몰아보긴 했어?"

"큰일 나. 지난번 몰래 운전대 잡았다가 죽는 줄 알았어. 곡
괭이 자루로 막 패는데, 와, 정말 무섭더라."

만보는 그때가 떠오르는지 몸을 떨었다.

"그럼, 도망 나오지?"

"안 돼. 엄마가 기술 배울 때까지 무조건 참으라고 했어. 나도
실은 꼭 운전하고 싶거든."

오쿠바는 갑자기 만보가 엄청 커 보였다. 바보 같은 만보가
아니라 트럭 운전수 만보가 자기 앞에 서 있는 것처럼 보였다.
결혼해도 될 것 같았다. 뒤따라 마당으로 나온 길동을 향해 혜
화동로터리에 있는 청요릿집에 가자고 할 때는 더욱 그래 보였
다. 길동은 만보가 못내 의심스러운지, 정말 돈 있는 거냐고 두
번이나 물었다. 그러고 나서도 미덥지 못한 눈길로 만보의 위아
래를 계속 훑었다. 불쾌할 수도 있지만 만보는 워낙에 화를 낼
줄 몰랐다.

"봉급 갖다 주면서 엄마한테 좀 탔어."

만보는 주머니에 손가락을 넣어 그곳을 불룩하게 부풀려 보

였다.

오랜만에 셋은 함께 움직였다. 늘 누군가의 뒤만 따르던 만보였지만 그날만은 앞장섰다. 교회 마당을 벗어날 때 여자애들 몇이 우물가에 모여 있는 게 보였다. 물론 영치와 기선도 있었다. 이럴 경우 오쿠바와 길동은 힐끔힐끔 곁눈질하면서 지나치는 게 보통이었다. 그러나 만보는 역시 만보였다.

"너희들 오랜만이야. 영치는 우리 만석이 선생님이라면서? 네가 해주는 옛날 얘기 무지 재밌대. 만석이가 그러는데 최고래!"

영치는 올봄부터 주일학교 선생이 되었다. 오쿠바도 아는 사실이었으나, 만석의 담임이 된 것까지는 모르고 있었다. 영치는 만보의 출현과 칭찬이 반가웠을 텐데도 당황스러운지 다른 여자애들 뒤로 애써 몸을 숨겼다.

"우린 혜화동로터리에 가는 거야. 가고 싶으면 따라와도 좋아."

말은 그렇게 해도 여자애들 반응엔 별 관심이 없었다. 만보는 우쭐주쭐 앞서 걸었다. 태어나 처음으로 친구들을 끌고 청요릿집으로 향하다 보니 충분히 들뜬 모양이었다. 유월의 볕은 강렬했고, 만보의 옷은 그만큼 거무데데해 보였다. 누런 개가 세 사람 앞을 비칠비칠 지나갔다. 누렁이는 염분이 높은 음식 찌꺼기를 먹은 탓인지 부스럼투성이였다. 만보는 누렁이를 발로 걸어차는 시늉을 했다. 도망갈 힘조차 없는지 녀석은 겨우 깨갱 소리만 냈다.

청요릿집은 혜화동로터리에서 동숭동 쪽으로 내려가는 길목에 있었다. 붉은색 주렴을 걷고 안으로 들어서자 넓은 홀과 몇 개의 작은 방들이 보였다. 여점원이 홀 가운데로 셋을 안내했으나 만보는 굳이 방으로 들어가겠다고 말했다. 여점원은 못마땅한 듯 만보를 아래위로 훑었다. 오쿠바와 길동은 주눅이 든 목소리로 그냥 홀 가운데 앉자고 말했다. 처음 발길한 곳인 데다 여점원의 훑어 내리는 얼굴 표정이 만만해 뵈지 않아서였다. 그러나 만보는 당당했다. 그는 여점원이 방으로 안내할 때까지 계속 버텼다. 불과 몇 달 사이에 그는 어연번듯한 어른이 돼 있었다. 여점원은 결국 제일 구석에 있는 방으로 셋을 안내했다. 만보는 바닥에 엉덩이를 붙이자마자 목소리에 힘을 넣어 자장면을 주문했다. 그리고 놀랍게도 배갈 한 병을 주문했다. 눈이 휘둥그레진 채 길동이 물었다.

"그런 걸 마셔도 돼?"

"생각보다 별거 아냐. 목구멍 넘어갈 때만 참으면 기분 죽여줘."

만보는 점원이 열어놓고 간 미닫이문을 닫으면서 말했다.

"언제 마셔봤는데?"

"공장 아저씨들이랑 요릿집 갈 때 가끔 마셨어. 아저씨들이 따라주거든. 운전하다 들켜서 얻어터진 날은 정말 엄청나게 마셨어. 내가 맞는 걸 보고 연탄 찍는 형이 청요릿집에 데려가준 거야. 찍공 형은 배갈을 시키더니 멍들고 아픈 데는 그게 최고라면서 마구 따라줬어. 난 그냥 다 마셨어. 온몸이 쑤셔서 손도 못 움직였는데 아닌 게 아니라 정말 안 아프더라구."

방 안은 더웠다. 봉창이 열려 있었지만 바람 한 점 들어오지 않았다. 만보는 점원이 놓고 간 엽차를 벌컥벌컥 마셨다. 맞바람 치도록 방문을 열어놓는 게 좋으련만, 굉장한 시간을 맞이하기 위해서 그 정도는 참아야 했다. 동안을 둔 뒤 다시 돌아온 여점원은 자장면과 배갈을 놓고 갔다. 만보는 여점원이 열어놓고 간 미닫이문을 다시 닫았다.

방 안은 달착지근한 자장 냄새와 땀내가 뒤섞여 끈적끈적했다. 셋은 배갈 뚜껑을 따기에 앞서 젓가락부터 들고 면과 자장을 섞었다. 누가 먼저랄 것도 없이 자장 그릇을 입가에 대고 마치 물 마시듯 면을 삼켰다. 조급한 것은 아직 서툴다는 것을 의미하지만 그런 건 상관없었다. 만보는 자리에 앉자마자 음식을 주문했던 것처럼, 이번에는 젓가락 내려놓기 바쁘게 배갈 뚜껑을 땄다. 그리고 오쿠바와 길동에게 한 잔씩 따랐다. 오쿠바는 이런 걸 마셔도 되는 건가 싶어 약간의 갈등을 겪었다. 그러나 만보가 잔을 들어 단숨에 털어 넣는 것을 보고 쉽게 용기를 냈다. 이게 무슨 문제란 말인가. 사진작가가 되려면 술기운이 달아올랐을 때의 세계도 알아야 할 게 아닌가. 마셔! 한번 마셔보는 거야! 오쿠바는 눈을 감은 채 만보처럼 급히 털어 넣었다. 목구멍을 넘기는 순간 식도가 홧홧했으나 견딜 만했다. 단무지 하나를 씹어 삼키자 충분히 마실 만했다. 남은 건 이제 길동이었다. 녀석은 잔을 앞에 두고 요리조리 재는 눈치였다. 만보가 재촉했으나, 나는 아무래도 안 되겠어, 하면서 잔을 만보 쪽으로 밀어냈다. 목사님 될 거라서 그러는 거냐고 만보가 묻자 그런 건 아니라고 고개를 흔들었다.

"그냥 못 마시겠어."

오쿠바는 수긍했다. 무슨 말을 하겠는가. 자신 역시 어머니의 서언기도를 떠올리며 잠시 망설였다. 목사님 되실 양반이 전봇대에 오줌 싸고 그러면 쓰나, 했던 영치 엄마의 얼굴도 언뜻 떠올렸다.

배갈은 이제 오쿠바와 만보만의 몫이었다. 오쿠바는 어머니의 서언기도를 털어내듯, 만보가 잔을 채울 때마다 마다하지 않았다. 덥석덥석 받아 마셨다. 처음 마시는 배갈에 급격히 몽롱해졌으나 결코 나쁘지 않았다. 청요릿집을 나설 때까지도 문제될 건 없었다. 일찌감치 앞서 걷는 길동을 보고 우리를 왜 피하냐고 욕을 좀 했을 뿐이다. 길동은 얼굴이 벌게진 두 친구와 함께 걸을 수 없는 모양이었다. 오쿠바와 만보는 그게 불쾌해서 길동을 향해, 개좆같은 놈이라고 욕설을 퍼부었다. 그럴수록 길동의 걸음은 더욱 빨라졌다. 오쿠바와 만보는, 개좆같은 놈이 장꼴라 뒷집 지고 걷냐, 좆이 늘어져 감고 간다, 감고 가, 하면서 더더욱 세차게 욕설을 퍼부었다. 끝내 둘의 시야에서 길동은 완전히 사라졌다. 오쿠바와 만보도 길동을 잊었다. 둘은 땅바닥이 자꾸만 튀어 오르는 기묘한 느낌을 이겨내면서 천천히 걸었다. 혜화동로터리를 지나고 무너진 성벽을 지났다. 어쩌다 영치네 대문 앞에 이르렀다. 영치네 집은 신작로에서 안쪽으로 들어간 곳에 있었다. 의도하지 않으면 발길하기 쉽잖은 곳이었다. 뭔가에 홀린 듯 오쿠바와 만보는 영치네로 간 거였다. 만보가 불러주겠다고 했으나 오쿠바는 사양했다. 오쿠바는 두 번인가 세번, 아니면 네 번쯤 거푸 영치를 불렀다. 이윽고 안에서 신발 끄는 소리가 흘러나왔다. 곧 대문이 열리는가 싶더니 아뿔사! 영치가 아니었다. 영치 엄마의 얼굴이었다. 퍼뜩 정신이 들었다. 그러나 모든 게 이미 늦었다. 영치 엄마는 오쿠바의 얼굴을 보는 순간 무지무지 놀라는 얼굴이 되었다.

"아니, 목사님 되실 양반이 이게 뭐야? 하이고, 장안 술은 죄마신 모양이네!"

"죄송합니다. 영치랑 얘기 좀 하려고요. 그런데 얼마 안 마셨습니다."

"아니, 얼굴이 불덩어린데 얼마 안 마셨어? 술 냄새도 등천할지경이네. 비틀거리지 말고 어여 엄마한테 가!"

"진짜 얼마 안 마셨습니다. 영치한테 꼭 할 말이 있습니다."

오쿠바는 또박또박 말한다고 했으나 자꾸만 혀가 꼬여 나온다는 걸 느꼈다.

"글쎄, 영치도 시방 없어."

"거짓말하지 마세요. 영치는 시방 집에 있습니다. 글고 저 진짜 얼마 안 마셨습니다."

"목사님 되실 양반이 우째 이럴까. 의심도 우째 이리 깊을꼬. 오늘은 엄마가 기다리니 어여 가고, 담에 정신 들면 다시 와."

오쿠바는 몽롱한 중에도 영치 엄마의 실망 섞인 목소리를 알아들었다. 발길을 돌려야 했다. 하지만 그냥 돌리지 않았다. 오쿠바는 소리쳤다.

"난 목사 안 될 겁니다. 사진작갑니다. 사진작가!"

영치 엄마는 눈을 휘둥그레 떴다. 이놈이 미쳤나, 또는 좋을 대로 하시든가, 그런 표정이었다.

오쿠바의 면전에서 쾅 하고 대문이 닫혔다. 왜 그런지 오쿠바는 눈물이 좀 났다. 만보가 오쿠바의 팔을 끌었다.

술에서 깨어났을 때는 새벽이었다. 쩌개질 듯 머리가 아팠다. 목도 말랐다. 엄마가 황급히 집 안으로 끌어들였던가, 평생 들을 잔소리를 한꺼번에 다 들었던가, 픽 쓰러진 채 아무리 흔들어도 일어나지 않았던가. 기억은 이상하게도 대문을 쾅 닫는 소리에서 끊겼다. 그게 영치네 대문이었는지, 자기 집 대문이었는지 도대체 그것도 헷갈렸다.

영치 엄마한테 한소리 들은 것만은 아주 또렷했다. 교회를 다시 갈 수 있을지, 영치 얼굴은 제대로 볼 수 있을지, 얼굴 들고 동네는 나다닐 수 있을지, 모든 게 졸지에 뒤엉킨 느낌이었다.

교회 종소리는 어김없이 들려왔다. 자숙할 시간을 가지라는 건지, 일요일 예배인데도 엄마는 오쿠바를 끌지 않았다. 잘된 일이었다. 금요구역예배를 오쿠바의 집에서 드리는 날이면 아예 천천히 들어오라는 말까지 했다. 잘된 일이었다. 학교는 계속 다녔다. 아침 전차를 기다리고 있으면 매번 길동을 만났다. 녀석은 번번이 배갈사건을 물고 늘어졌다. 어디서 누구한테 들었는지 녀석은 오쿠바가 영치네 집을 찾아간 것까지 알고 있었다.

"영치 엄마한테 혼났다며?"

그 정도는 약과였다.

"영치 엄마가 뭐랬는데?"

"뭘 뭐래? 빨랑 들어가서 자라고 했지."

"그래서 뭐라고 했어?"

"정말 영치랑 자도 되냐고 물었지."

"농담하지 말고?"

"농담이 아냐. 정말로 데릴사위 삼으려 했다니까."

"뒤지게 혼날 짓했네. 어쩐지 영치가 너 만날까 봐 슬슬 피하는 눈치더라."

길동은 하는 짓이 볼수록 잘고 치사해서 노리고 고린 수작이 역력했다. 오쿠바는 그게 얄미웠다.

"걱정 마. 나도 이참에 영치 볼 면목 없으니 기선일 대신 만날까 싶다. 어때? 괜찮겠지?"

길동은 자신과는 상관없는 일이라고 애써 웃어넘기려 들었다. 하지만 그 마음속 전율을 못 읽을 오쿠바가 아니었다.

날은 더디 갔다. 하루가 다르게 더워졌다. 어떤 날은 삼복더

위를 연상시켰다. 더위 때문에 날이 더욱 더디 가는 모양이었다. 학교에서 돌아오면 오쿠바는 종종 빨랫돌 위에 엎드렸고, 엄마는 등목을 시켜주곤 했다. 움직이면 땀이 나는 그때에 원희 누나는 의정부로 이사를 한다고 했다. 오쿠바는 원희 누나의 이사가 마뜩잖았다. 원희 누나가 지금보다 더 먼 곳으로 이사하는 게 싫었다. 하필 여름에 이사하는 것도 싫었다.

이삿날 아침에 창신동으로 넘어간 오쿠바는 손 하나 까딱하지 않았다. 누나의 이사가 여태도 마뜩잖아서가 아니라 그럴 필요가 없어서였다. 군인들 1개 분대가 몰려와 벌써 군용트럭에 짐을 실어놓았다. 오쿠바가 원희 누나의 이사에 공을 들인 게 있다면 누나네 새집을 가봤다는 거였다. 오쿠바는 매형이 모는 군용지프에 올라타고 의정부로 갔다. 지프에는 엄마와 이제 곧 군인이 될 형도 타고 있었다. 마치 가족여행을 하는 것만 같았다.

의정부역에서 가까운 원희 누나의 집은 부엌을 중심으로 방 두 칸이 기역 자로 꺾여 있는 붉은 벽돌집이었다. 매형은 그 집을 거저 줍다시피 했다고 말했다. 때는 군인의 시대였다. 군인이 원하면 안 되는 게 없던 시대였다. 매형은 그 집을 정말 거저 주운 건지도 모를 일이었다. 물론 오쿠바에게 그 집을 어떻게 장만했는지는 중요하지 않다. 다만 의정부역에서 가깝다는 게 그나마 위안이 될 뿐이었다.

다음 날은 일요일이었다. 엄마는 교회로 갔다. 아직 믿는 두

끼에 발등 찍힌 기분을 씻지 못해서인지, 또는 자성의 시간을 더 가져야 한다고 보았는지 엄마는 그날도 오쿠바를 끌어당기지 않았다. 물론 엄마가 이대로 끝낼 사람은 아니었다. 고집 하면 최고 윗질인 순흥 안安가의 여인이었다. 한번 결심하면 여하한 꺾는 법이 없었다. 이를 잘 알고 있는 터여서 오쿠바는 편치 않았다.

엄마가 교회에 가 있는 동안 오쿠바는 책을 읽었다. 앉아서 읽다가 영치를 생각했다. 비스듬히 누워서 읽다가 영치를 생각했다. 턱을 베개에 대고 엎드려서 읽다가 영치를 생각했다. 교회에 가면 영치를 볼 수 있었으나 그건 안 될 일이었다. 배갈이 원수였다.

오포소리가 울렸다. 낮 예배를 시작한 지 한 시간이 지난 거였다. 이제 잠시 후면 예배당을 나온 여자애들이 종탑 근처에서 재잘거리겠다. 곧이어 엄마와 함께 각자의 집으로 돌아가겠다. 배갈이 원수였다. 배갈만 아니었어도 지금쯤 영치에게 잘 가라고 손을 흔들어줬겠다.

오쿠바는 한숨을 토하면서 책을 덮었다. 베개를 베고 천장을 향해 대자로 누웠다. 쥐 오줌이 지도를 그려놓은 천장을 보면서 오쿠바는 영치의 얼굴을 그렸다. 쉽게 그려질 것 같은 얼굴이었으나 좀처럼 그려지지 않았다. 어떤 장면과 함께 슬쩍 스쳐 갈 뿐 영치의 상은 분명하지 않았다. 백 년이나 2백 년 전에 만난 얼굴만 같았다. 오쿠바는 어떤 핑계를 대고서라도 영치의 얼굴을 봐야만 직성이 풀릴 거라고 생각했다.

이윽고 대문 열리는 소리가 났다. 엄마였다. 엄마는 성경가방을 마루에 내려놓고 곧장 부엌으로 들어갔다. 점심을 차렸다. 상 갖고 들어가라는 말만 할 뿐 역시 별말이 없었다. 오쿠바는 엄마와 맞상을 하고 앉아 입안에 밥을 떠 넣었다. 두어 숟가락쯤 남았을 때 다시 대문 두드리는 소리가 있었다. 오쿠바가 일어났다. 대문을 열자 잔뜩 상기된 얼굴로 길동이 서 있었다. 길동은 오쿠바에게 대뜸 얘기 들었느냐는 물음부터 던졌다. 오쿠바는 영치가 이사라도 가는 줄 알았다.

"이층 집무실에 있던 김구 주석이 저격당했대. 방금 전 열두시 사십 분쯤이었대. 범인은 육군소위래."

오쿠바는 백범白凡의 피살 소식을 그렇게 들었다.

포병소위 안두희가 쏜 네 발의 총탄을 맞고 백범은 74년의 생을 마감했다. 1949년 6월 26일의 일이었다. 이제 어떻게 되는 거지? 오쿠바의 뇌리에 제일 먼저 스친 생각은 그거였다. 그리고 울컥 눈물이 났다. 까닭 모를 눈물이었다. 그만큼 백범을 흠모했던가, 그런 건 아니었다. 뭔가 무너졌다는 느낌, 그리하여 막막해졌다는 느낌, 그런 느낌이었다.

길동과 집을 나섰다. 박모가 내리기 시작했지만 더운 열기가 훅 끼쳐왔다. 뚜렷한 목적 없는 발길이었다. 그들은 성북천 쪽으로 향했다. 길에는 집 안에 있던 사람들이 죄다 나와 있는 것 같았다. 쥐가 끓고 빈대가 끓고 더위가 끓는 단칸방보다야 길바닥이 나은 거겠지. 뉴스를 들었는지 모여 앉은 남자들은 백범 얘기를 했다. 오쿠바와 길동은 그들의 말에 귀를 세우면서 느릿 느릿 만보네 쪽으로 걸었다. 공터에선 만보의 누이들이 동네 아이들과 고무줄놀이를 하고 있었다. 어디 처박혔다 튀어나왔는지 금세 막내 만석이가 오쿠바에게 달려왔다. 녀석은 오쿠바의 손에 건빵이 들렸는지부터 살폈다. 오쿠바는 이제 건빵은 못 갖다 주게 되었다고 말해주고 싶었으나 그만두었다. 대신 큰형 왔느냐고 물었다. 실은 바보 같은 물음이었다. 아니, 만보네 집을 찾은 것부터 바보 같은 짓이었다. 그가 집에 왔다면, 그리고 시간만 있다면 어련히 오쿠바의 집을 찾았을 게 아닌가. 고개를 젓는 만석을 뒤로하고 오쿠바와 길동은 재차 방향 없이 걸었다. 여느 날에 비해 한산한 종로 거리를 하늘이 어두워질 때까지 배회했다. 경교장을 찾는지 서대문 쪽으로 가는 길은 밤늦도록 사람들로 붐볐다. 오쿠바와 길동은 그리로 가지 않았다. 대신 내일 하굣길에 경교장에 들르자는 약속만 했다.

집으로 돌아와 대문을 밀었을 때는 놀랍게도 아버지가 와 있었다. 느닷없는 상경이었다. 엄마는 한쪽 구석에 앉아 양말을 깁고 있었고 형은 집에 없었다. 냉랭하고 거북한 분위기가 방안을 휘감았다. 오쿠바는 아버지의 출현이 말할 수 없이 반가웠으나 엄마를 고려해 의례적인 인사만 했다. 아버지는 오쿠바의 팔을 당겼다. 공부는 잘하느냐고 물었다. 오쿠바는 그럭저럭한다고 답했다. 책은 읽느냐, 사진은 찍으러 다니냐, 서울이 혼란스럽던데 여기저기 휩쓸려 다니는 건 아니냐는 물음이 이어졌다. 오쿠바는 아버지가 원하는 답을 잘 알고 있었다. 그에 맞는 답을 하고, 그런데 웬일이세요, 하고 되물었다.

"너도 얘기 들었지?"

오쿠바는 뜨악한 표정으로 아버지의 얼굴을 빤히 쳐다보았다.

"낮에 백범 선생이 영면하셨다. 마지막 큰 인물이 가셨으니 내일 빈소라도 찾아보겠다고 왔다."

오쿠바는 놀랐다. 아버지가 한달음에 달려올 만큼 그렇게나 파장이 큰 죽음인 줄은 미처 몰랐다.

"능력에 비해 욕심 많고 교활한 늙은이가 큰 인물들 다 죽였다. 몽양도 가고 백범도 갔으니 이제 어찌 되겠나!"

아버지는 자리에서 일어나, 오쿠바의 방으로 가자고 했다. 오랜만에 만난 막내아들과 긴 얘기를 하고 싶은 모양이었다. 오쿠바도 그게 좋았다. 그는 원희 누나의 방이었으나 이제는 자신의 방이 된 곳으로 아버지를 안내했다.

석유램프에 불을 밝히자 아버지는 오쿠바의 책꽂이에 있는 책들을 둘러보았다. 오쿠바는 아버지가 눕기 좋게 이부자리를 폈다.

"성경 읽는 걸 보니 교회 다니는 모양이구나? 오래됐나?"

"이태 전부터요. 성경은 한동안 열심히 읽었는데, 요즘은 안 봐요. 주변지식이 없으니까 이해가 쉽잖아요."

오쿠바는 목회자가 돼야 한다는 엄마의 말을 듣고부터 성경 읽기가 싫어졌다는 말은 하지 않았다.

"몽양도 그랬지만, 백범도 기독교인이다. 특히 상해시절 그랬다. 그러니 권장할 만한 종교다."

아버지는 겉옷을 벗었다. 오쿠바가 옷걸이에 거는 동안 아버지는 요때기에 몸을 뉘었다. 베개를 높이 베고 오쿠바를 향해 다시 입을 열었다.

"몽양은 2년 전인 47년 여름, 바로 여기 혜화동로터리에서 한 지근한테 피살됐다. 알고 있었냐?"

오쿠바도 아는 사실이었다. 오쿠바가 고개를 끄덕이자 아버지는, 몽양이야말로 좌우 어느 쪽도 아니었다고 덧붙였다. 그건 알듯 말듯 했다. 그만큼 오쿠바는 정치적으로 둔감했다. 친탁이니 반탁이니 하는 집회에도 나가본 적이 없었다.

"오히려 그래서 몽양은 좌우로 적이 많았다."

오쿠바는 옳으신 말씀이라고 생각했다.

아버지는 몽양의 얘기를 하느라 1789년 프랑스혁명 얘기까지 꺼냈다. 베르사유 궁으로 몰려간 시위대가 빵을 달라고 외쳤을 때였다. 배고픔을 모르고 살아온 루이 16세의 비妃 마리 앙투아네트는, 빵이 없으면 케이크라도 처먹지, 라고 말했다. 몽양은 마리 앙투아네트 얘기를 하면서 지도자는 백성의 아픔을 속속들이 아는 자여야 한다고 말했다. 아버지는 그랬기에 몽양이 더 더욱 아까운 인물이라고 했다. 오쿠바는 일일이 맞는 말씀이라고 생각했다.

아버지는 다시 백범 얘기를 꺼냈다. 백범은 사람을 잘 믿고 배포가 컸다. 상해시절 일제의 고등정탐꾼 선우갑鮮于甲을 체포했으나 믿고 풀어준 사건은 특히 유명하다. 삼팔선은 아무나 넘나, 민족을 위해 죽어도 그만이라는 용기, 사람에 대한 믿음이 있었기에 넘을 수 있었다고 아버지는 말했다. 오쿠바는 옳으신 말씀이라고 생각했기에 고개를 끄덕였다.

아버지는 이번 저격사건도 워낙 사람을 잘 믿는 데서 비롯된 게 아닌가 의심이 간다고 했다. 예를 들어 경호가 엄격했다면 일어날 수 없는 사건이 아니었겠느냐는 거였다. 오쿠바는 또다시 옳으신 말씀이라고 생각했다. 아버지는 치과병원 때문에 백범의 장례식까지 기다릴 수 없는 게 애석하다고 했다. 오쿠바에게 장례식 장면들을 꼭 사진으로 남겨두라는 당부도 했다. 오쿠바는 옳으신 당부였기에 그러겠다고 답했다.

아버지는 더 많은 이야기를 하고 싶어 했다. 오쿠바는 불을 끄고 듣겠다고 했다. 오쿠바가 일어나 석유램프를 끄자 달빛이 방 안에 있었다. 오쿠바는 아버지 곁에 누웠다. 아버지의 얘기는 다시 이어졌다. 아까보다 목소리는 낮아졌다. 오쿠바는 아버지의 목소리를 듣는 동안 호수에 비친 노을을 찍으러 다니고, 눈이 내려앉은 소나무를 찍으러 다니던 때를 떠올렸다. 옥산포장이나 춘천 읍내장으로 달려가 국밥 먹는 사람들, 땔나무 파는 사람들, 주인을 기다리는 강아지나 새끼돼지 따위를 찍던 때를 떠올렸다. 잠은 언제 들었는지. 아버지는 허공에다 얼마나 더 많은 얘기를 했는지.

눈을 떴을 때는 아버지가 없었다. 엄마의 얘기로는 형을 앞세워 새벽부터 나갔다고 했다. 병원 일 때문에 첫 새벽 조문을 끝내고 춘천으로 돌아간다고 했는데 그렇게 한 모양이었다.

오쿠바는 엄마가 차려준 밥상 앞에 앉아 숟가락을 들었다. 밥에선 비린내가 풍겨났다. 밥상에 생선이 올라온 건 아니었다. 아버지 때문에 속이 비린 거였다. 오쿠바는 비린 속으로 꾸역꾸역 밥을 밀어 넣고 곧장 학교로 향했다.

공부가 될 리 없었다. 교실은 오직 백범 얘기로 뒤숭숭했다. 그나마 점심 무렵 하나둘씩 학교를 빠져나갔다. 오쿠바도 무리에 섞여 아예 집으로 돌아오고 말았다. 길동이 학교에서 돌아오는 대로 함께 경교장으로 갈 생각이었다.

엄마는 때 이른 귀가에 놀라 웬일이냐고 물었다. 오쿠바는 경교장에 단체 조문 가기로 해서 일찍 끝난 거라고 말해주었다. 그럴 수도 있겠다 싶었는지 엄마는 별말이 없었다. 대신 불쑥 책 한 권을 내밀었다.

"네 아버지가 너한테 주라고 했다. 형이 들고 왔더라."

조문을 마친 아버지는 청량리로 가기 전 서점에 들렀던 모양이다. 책 표제는 『백범일지』였다. 오쿠바에겐 생소한 책이었다. 막연히 김구 주석의 책인 모양이라고 생각했다. 책을 받아든 오쿠바는 그걸 넘겼다. 밥 먹어야지, 하는 엄마의 말에 고개만 끄

덕였다. 밥상머리에 앉을 즈음 제법 재미를 붙여 쉽게 눈을 뗄
수 없었다. 하긴 밥 먹을 때는 딴짓 말라는 지청구를 수없이 들
어온 터였다. 숟가락질 한 번에 책 한 줄 읽기는 오쿠바의 오랜
습관이었다. 그날도 별수 없이 엄마의 지청구를 듣고서야 책을
내려놓았다. 오쿠바는 자기 방으로 돌아와 다시 『백범일지』를
읽었다. 복수하러 이웃집에 간다면서 칼을 차고 나간 여섯 살
짜리 백범이 뒤지게 얻어터지고 돌아온 장면에서 길동의 목소
리가 들려왔다. 길동도 학교에서 일찍 돌아온 모양이었다. 오쿠
바는 책을 덮었다. 서둘러 경교장으로 갈 준비를 하고 밖으로
나섰다.

낮의 종로는 오직 한쪽 방향으로만 쏠려갔다. 사람들은 경교
장이 있는 서대문 쪽으로만 꾸역꾸역 밀려갔다. 새문안교회 앞
에 이르자 엉금엉금 기다시피 했다. 경교장까지는 이삼백 미터
밖에 안 남았으나 뙤약볕 아래서 줄은 결코 줄어들지 않았다.
눈물범벅이 된 얼굴들, 저고리나 재킷은 땀이 차서 축축 늘어
져 있었다. 그런데도 누구 하나 발길을 돌리지 않았다. 지칠 대
로 지쳐서 더는 걸음을 옮길 수 없을 즈음, 오쿠바와 길동은 앞
뒤 사람들과 뒤섞여 겨우 조문할 수 있었다.

장례식 날인 7월 5일은 하늘이 흐렸고, 땅은 더웠다. 백범의
장례식은 국민장으로 치러졌다. 영결식은 아침 10시 서울운동
장에서 있었다. 그날은 용케 만보도 합세했다. 뿐만 아니라 영
치와 기선도 오쿠바네 뒤를 따랐다. 이 사람들이 다 장례식에

참석하려는 자들인가, 충분히 의심이 갈 만큼 길은 발 디딜 틈이 없었다. 소복단장한 여인들은 벌써부터 울면서 걸었고, 남자들은 두루마기를 입었거나 손등까지 내려오는 양복을 입고 땀으로 뒤범벅된 채 걸었다. 점점 서울운동장이 가까워지고 있었다. 곡하는 소리가 여기저기서 터져 나왔다. 갈 길 막힌 오쿠바 일행의 앞뒤좌우에서도 아이고호, 아이고호, 호곡소리가 터져 나왔다. 차마 곡소리는 안 내지만 만보 역시 시커먼 옷소매로 연신 눈물을 훔쳐댔다. 영치와 기선은 말할 것도 없었다.

조문객은 멀리 서울운동장이 보이는 데서 더는 나아가지 못했다. 다음 날 조간신문은 빈소를 다녀간 조문객까지 포함하면 모든 조문객이 2백 만을 넘어선다고 밝혔다. 그러니 운동장이 보이는 데서 멈춰 선 것만도 다행이었다. 곡소리 사이사이로는, "오호, 여기 발 구르며 우는 소리, 지금 저기 아우성치며 우는 소리, 하늘도 땅도 울고 바다조차 우는 소리, 끝없이 우는 소리, 임이여 듣습니까, 임이여 듣습니까" 하는 조가弔歌가 스며 나왔다. 오쿠바는 눈물을 참느라 흐린 하늘을 보고 연신 두 눈을 슴벅거렸다. 그러면서도 사진 찍을 만한 곳을 찾느라 사방을 살폈다. 뒤쪽 흥인지문에 올라갈 수만 있다면 더없이 좋겠으나 그곳에도 이미 매미 떼처럼 사람들이 매달려 있었다.

영결식장 쪽 라우드 스피커에선 조사를 읽는지, 눈물밖에, 없습니다, 선생님을, 74년의 일생을, 고난과 핍박, 그 같은 소리가 곡소리에 섞여 띄엄띄엄 들려왔다. 운구는 그러고도 얼마나 오랜 시간이 흐른 뒤에 시작되었는지 감이 오지 않을 정도였다. 오쿠바 일행은 장례식 중간에 한 차례 자리를 빠져나갔다. 영치가 빠져나가고 싶다고 했기 때문이다. 얼추 사람 밖으로 빠져나가자 영치와 기선은 남자들 셋만 두고 한참이나 어딘가를 다녀왔다. 만보가 오줌 싸고 온 거냐고 물었지만, 둘은 얼굴만 빨개진 채 아무 말도 하지 않았다. 다시 사람들 속으로 들어가는 일은 엄두가 나지 않았다. 그들은 운구가 시작될 때까지 무리 밖에서 배회했다. 소쿠리를 이고 다니는 여자에게서 감자떡을 사먹었고, 나무통에서 꺼내주는 하드를 사서 입에 물기도 했다. 좀 전만 해도 극도의 슬픔이 밀려와 눈물이 앞을 가렸는데, 배를 채우고 나니 슬픔은 완연 사그라졌다.

서서히, 아주 서서히 운구가 시작되는 모양이었다. 운구 행렬이 지나는 길을 내는지 사람 파도가 밀려왔다. 멀리 만장이 움직이는 게 보였다. 헤아릴 수 없었다. 만장행렬을 두고 다음 날 조간신문은 3천 장이 넘었다고 밝혔다. 만장은 그렇게 끝없이 이어졌다. 다시 곡소리가 일었고, 여기저기서 흐느낌이 이어졌다. 영치와 기선도 흐느꼈다. 오쿠바도 그냥 눈물이 나서 쉼 없이 두 눈을 슴벅거렸다. 만보도 영치와 기선처럼 줄줄 흘렸다. 옷소매로 눈자위를 닦는 것으로 보아 길동 역시 눈물이 솟는 모양이었다.

영정이 앞서고 만장이 뒤따르는 운구행렬이 오쿠바 일행을 지났다. 그런 뒤에도 거의 시간 반은 지나서야 오쿠바 일행도 운구행렬의 꼬리를 물 수 있었다. 오쿠바는 그동안 백범의 영정을 찍었고, 올려다보는 각으로 수천 장의 만장도 찍었다. 소복한 여인들을 찍고, 엿판과 떡판을 이고 진 채 호객행위를 하는 이들도 찍었다.

운구행렬은 청계천을 지나고 소공동을 지나서 경교장이 있는 서대문으로 향했다. 그곳에서 노제를 열고 삼 열사인 이봉창, 윤봉길, 백정기가 잠들어 있는 용산의 효창공원으로 향할 거였다. 오쿠바 일행은 노제까지만 참석하고 그곳을 빠져나왔다. 수백 개의 촛불을 켜고 치르게 될 하관식까지 기다리면 자정을 넘길지도 모를 일이었다.

돌아오는 길은 노을을 등졌다. 그들은 그림자를 앞세운 채 종로 쪽으로 걸었다.

백범의 장례식 사진은 춘천에서 현상했다.

아버지의 치과병원은 세월의 때가 내려앉아 아버지보다 늙어 보였다. 붉은 벽돌을 타고 기어오른 담쟁이덩굴은 병원 건물을 짙푸르게 뒤덮어놓았다. 병원 간판까지 반쯤 덮고 있었으나 아버지는 이제 그런 것에는 무신경한 모양이었다. 여름날이면 간호부 누나가 사이다를 꺼내 주곤 하던 병원 뒤꼍의 우물에도 푸른 이끼가 촘촘히 자라나 있었다. 도르래 기둥에 두레박을 묶어둔 것으로 보아 사이다를 넣어두던 일도 이젠 옛날인 모양이었다. 간호부 누나는 변함없이 아버지 곁에 있었다. 말이 누나지 아줌마 태가 완연했다. 살이 올라 육덕이 그만이었다. 간호복 밖으로 쏟아져 나올 것처럼 젖가슴이 커 보였다. 흰 치마 밖으로 살이 비어져 나올 만큼 엉덩이도 튼실했다. 굳이 그런 모습을 감추지 않으려는 데서 부끄러움을 넘긴 나이임을 엿볼 수 있었다. 오쿠바는 아랫도리가 뻐근해왔고 침이 말랐다. 눈길을 피하려고 했으나 눈길은 어느새 간호부 누나의 터질 듯한 젖가슴으로 다시 가 있었다. 그때마다 오쿠바는, 이런 젠장, 하면서 굳이 숨을 길게 내쉬었다. 계속 누나라고 불러야 할지, 그건 잘 모르겠다. 엄마의 말에 의하면 아버지의 여자였으나, 누나 말고는 아직 떠오르는 호칭이 없었다. 참을 수 없는 미움이나 부모를 갈라놓았다는 원망과 증오, 그런 건 없었다. 그냥 아버지의 여자로서 간호부 누나가 좀 낯설 뿐이었다.

그런 간호부 누나에게 오쿠바가 애써 거리를 두려 했다면 간호부 누나는 오쿠바를 소학교 시절과 다름없이 대했다. 격이 없었다. 보고 싶지 않았어, 왜 한 번도 안 왔어, 공부하느라 말랐나 크느라 말랐나, 살 좀 찌워야겠네, 키는 몰라보게 컸어, 아저씨 같네, 하면서 오쿠바의 돋아나기 시작한 턱수염을 만져보다가 빡빡머리를 쓰다듬었다. 오쿠바는 간호부 누나에게서 단내가 물씬 풍겨난다고 생각했다.

암실은 마지막 환자가 병원을 나간 뒤 들어갔다. 아버지는 암실의 문을 닫고 새빨간 등을 켰다. 흑백 인화지는 오직 붉은 빛에서만 반응하지 않았다. 때문에 옛날부터 인화 작업할 때는

새빨간 등을 켜놓았다. 붉은 암실은 아버지와 오쿠바만의 공간
이었다. 그 공간에서 오쿠바의 눈에 제일 먼저 들어온 건 일제
LPL 인화기였다. 인화용 독일제 50밀리미터 로다곤 렌즈도 눈
에 들어왔다. 인화액, 정착액, 물 넣는 바트, 타이머 같은 것들
도 눈에 들어왔다. 춘천 차부에 내렸을 때보다도, 담쟁이덩굴로
덮인 병원을 보았을 때보다도 한층 아릿한 감흥이 일었다. 언제
나 잘 정리돼 있는 암실. 어쩐지 그게 오쿠바가 원해온 공간이
라는 생각이 들었다.

현상한 사진들을 들고 암실을 나서자 아버지는 음미하듯 한
장 한 장 사진을 넘겼다. 아버지는 치열성에 대해서 말했다. 목
숨을 걸고 사물에 접근하는 용감성이 부족하다고 말했다. 운구
행렬 안으로 더 들어갔어야 했다. 상두꾼들이 메고 가는 상여
를 포착하는 일은 누구나 할 수 있다. 그 안으로 들어갔어야 했
다. 땀과 눈물로 뒤범벅이 된 상두꾼들을 잡았어야 했다. 볼을
타고 흐르는 요령잡이의 눈물도 잡았어야 했다. 그게 바로 나
자신이 아닌 남에 대한 사랑에서 비롯되는 기록사진의 예술성
이다. 그나마 백범의 장례식장에서 떡을 팔고 엿을 파는 사람
을 포착해낸 건 쉽지 않은 상상력이다. 아버지는 혀를 차면서도
고개를 끄덕여 오쿠바를 격려했다.

아버지한테서 사진을 건네받은 간호부 누나는 시선이 달랐
다. 오쿠바가 감추고 싶어 하는 사진들만 골라서 뒤흔들었다.
간호부 누나는 아버지가 별 반응 없이 넘긴 오쿠바의 친구들

사진에서 시선을 떼지 않았다. 특히 영치와 기선의 사진을 오랫동안 눈여겨봤다. 오쿠바에게 연애하는 여자가 누구냐고 물었고, 아버지 들으랍시고 민망한 평도 늘어놓았다. 둘 다 눈매가 순하고 예쁘게 생겼네, 누가 각시 될 여자지, 하면서 오쿠바를 쳐다봤다. 오쿠바는 그런 거 아니라고 뒤로 뺐으나 간호부 누나는 한술 더 떴다. 내가 맞춰볼까, 하더니 영치 곁에서 곱게 손을 모으고 있는 기선을 가리켰다. 그쯤에서 아버지도 사진을 뚫어지게 쳐다봤다. 그러고는, 아닌데, 이쪽 앤데, 하고 말했다. 아버지는 오쿠바가 영치를 좋아하고 있음을 대번 눈치챘다. 영치는 중심이었고, 기선은 중심인 듯 비껴서 있음을 놓치지 않은 거였다. 간호부 누나는 정말이냐고 물었다. 오쿠바는 다시 아니라고 손사래 쳤다. 아버지는 괜찮다면서 애들 다 데리고 언제 한번 춘천 놀러 오라고 말했다.

그날은 아버지의 집에서 묵었다. 오쿠바는 건넌방에 들었고, 간호부 누나는 아버지의 방에서 아버지와 잤다. 그것으로 간호부 누나는 아버지의 여자가 분명해졌다. 하면 이제라도 분노가 일어야 했으나 웬일인지 아버지는 좋겠다는 생각만이 들었다. 엄마가 좀 측은하다는 생각이 아주 안 든 건 아니었다. 그러니 정돈되지 않은 감정으로 오쿠바는 오랫동안 뒤척이다가 힘들게 잠들었다.

서울로 돌아올 때 아버지는 놀랄 만한 걸 건넸다. 필름을 한 통씩 사 쓰는 건 워낙 비싸다면서 100피트짜리 롤필름 한 통을 주었다. 30미터가 넘는 긴 필름이었다. 잘라서 쓸 수 있도록 빈 필름 통 여러 개와 암백도 주었다. 암백은 빛을 차단하는 저고리처럼 생긴 두툼한 자루였다. 암백 안에서 롤필름을 넣고 가위로 자르면 빛이 들어갈 틈이 없었다. 자른 필름을 암백 안에서 빈 필름 통 안에 넣거나 붙일 수 있었다. 그건 오쿠바가 사진작가로서의 꿈을 꺾지 않도록 하는 엄청난 선물이었다.

서울로 돌아온 오쿠바에게 엄마는, 병원이 어떤지에 대해서 물었다. 많은 걸 묻지 않았으나 많은 걸 듣고 싶은 눈치였다. 아버지와는 소 닭 보듯 하는 사이가 된 지 오래지만 원망은 남아 있을 게 아닌가. 아버지의 여자에 대해 특히 알고 싶었을 텐데도 엄마는 그에 대해선 묻지 않았다. 오쿠바도 묻는 말 외에는 답하지 않았다. 고색창연해요. 담쟁이덩굴이 온통 치과병원을 덮었어요. 환자는 좀 있던데요. 그 정도로 답하고 끝냈다. 엄마로선 아쉬운 답이었겠다. 엄마는, 큰놈이나 막냇놈이나 아들놈들은 죄다 살가운 맛이 없어, 그렇게 속말을 하더니, 주여, 라고 한숨을 섞었다. '주여'는 올 초 심령대부흥회 때 목이 쉬도록 기도한 뒤부터 얻은 엄마의 습관이었다. 엄마는 밥을 먹다 돌을 씹어도, 주여, 라고 말했다. 길게 비가 내리는 날 툇마루에 걸터앉아 담 너머 어떤 세계를 보다가도, 주여, 라고 말했다. 발을 헛디뎌 넘어질 뻔했을 때도, 주여였다. 성북천에 빨래하러 갔다가 너무 많은 사람이 빨래하는 걸 보고도, 주여였다. 그러니 교회에서 목사의 설교를 들을 때면 시도 때도 없이, 주여였다.

그런 엄마한테 오쿠바는 다시 이끌렸다. 엄마를 따라 다시 교회에 발길하기 시작한 거였다. 오쿠바로선 영치 엄마를 만나는 게 무엇보다 두려웠다. 영치 엄마를 보면 애써 못 본 척하거나 얼른 피할 생각이었다. 문제는 영치 엄마가 그런 꼴을 못 보고 못 참는다는 거였다. 실제로 교회 마당에서 오쿠바를 보자마자 영치 엄마는, 목사님 되실 양반이네, 어째 요즘도 가끔 그렇게 마셔, 하면서 오쿠바의 얼굴이 빨개지도록 익혔다. 오쿠바는 대답도 못하고 고개를 꺾었다. 화통한 영치 엄마가 싫을 리 있겠는가. 오히려 영치도 제 엄마 성격을 닮았다면 좋았을 거라고 생각했다. 영치 아버지를 본 적 없지만 영치는 아마도 아버지 성격을 닮은 모양이었다. 내숭스러운 데가 있었다. 자기표현도 좀처럼 낯설어했다. 학생부 부회장이지만 회장인 길동의 그늘 아래서 늘 없는 듯 있었다. 영치 엄마와는 사뭇 다른 성격이었다. 오쿠바가 백범 장례식 때 찍은 사진들을 보여줬을 때도 그랬다. 영치 엄마였다면, 다 좋은데 독사진이 없네, 다음엔 그것도 부탁해, 하고 말했을지도 모른다. 영치는 아무 말 없이 웃기만 했다. 기선이 오히려 영치보다 솔직했다. 나랑 길동이랑 찍은 사진은 있는데, 왜 영치랑 둘이 찍은 사진은 없지, 하고 말했다. 아닌 게 아니라 오쿠바와 영치랑 찍은 사진은 없었다. 오쿠바 역시 그게 좀 아쉬웠다. 마음 같아선 영치와 마주 보고 있는 사진을 찍고 싶었다. 영치를 앞에 세우고 있거나, 영치와 팔짱을 끼고 있거나, 영치와 입술을 포개고 있는 사진이라면 생각만 해도 아찔하고 울렁거렸다. 아쉽지만 그건 기대할 수 없었다. 길동이나 만보에게 카메라를 맡기는 일은 없을 테니까.

그러니 그 여름은 그렇게 끝났다. 영치와 아무것도 해보지 못했으니 정말 재수 없는 여름이 아닐 수 없었다. 그러나 실은 더욱 재수 없는 일이 그 여름에 있었다. 길동과 둘이서 탑골공원에 나갔다가 발길하게 된 여복女집이 문제였다.

청녀가 사는 여복 집은 점집이었다. 청녀의 점집은 종로바닥에서 모르는 사람이 없을 만큼 소문이 짜했다. 오죽하면 낙원동 떡집거리 건너편에 있다는 점집을 오쿠바도 알고 있었을까. 그게 다 화신백화점에 다녔던 원희 누나 때문이었다. 원희 누나는 서너 번인가 엄마한테 용한 여복이 있다면서 청녀 얘기를 꺼냈다. 원희 누나의 말에 따르면 청녀는 청나라 여자였다. 임오군란 때 제물포로 들어온 청군의 후손이라고 했다. 탑골공원 맞은편에 중국인들이 촌을 이루고 살지만, 청녀의 피는 그쪽과는 상관없다고 했다. 청녀의 할아버지는 여태도 인천 만국공원 아래서 산다고 했다. 원희 누나는 청녀의 점괘에 대해 침이 마르도록 극찬하는 것도 잊지 않았다. 그러나 번번이 엄마의 관심을 끄는 데는 실패했다. 엄마는 늘 큰 신을 믿으면 잡신에게 휘둘리지 않는 법이라고 원희 누나의 입을 막았을 뿐이다.

그날 오쿠바와 길동은 탑골공원에서 사진을 찍고 돌아 나오던 길이었다. 7층만 남은 원각사지십층석탑에 굴러다니던 옥개석 3층을 올려놓은 건 이태 전 1947년 일이었다. 그래 봤자 조선 최고의 석탑이 원형을 찾은 건 아니었다. 옥개석 위에 놓여 있어야 할 상륜부가 아예 사라진 때문이었다. 오쿠바는 미완의 복원으로 끝난 십층석탑의 전신을 사방에서 카메라에 담았다. 층마다 조식돼 있는 용, 사자, 모란, 나한, 선인들도 놓치지 않았다. 길동을 정면에 세워놓은 독사진, 그건 덤이었다. 그걸 안 찍어주면 길동을 데리고 사진 찍으러 다니는 일은 포기해야 했다.

탑골공원을 나온 둘은 헛가게 쪽으로 걸었다. 사십대 여자가 그들 곁으로 다가왔다. 여자는 그들에게 청녀의 점집을 물었다. 여복 집과는 어쩐지 어울리지 않는 안경 쓴 우아한 신여성이었다. 길동은 모른다고 고개를 저었다. 오쿠바는 묘한 호기심에 끌려 안다고 고개를 끄덕였다. 원희 누나 말대로라면 청녀의 점집은 낙원동 떡집 건너편에 있었다. 그곳에 가면 흰 깃발을 세워놓은 점집을 쉽게 찾을 수 있을 거라고 생각했다. 사십대 여자는 그곳까지 좀 데려다줄 수 있겠느냐고 사정했다. 오쿠바는 앞장섰다. 떡집거리 못 미처 나무로 된 담벼락이 이어지는 곳에선 대지팡이를 짚고 있는 판수들이, 무에리수에, 무에리수에, 하면서 점 볼 사람들을 찾았다. 돌팔이 판수는 복채가 싼 만큼 심심풀이로 보는 손님만이 있었다. 그 판수들을 지나 떡집거리에 이르자, 막 뽑은 국수를 말리고 있는 흰 물결이 넘실거렸다. 떡집마다 떡은 뒷전이고 국수 파는 게 주된 모양이었다. 그 건너편에 3미터 높이쯤에서 흰 깃발이 흩날렸다. 대문까지 달려 있는 어연번듯한 여염집 지붕 위였다.

그쯤에서 돌아서도 될 일이었으나 오쿠바는 길을 건넜다. 열려 있는 청녀네 대문 안으로 들어섰다. 이렇게까지 안 해도 되는데, 고마워서 어쩌지. 사십대 여자는 길을 건널 때부터 심히 미안해했다. 물론 오쿠바의 속내를 몰라서 하는 소리였다. 오쿠바는 호기심에 사로잡혔다. 안으로 들어선 오쿠바는 천연덕스럽게 청녀의 점집을 둘러보았다. 넓은 마당이 있는 기역자집이었다. 마당에는 감나무와 대추나무가 그늘을 드리웠다. 집은 통마루를 중앙에 두고 좌우로 방이 있는 형태였다. 우측 방 끝에서 기역 자로 꺾이는 곳은 부엌이었고, 방인지 광인지 모를 또다른 공간이 그 부엌에 잇대어 있었다. 마루 아래 댓돌에는 두 켤레의 게다와 엷은 홍색 단화가 놓여 있었다. 용한 점집은 늘 사람이 끓는 줄 알았더니 꼭 그렇지도 않은 모양이었다.

오쿠바는 청녀가 있을 만한 대발이 쳐진 방을 기웃거렸다. 인기척을 느꼈는지 대발을 걷고 한 여자가 내다보았다. 두텁게 분칠한 여자였다. 여자는 마당으로 나왔다. 서른 줄인지 마흔 줄인지, 십 년은 떼거나 붙여도 상관없을 만큼 종잡을 수 없었다. 오쿠바는 기묘한 분위기의 여자가 아마도 청녀일 거라고 생각했다. 여자의 작은 눈알이 번들거렸다. 오쿠바는 차마 마주 볼 수 없었다. 괜히 주눅 든 거였다.

사십대 여자가 앞으로 나서며 여자에게 주역선생이냐고 물었다. 그건 점괘를 내어 주역을 보고 풀어주는 점쟁이를 높여서 칭한 거였다. 신위를 모시고 길흉을 점치는 '전내'거나, 마마를 앓다가 죽은 여자아이의 혼으로 점을 치는 '태주'라면 결코 주역선생이 될 수 없었다. 여자는 그렇다고 고개를 끄덕였다. 오쿠바의 짐작이 맞았다. 청녀는 사십대 여자를 아래위로 훑어보다가 안으로 들라고 했다. 사십대 여자는 웬일로 오쿠바와 길동의 등을 떠밀어 청녀의 뒤를 따르게 했다. 복채 걱정은 말고 두 학생부터 봐달라고 했다. 여까지 데려다준 게 고마워서 그런다는 거였다. 길동은 큰 신을 믿는 탓인지 끝내 마다했지만 오쿠바는 정말 꼭 한번 보고 싶었다. 그는 청녀를 따라 방으로 들어갔다.

방에는 앉은뱅이책상 하나만 달랑 놓여 있었다. 점집은 좌불이 있거나, 관운 초상, 최영 장군 초상 같은 게 걸려 있으려니 했는데 아주 썰렁했다. 먼저 자리를 잡고 앉은 청녀는 오쿠바에게도 앉으라고 손짓했다. 말없이 손짓만 해대니 오쿠바는 더욱 주눅 들었다. 오쿠바는 조심조심 내려앉았다. 청녀는 번들거리는 눈알로 쏘아보면서 학생이냐고 물었다. 그리고 혼잣말처럼, 뼈가 여물잖아 화를 입으면 어쩌누, 그냥 보낼까, 하더니 겨우 붓을 들었다. 청녀는 오쿠바의 띠를 묻고, 월일시를 물었다. 오쿠바가 답하는 대로 화선지에 받아 적었다. 이윽고 산가지가 든 산통을 집어 들어 설렁설렁 흔들어댔다. 산통 속에서 숫자가 적힌 산가지 몇 개를 뽑아 들더니 그걸로 점괘를 냈다. 낡은 주역책을 뒤적여 점괘를 푸는지 오랫동안 한곳에서 눈을 떼지 않았다.

"기운이 물속에 잠겼어."

청녀는 알 수 없는 말을 뱉어낸 뒤 또 한참 동안 오쿠바를 쏘아봤다. 오쿠바는 도대체 묻지 않을 수 없었다.

"그게 무슨 말, 무슨 뜻이죠?"

"힘들어도 견뎌, 기어이 기운이 솟구칠 거야. 견디는 길밖에 없어."

오쿠바는 청녀의 모를 말에 분명한 답을 듣고 싶었다. 그러나 바람이 지나는 듯한 청녀의 목소리에서 서늘한 냉기가 엄습했다. 혹 끼쳐온 두려움 때문에 오쿠바는 더 이상 물을 수 없었다. 청녀의 방을 나와 사십대 여자한테 인사를 하는 둥 마는 둥 길동과 걸었다.

알 수 없는 청녀의 말을 지워내는 동안 그 재수 없는 여름은 끝났다. 낮은 아직 뜨거웠으나, 아침저녁으론 완연한 가을이었다. 형은 그즈음 국방군에 입대했다. 삼팔선을 따라 위험하지 않은 곳이 없을 때였다. 특히 개성이 그랬다. 송악산에서 내려다보이는 개성은 늘 전쟁터였다. 불과 4개월 전에도 개성 송악산 전투에서 보병 1사단 11연대 군인들이 인민군 진지에 몸을 던지는 사건이 있었다. 일명 육탄 10용사 사건을 두고 서울은 마치 승전보라도 되는 양 떠들썩했다. 10용사를 본받아 목숨 버릴 각오를 다지자는 선전전도 잇따랐다. 인민군은 그냥 넘어가지 않았다. 그들은 벌건 대낮에 밀고 내려와 국방군 1개 분대를 괴멸시켰다. 국방군도 그냥 넘어갈 리 없었다. 그들은 야음을 틈타 곧바로 인민군 1개 분대를 박살내버렸다. 개성을 중심으로 삼팔선은 날마다 죽고 죽이는 싸움터였다. 그러니 입대는 곧 사지행이라는 등식이 성립할 때 형은 국방군에 입대한 거였다. 형의 입대에 박수를 친 건 둘째 매형뿐이었다. 원희 누나와 함께 엄마를 찾은 매형은 번번이 꿈 같은 얘기만 주워섬겼다. 걱정 마십시오, 큰처남은 제가 책임집니다, 훈련만 끝나면 제가 데리고 있겠습니다, 군인시대 아닙니까, 큰처남도 인생이 필 겁니다, 매형은 언제나 그렇게 말했다. 기초훈련을 마친 형은 의정부에서 군 생활을 시작했다. 매형의 장담대로 됐다는 게 그나마 다행이었다.

오쿠바는 엄마와 함께 두어 번인가 형을 만나러 갔다. 형의 부대로 찾아간 게 아니었다. 원희 누나의 집에 가 있으면, 군복을 입은 형이 안으로 들어왔다. 말 없는 형은 변함없이 말이 없었다. 엄마를 안아주고 오쿠바를 안아주는 것으로 수많은 말을 대신했다. 엄마가 형 앞으로 상을 밀어주면 말 없는 형은 말 없이 앉아 닭고기를 뜯었다. 인절미를 삼켰고, 숟가락으로 동치미 국물을 떴다. 이미 배가 터질 지경인데도 형은 무 넣고 끓인 소고기국에 밥을 말아 그것마저 게 눈 감추듯 먹어치웠다. 그런데도 엄마는 여전히 안쓰러운지 계속 먹을 걸 형 앞으로 밀어놓았다. 오쿠바는 인간의 배가 그렇게 늘어날 수 있다는 게 신기할 따름이었다. 배를 두드리는 형과 하룻밤을 보내고 원희 누나의 집을 나설 때 형은 그제야 오쿠바에게 말을 남겼다. 어머니 말 잘 듣고 공부 열심히 하라는 평범한 당부였다. 형답지 않았다. 오쿠바는 형에게 얻어맞은 적이 없었다. 형 때문에 하고 싶은 걸 못해본 적도 없었다. 오쿠바는 늘 형으로부터 자유로웠다. 그런 형이었으니 결코 오쿠바에게 당부 같은 걸 한 적도 없었다. 그래서였나. 형의 당부는 오히려 오쿠바의 심금을 울렸다.

엄마는 어땠을까? 애써 무던한 척했으나 엄마는 불쑥불쑥 형을 떠올렸다. 청국장은 네 형이 좋아하는 건데, 아무리 원희 신랑이 챙겨준대도 이런 두부를 어디서 먹어보겠나, 마당에 쌓인 눈 쓰는 건 네 형이 다 했는데, 하면서 여간 쓸쓸해하는 것이 아니었다. 하지만 마음만 먹으면 언제든 얼굴을 볼 수 있다는 건 큰 위로였다. 더군다나 육군중위 매형이 곁에 있잖은가.

그러니 날이 갈수록 엄마는 형으로부터 무던해졌다. 오쿠바는 엄마보다 훨씬 빠르게 무던해졌다. 다시 사진에 몰두할 수 있었다. 다시 영치에게 몰두할 수 있었다. 물론 어떤 진전이 있었던 건 아니다. 성탄절까지 영치와의 관계는 여전히 그저 그랬다. 오쿠바의 내면세계만이 뜨겁게 달아올랐다. 어떤 때는 영치를 바라보는 눈길에서 활활 불꽃이 일기도 했다. 그건 아무도 모르는 불꽃이었다. 그러니 오쿠바는 혼자서 몸살을 앓았다. 하지만 찰나와 같을지언정 맞춤한 때는 반드시 오는 법이다. 감지하기도 전에 잽싸게 사라져버리는 게 문제다. 맞춤한 때를 놓치고 가슴을 치며 골백번 자책할 때는 이미 늦은 뒤다.

지난해처럼 학생부에선 성탄절 공연을 위해 한 달 전부터 연극 연습에 들어갔다. 배역을 맡고 연극에 참여할 것인지, 아니면 한 발 물러설 것인지 오쿠바는 한동안 주저했다. 그게 맞춤한 때인지 아닌지를 가늠해보는 거였다. 연극은 「누가복음」에 나오는 강도 만난 사람 얘기였다. 강도 만난 사람이 길바닥에 쓰러져 신음하고 있다. 길을 지나던 제사장은 신음소리를 듣고도 그냥 지나쳤다. 경건의 대명사인 레위사람도 그냥 지나쳤다. 변방의 천민으로 취급받는 사마리아사람은 달랐다. 신음소리를 듣고 강도 만난 사람에게 달려가 그를 구했다. 성경은 누가 선한 사람인가를 묻고 있다. 등장인물은 강도와 주막집 주인까지 합쳐 예닐곱 명이지만, 연극대본은 열대여섯 명으로 늘어나 있었다. 영치는 주막집 여주인, 길동은 사마리아사람이었다. 오쿠바는 강도 만난 사람이었다. 영치의 손길이 닿는 배역이니 맘에 들었다. 하지만, 아이고 아이고, 소리나 흘리면서 누워 있는 배역이니 썩 내킬 리도 없었다. 오쿠바는 고민을 거듭했다. 긴 고민 끝에 연극 당일 사진을 찍기로 했다. 시원찮은 배역보다는 그게 훨씬 폼 나는 일이었다. 학생부 선생한테 그 얘기를 했더니 선생은 엄청 즐거운 목소리로 그게 좋겠다고 답했다. 원체 카메라가 귀한 시절이었다. 덕분에 오쿠바는 연극 연습에서 제외되었다. 시간은 비었다. 오쿠바는 성탄전야까지 조용히 기다리면 되었다.

성탄전야는 눈이 내려야 제격이라고 생각했다. 원 세상에! 오쿠바의 염원대로 그날은 애저녁부터 눈이 내렸다. 예배당 종소리는 내리는 눈에 먹히는지 여느 때보다 더욱 아련했다. 엄마와 함께 대문을 밀었을 때는 벌써 발등을 덮을 만큼 눈이 쌓였다. 깊었다. 끝없이 내릴 눈이었다. 오쿠바는 눈 깊은 밤하늘을 올려다보며 빵모자를 뒤집어썼다. 양 어깨에는 엄마의 성경가방과 카메라를 멨다. 엄마는 우산을 쓴 채 오쿠바의 뒤를 따랐다. 우산 속으로 들어오라는 엄마의 말이 몇 번 있었지만, 오쿠바는 그러고 싶지 않아서 그러지 않았다. 예배당에 이르자 엄마는 오쿠바를 돌려세우더니 어깨와 등에 쌓인 눈을 털어주었다. 그리고, 언제 철들래, 언제 철들래, 하는 말을 두어 차례 반복했다. 눈 맞고 다니는 건 엄마한테는 철이 덜 든 거였다.

아직 이른 시간인데도 예배당은 기막혔다. 돈암동이나 보문동 사람들이 죄다 모인 모양이었다. 마룻바닥이 미어터졌다. 아동부부터 성인부까지 한자리에 모이는 날이니 더욱 그랬다. 남녀 구분 없는 예외적인 날이기도 했다. 두 개의 장작난로에선 연기가 새어 나와 코가 매웠으나 난롯가 주변은 오히려 발 디딜 틈이 없었다. 오쿠바는 엄마에게 성경가방을 건네고 굳이 앞쪽으로 헤집고 들어갔다. 사진을 찍으려면 벌써부터 앞자리로 나가 있는 게 대수였다. 지난해처럼 조막만 한 애들이 앞자리에서 침을 흘리노라면 헤쳐 나가기도 힘들 거였다.

아이들 때문인지 설교시간은 맘에 들 만큼 짧았다. 연극은 길었으나 오쿠바는 길다고 느낄 새도 없었다. 오쿠바는 무대를 오르내리며 장면이 바뀔 때마다 셔터를 눌렀다. 사마리아사람이 주막집 여주인을 만날 때는 매우 신중했다. 오쿠바는 뷰파인더에 잡힌 영치의 얼굴을 보고 또 보고 나서 셔터를 눌렀다. 영치와 길동이 뷰파인더에 함께 잡힐 때는 당연히 안 찍었다. 비록 연극이지만 영치 곁에서 주절거리는 길동의 꼴을 카메라에 담을 순 없었다. 그렇다고 오쿠바가 길동의 모습을 아예 담지 않은 건 아니었다. 강도 만난 사람에게 다가가는 길동의 얼굴을 카메라에 담았다. 강도 만난 사람을 등에 업은 길동의 모습도 찍었다. 강도 만난 사람을 주막집 여주인으로 분장한 영치에게 맡기고 돌아설 때도 찍었다. 그만하면 한량없이 찍은 거였다.

연극은 〈기쁘다 구주 오셨네〉를 합창하면서 끝났다. 아기예수의 탄생이 강도 만난 사람과 무관치 않음을 드러낸 연극이었다. 연극이 끝난 뒤 조막만 한 애들한테는 눈깔사탕이 하나씩 돌아갔다. 어른들까지 합세해 손을 벌려대는 터라 예배당은 한동안 도떼기시장이 따로 없었다. 나도 줘, 손주 갖다 주게 나도 줘, 손주가 넷이야 세 개 더 줘, 어른들은 끝도 없이 손을 벌렸다.

눈은 잦아들지 않았다. 2월에 내리는 눈처럼 쉼 없이 퍼부어댔다. 도떼기시장을 나온 교인들은 폭설 속으로 멀어져 갔다. 예배당엔 학생부만 남았다. 자정부터 시작되는 야간통행금지는 새벽 4시가 돼야 끝난다. 통행금지가 해제되면 학생부 교사의 인도에 따라 학생부원들은 새벽송을 돌기로 했다. 그건 교회의 일 년 중 가장 들뜨는 행사였다. 자정이 되려면 시간 반은 더 있어야 한다. 오쿠바는 발목을 덮는 눈 속으로 나섰다. 난롯가에 있던 학생부원들도 하나둘씩 종탑 아래로 나왔다. 그들은 자정이 되기까지 교회 마당에서 뒹굴었다. 누군가 눈을 뭉쳐 던지면 이내 눈싸움으로 번졌다. 누군가 눈을 굴리기 시작하면 오래지 않아 여러 개의 눈사람이 세워졌다. 기선은 나뭇가지를 꺾어 길동이 만든 눈사람에게 눈을 달아주고 코를 달아주고 입을 달아주었다. 그게 우연이었는지 의도한 거였는지는 모를 일이었다. 다만 기선의 그런 행동이 오쿠바로선 잊을 수 없는 부러움이었고, 기묘한 감동이었다. 영치는 모름지기 기선의 당돌함을 흉내조차 낼 수 없을 거였다.

아직 눈 깊은 자정 무렵이었다. 눈 속에서 뒹굴다가 난롯가로 모여든 학생부원들은 교사의 인도에 따라 새벽송을 돌면서 부를 레퍼토리를 정하고 노래 연습을 시작했다. 노래 연습이 끝난 뒤에는 조를 나눴다. 이를테면 돈암동 지역을 도는 조, 성북천 일대를 도는 조, 보문동 일대를 도는 조였다. 오쿠바는 성북천 일대를 도는 조였다. 영치는 보문동 일대를 도는 조였다. 오쿠바로선 영치와 다른 조라는 게 무척 아쉬웠다.

영치가 오쿠바를 찾은 건 성북천 조를 따라 오쿠바가 먼저 밖으로 나설 때였다. 영치는 오쿠바를 불러 세웠고, 눈 속에서 은밀히 무언가를 건넸다. 그건 편지였다. 아니 봉투에 든 것으로 보아 편지일 거라고 생각했다. 오쿠바는 저릿해서 영치의 얼굴을 보았으나 영치는 어느새 뒤로 돌아 예배당 안으로 사라졌다. 성북천 일대를 도는 동안 오쿠바는 꿈 같은 시간을 보냈다. 어서 봉투를 열어보고 싶은 생각에 새벽송이고 뭐고 다 때려치우고 싶었다. 그런 심정으로 거의 이십여 집이나 돌았다. 도는 집마다 먹을 것을 내놓아 자루는 어느 때부턴가 세 명이 나눠 메고 다녔다. 만보네 집도 돌았다. 만보네서 〈고요한 밤 거룩한 밤〉을 부를 때는 만보 엄마가 등을 든 채 방문을 열었다. 만보는 성탄전야인데도 집에 오지 못한 모양이었다. 만보 엄마는 삶은 달걀 한 봉지를 내놓았다. 뒤쪽에 서 있는 오쿠바를 알아보더니, 만보도 새벽송을 돌아야 하는 건데, 하면서 혀를 찼다.

질정 없이 내리던 눈은 그런 새벽에야 잦아들었다. 하지만 발목까지 쌓인 눈 때문에 발걸음은 더뎠다. 바람이 없는 게 다행이었으나 눈에 젖은 발은 살점을 쥐어뜯었다. 새벽송은 고투 속에서 끝났다. 성북천 조는 교회로 돌아가야 하는 일만 남았다. 오쿠바도 교회로 돌아가야 했다. 그러나 오쿠바는 시방 자신의 주머니에 사로잡혀 있었다. 얼어붙는 발에도 아랑곳 않고 영치의 편지에 사로잡혀 있는 거였다. 오쿠바는 집으로 돌아가야 할 핑계를 대고 집으로 돌아갔다. 눈 바닥에 뒹굴듯 집을 향해 달렸다. 새벽예배에 참석해 있는지 엄마는 집을 비웠다. 오쿠바는 자신의 방으로 들어갔다. 아랫목에 발을 넣고 영치의 편지를 꺼냈다.

영치의 편지는 정갈했다. 모조지에 펜으로 꾹꾹 눌러쓴 거였다. 서두는 오쿠바가 늘 근심해온 대로 술 취한 채 영치의 집을 찾았을 때를 언급하고 있었다. 영치는 그날 집에 있었다고 했다. 엄마 앞에서 혀가 꼬여 나올 때는 더할 수 없이 불안했다고 했다. 모든 게 끝났다는 생각이 밀려왔는데, 그제야 오쿠바에 대한 자신의 감정을 읽었다고 했다. 카메라 셔터를 누를 때의 당당함은 기억의 정념이고, 선생님과 길동 앞에서 동방박사들의 수를 뒤집어놓을 때의 자신감은 언제나 가슴을 뛰게 한다고 했다. 술은 분명 자제할 일이지만, 오쿠바의 술주정은 어쩐지 꼭 한번 눈으로 보고 싶다고도 했다.

수줍음이 많아 말을 아끼는 영치는 글로써 파격을 꾀했다. 내숭스러운 데가 있는 영치는 글로써 대범했다. 영치의 편지는 길동의 눈사람에 눈과 코와 입을 달던 기선의 적극성은 유도 아니었다. 오쿠바는 충격적인 감동으로 영치의 편지를 읽고 또 읽었다. 1949년 성탄전야는 영치의 편지와 함께 가는 거였다.

최종 작별

오쿠바도 답장을 했다. 괴발개발 글씨를 두고 그때처럼 민망해한 적은 없었다. 글씨가 개판이니 근사한 형용구조차 귀찮아서 매양 정직하게만 썼다. 그리워서 견딜 수 없는 밤마다 창문을 타고 들어온 달빛에 기대어 너를 떠올린다는 표현은 알아먹기 힘든 글씨로는 벅찼다. 오쿠바는 그냥 자다가도 벌떡벌떡 일어선다고 썼다. 왜냐면 보고 싶으니까. 책을 펼쳐들면 어느새 네 얼굴이 갈피마다 들어와 있다는 표현 역시 오쿠바의 글씨로는 벅찼다. 그냥 책을 읽다가 집어던진 게 수십 번이라고 썼다. 왜냐면 보고 싶으니까. 반면에 영치의 글은 속뜻을 드러내도 살살 녹게 드러냈다. 보고 싶은 맘으로 치면 견우와 직녀가 내게 비길까. 길을 걷다가도 불현듯 돌아보게 되고, 전차를 탈 때도 어김없이 돌아보게 되는 건 너를 만난 이후부터라고 썼다. 사진작가로서 우뚝 서는 날 내가 네 곁에 있다면, 나의 바람은 다한 거라고 썼다. 왜냐면 너는 내 안에 들어온 내 그리움의 표상이니까.

일주일이 멀다 하고 그렇듯 편지를 주고받으면서도 둘은 무너진 성곽 터로 가지 않았다. 빨랫골 지나 배꽃이 흩날리는 가오리로도 가지 않았다. 사람 눈에 안 띄는 골짜기로도 가지 않았다. 살이 닿을 수 없는 교회에서 만났고, 아주 잠깐 손을 잡는 게 고작일 뿐인 영치네 집 앞에서 헤어졌을 뿐이다. 그럴수록 둘의 편지는 갈수록 뜨거워졌다. 전쟁은 그런 중에 온 거였다.

그날은 1950년 6월 25일 일요일이었다. 오쿠바는 새벽녘에 잠에서 깨어났다. 교회의 새벽종소리가 귓전을 파고들어 깨어난 건 아니었다. 늙은이와 달리 오쿠바의 잠귀는 깊고 어두웠다. 업어 갈 사람도 없지만 업혀 갈지라도 마냥 잠들어 있을 게 분명하다. 잠에서 깨어난 오쿠바의 배는 남산만 했다. 오줌보가 터질 지경이었다. 오쿠바는 방문을 열고 마루로 기어 나왔다. 태풍 엘리의 영향 때문인지 부슬부슬 비가 내리고 있었다. 오쿠바는 추녀 끝에 서서 부슬비 내리는 마당을 향해 시원스레 오줌을 갈겼다. 방으로 돌아와 다시 잠들었고, 다시 깨어났을 때는 비가 그쳐 있었다. 엄마의 성경가방을 메고 대문을 나설 때는 초여름 볕이 따가웠다. 교회로 가는 동안 오쿠바는 그늘을 따라 걸었다. 무덥고 습한 불유쾌한 날씨였다.

집으로 돌아올 때까지 별일은 없었다. 마루에 앉아 엄마와 점심을 먹는 동안 오쿠바는 마당에서 뱀 나오겠다는 잔소리를 두어 번 들어야 했다. 풀을 뽑은 지는 채 보름도 안 된 터였다.

오쿠바가 보기엔 뱀은커녕 지렁이가 기어 다녀도 보일 판인데 엄마는 못 견뎌 했다. 결국 숟가락을 내려놓기 바쁘게 그는 마당으로 내려앉아 풀을 뽑는 자가 되어야 했다. 고요한 초여름 오후였다.

뽑은 풀 더미를 마당 한쪽에 쌓아놓고 돌아설 즈음이었다. 대문 밖이 어수선했다. 어떤 명징한 소리 대신 불안이 묻어나는 웅얼거리는 듯한 목소리, 방향 없이 오가는 듯한 발소리가 대문 안으로 뒤섞여 들어왔다. 오쿠바는 소리에 끌렸다. 부엌을 나온 엄마 역시 이상한 소요를 느낀 모양이었다. 담장 너머를 보기 위해 엄마는 애써 까치발을 디뎠다. 무슨 일인지 눈짐작을 하려는 거였으나 담장 너머가 보일 리 없었다. 밖을 돌아보기 위해 오쿠바는 대문을 밀었다. 마치 기다리기라도 했다는 듯 메리 엄마가 그 열린 문 안으로 들어왔다. 골목 끝 집에 사는 그녀는 오쿠바 엄마 또래로 자식이 없었다. 키우고 있는 암컷 백구의 이름을 따 동네사람들은 그냥 메리 엄마라고 불렀다. 메리는 그동안 서너 배나 새끼를 낳았다. 그때마다 메리 엄마는 새끼들을 도크나 쫑이나 죠지라고 불러댔다. 물론 동네사람은 그녀를 도크나 쫑이나 죠지 엄마로 바꿔 부르지 않았다. 그녀는 죽어서도 메리 엄마로 남을 게 분명했다. 메리 엄마는 무척 상기된 얼굴이었다.

"시동생이 그러는데 난리가 났대요. 군인들 실은 차가 되넘이 고개로 연신 올라가고, 역전에선 계속 휴가병들 모이라는 방송

163

을 하고 있대요. 원희 엄만 사위가 장교니까 알 거 아녜요? 어째야 돼요?"

시내 나갔다가 방금 돌아온 시동생의 말을 전한다면서도 메리 엄마는 마치 자신이 본 것처럼 허둥댔다. 그에 비하면 엄마는 의외로 담담했다. 엄마는 우선, '주여'로 받은 뒤 메리 엄마한테 반문했다.

"삼팔선에서 전쟁은 날마다 있는 거 아녜요?"

"원희 엄마두 참, 뭐라더라. 이번엔 전면전, 전면전이래요. 삼팔선이 다 터지고 인민군들이 죄 밀고 내려오는 거래요. 오죽하면 역전마다 군인들 소집해서 인원만 차면 위로 올려 보내기 바쁘겠냐구요?"

메리 엄마는 군인들 소집장면을 직접 목도한 것처럼 강하고 급하게 말했다. 아들 사위 걱정되니 의정부로 연통해보라는 말도 덧붙였다. 엄마는 그런 거라면 걱정 말라고, 국방군이 그리 호락호락하지 않을 거라고 자신 있게 말했다. 군인의 시대 운운하던 매형의 자신감을 엄마는 십분 믿는 눈치였다. 뿐만 아니라 지난해부터 엄마의 뇌리에는 이승만과 국방장관 신성모의 "평양을 점령하는 데는 사흘이면 충분하다"는 대포발언들까지 차곡차곡 쌓여 있었다. 불과 한 달 전인 5월 10일에도 신성모는 "우리 군은 유사시에 하고 싶은 행동을 어디까지든 할 수 있는 힘과 태세를 갖추고 있다"고 하지 않았던가. 근거가 있는 엄마의 자신감은 두 눈으로 똑똑히 보고 실망하기 전에는 어느 누구도 꺾을 수 없는 거였다. 엄마의 굳센 자신감에 메리 엄마도 좀 안심이 되는 모양이었다. 문을 밀고 들어올 때와는 달리 마실 나온 사람처럼 슬그머니 마루 끝에 걸터앉는 여유를 보였다. 바깥상황이 궁금한 오쿠바는 그런 두 사람을 남겨두고 거리로 나섰다. 골목은 몇몇 사람이 나와서 근심을 섞고 있었지만 특별히 달라 보이는 건 없었다. 한길도 크게 다르지 않았다. 병자호란 때 되놈들이 넘어왔다는 되넘이고개(미아리고개) 쪽으로 군용차가 쉴 새 없이 넘어갈 거라고 짐작했으나 그것도 아니었다. 오히려 평소보다 차량 운행은 줄어 있었다. 길을 건너 성북천을 따라 만보네 집 가는 길도 다름없기는 마찬가지였다. 게딱지를 포개놓은 듯한 판잣집들과 질척질척한 좁은 골목마다 사람들이 몰려나와 있었으나 그건 언제나 보는 풍경이었다. 만보 역시 연탄공장에서 돌아오지 않고 있었다. 그놈의 연탄공장은 사계절 눈코 뜰 새 없이 바쁜 모양이었다.

　여하튼 전쟁은 일어났고, 전쟁은 성큼성큼 다가오고 있었다. 저녁 무렵부터 아주 멀리서 천둥소리 같은 포 소리가 은은히 들려오더니, 다음 날 눈을 떴을 때는 포 소리가 갑절 선명하게 들렸다. 밥상머리에 앉은 오쿠바는 학교에 가야 하는 건지 말아야 하는 건지 몹시 헷갈렸다. 학교는 당연히 가야 할 곳이었으나, 포 소리가 전쟁의 긴박성과 사실성을 머릿속에 쑤셔 넣은 탓이었다. 엄마 역시 그런 모양이었다. 오늘 아침 엄마는 모든 면에서 오쿠바를 재촉했다. 심지어 어제의 느긋함은 어디로 갔는지 허둥대기도 했다. 엄마는 오쿠바를 보내놓고 자신도 곧 집을 나설 거라고 말했다. 아무래도 의정부에 가봐야겠다는 거였다. 오늘 저녁에 못 돌아올지도 모르니 저녁 챙겨 먹는 거 잊지 말고, 급박할 땐 집보다 안전한 곳 없으니 곧장 집으로 돌아오라는 당부도 남겼다. 오쿠바는 엄마가 걱정된다면서 원희 누나한테 함께 가자고 제안했다. 엄마는 일없다고, 별일 없으면 오늘 중으로 곧장 돌아올 거라며 오쿠바를 안심시켰다.

오쿠바는 삼선평 전차정거장으로 나갔다. 먼저 와 기다리고 있던 길동이 오쿠바를 맞았다.

"밤새 포 소리 들었지? 인민군이 쳐내려온다더니 진짠가 봐? 전차도 안 다녀."

"버스는 다닐라나?"

버슨들, 하면서도 전차는 이미 포기했다는 듯 길동이 먼저 정류장 쪽으로 걸음을 옮겼다. 군인들 실어 나르는 데 징발됐는지 버스 역시 안 다닌다는 걸 알기까지 오래 걸리지 않았다. 이미 많은 이들이 모든 교통수단을 포기하고 혜화문 쪽 언덕을 향해 꾸역꾸역 밀려가고 있었다. 이쯤 되면 학교가 용산인 오쿠바는 등교를 포기하는 게 좋았다. 정오 녘에 도착해서 도대체 뭘 배우겠다는 건가. 전차나 버스를 이용할 수 없다면 내일부터는 두어 시간 일찍 나오는 길밖에 없었다. 오쿠바는 등교를 포기했다. 휘문중학에 다니는 길동만이 학교로 향했다. 길동은 학교가 종로에 있어서 급히 걸으면 지각도 면할 수 있었다.

엄마가 아직 의정부로 출발하지 않았을 거라고 믿으며 오쿠바는 집을 향해 뛰었다. 그러나 엄마는 이미 출발한 뒤였다. 형과 누나를 생각하면 여유 부릴 틈이 없었던 모양이다. 오쿠바는 가방을 던져놓고 무작정 엄마 뒤를 쫓았다. 사대문 안으로 들어가는 버스가 끊겼으니 외곽으로 넘어가는 버스는 말할 나위 없었다. 오쿠바는 단 한 명도 기다리지 않는 버스정류장을 지나 되넘이고개를 바라보고 빠르게 걸었다. 고개를 넘자 배 밭 사이로 난 신작로 풍경이 오쿠바를 낙심천만으로 빠뜨렸다. 어제 메리 엄마가 했던 말처럼 부옇게 먼지를 일으키며 군용차들이 북을 향해 달렸다. 포 소리는 한층 선명하여 귀청을 울려댔다. 그 전장의 한복판을 뚫고 꾸역꾸역 사람들이 밀려 내려오고 있었다. 아이를 업은 것만으로도 모자라 보따리까지 이고 걷는 여자가 있었다. 짐 보퉁이를 층층이 실은 리어카에 아이들을 올려놓고 밀고 끄는 젊은 부부도 있었다. 열대여섯 명을 태우고 언덕을 따라 올라오고 있는 달구지 같은 것들은 이미 전쟁의 참상을 말해주고 있었다. 엄마는 그 와중에 정말 의정부를 향해 달려가고 있는 건지? 버스든 군용트럭이든 운 좋게 얻어 타고 가는 건 아닌지? 오쿠바는 피란민을 거슬러 가자니 마치 고태골로 향하는 심정이었다. 걸음을 놓을 때마다 심장이 오그라들었다. 그러나 엄마를 만나기 전에는 차마 발길을 돌릴 수 없었다. 오쿠바는 더욱 걸음을 재게 놀렸다. 겨우 피란민들과 엇갈리는 곳에 이르렀을 때였다. 달구지를 탄 노인네가 그냥 지나치지 않고 성마른 목소리로 오쿠바의 발길을 잡아끌었다. 시방 어디 가냐고, 난리가 나서 피란 가는 거 안 보이냐고, 오늘 중으로 빨갱이떨이 새카맣게 몰려 내려올 거라고, 설마 난리 구덩이로 기어들어가는 건 아니지, 하고 물었다. 오쿠바는 대답 대신 노인에게 엄마의 인상착의를 말해주고, 엄마를 찾으러 가는 중이라고 말했다. 노인네는 오다가 봤다면서 아마 지금쯤 빨랫골 가까이 갔을 거라고 말했다.

노인네의 말이 떨어지기 무섭게 오쿠바는 섶을 지고 불구덩이로 뛰어들 듯 달리기 시작했다. 엄마를 불구덩이에서 꺼내어 집으로 돌아가는 것, 오직 그것만이 지금 오쿠바가 해야 할 일이었다. 북으로 달리는 군용차는 피란민들 머리 위로 희부옇게 흙먼지를 일으켰고, 오쿠바는 그 흙먼지 속에서 숨을 몰아쉬며 달렸다.

엄마는 빨랫골 못 미쳐서 만났다. 수유리 쪽을 향해 무작정 달리는 오쿠바를 엄마가 멈춰 세운 거였다. 뜻밖에도 엄마는 피란민들과 뒤엉켜 되돌아오고 있었다.

"집으로 가는 거예요? 의정부는 포기했어요?"

오쿠바는 숨을 몰아쉬며 물었다.

"군인들도 후퇴한다는 말 듣고 정신이 퍼뜩 들더라. 의정부로 가봐야 엇갈리기 십상 아니냐. 집에서 기다려야 네 형과 누날 만나는 꿈이라도 꾸지 싶다. 학교는 어쩌고 왔냐?"

"용산 가는 차도 없어요. 두 시간은 일찍 나서야 했어요."

엄마는 더 말이 없었다. 믿었던 군인들이 맥없이 무너지고, 신작로는 피란길이 됐으니 무슨 말을 하겠는가. 누나와 형은 가슴에 박혀 근심이 되었다. 그러니 무슨 말을 하고 싶겠는가. 엄마는 말없이 이고 있던 보따리를 오쿠바에게 건넸다. 건네받은 보따리를 어깨에 메고 오쿠바는 엄마 곁에서 걸었다. 포 소리는 그치지 않았다. 흙먼지는 연신 머리 위를 덮어 내렸다.

집으로 돌아오자 엄마는 제일 먼저 삽을 찾았다. 지금 꿍쳐 두지 않으면 배곯아 죽는다. 뒤주에 들러붙은 쌀 뜻국물까지 긁어가는 게 전쟁이다. 대동아전쟁 때 왜놈들이 그랬다. 그러니 전쟁이 터지면 가장 다급한 게 양식이다. 하면서 오쿠바에게 삽을 건넸다. 그리고 맞춤한 항아리들을 골라 김장독 묻었던 자리에 깊이 묻으라고 했다. 오쿠바는 오후 내내 땅을 파고 항아리를 묻었다. 항아리는 김장독 묻었던 자리 말고도 다른 두 군데에 더 묻었다. 항아리 속에는 뒤주의 쌀과 철을 맞아 사둔 햇보리를 넣어두었다. 옷가지들과 오쿠바가 가장 아끼는 롤라이플렉스 카메라 같은 귀중품도 함께 넣었다. 전쟁에 대한 대비는 그게 끝이었다. 엄마나 오쿠바는 피란은 생각도 안 했다.

밤이 오자 포 소리는 더욱 선명했다. 포 소리에 놀란 개들이 한입으로 길게 울어댔고, 마루에 걸터앉은 엄마는 아주 가끔씩 '주여'를 토해냈다. 분명한 건 엄마가 형과 누나를 기다리고 있다는 거였다. 엄마는 대문 밖 인기척에 번번이 귀를 곤두세웠고, 오쿠바에게 나가보라는 말도 두 번이나 했다. 군인가족인데 잠시 피해 있는 건 어떠냐고 오쿠바가 마른침을 삼키며 물었을 땐 말 같잖으면 하지도 말라고 했다.

"네 형이랑 누나는 어쩌고? 아직 어찌 될지도 모르니 낼 새벽에 학교 갈 생각이나 해라."

피란민들에 섞여 되돌아온 처지인데도 엄마는 아직 기대를 접은 게 아니었다. 아직은 국군의 반격은 물론 형과 매형을 다시 보게 될 날도 포기하고 싶지 않은 거였다. 오쿠바는 입을 다문 채 엄마 곁에 누웠다. 결코 잠들 수 없는 돈암동의 밤이 깊어가고 있었다.

오쿠바가 깨어난 곳은 자신의 방이었다. 방에 들어가 자라는 엄마의 말이 어렴풋이 떠올랐으나 정확히 언제쯤인지는 기억에 없었다. 마루로 나서자 마당에는 비가 내리고 있었다. 장대비였다. 지난밤 들었던 포 소리는 빗속에도 여전했다. 콩 볶는 듯한 기관총 소리도 쉴 틈 없이 섞여들었다. 코앞인 되넘이고개 어름에서 들려오는 것처럼 지난밤보다 더욱 가깝고 더욱 선명했다. 그런데도 엄마는 부엌에서 뭔가를 하고 있었다. 모름지기 오쿠바의 새벽 등교를 서두르는 모양이었다. 희미한 불빛이 부엌문 밖으로 흘러나왔다. 이런 상황에서도 학교에 가야 하는 건지 오쿠바는 선뜻 방향이 서지 않았다. 엄마는 그런 오쿠바의 등을 떠밀었다. 엄마의 재촉에 세면을 끝냈다. 엄마의 재촉에 밥그릇을 비웠다. 엄마는 별일 없을 테니 집 걱정 말라고, 학교에 가봐야 앞으로 어찌할지 방향이 설 게 아니냐고 말했다.

포 소리를 뒤로하고 오쿠바는 용산까지 걸어서 학교에 갔다. 전쟁은 이미 그곳에도 들어와 있었다. 아침조회가 시작됐는데도 3분의 1만이 출석한 상태였다. 단상에 오른 교장선생은 새벽에 있은 특별담화 얘기부터 꺼냈다. 국무총리 서리인 신성모가 발표한 것으로, 대한민국 정부를 수원으로 옮긴다는 거였다. 오쿠바로선 청천벽력이었다. 국군의 반격, 서울만은 전쟁과 무관할 거라고 자기최면을 걸어왔다면, 이제 꿈은 사라지고 전쟁의 현실만이 자리한 거였다. 교장선생은 무기한 휴교에 들어가겠다. 개별통신문을 보낼 때까지 몸조심하라. 특히 군인이나 경찰 가족이라면 하루라도 빨리 피란길에 올라야 할 거라는 당부를 남기고 훈시를 끝냈다.

1950년 6월 27일의 학교는 그걸로 끝이었다. 오쿠바는 군인 가족이라는 말이 머릿속에 꽂힌 터라 마음이 급했다. 집을 바라고 달리다시피 걸었다. 아침과 달리 집으로 돌아가는 길엔 사람들이 많이 나와 있었다. 무엇을 해야 할지, 어디로 가야 할지 갈피를 잡지 못하는 두려움 섞인 얼굴들이었다. 그런 중에도 보퉁이를 이고 진 사람들이 남으로 향하는 게 보였다. 무척 신기하게도 모든 차량이 남으로만 달려가는 것도 눈에 들어왔다. 우왕좌왕하는 중에도 본격적으로 피란이 시작된 모양이었다. 남대문을 지나 종로통으로 들어섰을 때는 기막힌 꼴도 보았다. 서대문 쪽에서 거지 떼와 진배없는 이들이 걸어오고 있었다. 서대문형무소에서 막 풀려난 이들이란 건 주위사람들 얘기로 알

왔다. 말로만 듣던 감옥의 처참함이 어떠한지는 그네들의 몰골이 가감 없이 보여줬다. 그들은 눈이 풀렸고, 그들은 뼈와 살이 붙어 있었다. 소름이 훅 끼쳐와 오쿠바는 한동안 걸음을 놓지 못했다. 어쨌든 죄수들이 풀려났다는 건 이미 서울이 뒤집혔다는 걸 의미하지 않는가, 생각이 거기에 이르자 정신이 퍼뜩 들었다. 포 소리는 이제 정말 돈암동을 불바다로 만들고 있는 것처럼 가까이서 들려왔다.

혜화동로터리를 넘었다. 삼선평 개활지에 이르렀을 때 골짜기를 따라 꾸역꾸역 산으로 오르는 사람들이 보였다. 낮은 능선에는 군인들도 보였다. 군인들은 둥글고 긴 원통을 이리저리 옮겼다. 아마도 포를 걸 자리를 찾는 모양이었다. 한쪽에선 포를 걸고, 한쪽에선 포 걸 자리 아래로 꾸역꾸역 사람들이 모여드는 꼴이었다. 엄마도 혹시 저들 속에 섞여 있는 건 아닐까? 안 그래도 땀범벅인데 식은땀이 흐르고 소름이 돋았다. 오쿠바는 지친 몸을 재촉해 집으로 내달렸다. 엄마는 골목 입구까지 나와 있었다. 오전 내내 포 소리 때문에 정신이 하나도 없었다, 이런 날 학교는 왜 보냈나 싶어 새카맣게 속을 태웠다고 말했다. 오쿠바는 우선 엄마의 등을 밀어 집 안으로 들어갔다.

"오다 보니 한강 쪽으로 피란민들 하염없이 몰려가요. 우리도 이러고 있을 때가 아녜요. 더군다나 우린 군인가족이잖아요."

"어딜 간다고 그러냐. 포탄 피해서 잠깐 골짜기 들어가 있는 거라면 모를까, 일없다. 마침 라디오에서도 수원 천돈가 뭔가

172

방송 내보낸 건 오보라고 하더라. 정부는 무슨 일 있어도 서울을 지킨다더라."

"지키긴 뭘 지키겠어요. 순 거짓말이죠. 오면서 보니까 서대문형무소 죄수들 다 풀려나오던걸요. 정부가 서울 지키고 있다면, 죄수들이 무슨 수로 풀려나겠어요? 정부 말 하나도 믿지 말고 어서 피해야 돼요."

"골짜기에 들어가 잠깐 피해 있는 거라면 모를까, 자꾸 왜 그러냐? 네 형이나 누나 오면 어쩌겠냐?"

"골짜기요? 그건 그냥 고태골로 가는 거예요."

오쿠바는 능선에서 군인들이 포 걸고 있는 걸 얘기해주었다. 인민군과 맞포질을 해대면 가장 위험한 곳이 바로 골짜기임을 엄마에게 상기시켰다.

모자는 결국 어떤 결정도 내리지 못한 채 불안 속에서 한나절을 보냈다. 어둑발이 내려오기 시작했다. 골짜기로 기어올랐던 사람들이 하나둘씩 되돌아오고 있었다. 다행이었다. 그중에는 메리 엄마도 있었다. 엄마는 골목에서 만난 메리 엄마에게 왜 그예 내려오느냐고 물었다. 메리 엄마는 도대체 안전한 곳이 없다면서 말했다.

"죽어도 집에서 죽겠다고 내려왔지요. 메리도 걱정이구요."

"이 박사가 서울 사수를 두 번이나 방송한 데는 뭔가 믿는 구석이 있겠지요. 인민군들이 쫓겨 가지 말란 법도 없어요."

"원희 엄마도 참, 믿을 게 따로 있어요. 골짜기에서 만난 군인

173

들한테 들어보니 의정부가 뚫려 여까지 후퇴한 거래요. 안된 얘기지만 2사단인가는 아주 박살 났대요. 탱크라나 뭐라나를 앞세우고 인민군들 내려오는데 속수무책이래요. 포를 쏴도 소용없대요. 그런데도 의정부 탈환이니 뭐니, 참말로 후라이만 까고 앉았으니 누가 정부 말을 믿겠어요?"

메리 엄마는 국군이 후퇴해서 포를 걸고 있는 것만 봐도 빤할 빤 자라고 덧붙였다. 엄마는 '주여'를 한숨처럼 반복할 뿐 메리 엄마의 말에 더는 대꾸하지 않았다. 메리 엄마는, 원희네야말로 피란 가야 하는데, 라고 걱정하면서 남편과 시동생이 사라진 골목 안으로 날래게 걸음을 옮겼다.

집 안으로 들어온 엄마는 마루 끝에 걸터앉았다. 기둥에 얼굴을 기댔다. 엄마는 의정부가 그리됐다면 네 형이나 매형은 온전하겠나, 하더니 땅이 꺼지게 한숨을 토했다. 그리고 또다시 '주여'였다.

길동이 찾아온 건 저녁도 거른 채 포 소리에 넋을 놓고 있을 때였다. 집안 어느 구석에도 불빛은 없었다. 왜정 때 등화관제에 익숙했던 엄마는 이런 급박한 상황에선 불을 켜도 안 된다며 불씨까지 부엌 안쪽에 감추었다. 그러니 집안은 칠흑이었고 길동은 칠흑 속으로 들어왔다. 뜻밖이었다. 오쿠바는 어둠 속에 묻힌 길동의 얼굴을 살피면서 웬일이냐고 물었다. 그는 피란 준비 안 하는 거냐고, 영치네는 떠날 준비하는 것 같더라고 입을 열었다. 오쿠바는 영치네 피란 소식보다 길동이 그 사실을 알고 있다는 게 오히려 궁금했다. 그러나 엄마가 한발 빨랐다.

"오늘 새벽 교회서 만났을 때 하루 더 지켜본다더니 그예 떠나네. 그럼 소사로 가는 건가? 영치 큰고모가 소사 산다고 그러던데?"

"예, 맞아요. 소사라고 했어요."

"영치 아버지가 공무원이니 아무래도 피하는 게 낫겠지. 낼이라도 별일 없다면 돌아오는 거야 쉬울 테고. 우리도 두 애만 아니면……."

엄마는 말을 채 맺지 못하고 마루 끝에서 일어나 부엌으로 향했다. 어둠 속에서 늦은 저녁을 준비하려는 모양이었다. 오쿠바는 그런 엄마에게 잠깐 나갔다 오겠다고 말했다. 밥 먹어야지, 하면서도 엄마는 길동이 곁에 있어서인지 말리지 않았다. 오쿠바는 길동과 골목으로 나왔다. 집 안이나 골목이나 불빛 한 점 없기는 매양 같았다. 보이지 않을수록 귀는 더욱 밝아지는 이치인지, 포 소리는 어둠 속에서 더욱 살벌하게 귀청을 때려댔다. 골목 밖으로 나와 영치네 쪽으로 가는 동안 오쿠바는 길동에게 아까부터 궁금한 걸 물었다. 영치네 피란 소식을 알게된 경위였다. 길동은 영치를 직접 만나서 들은 거라고 말했다.

오늘 낮에 동네사람들이 그랬듯, 길동네도 골짜기로 들어갔다고 했다. 별다른 준비 없이 부랴부랴 골짜기로 들어간 거였다. 전쟁의 공포와 피란은 등식이라는 대로였다. 오쿠바의 엄마처럼 기다리는 대상이 있는 경우가 아니면, 그 누구도 현재의

자리에서 전쟁을 받아낼 자신이 없는 거였다. 길동네는 별다른 준비 없이 기어들어간 탓에 해 떨어지면서 당장 버텨낼 일이 만만찮았다. 배가 고파오는 데다 모기 떼까지 난리였다. 끼니거리로 주먹밥 한 덩이씩 준비한 게 전부여서 그건 이미 애저녁에 먹어치운 터였다. 끼니를 해결하려면 집으로 다시 내려가는 길밖에 없었다. 모기를 쫓기 위해서 불을 놓을 수도 없었다. 더군다나 서로 맞포질을 해대면 골짜기가 오히려 위험하다는 얘기까지 돌았다. 이래도 죽고 저래도 죽는다면 차라리 집에서 죽겠다. 동네사람들은 기를 쓰고 올랐던 골짜기를 하나둘씩 다시 내려가기 시작했다. 길동네도 내려가는 길을 택했다.

영치를 만난 건 골짜기를 다 내려와 신작로 가까이 이르러서였다. 영치는 엄마와 함께였다. 모녀는 먹을 걸 장만하기 위해 전방塵房에 왔다가 허탕 치고 돌아가는 길이라고 했다. 길동이 영치를 불렀다. 길동 엄마는 영치 엄마를 불렀다. 영치네가 소사를 바라고 피란길에 오른다는 건 그렇게 알게 되었다. 집으로 돌아온 길동은 배를 채우자마자 오쿠바의 집을 찾았다. 위험하다고 길동 엄마가 만류했으나 소용없었다.

오쿠바와 길동이 도착했을 때까지 영치네는 떠나지 않고 있었다. 온 식구가 마당에 나와 있었다. 어디서 구했는지 모를 리어카에는 보퉁이들이 쌓여 있었다. 떠날 준비가 끝났으나 떠나지 못하는 모양이었다. 그게 다 할머니 때문이었다. 영치 아버지는 영치 할머니를 설득 중이었다.

"어머닌 리아까에 올라타시기만 하면 된다니까요!"

"글쎄, 제발 그냥 두고 가래도 그러네."

"어머닐 두고 우리만 달랑 어떻게 가냐구요? 낼이라도 사태가 진전되면 돌아오면 된다니까 대꾸 그러시네."

"그러니까 너희끼리만 다녀오라는 게 아니냐고. 내가 가면 짐 되고, 사돈 보는 것도 면목 없고, 설령 빨갱이 세상인들 다 늙은 걸 건들기야 하겠어? 이 집도 지켜야지."

영치 할머니는 버티기로 작심한 모양이었다. 무엇보다 집을 지키겠다는 게 으뜸 되는 속내로 보였다. 하지만 영치 아버지도 완강했다.

"춘순이도 어머니 보고 싶다고 번번이 편지 보내고 그랬잖아요? 이참에 어머니 좋아하시는 소사 복숭아도 실컷 드실 수 있구요?"

"복숭아고 나발이고 난 싫다니까 대꾸 그러네. 춘순이도 좋을 때 봐야 좋지, 이런 난리에는 있는 정도 떼이기 십상이야."

"어머니!"

"이러다 날 샐라! 내 걱정 말고 제발 좀 그냥 어서 잘 다녀와! 포 소리 때문에 내가 다 미주알이 빠질 지경이야."

할머니의 단호함은 도저히 어쩔 수 없어 보였다. 그런데도 영치 아버지는 뭉그적거릴 뿐 선뜻 결정을 내리지 못하고 있었다.

모두 할머니한테 정신이 팔려 있어선지 오쿠바와 길동 쪽을 돌아보거나 신경 쓰는 사람은 없었다. 뒤늦게 영치가 슬그머니 마당을 나왔다. 영치만은 눈치를 채고 있었던 모양이다.

"올 줄 알았어, 고마워."

오쿠바는 선뜻 떠오르는 말이 없어서, 할머니 고집이 고래심줄이네, 하고 말했다.

"벌써 몇 시간쨌지 몰라. 할머니보다 아버지를 설득하는 게 낫겠어. 이러다 피란이랄 것도 없이 그냥 눌러앉는 게 아닐까 걱정이야. 엄청 불안해. 근데 너네는 피란 안 가? 군인가족이니 우리 집보다 더 위험할 수 있을 텐데?"

"엄마가 못 간대. 형이랑 누나 기다린대. 좀 불안해도 엄마 맘 아니까 어쩔 수 없지."

"나도 할머니 곁에 있겠다고 할까? 안 간다고 할까?"

어둠 속에서 영치는 희미하게 웃었다.

"이건 전쟁이야. 어떤 그악스러운 놈들이 덤벼들고 떠날지 아무도 몰라. 왜정 때 춘천에서 알아주던 울 아부지 같은 사람도 원희 누나랑 큰누나 걱정으로 피가 마른다고 했어. 아버질 설득해. 그리고 빨리 떠나."

오쿠바는 진심으로 영치를 걱정했다.

영치는 고개를 끄덕였다. 떠나 있는 동안 오쿠바에게 할머니를 부탁한다고 말했다. 곧 돌아올 거지만, 혹 늦어지면 편지 보낼 거라고도 말했다. 전쟁 통이라 편지왕래가 쉽잖으면 인편으로라도 꼭 보낼 거라고 덧붙였다. 오쿠바는 여기 걱정은 말라고 답했다.

오쿠바는 영치의 손을 잡았다. 영치는 손을 맡겼다. 길동이 곁에서 보고 있었지만, 이때만큼은 전혀 개의치 않았다. 제 코가 석 자이면서도 어쩐지 영치가 안쓰럽고 불안해서 오쿠바는 그녀의 손을 놓을 수가 없었다. 길동이 이제 가봐야 하는 거 아니냐고 잡아끌고서야 겨우 손을 놓았다. 떠나는 영치에게 손을 흔들어주지 못했고, 한번 뜨겁게 안아주지도 못했다. 그게 가슴에 남았다.

길동과는 골목 입구에서 헤어졌다. 밤은 깊어서 모름지기 9시를 넘긴 것으로 여겨졌다. 포 소리는 이제 되넘이고개 쪽에서만 들려오는 게 아니었다. 가일층 세졌는데, 국군이 쏘는 건지 인민군이 쏘는 건지 도무지 방향을 가늠할 길 없었다. 오쿠바는 포 소리에 진저리를 치면서 대문을 열었다. 엄마 역시 포 소리에 가슴 졸였는지 대뜸 소리부터 질렀다. 금방 온다던 놈이 이제야 나타나냐, 아휴 가슴 뛰어 견딜 수 있어야 말이지, 어여 밥 먹어! 엄마는 그렇게 소리 질렀다. 오쿠바는 엄마가 어둠 속에서 밥을 해놓고 기다렸듯, 어둠 속에서 숟가락을 들었다. 상을 치운 뒤로는 엄마와 함께 마루턱에 앉아 불안에 떨었고, 혹시 모를 형의 출현을 기다렸다.

아침이 되었을 때는 세상이 뒤집혀 있었다. 엄마는 도저히 새벽기도에 갈 수 없어서 오늘만은 집에서 쉬었다고 말했다. 교회를 가기 위해 골목을 막 벗어났을 때 엄마는 기겁을 했다. 말로만 듣던 인민군 탱크가 신작로를 따라 끝도 없이 시내로 향하는 걸 보았기 때문이다. 인민군들이 그 뒤를 따랐는데, 엄마는 와들와들 떨려서 발조차 뗄 수 없었다고 했다. 첫새벽이 그랬으니 아침은 이미 인민군 세상이 된 거였다. 뭔가 뜻밖의 일을 만났거나 불안할 때면 늘 그렇듯 엄마는 시방도 '주여'를 입에서 떼지 못하고 있었다. 오쿠바에겐 오늘 진종일 꼼짝 말고 집에 붙어 있어야 한다는 경고도 잊지 않았다. 그러나 엄마의 염려 섞인 걱정은 지켜질 수 없는 운명이었다. 바깥은 대문을 닫고 죽은 척 있기에는 너무나 가혹했다. 쉴 새 없이 인민군 환영대회에 나오라는 선동이 이어졌고, 반응 없는 집집마다 대문 두드리는 소리까지 이어졌다. 오쿠바의 집도 예외는 아니었다. 대문 두드리는 소리에 놀라 숨죽이고 있자니, 집 안에 사람 있는 거 다 아는데 이따위 반동 짓 하느냐, 이러고도 살아남을 줄 아느냐, 그런 엄포가 뒤따랐다. 공포에 질려 오쿠바가 자리에서 일어서자 엄마는 얼른 오쿠바의 팔을 잡아당겼다. 꼼짝 말라는 거였다. 그 대신 엄마가 일어나 대문을 열었다.

'자치대'라고 쓴 붉은 완장을 찬 청년이 눈을 부라린 채 서 있었다. 대번 기가 꺾인 엄마는, 나가겠다고, 이제 금방 환영대회에 나가겠다고 말했다. 청년은 아들 있는 거 다 아니까 당장 아들을 내보내라고 말했다. 오쿠바는 주저할 수 없었다.

6월 28일 오쿠바의 대문 밖 외출은 그렇게 시작되었다. 붉은 완장을 찬 자치대 청년들은 어디서 그렇게 모여든 건지! 군중의 손에 들려진 인공기들은 언제 그렇게 만들어진 건지! 오쿠바의 머릿속으로는 도무지 이해할 수 없는 세계가 눈앞에 펼쳐져 있었다. 놀랍고 두렵고 떨렸다. 대문을 두드려대며 금방이라도 질질 끌고 갈 것 같던 자치대원은, 예의 주시하겠다는 공갈만 남긴 뒤 그예 사라지고 없었다. 오쿠바는 그냥 군중의 움직임대로 방향도 없이 무작정 걸었다. 보는 것만으로도 질려버리게 하는 인민군 탱크들이 늘어서 있는 홍화문弘化門을 지났다. 탱크 위에선 붉은 완장을 찬 자치대원들이 인공기를 흔들며, "조선인민민주주의 만세"를 외쳐댔다. 그것만으로도 세상이 뒤집혔음을 뼛속까지 느낄 수 있었다. 하지만 그건 아직 종로를 보지 않았기 때문이었다. 종로에 비하면 이미 본 것들은 새 발의 피였다.

종로는 인민군의 집결지였다. 인민군의 세상이었고, 인공기의 세상이었다. 더러 태극기도 눈에 띄었으나, 그건 광복기념 군중대회 때 미처 태극기를 준비하지 못한 이들이 일장기를 흔들어댄 꼴이었다. 얼마든지 애교로 봐줄 일이었다. 오히려 불순하다면 오쿠바처럼 아무것도 흔들지 않는 이들이었다.

종로는 구호의 전시장이기도 했다. "이승만 괴뢰집단을 단매에 처단하자!", "매국노 이승만을 끝내 타도하자!", "조선민주주의 인민공화국 만세!", "영명한 지도자 김일성 장군 만세!", "박헌영 선생 만세!" 그런 구호들이 쉴 새 없이 터져 나왔고, 어지러운 구호들 속에선 진위가 의심스러운 소식도 흘러 다녔다. 인민군이 삼팔선을 넘자마자 국군이 총을 버리고 환영했다는 얘기가 그랬다. 국군이 모든 차량을 의정부로 보내 인민군에게 제공

했다는 얘기도 그랬다. 어제만 해도 라디오방송에서 서울을 사수한다던 이승만이 이미 부산으로 토껴버린 뒤라는 얘기도 그랬다. 그동안 라디오방송은 녹음한 걸 틀어놓았다는 거였다. 그런가 하면 오쿠바의 가슴을 철렁 내려앉게 하는 얘기도 있었다. 지난 새벽 2시경 한강다리가 폭파되면서 4천 명 이상이 수장되고 말았다는 소식이었다. 다리를 건너는 피란민의 행렬을 빤연히 보고서도 지레 겁먹은 이승만 정권이 무자비하게 폭파시키고 말았다는 거였다. 용산 쪽 사람들은 폭발음과 아비규환에 놀라 밤새 공포에 떨었다고 했다.

오쿠바는 오금이 저려 더는 서 있을 수 없었다. 의정부 쪽을 방어하던 국군 2사단이 궤멸했다는 소식을 들었을 때도 이러진 않았다. 그냥 막연히, 형은 살아 있지 않을까, 그런 기대를 자기위안으로 삼았다. 한강다리 폭파는 달랐다. 2사단 궤멸이라는 형의 사망률보다 훨씬 확률이 떨어지는데도 영치한테 어떤 일이 일어났을 거라는 불안과 절망이 끈적끈적하게 들러붙었다. 오쿠바는 땀내 가득한 사람들 속을 빠져나왔다. 영치네로 향했다. 뜨거운 군중들, 뜨거운 구호들, 뜨거운 하늘, 오쿠바는 땀이 흐르는 것도 몰랐다. 그냥 휘청휘청 걸었다. 영치네 피란 여부를 지금 확인하지 않는다면 미쳐버릴 것만 같았다. 제발 영치네가 떠나지 않았기를 빌었다. 아니면 한강다리 폭파시간을 비껴서 강을 건넜던가, 미처 건너지 못했기를 바랐다.

영치네 집이 가까워질수록 심장이 뛰었다. 자꾸만 최악의 사태가 그려져서 눈앞이 흐려지고는 했다. 오쿠바는 걸음을 재촉했다. 되밟는 길에서 만난 자치대원들이 무서울 리 없었고, 인민군 탱크들을 다시 마주해도 초긴장이 될 리 없었다. 오직 영치뿐이었다.

영치네 집에 이르러 대문을 두드렸다. 어떤 반응도 없었다. 오쿠바는 다시 두드렸다. 안에서 누군가의 목소리가 들릴 때까지 계속 정신없이 두드렸다. 이윽고, 다 늙은 할매 말고는 아무도 없다는 볼멘 목소리가 흘러나왔다. 영치 할머니였다. 가슴이 철렁 내려앉았다.

"할머니, 박 집사님 찾는 학생인데 문 좀 열어주세요! 영치랑도 같은 교회 다녀요."

오쿠바는 영치 엄마를 들먹였다. 그래야 문을 열어줄 것 같았다.

"무슨 일로?"

"문 좀 열어보세요!"

"문 못 열어. 힘 못 쓰는 노인네뿐이라니까 그러네. 할 말 있으면 어디 해봐."

할머니는 완강했다. 지난밤 영치 아버지의 설득에도 아랑곳 않고 집을 지키겠다더니 정말 제대로 지켰다.

"할머니-이! 한강다리가 폭파됐다니까요!"

뭐, 하는 외마디 비명소리가 흘러나오고, 이내 대문이 열렸다. 할머니는 그게 무슨 말이냐, 정말이냐고 물었다. 오쿠바는 고개를 끄덕였다. 할머니는 빨갱이들 들어온 건 오늘 아침인데 언제 다리가 폭파된 거냐고 물었다. 오쿠바는 새벽 2시경에 국군이 폭파시킨 거라고 말했다. 할머니는 그럴 리 없다고, 그럴 리 없다고, 한동안 고개를 흔들었다. 오쿠바는 그런 할머니에게 어젯밤 몇 시쯤에 피란한 거냐고 물었다.

"내가 안 간다고 하잖았음 벌써 갔겠지. 출발한 게 밤 열한 시쯤 됐을까. 아이고 어쩌면 좋아, 무슨 일 없어야 하는데, 아니, 무슨 일 없겠지?"

할머니는 자책을 섞었고, 아직 확인된 게 아무것도 없어서인지 희망 섞인 자문도 했다.

그러나 제대로였다. 정확히 한강다리 폭파시간과 맞춤해서 출발한 셈이었다. 더 빠를 수도, 더 늦을 수도 있겠지만 모름지기 그 어름이었다. 희망사항이지만 만약 폭파시간보다 늦었다면 집으로 돌아와 있을 게 아닌가. 오쿠바는 가슴이 미어지고 눈물이 쏟아질 것만 같았다. 할머니는 한강으로 나가보겠다고 했다. 그러다가 이내 그럴 리 없을 테니 기다려보겠다고 했다. 오락가락하는 게 역력했다. 그 점은 오쿠바도 마찬가지였다. 금방 눈물이 터질 것만 같다가 절대 그런 우연은 없을 거라고, 이내 자기확신 쪽으로 돌아서길 반복했다. 오쿠바는 할머니에게 또 오겠다는 말을 남기고 돌아섰다. 할머니는 완강했던 처음과 달리, 벌써 가느냐고 물었다. 눈빛도 현저히 풀려 있었다. 처연해 보였다.

집에는 원희 누나가 와 있었다. 피잉 눈물이 돌 만큼 놀랄 일이었다. 안 그래도 모녀가 끌어안고 얼마나 울었는지 누나의 눈자위도 엄마의 눈자위도 붉게 물들어 있었다. 오쿠바는 눈물이 날 것 같아 두 눈을 슴벅거리며 한동안 그 자리에 서 있었다. 달려와 먼저 끌어안은 건 원희 누나였다. 누나는 소리 내어 흐느꼈다. 오쿠바도 그예 눈물이 터지고 말았다. 엄마도 울었다.

누나는 아침 일찍 의정부를 나섰다고 했다. 매형의 군용지프 대신 걸어서 돈암동까지 온 거였다. 전쟁이 터지자마자 곧장 달려오고 싶었다고 했다. 그러나 누나는 매형을 기다리는 사람이었고, 매형이 데리고 올 형을 기다리는 사람이었다.

전쟁이 터진 25일 새벽 매형은 집에 있었다. 그날은 부대병력의 반 이상이 외출이나 외박한 날이었다. 열흘 전에 사단장이 바뀐 뒤로 제법 긴장을 해오던 터에 막 풀어진 날이기도 했다. 매형은 형도 데리고 나오려 했다. 하필이면 그날 형은 당직이었다. 굳이 당직 교체까지 해가면서 매형을 따라나서는 건 우직한 형의 스타일이 아니었다. 사단장은 육군본부 장교클럽 낙성파티에 가 있었다. 거나하게 취한 채 탱고와 블루스를 추고 있을 거였다. 6월 25일, 그날은 매형의 2사단뿐만 아니라 전 국방군의 반수에 이르는 6만 5천 명의 병력이 외출이나 외박으로 술에 절어 있었다. 그런 차에 인민군이 밀고 내려온 거였다.

매형은 복귀 명령 방송을 듣고 자다가 깨어나 아침도 거른 채 소속부대로 달려갔다. 삼팔선 어디서 또 터졌나 보네, 하면서 처음엔 누나에게 밥을 차려달라고 했다. 누나가 밥을 차리는 동안에도 복귀 명령 방송이 계속되었다. 그제야 매형은 사태가 심상치 않음을 깨닫고, 밥 먹고 가라는 누나의 만류에도 불구하고 정신없이 부대로 달려갔다. 그게 누나와 매형의 최종 작별이었다.

의정부에선 시가전을 방불케 하는 전투가 하룻밤 동안 있었다. 다음 날 아침 의정부는 신작로를 중심으로 유령 도시처럼 변해버렸다. 2사단은 궤멸했고, 인민군은 떠났다. 북으로 돌아간 게 아니라, 탱크를 앞세워 남으로 남으로 이동 중이었다. 누나는 매형과 형을 기다렸다. 매형의 부대를 비롯해 전투가 벌어졌던 곳마다 찾아 헤매고 싶었으나, 무서워서 혼자서는 찾아나설 수 없었다고 했다. 살아남은 일부 2사단 병력이 광나루 쪽에서 방어진을 구축하고 있다는 얘기를 들었다며, 원희 누나는 마지막 희망을 거기에 건다고 했다. 나 역시 마지막 희망을 거기에 걸고 싶었다.

만보

7월이 되었다. 두려움이 만연한 7월이었다. 집 밖은 살얼음판이었다. 졸지에 어떤 불행과 맞닥뜨리게 될지 모를 일이었다. 그런데도 집 밖으로 나가 살얼음판을 디뎌야 했다. 바깥 살얼음판을 딛지 않고서는 그나마 살길이 없어 보였다. 하루는 붉은 완장을 찬 자치대원들이 바깥보다는 안전할 줄 알았던 집을 찾아왔다. 자치대원들은 양식 보유량을 조사해갔다. 이튿날 다시 온 그들은 조사한 보유량에서 불과 몇 끼니거리만 남기고 모조리 내놓으라는 엄명을 내렸다. 엄한 명령의 뒷말은 번드르르했다.

"이북에는 삼 년 치 양식이 비축돼 있소. 지금 배편으로 이남 사람 모두 먹고도 남을 양식을 내려보내고 있소. 일주일 뒤부터는 배곯아 죽을 일 없을 거요. 그러니 다 내놓고 일주일만 견디시오."

그런 내용이었다. 그만한 양식 있는 놈들이 집집마다 양식 강탈하러 다니나, 제 놈들이 일주일을 견뎌보지, 그게 옳지 않은가, 오쿠바는 믿지 않았다. 뒤주 뱃국물까지 긁어간다던 엄마의 예상은 틀림없었다. 그러니 바깥 못지않게 집안도 언제 깨질지 모를 살얼음판이었다. 하지만 삶의 최후 보루인 집안을 위해서라면 바깥 살얼음판으로 나가는 게 옳았다. 두려움 때문에 바깥을 피하면 더 큰 위험이 안에 깃들기 때문이다. 오쿠바는 눈치가 보여서 인민군 환영대회에 나갔고 가두시위에 나갔다. 눈치가 보여서 선거에 참여했고 인민재판에도 달려 나갔다. 눈치가 보여서 그 정도니, 나오라고 통보하면 끽소리도 달지 않고 중뿔나게 달려 나갔다.

그런데도 두려움은 날이 갈수록 가중되었다. 이 나라 정부는 이 나라 국민이 한강을 넘지 못하도록 다리를 폭파시켰다. 그리고 잽싸게 부산으로 토꼈다. 서울에 갇힌 사람들은 살기 위해서라면 뭐든지 해야 한다. 집집마다 인공기를 내걸기 시작했다. 반동분자를 솎아내기 위한 위대한 단순성인가. 그렇다면 내 집에도 걸어야지, 오쿠바 역시 집안을 지키고자 인공기를 내걸었다. 어딜 가나 붉은 별이 휘날리게 되었다. 밤낮없이 붉은 별이 휘날리게 되었다. 집집마다 대문에 표어도 내걸기 시작했다. "조선민주주의 인민공화국 만세"라거나, "이승만을 처단하자"거나, "영명한 공화국 군대 만세"라거나, "가랑잎을 타고 두만강을 넘나드신 김일성 장군 만세"라는 표어들이었다. 전봇대나 담벼락에서 누구이 보아온 것들이므로 질릴 대로 질렸지만, 집을 보호하기 위해선 오쿠바 역시 표어를 내걸어야 했다. 오쿠바의 표어는 보기 드물게 길었다. 길면 길수록 집안을 보호할 가능성이 높아진다고 보았기 때문이다. "절세의 영웅이 되시며 민족의 태양이 되시고 공화국의 영명한 지도자가 되시는 김일성 장군 만세!" 그게 맘에 들었을까. 메리 엄마도 지지 않았다. 원래 붙였던 "박헌영 선생 만세!"를 떼버리고, 메리네는 오쿠바의 것보다 더욱 긴 표어를 내걸었다. "백두산 정기를 받고 태어나셨으며, 두만강 청수보다 푸르고 영롱하시며, 민족의 등불이 되시고 횃불이 되시고 산불이 되시고 번갯불이 되시는 존엄의 정점 김일성 장군 만세!" 메리네 표어가 사람에 따라선 재기발랄하기는 커녕 몹시 지루하거나 지나친 아부로 보였을 수도 있겠다. 그래서인지 어떤 집은 그냥 "만세!"라고만 써서 대문에 내걸기도 했다.

대문마다 그러할진대 담벼락은 더욱 말할 나위 없었다. 학교 담벼락이나 전봇대 같은 곳에만 붙어 있는가 싶던 벽보는 날이 더할수록 초가의 흙담에까지 나붙기 시작했다. 벽보는 내용도 가지가지여서 표어 말고도 온갖 단체의 결의문이거나 공화국 인민으로서의 행동지침, 전시상황에 대한 과장된 안내문, 가두 시위를 촉구하는 선동문 같은 것들로 채워졌다. 멈춰버린 공장을 가동시키고자 출근을 독려했고, 무기한 휴교 중인 학교는 등교를 촉구하기도 했다. 공화국의 빠른 안정을 위해 소유의 분배를 촉구하거나, 인민군 전사로서 불패의 전장에 뛰어들 자발적 의용군 지원을 호소하기도 했다. 특히 의용군 지원 벽보는 초기와 달리 7월로 접어들면서 더욱 노골화되었다

정확히는 학생의용대를 조직하기로 한 7월 3일 이후부터였다. 그날 서울시내 모든 학생에게는 오전 11시까지 서울운동장으로 모이라는 통지가 내려왔다. 오쿠바도 끌려가듯 그곳으로 가게 되었다. 그날 얼마나 많은 학생이 벌벌 떨면서 모여들었는지 오쿠바로선 백범 장례식 이후 처음 보는 인파였다. 일주일 뒤에 「조선인민보」를 통해 알게 됐지만, 그날 모인 학생은 줄잡아 2만여 명이었다. 의용군에 자원한 학생도 남학생이 325명, 여학생이 68명이나 되었다.

그런데도 의용군 모집은 잠잠해지기는커녕 갈수록 모집의 강도를 높였다. 급기야 거리 연행까지 자행된다는 소문이 돌았다. 자치대원들한테 붙잡혀 특정 학교 강당으로 끌려가면 우선 전시상황에 대한 설명부터 듣는 거라고 했다. 아침에 대전을 밀고 들어갔다. 오후엔 전주에 입성할 거다, 가는 곳마다 모든 인민이 들고일어나 인민군을 환영하니 이승만 괴뢰도당의 앞날은 볼 것도 없다. 이때에 불패의 인민군으로 입대하여 영웅적 족적을 남겨야 하지 않겠는가, 나와 조국 앞에 이보다 더한 기회는 없다. 그렇듯 상투적인 전황 안내가 있고 나면 준비된 거수기들이 이 구석 저 구석에서 자원입대에 나선다는 거였다. 굳이 연전연승 중인데 의용군이 왜 필요한가, 그런 의심은 개나 줄 일이고, 그 같은 분위기에서 입대 거부는 간이 배 밖으로 나오지 않는 한 불가능한 일이었다.

그러니 엄마에게 요즘 군인가족 문제는 둘째 문제일밖에 없었다. 오직 오쿠바의 의용군 입대가 제일의 걱정인 셈이었다. 엄마의 말에 따르면 군인가족은 경찰가족과 달리, 원한 살 일이 별로 없다는 거였다. 더욱이 하급 장교인 데다 남과 다를 바 없는 사위겠다, 또 저 멀리 의정부에 사는 객이 아니냐, 문제는 오쿠바가 끌려가지 않는 거라고 했다. 엄마의 말에도 일리가 아주 없는 건 아니었다. 하지만 엄마의 자기위안이거나 자기변명에 가깝다는 생각을 지울 수 없는 게 오쿠바의 솔직한 심정이었다. 끝내 부인할지라도 군인가족이 분명했고, 군인가족은 하루가 천년 같은 게 틀림없는 사실이었다. 특히 원희 누나에게 문제가 생기면 온 가족의 문제가 되는 거여서 오쿠바는 연일 전전긍긍할밖에 없었다. 고민 끝에 오쿠바는 자기 생각을 원희 누나한테 말하지 않을 수 없었다.

"암만 생각해도 집은 안 되겠어."

원희 누나는 얘가 무슨 소리 하나 싶은 표정이었다.

"할머니 혼자 사는 데가 있어. 누나가 그 집에 가는 게 우리집보다 안전하지 않을까?"

오쿠바는 영치네를 얘기했다. 누나는 그냥 집에 죽은 듯 처박혀 있겠다며 처음엔 반대했다. 때 되면 죽든 살든 의정부 집으로 돌아가겠다는 말도 덧붙였다. 그러나 엄마가 찬성했다.

"자치댄지 뭔지 양식 뺏어가는 꼴 봐라. 위급해지면 또 어떤 일이 일어날지 알게 뭐냐. 다행히 영치 엄마 박 집사도 좋은 사람이야. 너군다나 피린 간 치지 아니냐. 할머니 혼자 적적할 텐

191

데 의지까지 할 수 있어 서로 안 좋겠나. 영치 할머니 의견이 어떨지 그게 문제지."

엄마의 설득에 원희 누나도 더는 살을 붙이지 않았다.

그리하여 칠흑이 내려앉은 뒤에 오쿠바는 집을 나섰다. 엄마의 조심하라는 말이 뒤를 따랐다. 오쿠바는 걱정도 팔자시라는 말 외에 해줄 말이 없었지만, 그 말조차 입 밖에 내지 않고 곧장 영치네로 향했다. 영치네로 가는 동안 달빛 말고 빛은 없었다. 매일 밤 등화관제가 실시되기에 초저녁부터 집집마다 불끄기 바쁜 탓이었다. 사람을 만나도 얼굴 식별이 쉽잖을 판에 영치네 집에 닿기까지 나다니는 사람도 없었다.

영치 할머니는 집요할 정도로 고집스럽던 처음과는 달랐다. 오쿠바의 목소리가 들리기만 하면 엄청 기다려온 듯 쉽게 문을 열었다. 벌써 세 번째 방문이니 그럴 만도 하겠다. 오쿠바가 할머니를 부르자, 밤이 이슥한데도 영치 할머니는 또 급히 대문을 열었다.

"벌써 열흘이 넘어가는데 여태 연락이 없어. 뭔 일이 생긴 게 분명해. 이렇게 연락 없을 리 없잖아?"

할머니는 오쿠바의 팔을 붙잡고 걱정부터 늘어놓았다. 두 번째 방문 때만 해도 혹시나 싶었지만, 입내껏 연락이 없는 걸 보면 오쿠바의 생각도 할머니와 같았다. 그래도 말은 어디 그렇게 할 수 있는가.

"한강다리 끊겨서 연락할 길도 없잖아요. 어쩌면 지금쯤 복숭아 실컷 먹고 있을지도 몰라요. 기왕 이리된 거 조용해질 때까지 편히 기다리는 수밖에요. 양식은 좀 있나요?"

"양식이고 뭐고 밥이 들어가야 말이지. 근데 정말 복숭아 먹고 있는 걸까? 그럴지도 모르지?"

할머니의 눈물겨운 희망에 오쿠바는, 그럼요, 하고 대답했다. 하지만 별로 자신 없는 목소리였다. 그런데도 충분히 위로가 되는지 할머니는 애써 웃음 섞인 목소리로 오쿠바에게 마루로 오르라고 했다. 그러고는 아무것도 보이지 않는 부엌으로 들어가 감자 한 덩이를 바가지에 내왔다. 자신은 애저녁에 끝냈다며 그걸 오쿠바에게 건넸다. 몇 차례 사양 끝에 오쿠바는 감자를 받아들고 한입 베어 물었다. 할머니는 그쯤에서 오쿠바에게, 집에는 피란 안 가도 되는 거냐고 물었다. 굳이 피란을 떠나 이렇듯 맘 고생하게 만들었느냐는 아들내외에 대한 원망이 담겨 있었다. 오쿠바는 안 그래도 할머니한테 부탁할 게 있어서 온 거라고 말했다.

"다 늙은 할미한테 뭘 부탁해?"

오쿠바는 매형 얘기를 했고 원희 누나 얘기를 했다. 지금 돈암동 집으로 피란 와 있는데, 험악한 세상이니 걱정이라면서, 혹 원희 누나가 여기서 지내면 안 되겠느냐고 물었다. 원희 누나 양식은 걱정 안 해도 될 거라고 덧붙였다.

"우리 집이라고 안전하겠나? 하기사 다 늙은 할망구 혼자 산다고 소문 퍼진 마당이니 그 집보다아 안전할지도 몰리. 어디

193

올 테면 오라고 해봐."

오쿠바는 고맙다고 했다. 할머니는 불안하고 적적한 마당에 오히려 잘된 거라고 답했다. 그것으로 원희 누나 걱정은 덜어도 되었다. 아무렴 집보다야 안전하지 않겠는가. 오쿠바는 한결 가벼워진 마음으로 감자를 다시 한입 베어 물었다. 유난히 팍팍해서 물 없이는 못 먹을 감자였으나 뒷맛은 고소했다.

다음 날 원희 누나는 영치 할머니한테로 갔다. 누나가 떠나던 밤 엄마는 감춰둔 쌀을 꺼내 오쿠바의 어깨에 반 말이나마 지워 보냈다. 오쿠바는 뭘 해도 목에 걸려 있는 것 같던 원희 누나를 보냄으로써 근심 하나를 덜었다.

그러나 여전히 밖이든 집 안이든 살얼음판이었다. 애초 준비 없이 맞은 전쟁 탓에 양식은 이미 바닥을 드러낸 건지, 사람들마다 누렇게 뜬 채로 돌아다녔다. 배를 곯다 더는 견딜 수 없게 되자 의용군에 지원하는 자도 생겨났다. 어떤 집은 전출통지서를 받았다. 서울을 떠나야 하는 명령서였다. 인민군 측은 140만의 서울인구를 100만으로 줄이겠다는 계획을 세워놓고 있었다. 40만 명은 별수 없이 서울을 떠나야 하는 거였다. 지방으로 내려보내 가깝게는 인민군 전투에 배달원으로 동원시키고, 멀리는 인구분산을 통해 지방도시를 키우겠다는 계획이었다. 한순간에 평생을 일궈온 살림터를 빼앗긴다는 충격은 온 가족이 돌아가면서 날벼락을 맞는 꼴이었다. 그만큼 전출통지서를 받아든 집들의 충격은 가족 중 한 명이 의용군으로 끌려가는 것 못

잖게 컸다. 집집마다 우리도 전출통지서를 받아들지 모른다는 불안으로 벌벌 떠는 건 당연한 일이었다.

그런 중에 하루는 동장이 찾아왔다. 입때껏 동장인지, 아니면 이참에 인민위원장이라도 된 건지는 모르겠으나 그는 자치대원들을 앞세워 오쿠바의 집 대문을 두드렸다. 올 것이 온 걸까, 마루에 앉은 오쿠바는 당장 할 바를 몰라 그냥 멍청히 엄마를 쳐다보았다. 엄마는 눈이 휘둥그레진 채 오쿠바를 끌고 내려와 무작정 마루 밑으로 쳐넣었다. 마루 밑 깊은 곳으로 오쿠바가 사라진 뒤에도 엄마는 한동안 대문을 못 열었다. 아들의 의용군 입대와 전출 문제까지 겹쳤으니 할 수만 있다면 영원히 대문을 열 생각이 없었다. 자치대원들의 대문 두드리는 소리에 힘이 더해지고 성난 목소리까지 겹쳐들면서야 엄마는 마지못해 문을 열었다.

그들은 엄마를 밀어젖히고 마당으로 들어섰다.

"뭡니까? 왜 문을 못 엽니까? 숨길 거라도 있습니까? 아드님은 어디 있습니까?"

동장을 포함해 세 명이었다. 문을 여는 데 지체한 때문인지 그들의 목소리엔 화가 섞여 있었다.

"숨기긴 뭘 숨기겠어요? 무릎 신경통으로 걷는 게 좀 불편해서 그렇지요."

"아드님은 어디 있습니까?"

"일이 있어 종로 나갔지요."

엄마는 자신도 놀랄 만큼 아주 능청스레 둘러댔다. 전출통지서가 아니니 엄마로선 그나마 다행이었다.

동장은 누구를 통해서 도대체 뭘 어떻게 알고 온 건지는 모르겠으나, 다 알고 온 거라고 말했다. 별일 아니니 그냥 나오는 게 좋을 거라고 덧붙였다. 엄마는 아들이 종로에 나간 지 꽤 됐다고, 정말 없다고 다시 한 번 강조해야만 했다. 그런데도 미덥지 못한지 자치대원들은 각자 흩어져 부엌을 살폈고, 광을 살폈고, 두 방을 살폈다. 심지어 마루 밑까지 살폈다. 물론 꼭 찾아내고야 말겠다는 절실함은 없는 것처럼 보였다. 다락을 뒤져보지 않았고, 마루 밑으로 기어들어가 보지도 않았다는 얘기였다. 속이 오그라든 건 마루 밑의 오쿠바였다. 빛이 들지 않는 가장 안쪽에 납작 엎드린 채 숨소리까지 죽이고 있었다. 그런데도 자치대원이 마루 밑을 살필 때는 온몸을 떨었다.

"아드님 들어오면 내일 아침 광화문 앞에 있는 수송국민학교로 보내시오. 조국해방의 문제가 달렸으니 꼭 보내야 합니다. 당장은 심사만 받아보는 거니까 별일은 없을 겁니다. 안 보내면 오히려 일이 커집니다. 전출통지서 같은 엄청난 불이익을 감수해야 합니다."

동징은 서늘한 공갈을 남기고 자치대원들과 대문을 나섰다. 배웅 인사를 하느라 엄마 역시 그들을 따라 대문 밖까지 나섰다. 덕분에 골목 입구에 서 있던 또 다른 자치대원을 언뜻 보았다. 잘못 본 건가, 아니면 비슷하게 생긴 또 다른 사람인가, 엄마는 좀 헷갈렸다. 느낌은 분명했다. 그를 본 순간 유독 심장이 뛰었다. 자치대원들이 집 안을 살필 때도 이러지는 않았다. 심지어 그들이 마루 밑을 살필 때도 이러지는 않았다. 골목을 달려 나가 기어이 그의 얼굴을 확인하고 싶었으나, 그러면 안 되겠기에 엄마는 그냥 집 안으로 발길을 돌렸다. 확인하고 싶지 않았다. 잘못 봤기를 바랐다. 그게 아들을 위해서 좋은 거였다.

대신 마루 밑에서 기어 나온 오쿠바에게 만보가 돌아왔느냐고 물었다. 오쿠바는 전쟁 나고 통 못 봤으니, 아마 돌아오지 않았을 거라고 말했다. 모름지기 돌아왔다면 벌써 자신을 찾았을 만보였다. 오쿠바는, 근데 왜요, 하고 물었다. 엄마는 갑자기 그 애가 보고 싶은 거라고 말했다. 오쿠바는 더는 묻지 않고 몸에 붙은 거미줄을 떼어냈다. 단 한 번도 사람이 기어들어 간 적 없는 마루 밑에서 기어 나왔으니 그의 몸은 먼지구덩이였다. 당장 내일 어찌해야 좋을지, 엄마는 수건으로 오쿠바의 머리와 등을 털어주면서 근심했다. 오쿠바는 엄마의 수건에 머리와 등을 맡긴 채, 당장 내일 어찌해야 좋을지, 근심했다. 모자의 깜냥으론 안 가고 버텨보는 길 말고는 달리 방법이 없었다. 하지만 자치대원을 앞세운 동장이 다시 찾아오면 어쩌겠는가. 다음 날도 그다음 날도 계속 찾아오면 어쩌겠는가. 아니면 정말 전출통지서를 받아들어야 하는 건 아닐까. 모자의 깜냥으론 도대체 난국을 헤쳐 나갈 길이 없었다. 오쿠바는 기껏 궁리 끝에 한 가지 방법을 찾아냈지만, 그 자신도 결코 미덥지 못한 희망사항일 뿐이었다. 의용군 심사에서 떨어질 방도를 찾아보겠다는 거였다. 말인지 막걸린지. 엄마의 입에선 절로 '주여' 소리가 튀어나왔다.

그러니 별수 있겠는가. 다음 날 이른 아침, 두 명의 자치대원이 오쿠바의 집을 다시 찾았을 때 엄마는, 우리 아들이 도망이라도 갈까 봐 여까지 다시 온 거냐고 반문할 여력도 없었다. 오직 아들을 사지로 떠나보내는 것만 같아서 눈물로 배웅할 수밖에 없었다. 오쿠바는 설마 이대로야 입대하겠느냐며, 엄마 다시보는 짬은 있을 테니 너무 걱정 말라면서 엉엉 울었다. 인민군이 승승장구한다는데 '설마' 죽기야 하겠느냐면서 또 엉엉 울었다. 이제 그만 따라오라면서 다시 또 엉엉 울었다. 오쿠바는 '설마'라는 부사가 사람 잡는다는 걸 아직 모를 때였고, 그러니 이대로 끌려가면 그냥 끝이라는 것도 알 턱이 없었다.

오쿠바는 자신처럼 끌려온 것으로 보이는 다른 여섯 명과 함께 광화문 앞 수송국민학교로 갔다. 학교 뒤에 경찰기마대가 붙어 있어선지 교문 앞에 이르자 말 똥내부터 훅 끼쳐왔다. 아들을 찾기 위해 학교까지 찾아온 듯한 몇몇 엄마들이 오쿠바 일행을 둘러싸며, 어디서 잡혀온 거냐고 일제히 물었다. 오쿠바는 돈암동이라고 말했고, 일행 중 몇은 성북동이라고 말했다. 사직동에서 왔다는 한 엄마는 오쿠바의 바지춤을 잡고, 효생이만나거든 엄마가 수송국민학교 앞에서 기다린다는 걸 꼭 전해달라고 했다. 오쿠바는 효생이의 인상착의라도 묻고 싶었지만 설령 만날지라도 그 말을 전해줄 수 있을 것 같지 않아 그냥 고개만 끄덕였다. 순화동에서 왔다는 어떤 엄마는, 아들 이름이 유남식인데 눈썹 밑에 물 점이 있다면서 할머니가 오늘내일 하신다는 걸 꼭 전해달라고 했다. 얼이 빠진 듯한 어떤 엄마는 오쿠바 일행이 마치 인민군 총사령관이라도 되는 듯, 아들을 살려달라는 말을 벌써 여러 번 되풀이하고 있었다. 그런 엄마들을 총을 멘 자치대원들이 떼어놓으며 성마른 목소리로 빨리들 돌아가라고 소리쳤다. 오쿠바 일행은 쫓기듯 교문 안으로 들어섰고, 곧이어 교문 닫히는 소리가 들려왔다.

단절이었다. 아득한 시절, 모든 인연이 맺어졌다가 모두 사라진 것만 같았다. 엄마를 떠올리고자 했으나 엄마의 형체는 남아 있지 않았다. 등목을 시켜주던 엄마의 손길이 남아 있고, 마빡을 쓰다듬어주던 엄마의 손길이 남아 있을 뿐이었다.

운동장을 가로질러 적나라한 뙤약볕 속을 걸었다. 운동장 왼편으로 보이는 단층의 건물은 인민군과 자치대원들이 쓰는 임시사무소인지 그네들이 들락거렸다. 수위실은 오른편에 있었고 그 뒤로는 공동화장실로 보이는 게 있었다. 오쿠바가 가야 할 곳은 운동장 끝에 있는 기역 자로 된 교사인 모양이었다. 먼저 잡혀온 청년들이 또 다른 자치대원들의 인솔에 따라 이미 그 교사 안으로 들어가고 있었다. 넓은 운동장 놔두고 굳이 기역 자 교사 안으로 몰아넣는 이유는 아직 교문에 매달려 있는 세상의 미련을 끊어내기 위한 수작이거나, 호주기로 불리는 쌕쌕이를 피할 요량으로 보였다. 오쿠바는 마지막으로 세상을 보기 위해 교문 쪽을 일별했다. 무엇 하나 보이지 않았다.

잡혀온 이들은 150명쯤, 아니면 그 이상으로 보였다. 교실로 들여보내려면 세 군데로 나눠야 하기 때문인지 그냥 마루복도에 주르르 앉혀놓았다. 오쿠바 일행도 그 대열 속에 있는 자들이 되었다. 우선은 각 동장들이 앞으로 나와 어느 동에서 몇 명이 왔는지 인원파악부터 하고 나서, 다음 순서가 있으려니 예상했다. 그런 건 없었다. 잡혀올 때 이미 파악이 된 건지, 아니면 굳이 그럴 필요가 없는 건지 오쿠바로선 가늠할 길 없었다. 자치대원이 찾아오기 전 더욱 깊숙이 숨었으면 어땠을까, 뒤늦은 후회가 어렴풋이 밀려들었으나, 앞쪽으로 인민군 장교가 나서자 그나마 쉬 지워졌다.

일의 진행은 밖에서 누누이 듣던 대로였다. 인민군 장교는 전시상황에 대한 설명부터 장황하게 늘어놓았다. 공화국 주력부대는 어느새 추풍령 김천을 거쳐 구미로 향하는 중이다, 전라도로 향한 공화국 군대도 이미 나주, 목포를 지나 부산으로 진격하고 있는 중이다. 그러니 한 달 내로 조국통일이 이뤄질 거라고 확신한다, 그런 얘기였다. 그리고 입때껏 단 한 차례의 패퇴도 없이 연일 승승장구하고 있다는 자랑찬 승전보의 나열이었다. 오쿠바의 관심은 혹시라도 의용군 지원심사라는 게 있지는 않을까였으나, 그런 건 물에 풀어지는 물감 같은 꿈인 모양이었다. 분위기로 봐서 그냥 이대로 죽 밀고 나가다가 밤을 도와 전선으로 잽싸게 밀어내는 식이 아니라면 그게 오히려 이상할 거였다.

오쿠바는 살 길을 찾아야 했으나 그런 건 보이지 않았다. 인원파악도 없이 줄지어 앉아 있는 꼴로 보아 무척 느슨한 것 같아도 기회를 엿볼 틈이 있는 것도 아니었다. 만약 밤에 전선으로 이동한다면 어떨까. 탈출의 꿈, 그런 건 밤이 돼봐야 알 일이었다. 긴장한 탓인지 땀은 줄줄 흘러내렸다. 인민군 장교의 지리한 전황 안내도 끝났다. 다음은 뭔가. 그런 생각 속으로 누군가의 오줌보가 터질 것 같다는 말이 들려왔다. 뒤이어 변소 갈 사람은 나오라는 말이 복도를 울렸다. 요의를 느낀 건 아니지만 오쿠바는 그냥 이대로 복도에 앉아 있는 것보다는 낫겠다는 생각을 했다. 오쿠바가 자리에서 일어서는데 앞쪽 교실 안에서도 대여섯 명의 장정이 나왔다. 미처 몰랐지만 먼저 끌려온 자들인 모양이었다. 변소행 줄에 합류하려는지 그들 역시 복도 입구 쪽으로 걸어왔다. 그들 속에서 오쿠바는 뜻밖에도 길동을 보았다. 며칠 동안 못 씻은 듯한 몰골의 길동도 오쿠바를 보고 놀라워했다. 둘은 손을 잡고 서로 어찌 된 영문인지 물었다. 덕분에 그들은 변소행 줄의 끄트머리로 처지게 되었다.

수십 명이나 되는 인원을 한꺼번에 인솔할 수 없어선지 자치대원들은 줄 서 있는 자들을 몇 개 조로 나누었다. 선발대와 두번째 조가 밖으로 나가면 다음 조는 그들이 돌아오기까지 복도 입구에서 대기하는 식이었다. 오쿠바와 길동은 마지막 조가 되었다. 길동은 어제 잡혀와 교실에서 하룻밤을 보낸 거라고 했다. 아마 오늘 밤쯤 전선으로 가게 되지 않을까, 엄마한테는 연락도 못 했는데 어쩌면 좋으냐고 사방을 살피면서 신산스러운 목소리로 말했다. 오쿠바의 뇌리 속으로 교문 앞에서 만난 엄마들의 얼굴이 언뜻 스쳐갔다. 지금쯤 길동의 엄마도 교문 앞에 와 있지 말란 법 있겠는가. 그에 비하면 비록 이 자리에 있기는 해도 엄마와 작별 인사라도 했으니 오쿠바는 행운아인 셈이었다.

변소 다녀오는 차례는 꽤나 더뎠다. 오쿠바와 길동 조의 차례가 되기까지 거의 30분 이상은 걸린 것으로 보였다. 원체 변소 이용자가 많은 데다 운동장을 가로질러 다녀오기 때문인 모양이었다. 그래선지 오쿠바와 길동이 속한 마지막 조가 밖으로 나섰을 때는 자치대원이 공중변소 대신 교사 뒤쪽으로 안내했다. 담장 아래서 대충 볼일을 보라는 거였다. 조원들은 하나둘씩 담장 아래로 흩어졌다. 오쿠바와 길동도 끄트머리 쪽 담장 앞으로 가서 바지를 내렸다. 담장은 키가 낮아 오쿠바의 어깨높이밖에는 안 돼 보였다. 오쿠바의 머릿속으로 무조건 담을 넘어야 한다는 생각이 불현듯 밀려들었다. 지금 넘지 않는다면 탈출 기회는 영영 없을 것 같았다. 그때부터 오쿠바는 담을 넘어야 한다, 담을 넘어야 한다는 생각으로 가득 찼다. 흥분과 불안과 조급함 때문인지 오줌은 나오지 않았다. 자치대원은 총을 갖고 있지 않다, 담을 넘어야 한다, 담을 넘어야 한다. 자기암시를 할수록 오쿠바의 몸은 얼어붙는 것만 같았다. 곁에서 오줌을 누는 길동을 힐끗 보면서 다시 또 담을 넘어야 한다. 담을 넘어야 한다는 생각을 반복했다. 오쿠바는 바지춤을 올리면서 또다시 담을 넘어야 한다고 되뇌었고, 아주 짧게 길동에게도 담을 넘으라고 말한 뒤 먼저 담을 넘었다. 놀란 자치대원의 목소리가 뒤를 이었으나, 오쿠바는 그냥 흰 거리로 전력을 다해 내달렸다. 길동도 담을 넘었는지 확인할 겨를이 없었다. 오직 앞으로만 내달렸다. 경찰기마대를 지났으나 오쿠바의 눈에는 그냥 흰 것들뿐이었다. 숙명여중을 지났으나 오쿠바의 눈에는 그냥 흰 것들뿐이었다. 숨을 몰아쉬었을 때는 언제 여까지 달려왔나 싶게 산기슭이었다. 그제야 아주 천천히 흰 것들이 걷혔고, 곁에서 숨을 몰아쉬는 길동도 눈에 들어왔다. 여기가 어디쯤인지 그건 알 수 없었다. 길동의 말로는 궁이 내려다보이고, 궁 건너편으로 붉은 기와를 얹은 집들이 빼곡히 들어차 있는 것으로 보아 북악산 언저리쯤일 거라고 했다.

"여기서 오른쪽으로 가면 성균관대학이 나올 거야. 거기서 고개를 넘고 골짜기를 지나면 돈암동이겠지."

"사람을 피해야 되니 그쪽으론 못 가지."

"산으로 가자!"

길안내는 길동이 맡았다. 그들은 나무 한 그루 없는 바위산을 중뿔나게 기어오르기 시작했다. 비 오듯 땀이 흘렀으나 쉴 틈 없이 기어올랐다. 그건 삼복염천에 할 짓이 아니었다. 하지만 살기 위해선 원래 할 짓이 아닌 걸 해야 하는 법이었다. 북쪽사면으로 내려가는 능선을 넘고서야 둘은 겨우 숨을 돌렸다. 산그늘 덕에 더위도 좀 가셨다. 배가 고파왔고 허리가 휘었다. 그 와중에 오쿠바는 길동에게 어쩌다 잡혀온 거냐고 물었다. 길동은 그게 다 만보놈 때문이라고 잘라 말했다.

어제라고 했다. 동장인지 인민위원장인지 하는 자와 자치대원들이 오쿠바의 집을 찾은 날, 그들은 길동의 집도 찾았다. 오쿠바가 그날 마루 밑에 숨어 있었다면 길동은 학교에서 돌아오는 길이었다. 길동은 "교양강좌가 있으니 전교생은 등교하라"는 벽보를 보고 몹시 망설였다. 만약 결석을 하게 되면 퇴학 처분하겠다는 엄포에 눌려 마지못해 학교로 갔으나, 말이 교양강좌지 의용군지원을 선동하는 집회였다. 짐작한 바였지만 상투적이고 노골적이어서 길동은 치를 떨었다.

집회가 끝나고 가두시위로 내몰릴 때 길동은 공중변소로 숨어들었다. 바지를 내린 채 아예 쪼그리고 앉아, 이따위라면 다시는 등교하지 않겠다고 다짐에 다짐을 거듭했다. 이윽고 텅 빈 학교를 빠져나와 집으로 향했다. 미로처럼 이어져 있는 골목을 지나 두 번째 골목으로 들어섰을 때였다. 저만치 자신의 집 근처에 붉은 완장을 찬 자치대원이 보였다. 길동은 급히 옆 골목으로 몸을 숨긴 채 동정을 살폈다. 자치대원은 놀랍게도 만보였다. 잘못 본 줄 알고 보고 또 봤으나 아무리 봐도 만보였다. 저놈이 웬일로? 근데 언제 자치대원이 된 거야?

길동은 약간 망설였으나 설마 만보가 뭘 어떻게 하겠는가 싶어 그에게로 다가갔다. 오히려 당황한 쪽은 만보였다.

"어어, 길동아, 너 어디서 오는 거야?"

"네가 팔뚝에 자치대 완장을 다 차고, 너야말로 웬일이야? 언제 왔어?"

"방금 왔어."

"아니, 여기 우리 집 말고 공장에서 언제 왔냐구?"

만보는 전쟁 나고 사흘 뒤에 왔으니 꽤 됐다고 했다. 왜 이제야 나타난 거냐고 묻자 그동안 정신없이 바빴다고 했다. 자치대 활동 때문이냐고 묻자, 만보는 고개를 끄덕이면서 그렇다고 했다. 길동은 그런데 여긴 웬일이야, 하고 물었다. 만보는 안색이 변하면서 무르춤하더니 더듬더듬 되물었다.

"길동아 너 의용군 나갈 생각 없냐?"

"의용군? 설마 너 나한테 의용군 나가라고 온 건 아니지?"

"시대가 바뀌었어."

"그럼 맞네. 너 그런 거라면 꼴도 보기 싫으니까 당장 꺼져."

"지금은 아마 그, 그럴 거야. 뭘 어떻게 설명해도 내 말이 아, 안 들릴 거야."

"꺼져, 인마. 당장 꺼지라고!"

길동은 무섭게 화를 냈고, 만보는 안절부절 못했다. 뒤에서 다가온 누군가가, 나길동 맞지, 하면서 양쪽에 팔을 낀 건 그때였다. 길동은 꼼짝없이 그들에게 끌려갔다. 자치대 사무실로 쓰이고 있는 신암교회로 곤장 끌려갔다. 거긴 길동이 다니는 교회였고, 오쿠바도 만보도 다니는 교회였다. 만보는 난감한 처지 때문인지, 아니면 또 다른 어떤 일 때문인지 신암교회 기도실에 길동이 처박힐 때까지 다시는 나타나지 않았다. 길동은 밤이 이슥해져서야 거기서 나왔다. 다른 몇 명과 함께 트럭에 태워졌다. 헤드라이트도 켜지 않은 트럭은 곧장 수송국민학교로 향했다. 그리고 그곳에서 길동은 밤을 난 거였다.

"만보 그 개자식을 결코 그냥 두지 않을 거야. 개쌍놈의 새끼, 잡히기만 해봐. 아예 요절을 내버릴 거야."

길동은 이를 갈았다. 오쿠바는 말문이 막혔다. 엄마가 만보 얘기를 꺼냈을 때만 해도 결코 그럴 리 없다고 고개를 흔든 게 오쿠바였다. 그러니 호되게 뒤통수를 얻어맞은 꼴이었다.

북쪽사면을 걷는 동안 길동은 내내 만보를 씹었다. 나뭇가지에 얼굴을 살짝만 긁혀도, 이게 다 그 개자식 때문이라며 만보를 씹었다. 배고파 못 걷겠으니 좀 쉬었다 가자면서 다시 또 만보를 씹었다. 탈출하느라 못 눈 오줌을 누면서 다시 또 만보를 씹었다. 쌕쌕이의 기총소사가 들려오면 만보새끼나 맞아 뒈졌음 좋겠다며 다시 또 만보를 씹었다. 마치 지금 당장 살아야 하는 이유가 온전히 만보 때문인 것만 같았다. 경사면을 내려가는 동안 길동은 마치 복수의 집념으로 걸음을 옮기는 것처럼 보였다. 오쿠바는 좀 달랐다. 만보 그놈이 왜 하필 자치대원이 된 건가? 그 같은 의문 앞에서 그의 생각은 꽉 막혀 있었다. 만보와 자치대원 간의 상관관계를 제아무리 떠올려봤지만 그것뿐이었다. 상상력의 출구는 없었다.

경사면이 완만해지자 드문드문 민가가 보이기 시작했다. 아래로 내려갈수록 민가는 제법 들어차 있었다. 뜻밖에도 종이집이 많았다. 이곳으로 소풍 온 적 있다는 길동은 그 와중에도 종이집 내력에 대해 말했다.

"딱 한 번 붓을 댄 종이를 순지라고 한대. 순지를 맑은 물에 담가 먹물을 뺀 뒤 다시 쓰는데, 그 종이를 환지라 하고. 좀만 더 가면 세검정이야. 세검정 물이 워낙 맑으니까 조선시대엔 환지 대부분을 여기서 만들었대. 재작년 소풍 때, 여태 이곳에 종이집이 남아 있는 이유라고 역사 선생이 얘기해줬어."

길동은 세검정에 가면 또 지천에 널린 게 오얏나무라고 덧붙였다. 마침 7월이니 잘만 하면 배 터지게 자두를 먹을 수 있을 거라고 했다. 오쿠바가 이 산골에 웬 자두냐고 물었더니, 길동은 또 역사 선생 얘기를 꺼냈다.

"고려 무신 때부터 여기 세검정에 자두 엄청 심었대. 일정한 크기로 자라면 싹 베어버리고, 다시 싹 베어버리고 그걸 반복한 거야. 이李가가 흥하지 못하도록 부적 삼아 오얏을 키운 거래."

머릿속에 자두를 그리면서 오쿠바는 걸음을 재촉했다. 골짜기 물이 합수하는 데서 정릉리 쪽으로 방향을 틀자, 정말 놀랍게도 새빨갛게 익은 과실이 눈에 들어왔다. 다가가니 이즈음 절정의 맛을 자랑하는 자두가 맞았다. 지천으로 자두였다. 그들은 허겁지겁 자두를 따들고 베어 물었다. 감격했다. 신 듯한 딘 맛이 입안에 퍼지자 단숨에 피가 도는 게 느껴졌다. 오쿠바와 길동은 물가 바위 곁에 퍼질러 앉아 배가 터지도록 자두를 베어 먹었다. 가끔씩 쌕쌕이 나는 소리만 아니라면 전쟁과 상관없이 고즈넉한 곳, 새빨간 자두 골짜기, 오쿠바는 그 오얏 골짜기를 평생 잊을 수 없는 자가 되었다.

그날 둘은 빨래를 널어놓은 민가로 몰래 숨어들어가 고쟁이 한 장도 훔쳤다. 훔친 고쟁이의 발목께를 묶고 메고 갈 수 있을 만큼 자두를 따 담았다. 그들은 고쟁이 자루를 교대로 메면서 되도록 숲길을 타고 정릉리로 넘어갔다. 가다가 배탈이 난 길동 때문에 잠시 숲 속에서 멈췄는데, 나뭇잎으로 밑을 닦고 나온 길동은 또다시 이게 다 그놈 때문이라며 만보를 씹었다.

아리랑고개를 넘어 곧장 집에 이르고 싶었으나 도망자에게 대낮의 고갯길은 치명적이었다. 죽은 듯 고요한 밤을 기다려 아리랑고개를 넘었다. 그런 뒤에도 골짜기에서 더욱 깊은 밤을 기다렸다. 자정이 넘었을지도 모를 한밤이 되어서야 오쿠바와 길동은 엄마에게로 갔다. 다음 날 새벽 길동이 오쿠바의 집으로 와 창문을 세 번 두드리면 만나기로 약속한 뒤였다. 고쟁이 속 자두 역시 나눈 뒤였다.

마치 기다리기라도 한 듯 엄마는 단박에 뛰어나왔다. 오쿠바를 끌어안았고, 볼을 비비면서 숨죽여 울었다. 모자는 오랫동안 함께 울었다. 아들의 떠남을 배웅한 엄마가 이 정도니 돌아오지 않는 아들의 출현에는 얼마나 놀랐을까. 오쿠바는 엄마의 눈물을 보면서 언뜻 길동과 그의 엄마를 떠올렸다.

　오쿠바는 엄마에게 자두를 내놓았다. 수송국민학교에서 길동을 만난 얘기를 했고, 함께 탈출해 세검정에서 자두를 배 터지게 먹은 얘기도 했다. 그리고 만보 얘기도 했다.

　"엄마가 봤다는 자치대원이 만보 맞아요."

　오쿠바는 엄마에게 길동이 만났다는 만보 얘기를 자세히 들려줬다. 엄마는 도무지 믿기지 않는지, 아니면 사실이 분명하되 결코 인정하고 싶지 않은 사실이라고 여겼는지, 그 애가, 세상에 그 애가, 라는 말만 몇 차례 반복했다. 두 눈으로 확인까지 했으면서도 도무지 받아들이고 싶지 않은 모양이었다. 오쿠바 역시 실은 그랬다. 그래서 만보를 꼭 만나고 싶었다.

　"만나봐야겠어요. 왜 그랬는지, 그걸 꼭 물어야겠어요. 복수는 그 담에 해도 늦지 않아요."

　"아서라. 지금 만보 만날 꿈은 아예 하지도 마라. 도망쳤다는 것까지 밝혀지면 너만이 아니라 우리 집 전체가 쑥대밭 된다."

　"당장 만나겠다는 건 아녜요. 배고프니 밥이나 좀 주세요."

　그제야 엄마는, 시장할 텐데 내가 지금 뭐하고 있나, 하면서 금방 상을 내오겠다고 말했다.

　그 밤 오쿠바는 안방에서 상을 받았다. 호박을 듬성듬성 썰어 넣고 쌀 한 줌에 보리를 잔뜩 넣은 뻑뻑한 죽이었다. 굶어 죽는다는 소문이 돌 만큼 양식이 고갈된 전쟁 통에 이만만 해도 감지덕지였다. 더군다나 골짜기에서 자두를 먹은 것 말고는 입때깟 굶은 배였기에 오쿠바는 죽 상을 받고도 죽을상을 할 이유가 없었다. 봉창과 방문은 등잔불이 새나가지 않도록 담요로 가려놓은 상태였다. 바람길이 막혔으니 방 안은 엄청 쩌 올랐다. 오쿠바는 연신 땀을 훔치면서 허겁지겁 보리죽을 입안에 떠넣었다. 엄마는 그런 오쿠바에게 부채질을 해주었다. 상을 물린 뒤에야 등잔불을 끄고 담요를 걷었다. 방문을 열자 성하의 계절답잖게 밤바람이 그러구러 선선했다.

오쿠바가 잠깐 눈을 붙인 사이 엄마는 주먹밥을 만들었다. 아들이 멜 륙색에는 간편한 옷가지도 넣었다. 아직 이른 새벽이었지만 아들을 떠나보내야 할 시간이었다. 엄마는 오쿠바를 깨웠다. 낮 동안 오쿠바를 집에 둔다면 그건 제발 잡아가라는 것과 진배없었다. 오쿠바는 간신히 눈을 떴다.

"사람들 돌아다니기 전에 가야 하는데, 길동이 앤 왜 안 오는 거냐? 약속한 건 틀림없지?"

오쿠바는 그렇다고 대답한 뒤 자리에서 일어났다. 마당으로 내려가 세수를 하고 나자 겨우 정신이 들었다. 엄마는 오쿠바에게 륙색을 건네주면서 연신 바깥으로 눈길을 주었다. 간혹 '주여' 소리를 내는 것으로 보아 길동이 때문에 많이 초조한 모양이었다.

길동은 그러고도 삼사십 분은 더 있다가 나타났다. 약속대로 창문을 세 번 두드렸다. 오쿠바가 륙색을 메고 대문을 나서려하자 엄마는 다시 주의를 줬다.

"혜화동 산마루 경신학교엔 인민군들 쫙 깔렸다. 아예 그쪽으론 낮이고 밤이고 얼씬도 하지 마라. 멀리 가지 말고 성북 골짜기로 들어가서 꼼짝 말고 있다가 밤 되면 꼭 와야 한다."

오쿠바도 아는 사실이었기에 별 대답을 않고 대문을 밀었다. 아주 은밀히 밀었지만 끼익 소리가 원체 커서 오쿠바도 엄마도 기절할 지경이었다. 길동이 엄마한테 인사를 했고, 엄마는 길동의 등을 두어 번 두드려주었다. 엄마가 한 번 더, 밤에는 꼭 돌아오라는 말을 남겼고, 고개를 끄덕인 오쿠바는 골짜기를 향해 곧장 걸음을 재촉했다. 엄마는 어둠 속에서 아들과 길동의 형체가 보이지 않을 때까지 그대로 서 있었다. 한여름인 게 다행이었다. 전쟁이 계속되면 가을부터는, 그리고 겨울은 어떻게 견뎌야 할지, 그건 상상도 하고 싶지 않은 지옥구덩이었다.

밤에는 집에 들어가 눈을 붙였다가 첫새벽이 되면 골짜기로 다시 숨어들었다. 둘은 한동안 날마다 그런 생활을 반복했다. 그러다가 며칠 뒤부터는 사나흘에 한 번 꼴로 골짜기를 내려가는 식으로 바꿨다. 어쨌거나 바위틈에 몸을 숨긴 채 하루하루를 보낸다는 건 개만도 못한 삶이었다. 그런데도 이게 사는 건가 싶은 모욕감은 들지 않았다. 오직 살 떨림이 있는 불안뿐이었다. 혜화동 산마루에 있는 경신학교에서 인민군이 몰려나오진 않을까, 자치대원들과 합세해 이 잡듯 골짜기를 뒤져대지는 않을까, 그럴 땐 어디로 어떻게 토껴야 하는가, 엄마는 괜찮을

211

까, 아들이 의용군을 마다하고 도망쳤다는 이유로 어느 날 불현듯 끌려가는 건 아닐까. 전쟁은 예측할 수 없으니 더없이 강퍅하고 지루한 공포였다. 그나마 길동이 곁에 있다는 게 무척 의지가지가 되었다. 그건 길동도 마찬가지였다.

둘은 낮 동안 바위틈에 처박혀 거의 움직이지 않았다. 인민군이나 자치대원도 무서웠지만, 오인사격이라도 할까 봐 미군의 쌕쌕이도 두려웠다. 목소리가 퍼져 나갈까 싶어 별로 얘기도 나누지 않았다. 마치 길동이 없는 듯, 마치 오쿠바가 없는 듯, 오만 잡동사니 생각을 다 하면서 각기 따로 기나긴 낮을 보냈다. 불안 중에 몸에서 나는 신 내와 노는 날도 있었다. 비록 자신의 몸에서 나는 냄새였으나 기꺼운 사람 냄새였고 삶의 욕망을 불러일으키는 냄새였다. 땀이 들어찬 운동화 속은 더 말할 나위도 없었다. 바람을 쐬려고 신발을 벗으면 고린내가 온 골짜기를 뒤흔들어놓았다. 길동은 오쿠바에게 어서 신발을 신으라고 재촉했으나, 오쿠바는 심지어 발가락 사이로 손가락을 넣어 몇 차례 후비다가 코에 갖다 대보기까지 했다. 물론 골이 다 띵했다. 길동은 코를 막았다. 오쿠바는 길동의 그런 꼴을 보면서 웃었다. 그리고 내가 시방 뭐하는 거지, 하면서 가볍게 헛웃음을 터뜨리고는 했다. 예전 같으면 상상도 할 수 없는 일이지만, 그런 손으로 버젓이 주먹밥도 먹었다.

산중에서 그렇게 낮을 보내는 동안 동네는 날이 갈수록 급박하게 돌아가고 있었다. 엄마는 종종, 그것도 한밤중에 부역을 나갔다가 새벽녘에 녹초가 돼서 돌아오고는 했다. 한 집에 한 명씩 밤 8시까지 인민위원회 앞으로 모이라고 하면 엄마는 그걸 거부할 수 없다고 했다. 어딘지도 모를 곳으로 끌려가면 새벽녘까지 주로 탄환 나르는 일을 한다고 했다. 낮엔 공습 때문에 엄두도 못 낼 일을 밤을 도와 해치우려는 수작이었다. 엄마는 앞으로도 그런 일이 잦을 거라고 하면서, 조만간 마루 밑을 파고 숨는 길을 찾아보자고 했다.

그건 옳은 생각이었다. 언제까지 이러고 살 수는 없는 일이니까. 오쿠바가 밤을 도와 집을 왕복하는 위험을 감수하느니 집 안에 숨을 곳을 찾는 게 어떠냐고 묻자 길동도 쉽게 동의했다. 오히려 한술 더 떠 진즉 그렇게 했어야 하는 거라고 말했다. 그 때부터 둘은 헤어질 날을 기다렸는데, 그리 오래 걸리진 않았다.

먼저 은신처를 마련한 건 길동이었다. 집에 마루가 없는 길동은 장작을 넣어두는 광에 숨을 거라고 했다. 장작을 앞으로 당기고 그 뒤에 자리를 잡으면 제법 안전하다는 거였다.

둘이 함께 보내온 밤 대신, 홀로 남는다는 건 형용할 길 없는 공포였다. 길동이 골짜기를 먼저 내려간 밤, 오쿠바는 무섭게 몸을 떨었다. 비록 자신 역시 하루 이틀 상관으로 골짜기를 내려갈 테지만 그건 그때 일이었다. 오쿠바는 길동을 따라 골짜기를 내려가고 싶은 걸 겨우 참은 터였다. 집은 어제 이미 다녀왔고, 양식은 내일까지 준비돼 있었다.

"만보새끼한테 복수하려면 꼭 살아 있어야 돼."

길동은 그 말을 끝으로 밤의 골짜기를 내려갔다.

오쿠바의 은신처는 그 이틀 뒤에 마련됐다. 엄마는 쥐도 새도 모르게 파느라 일이 더뎠지만 어쨌든 충분히 숨을 만한 공간이 될 거라고 말했다. 오일장에 가서도 무청 한 번 주운 적 없던 엄마가 전쟁 통에 짠하게 변한 거였다. 어디 가서 양식 한 번 꿔본 적 없는 엄마가 이제 구걸인들 마다하겠는가. 만보를 그렇게 만든 것처럼 전쟁은 엄마 역시 그렇게 바꿔놓았다.

그때부터 오쿠바는 마루 밑 구덩이에서 낮을 보냈다. 밤이 돼야 구덩이에서 기어 나와 기지개를 켰고 밤하늘의 별을 올려다보았다. 폭격기의 울음소리는 여전했다. 밤이 울거나 또는 별이 우는 것처럼 들렸다. 어떤 밤에는 엄마와 마주앉아 형과 매형을 걱정하면서 살아 있을지도 모른다는 막연한 기대를 지우지 않았다. 엄마 앞에서 차마 아버지를 말할 수는 없었다. 대신 큰누나 걱정 끝에 춘천은 안녕한지 그렇게 우회적으로 걱정했다.

몸을 숨겼으되 삶은 더욱 막다른 곳으로 치달았다. 날이 갈수록 엄마는 집을 나가는 일이 잦았다. 이른 밤에 집을 나가면 거의 새벽녘에 녹초가 되어 돌아왔다. 모래자루를 나르거나, 탄환을 나르거나, 심지어 흙을 퍼 나르는 일도 했다. 서울 하늘 아래 장정이 씨 말랐다는 얘기였다. 오쿠바나 길동처럼 장정들은 골짜기로 마루 밑으로 장작 더미 안침으로 숨어들었을 거였다. 아니면 이미 의용군으로 끌려갔거나, 왕십리나 서빙고, 능곡 등지로 피란했을 거였다. 전황 역시 급박해졌다는 뜻이었다.

전선은 인민군이 뒤로 밀리고 있는 게 분명했다. 그렇지 않고 서야 서울을 사수하려는 분주한 움직임이 있을 까닭이 없었다. 그러니 낮인들 조용할 리 없었다. 더군다나 나오라면 꼼짝없이 나가는 게 엄마였다. 엄마는 애써, 사위는 남과 다를 바 없다, 단 한 차례도 같이 산 적 없는데 남이 아니면 뭐냐, 그나마 북쪽 멀리 의정부에 산다, 가장 중요한 건 아무런 힘도 못 쓰는 말단 하급 장교라는 거다, 그렇게 여전히 자기방어를 하고 있지만 아주 썩 개운한 건 아닌 모양이었다. 부르는 대로 달려갈 수밖에 없는 게 아마도 그런 이유 때문인 걸로 보였다.

서울은 주린 배를 채우느라 풀뿌리부터 소나무 껍질까지 남아나는 게 없었다. 아직 양식이 떨어진 건 아니지만 오쿠바네 역시 넋 놓고 있을 상황은 아니었다. 엄마는 어찌 될지 모를 내일을 위해 양식부터 준비해놔야겠다며 틈이 나면 장으로 나갔다. 장도 장다운 장일 리 없었다. 전방은 죄다 문을 닫다시피 했다. 날바닥에 전 자리 펼쳐놓은 잡상인들만이 누렇게 뜬 낯으로 오가는 이들을 대했다. 양식거리는 없었다. 펼쳐놓은 건 옷가지가 주류였고, 놋주발에 놋숟가락, 하등의 쓸모없는 가방 따위가 전부였다. 쌀이나 햇보리는 고사하고, 호박 한 덩어리 오이 하나 눈 씻고 찾아봐도 없었다. 엄마는 늘 허탕 치고 맨손으로 돌아왔다. 그런데도 혹시나 하는 기대에 끌려 틈나는 대로 장을 찾았다가 역시나 하는 실망으로 돌아오길 반복했다.

그날도 엄마는 장을 찾았다. 어느새 9월을 맞고 있었다. 오늘도 허탕이면 내일부터는 골짜기로 들어가 도토리를 주울 계획이었다. 벌써 여물어 바닥에 떨어졌나 싶지만, 엄마는 메리 엄마가 도토리 한 자루를 이고 돌아오는 걸 분명히 본 거였다. 장은 굶주린 사람들로 북적였다. 하지만 입에 넣을 건 도무지 없었다. 한 바퀴 돌다가 술지게미 있는 데서 멈췄다. 이런 것도 파나 싶었지만, 서로 먼저라고 악을 써대고 밀쳐대는 꼴이 아주 볼만했다. 어디서 이런 걸 구해다 파는 건지, 그런 걸 생각할 겨를도 없었다. 다만 굶주림의 극단이 적나라하게 드러날 뿐이었다. 물끄러미 그 모양을 지켜보다가 엄마는 느릿느릿 발길을 돌렸다.

장터 입구로 돌아 나올 때였다. 거기서 그 남매를 보았다. 소학교에 들어갔을까 싶은 남자아이와 열대여섯쯤으로 보이는 여자아이였다. 남자아이는 제 누나로 보이는 여자애의 손을 잡은 채 잠시도 쉬지 않고 주위를 두리번거렸다. 흡사 먹을 거라도 찾는 것처럼 보였다. 엄마는 그 아이가 만석이란 걸 어렵잖게 알아봤다. 녀석과의 터울로 봐서 곁에 있는 여자애는 아마도 큰누나쯤인 모양이었다. 전쟁 전에 예배당에서 가끔 봤으나 이름은 기억나지 않았다.

엄마는 만석일 불러 세웠다. 민석은 놀란 얼굴이었다가 이내 반가운 얼굴이 되었다. 만석의 누나는 전혀 뜻밖의 만남인지 잠시 멍한 표정을 지었다. 네 이름이 뭐지, 하고 엄마가 물어서야 다 죽어가는 목소리로, 봉자예요, 하고 답했다. 엄마의 기억저 끄트머리에도 남아 있는 이름이었다.

"장 보러 왔냐? 집에 별일은 없지?"

봉자는 엄마의 눈길을 피하면서 희미하게 고개를 끄덕였다.

"혹시 네 오빠는 집에 있냐?"

봉자는 대답을 못했다. 만석이 제 누나 눈치를 보다가 툭 뱉었다.

"우리 큰형 만보 형, 미제 쌕쌕이가 쏜 총 맞고 집에 왔어요."

놀란 봉자가 만석의 입을 막으려 했으나 이미 터진 말이었다.

"그게 무슨 소리냐?"

엄마가 놓치지 않자 봉자는 잠시 멈칫했다가 예의 죽어가는 목소리로 겨우 입을 열었다.

"의용군 나갔다가 팔 하나 없이 돌아온 거예요."

"그래? 그게 언제냐?"

"벌써 보름 넘었어요."

7월만 해도 만보는 붉은 완장을 차고 골목 입구에 서 있었다. 그런데 의용군에, 총상이라니? 엄마는 봉자의 얘기가 흰소리만 같아서 봉자를 붙들고 재차 묻지 않을 수 없었다. 봉자는 주저하고 숨기려던 처음과 달리 묻는 말에 주저하면서도 꼬박꼬박 답했다.

봉자의 대답이 맞다면 만보는 7월 말에 의용군으로 나간 거였다. 인민위원회가 가족들 양식을 챙겨준다는 말에 쉽게 나간 거라고 했다. 사격훈련조차 없이 만보는 곧장 최전선에 배치

됐다. 마산 근처 함안이었다. 단 한 치의 전진도 없는 무덤 같은 전선이었다. 만보는 그곳에서 벌벌 떨기만 하다가 미군의 폭격에 부상을 입고 돌아온 거였다.

만보는 돌아오지 않았다

지리한 폭염 중에도 마루 밑은 선선했다. 여름내 메말랐던 하늘은 8월 하순경에야 몇 차례 비를 뿌렸다. 9월이 되면서 비는 제법 잦았다. 더위는 식었고 마루 밑은 등이 시렸다. 엄마가 내려준 담요로 등을 감은 채 오쿠바는 책을 읽었다. 그날은 일어판 『돈키호테』였다.

돈키호테는 드디어 꿈에 그리던 기사의 칭호를 받았다. 주막집 주인한테 받았다. 그는 이제 수련기사가 아니라 편력기사가 되었다. 편력기사가 됐으니 돈키호테는 폼 좀 잡아야겠다고 생각했다. 집으로 돌아가 돈을 좀 챙기고 갈아입을 속옷도 챙기고, 시종도 하나 거느리고 보란 듯이 세계를 유랑할 참이었다. 집으로 돌아가는 길에 비단을 사러 가는 장사치들을 만났다. 그들을 도적 떼로 오인한 돈키호테는 시비 끝에 애마 로시난테에게 박차를 가했다. 창을 꼬나들고 달려가 가장 싸가지 없는 놈의 머리통에 맞창을 놓을 참이었다. 로시난테가 문제였다. 갑옷과 투구, 칼과 창과 방패로 무장한 돈키호테의 무게를 이기지 못한 로시난테는 제대로 달려보지도 못하고 곤두박질쳤다. 돈키호테도 공중으로 붕 떴다가 땅바닥에 그냥 팍 처박혔다. 그쯤에서 장사치들은 떠나는 게 좋았다. 그러지 않았다. 한 놈이 달려 나와 바닥에 처박힌 돈키호테를 묵사발 냈다.

돈키호테는 마을사람의 도움을 받아 간신히 집으로 돌아왔다. 조카딸, 가정부, 신부, 이발사가 기다리고 있었다. 그들은 돈키호테를 침대에 눕힌 뒤 곧장 서재로 달려갔다. "이게 모두 책 때문이야." 그들은 돈키호테를 이 지경으로 만든 책들을 모조리 불태워버리기로 약속해둔 터였다. 『에스플란디스의 교훈』을 이층 창밖으로 던졌다. 『그리스의 아마디스』를 이층 창밖으로 던졌다. 『라우라의 돈 올리반테』를 이층 창밖으로 던졌다. 『플라티르 기사』를 이층 창밖으로 던졌다. 『팔메린 데 올리바』를 이층 창밖으로 던졌다.

이 땅에서도 돈키호테처럼 정신 나간 전쟁이 터졌다. 전쟁이 나면 닷새 만에 백두산 물을 마시겠다던 이승만은 제일 먼저 부산으로 토꼈다. 한강은 폭파됐다. 서울사람은 모두 갇혔다. 갇힌 서울에는 부황 든 얼굴이 떠다녔다. 아예 서울이 부황 든 꼴이었다. 그런데도 아무도 서울을 벗어날 수 없다. 의용군이 되어 밤을 도와 전장으로 떠나는 길과 마루 밑 구덩이를 은신처로 삼아 숨는 길밖에는 없다. 돈키호테의 책들처럼 시상의 것들은 모조리 바작바작 마르거나 태워지고 있다. 양식을 감춰 둔 항아리나 골짜기의 바위틈, 마루 밑 은신처 같은 지하의 안전함 역시 언제까지 계속될지 모를 일이다. 몸을 추스른 돈키호테는 다시 떠났다. 아무도 말릴 수 없는 돈키호테의 미친 여행처럼, 떨림, 견딜 수 없는 공포, 부황, 치명적 굶주림을 보고서도 미친 서울의 전쟁 역시 계속되고 있다.

『돈키호테』의 세계가 오쿠바에겐 다른 세계 같지 않았다. 전장이 된 서울의 얘기만 같았다. 다만 넘치는 해학 덕에 읽는 즐거움이 남달랐다. 호두껍질 안에 웅크리고 앉아서도 무한한 세계의 주인이 될 수 있다던 햄릿처럼 오쿠바는 즐거운 세계를 끊임없이 떠올렸다. 모든 기억을 동원하여 춘천시절을 떠올렸다. 영치와 보낸 날들을 떠올렸고, 목동 배역의 성탄연극을 떠올리면서 애써 히죽 웃기도 했다.

성경도 다시 읽기 시작했다. 신약보다는 구약이 훨씬 감동적이었다. 특히 바빌론제국의 포로로 끌려간 백성에게 희망을 전하는 「이사야」나, 전란 중에도 친이집트파인 지배층에게 회개를 촉구하는 「예레미야」는 충분히 눈물겨웠다.

그러나 비가 내리면 모든 게 중단되었다. 비를 뿌리는 하늘은 마루 밑까지 빛을 가져다주지 않았다. 그런 날은 심히 어두워서 마루 밑보다 벽돌 한 장만큼 낮은 마당을 내려다보는 게 일이었다. 굵은 빗발은 쉴 새 없이 마당을 내리쳤다. 비를 피하려 흙을 뚫고 나온 건지, 비를 맞느라 기어 나온 건지 모를 지렁이들이 지표면에서 쉴 새 없이 느리게 움직였다. 오쿠바의 시선 속에 있던 지렁이가 시야의 사각지대로 사라지면, 그는 또 다른 지렁이를 눈으로 깃고 놀았다. 아주 희한한 것은 빗물이 고

221

여 있거나 흐르는 곳을 지렁이들이 애써 피한다는 점이었다. 그럴 거면서 왜 지상으로 기어 나왔는지 모를 일이었다. 오쿠바는 소학교 시절 지렁이를 향해 오줌을 눴다가 귀두가 뚱뚱 부어올라 몇 날 며칠 고생한 적이 있었다. 그 지렁이한테 복수한다며 닥치는 대로 소금을 뿌리다가 원희 누나한테 한소리 들었다. 그렇게 잔인하면 못쓴다는 말이었다. 원희 누나는 잘 있는가. 엄마의 말로는 걱정할 거 없다고 했다. 하지만 그건 마루 밑에 처박혀 있는 막내아들의 걱정을 덜어주기 위함이 아니겠는가. 엄마는 어두웠다. 전쟁이 일어난 뒤로 한순간도 어둡지 않은 때가 없었다. 전사했을지도 모를 형을 기다리는 마음이 밝다면 오히려 그게 더 이상한 일이었다.

비가 그친 뒤로는 다시 더위가 내렸다. 하지만 마당에 내리는 더위는 분명 한풀 꺾여 있었다. 오쿠바는 담요로 등을 감싼 채 여전히 책을 읽었다. 여전히 생각에 잠겼다. 그러다가 꾸웅 꿍 귓전을 울리는 포 소리에 놀라 귀를 곤두세웠다. 9월 중순쯤이었다. 얼마나 멀리서 들려오는지 가늠할 길은 없었다. 포 소리의 방향이 남쪽이라는 건 알겠다. 물론 그것도 짐작이다. 의정부 너머 북쪽일 리 없기 때문이다. 오쿠바가 아는 한 인민군은 서울에 입성한 뒤로 북으로 돌아간 적 없었다. 이틀이 멀다 하고 부역에 내몰려온 엄마를 생각하면 인민군은 아마도 서울을 요새화하고 있는지도 모른다. 포 소리와 서울의 요새화가 어떤 상관관계인지. 혹시 있을지 모를 시가전이 얼마나 처참한 것인

지, 그건 알 길이 없었다. 그런데도 오쿠바로선 어쨌든 포 소리
가 반가웠다.

엄마의 말은 달랐다. 포 소리는 유엔군이 밀고 들어올 걸 대
비한 인민군의 사격연습이고, 인천에 상륙하려던 유엔군은 벌
써 여러 차례 격퇴된 거라고 했다.

하지만 포 소리는 이제 낮이고 밤이고 들려왔다. 뿐만 아니
라 점점 가까워졌다. 엄마의 말도 달라졌다. 인민군이 후퇴한다
더라, 밤마다 되넘이고개를 넘어간다더라, 어쩌면 네 형이나 매
형을 다시 볼 날이 곧 올지도 모르겠다, 그런 희망 섞인 말이었
다.

마루 밑을 기어나갈 때가 되긴 됐나 보다. 날이 갈수록 몸이
근지러웠다. 마포쯤일까, 아니면 용산쯤일까, 상당히 가까운 곳
에서 포 소리에 따발총 소리까지 겹쳐 들었다. 오쿠바는 점점
나가고 싶은 충동을 억제하기 힘들었다. 엄마는 불바다가 따로
없다면서 바깥은 심히 위험한 상황이라고 전했다. 혜화동로터
리와 보문동, 동소문에도 요새를 구축해놓은 마당이니 서울 전
역이 전쟁터임에 틀림없다는 얘기였다. 그러나 치열한 상황은
결국 며칠 가지 않았다. 어느 날 영치네 집에서 원희 누나가 돌
아왔다. 그때쯤 오쿠바 역시 마루 밑에서 기어 나왔다.

재회의 기쁨은 나눌 새도 없었다. 엄마는 인민군이 두고 간
전리품부터 챙겨온다며 원희 누나를 데리고 먼저 밖으로 나갔
다. 서울이 수복된 뒤 엄마가 한 첫 번째 일이었다. 오쿠바에겐

아직 위험이 가시지 않았으니 꼼짝 말고 집에 붙어 있으라는 주의를 남겼다. 오쿠바는 집에 붙어 있었다. 그는 땅에 묻어둔 항아리를 들어내고 롤라이플렉스 카메라를 꺼내 들었다. 서울이 수복된 뒤 오쿠바가 한 첫 번째 일이었다. 거의 석 달이나 땅속에 묻어뒀으나 롤라이플렉스는 분해하고 다시 조립해볼 것도 없이 온전했다. 다른 물건들도 습기 한 방울 머금지 않았다. 여름내 가문 탓이 크겠으나 어쨌든 대단한 항아리였다.

오쿠바는 오래도록 카메라를 들고 찍어야 할 것들을 떠올렸다. 그 순간만큼은 세계의 주인이 오쿠바였다. 아무도 없는 빈 집에서 오쿠바는 쉼 없이 구도를 잡고 공셔터를 눌렀다. 셔터를 누를 때 오는 희열은 말로 표현할 길이 없었다. 모든 피사체가 찰칵 소리와 함께 한순간에 빨려 들어오는 상쾌함을 무엇으로 표현한단 말인가. 뿐인가. 움직이는 것들을 정지시키고, 보이는 것들 중에서 단 하나의 이미지만 포착해내는 카메라의 능력은 가히 전능한 경지에 이른다. 백범의 장례식 때 떡 파는 아줌마를 포착해낸 사진이 대표적이겠다. 주위에는 곡하는 여인도 있었고, 옷소매로 묵묵히 눈자위를 닦는 검은 양복의 신사도 있었다. 그러나 사진 속에서 그들은 배제됐다. 멀리 만장도 보였으나 그것 역시 배제됐다. 그런데도 아버지는 이 사진이야말로 백범의 장례식을 오히려 풍성한 삶의 현장으로 안내한 거라고 말했다.

오쿠바는 대문 밖으로 나가는 순간 롤라이플렉스가 포착해낼 피사체의 이미지들을 수없이 떠올리다가 지우기를 반복했다.

엄마와 원희 누나는 거의 한나절이 지나서야 돌아왔다. 빈손이었다. 인민군이 있던 곳을 두 군데나 가보았으나 이미 사람들이 휩쓸고 간 뒤였다고 했다. 먹을 건 고사하고 피륙 하나 건질 게 없더라는 얘기였다.

"사람들도 참 그악스럽네. 두 군데나 다리품을 팔았는데, 그새 삼베 조각 하나 남은 게 없어."

"인민군이 죄다 챙겨서 후퇴한 거겠지요?"

"그럴 리야? 다 두고 갔어. 몸만 빠져나간 거야. 그걸 갖고 도망할 틈이 있은들 무슨 소용이야. 운반할 방법이 없는걸. 바퀴 달린 것만 보면 영락없이 쌕쌕이가 달려드니, 무슨 수로 그걸 나르겠어?"

엄마는 골짜기로 도망갔던 인민군이 다시 내려와 미군을 공격했다는 얘기를 덧붙였고, 또 다른 곳을 가보려 했으나 불안해서 포기했다는 말도 덧붙였다. 카메라를 들고 있는 오쿠바의 마음을 헤아렸는지, 원희 누나도 밖으로 나가기엔 아직 이르다는 말로써 엄마를 거들었다.

물론 그건 엄마나 원희 누나의 생각이었다. 오쿠바는 워낙 마루 밑에서 오래 살았다. 나가고 싶었다. 생생한 현장을 찾아 가장 근접한 곳에서 카메라의 셔터를 누르고 싶었다. 아직 카메라를 들고 니기기에 위험하다 싶으면 그냥 나가도 상관없었다.

원희 누나 말로는 영치 할머니는 아직 어떤 소식도 듣지 못했다고 한다. 그러니 할머니를 생각하면 영치네 집에도 가보고 싶었다. 파괴된 한강다리를 눈으로 직접 확인하는 일도 하고 싶었다. 길동은 어떤 꼴을 하고 있는지, 그것 역시 궁금했다. 그리고 무엇보다 만보를 만나야 되는 거였다. 왜 만보가 자치대원이 됐는지, 왜 만보가 자신과 길동을 사지로 내몰았는지 그거야말로 엄연히 알아야 할 일이었다. 하지만 머릿속은 수송국민학교를 탈출하던 때의 공포가 아직 남아 있었다. 그는 집에 처박혀 있기로 했다. 형과 매형을 기다리는 엄마와 누나를 위해서라도 그게 옳은 결정이었다.

그러나 오후에 오쿠바네 집을 찾은 메리 엄마가 모든 걸 뒤집어놓았다. 그녀는 마룻바닥에 펼쳐놓은 옷가지와 이불 더미를 보고, 이 집은 시방 뭐하는 거냐고 물었다. 엄마는 땅에 묻었던 짐을 꺼내놓은 거라고 답했다. 메리 엄마는 자기네도 항아리를 묻었기에 망정이지 까딱했으면 굶어 죽을 뻔했다고 맞장구를 쳤다. 그리고 지금 사람들이 꾸역꾸역 종로로 몰려가는데 만사 제쳐두고 나가보지 않겠느냐며 엄마의 의사를 타진했다. 낮에 시동생이 마포에 일 있어서 다녀왔다. 어찌나 총격전이 심했는지 만리재 고갯길은 건물이 남아난 데가 없다더라. 인민군 시체도 발 디딜 틈 없이 쌓였다더라. 그건 광화문 네거리도 매한가지더라고 했다. 내일은 이 박사가 돌아와 환도식까지 연다고 하니 어쨌든 전쟁은 끝난 거다. 다들 전쟁 끝난 광화문 네거리 둘러보고 청소도 하겠다며 난린데. 원희네도 지금 함께 나서는 게 어떻겠느냐고 한 번 더 엄마를 부추겼다. 엄마는 오전에도 골짜기 쪽에서 콩 볶는 소리 요란하지 않았냐. 아직은 위험하다고 간결하게 답했다. 메리 엄마는 변두리도 한시가 다르게 안정을 찾아가고 있는 중인데 걱정도 팔자시라고 입술을 비죽이 내밀었다. 그러나 엄마는 좀 더 지켜보겠다는 말로써 메리 엄마를 돌려세웠다.

그녀가 돌아가고 나자 마음이 급해진 건 오쿠바였다. 광화문 네거리를 향해 사람들이 몰려다닐 정도면 이러고 있을 때가 아니었다. 심지어 제일 먼저 도망갔던 이승만도 올라와 환도식을 연다고 하지 않는가. 위험을 무릅쓸 줄 모르는 자가 버젓이 올라와 환도식을 연다는 건 서울 하늘 아래 위험이 사라졌음을 방증하는 거 아닌가. 아니면 종로만이라도 안전을 확보했다는 뜻이겠지. 메리 엄마가 허튼소리를 한 게 아니라면 집 안에서 시간 죽이고 있을 이유가 없었다. 오쿠바는 갑자기 할 일이 엄청 많아졌다는 생각이 들었다. 그는 기어이 나갔다 오겠다는 말을 꺼냈다. 좀 더 지켜보겠다던 엄마도 조심하라는 사족만 달 뿐 쉽게 대문을 나서게 해주었다. 골목을 나온 오쿠바는 먼저 신작로로 향했다. 길동을 만나거나, 영치 할머니를 보거나, 만보를 만나는 일은 굳이 오늘이 아니어도 상관없었다.

신작로는 눈부셨다. 인민군 입성 당시 모여들었던 사람 수에 비하면 새 발의 피였으나, 어디에 숨어 있다가 죄 쏟아져 나왔는지 오쿠바의 눈에는 사람바다처럼 보였다. 오쿠바 또래의 남녀는 씨 마른 줄 알았더니 하나같이 생기발랄한 청춘들로 보이는 것도 의외였다. 그네들의 입성이란 것도 지극히 볼품없어야 설득력이 있겠으나 깔끔한 차림새로 보이느니 그 또한 뜻밖이었다. 착시현상이라고 십분 양보할지라도 달포 넘게 마루 밑에 유폐돼 있던 자에게는 경이롭지 않은 게 없었다. 신작로에 가득한 삶의 꿈틀거림은 하도 눈부셔서 카메라를 갖고 나왔어도 들이댈 수 없을 지경이었다. 그들과 함께 종로를 거쳐 광화문 네거리까지 둘러본다는 건 희망을 품는 여정이 아닐 수 없었다. 그러나 겨우 혜화동로터리에서 그 꿈은 날아갔다. 살벌한 총격전이 벌어졌는지 그곳은 무너지거나 총알구멍이 숭숭 뚫려 있는 집들이 태반이었다. 살이 무엇이고 뼈가 무엇인지 구분할 수 없는 초가집들은 지붕이 내려앉았고, 드러난 안쪽 벽면에는 아직 겉옷이 걸려 있는 데도 있었다. 그 와중에도 용케 목숨을 건졌는지 무너진 집에서 가재도구를 챙기는 가족도 보였다.

포탄이 떨어져 움푹 패인 구덩이에는 이십여 구의 시신이 던져져 있었다. 인민군들이었다. 사지를 잡고 옮겼는지 팔과 다리는 제멋대로 뻗쳐져 있었다. 뒤집혀 있는 시신, 대자로 누운 듯 하늘을 쳐다보고 있는 시신, 옆으로 던져진 채 얼굴만 정면을 향하고 있는 시신들이 오쿠바의 몸을 굳게 했다. 그 주검들은 붉었다. 불그스름했다. 아니면 벌건 건가. 피로 물들었지만 피는 굳었거나 말라 있었다. 몸속을 돌던 피가 총알이 관통한 구멍

228

을 타고 모두 흘러나온 모양이었다. 그러니 실은 희었다. 핏기가 씻긴 주검의 낯빛은 얼음처럼 창백했다. 오쿠바가 태어나 처음으로 접한 기괴한 전경이었다. 그러나 죽음의 선험세계가 전하는 기괴함이거나 침묵 같은 건 아니었다. 오쿠바는 주검을 보고 굳어버린 게 아니었다. 죽은 자들의 정지된 눈을 보고 굳어버린 거였다. 하늘을 향해 치뜨고 있는 눈은 온갖 물음을 던졌다. 의연히 죽음에 맞섰던 걸까, 극구 죽음을 피하고자 했으나 공포에 떨다가 죽음을 맞은 걸까, 아니면 죽음 앞에서 마지막 육체의 고통을 참느라 정신을 눈에 집중한 걸까. 오쿠바는 구덩이 앞에 쪼그리고 앉아 주검의 표정들을 읽었다. 아니 주검들의 눈을 읽었다. 주위에 모여 있던 다른 이들은 쉽게 발길을 돌렸다. 또 다른 이들이 다가와 시신에 눈길을 주었으나 그들 역시 쉽게 발길을 돌렸다. 여러 차례 그랬다. 그런데도 오쿠바는 주검들을 떠나지 못했다.

오쿠바의 눈에 주검의 눈들이 들어와 박혔다. 오쿠바는 기괴하고 섬뜩하고, 분명히 무언가를 말하고 있는 듯한 눈들에 사로잡혔다. 그는 더 이상 어떤 곳으로도 발길할 수 없었다. 하물며 더 어떤 전쟁의 흔적과 수복지의 환희를 보겠단 말인가. 그는 아주 천천히 발길을 돌렸다. 종로나 광화문 네거리가 아니었다. 집으로 돌아가는 거였다.

엄마는 어쩐 일로 벌써 돌아왔느냐고 물었다. 오쿠바는 그냥 로터리까지만 갔다 온 거라고 말했다. 불안이 아직 가시지 않아

걱정했는데 잘한 선택이라고 엄마는 좋아했다. 엄마는 의정부
가 수복되는 대로 누나랑 곧장 거기 가서 형과 매형의 생사를
확인할 참이라고 했다. 그동안이라도 바깥은 나가지 않는 게 좋
겠다고 말했다. 오쿠바는 건성으로 들었다. 그는 극적인 아픔을
등에 지고 돌아온 듯 힘겹게 방으로 들어가 곱게 누웠다.

전쟁은 오쿠바에게 이미 여러 차례 벅찬 상황을 안겨주었다.
수송국민학교 탈출사건은 논외로 치더라도 형과 매형의 사태
가 그랬다. 한강다리 폭파로 인한 영치네 사건이 그랬다. 물론
형과 매형, 영치네는 아직 확인되지 않은 죽음이기에 실감하기
엔 이르다. 혜화동로터리에서 본 구덩이 속 주검의 눈들은 달랐
다. 날것 그대로였다. 부릅뜬 채 죽어간 주검은 도대체 무얼 말
하고 있는 걸까. 단순한 공포였을까. 아니면 낯선 전장에서 속
절없이 죽어가는 자의 깊은 원한이었을까. 아니면 죽는 순간까
지 다가가고픈 마지막 그리움을 향한 애원 같은 거였을까. 그리
움의 대상은 뭐였을까. 어머니였거나 두고 온 여자였거나 돌아
갈 수 없는 고향이었거나 피워보고 싶은 꿈이었거나, 그런 것들
이었을까.

눈을 감으면 천장에서 부릅뜬 눈들이 계속 말하는 듯했다.
눈을 떠도 마찬가지였다. 수백, 수천 개의 부릅뜬 눈이 오쿠바
를 향하고 있었다. 오쿠바는 아무것도 할 수 없었다. 저녁을 먹
자는 말에 잠시 마루로 나갔으나 숟가락 들 힘조차 안 났다. 엄
마는 얘가 갑자기 넋이 나간 거냐고 물었다. 오쿠바는 그냥 밥

맛이 없는 거라고 얼버무렸다. 기어이 저녁을 거르고 방으로 돌아왔으나 구덩이 속 부릅뜬 눈들이 좀처럼 뇌리에서 떠나지 않았다.

어둠이 방 안을 덮었는데도 그는 그대로 누워 있었다. 대문이 열리는 소리가 들렸고, 그의 귓전에 그를 찾는 길동의 목소리가 들려왔다. 그는 그대로 누워 있었다. 원희 누나가, 뭐하냐고, 친구가 왔는데 뭐하냐고, 재차 재촉하고서야 마지못해 방문을 열었다. 골짜기에서 헤어진 뒤로 몇 달 만에 보는 얼굴이었다. 반갑지만 귀찮았다. 오쿠바는 무덤덤한 목소리로 방으로 들어오라고 말했다. 길동은 약간 쉰 듯한 목소리로 나가자는 말을 했다. 목적지가 분명한 듯한 목소리였다. 만보한테 가자는 걸로 오쿠바는 알아들었다. 오늘은 아무것도 내키지 않았다. 하지만 그는 가야 했다. 그는 마루에서 내려섰고 길동을 따라 대문 밖으로 나섰다.

둘의 방향은 결정된 거였다. 그들은 성북천 만보네로 향했다. 입을 닫고 걸었다. 길동의 손에 몽둥이가 들려 있다는 걸 안 건 신작로를 지나 성북천으로 들어설 즈음이었다. 영락없는 도끼자루였다. 오쿠바는 만보를 만나러 가는 길이 한없이 멀고 낯설게 느껴졌다.

이미 달이 떴는데도 만보네 집 못 미쳐 공터에선 아이들 노는 소리가 들려왔다. 둘은 공터로 갔다. 만석이라도 만나면 만보를 불러내는 게 수월한 때문이었다. 그러나 만석을 찾을 것도 없었다. 만보가 거기 있었다. 그는 우두커니 선 채로 아이들 노는 꼴을 보고 있었다. 봉자 말에 의하면 의용군 나갔다가 팔이 잘려 돌아왔다더니 오른팔인 모양이었다. 옷소매로 덮여 있긴 해도 오른쪽 팔꿈치 아래가 노는 것으로 보였다.

"노만보, 마침 여기서 만나네."

길동은 분노를 감춘 게 역력한 낮고 강한 목소리로 만보를 불렀다. 만보는 흠칫 놀라 돌아보았다. 목소리의 주인공이 길동이란 걸 확인하자 그는 이내 모든 걸 포기한 듯 고개를 꺾었다. 아무한테나 무던하게 말 걸고 어수룩할 정도로 잘 웃던 옛날 만보가 아니었다. 풀이 죽었고 잔뜩 겁먹은 것으로 보였다. 찬물을 끼얹거나 재를 뿌린 듯 아이들의 목소리나 웃음소리도 일순 멈췄다. 길동은 고개 숙인 만보 앞으로 걸어갔다. 말은 무거워서 끌어내기가 힘든 건지, 말보다 확실한 복수를 믿었던 건지, 내내 오늘만 기다린 채 살아왔다는 건지, 길동은 뜻밖에도 도끼자루부터 휘둘렀다. 퍽퍽 소리가 나는가 싶더니 그 자리에서 만보가 고꾸라졌다. 엄살떨지 마, 개쌍노무새끼야, 너 때문에 우린 죽을 뻔했어, 이 빌어 처먹을 새끼야! 다시 퍽퍽 소리가 났다. 뒤늦게 살려달라는 만보의 애원이 흘러나왔다. 그래, 팔 아먹을 게 없어 친구를 팔아먹어, 이 빨갱이새끼야! 다시 도끼자루가 돌았다. 다시 날카로운 비명소리가 터져 나왔다. 오쿠바가 달려들어 길동을 끌어안았다. 길동이 비키라고 소리쳤으나 오쿠바는 그만하면 됐다고, 만보가 죽을 거라고 말했다.

"죽는다고? 죽어야지. 저런 빨갱이새긴 당장 뒈져야지. 비켜! 비키라고! 말리지 말라고!"

"됐어. 됐으니까 그만 꺼지라고!"

오쿠바는 길동을 매섭게 밀어냈다. 그때쯤엔 공터에서 놀던 아이들도 원을 그린 채 구경하는 중이었고, 비명소리를 듣고 왔는지 어른들도 제법 있었다. 만보 엄마와 큰누이 봉자까지 달려와서 만보를 살려달라고 눈물 콧물을 쏟아내니 끓어오르던 상황은 급격히 식어버렸다. 길동도 들고 있던 도끼자루를 집어던졌다.

"빨갱이새끼, 너 같은 놈은 아예 씨를 말려야 돼. 청년단이든 순사든 고발해서 결코 그냥 두지 않겠어."

길동은 만보를 일으켜 세우는 오쿠바를 일별한 뒤 여전히 식식거리면서 공터를 떠났다.

오쿠바는 만보를 일으켜 세웠다. 만보 엄마와 큰누이 봉자가 달려와 고맙다면서 만보를 부축하려 들자 만보는 몸을 휘청거리면서도, 집에 안 간다고, 오쿠바와 할 얘기가 있다고 말했다. 엄마와 봉자가 한 번 더 집으로 가자고 재촉했다. 그러나 그는 오쿠바에 의지한 채 성북천 아래로 절뚝거리면서 내려갔다. 만보 엄마와 큰누이 봉자는 걱정 가득한 눈길로 지켜보는 길밖에 없었다. 가을밤은 서늘했고, 성북천에 비친 달은 밝았다.

연탄공장에서 삼륜차 조수로 일하는 동안 운전수한테 만보

233

는 시도 때도 없이 맞았다. 운전을 배운다고 몰래 차를 몰다가 얻어맞은 건 이유라도 있었다. 대부분 왜정 때 내가 맞으면서 배웠으니 너도 맞으면서 배워야 한다는 게 이유였다. 정작 날을 잡아 운전을 제대로 가르쳐준 적은 한 번도 없었다. 운전수의 발 움직임과 기어변속을 예의 주시하다가 얻어터지기 일쑤였다. 기름밥 일 년도 못 처먹은 게 운전부터 배울라고 매를 버나, 하면서 운전수는 불이 번쩍하도록 따귀를 쳤다. 일 년이 넘은 뒤에는 기름밥 고작 일 년 갖고 운전을 넘본다면서 다시 또 불이 터지도록 따귀를 쳤다. 코너를 돌다 삼륜차가 자빠졌을 때는 어디 다치지 않으셨나요, 하고 물었다가 따귀를 쳐 맞았다. 장정 서너 명으로 발딱 세울 만큼 가벼운 게 삼륜차였다. 나가서 사람 불러올 생각부터 해야지, 계집년처럼 재수 없게 어디 다치신 데 없냐고 물어, 하면서 따귀를 쳤다. 뿐만 아니었다. 운전수를 비롯해 나이 든 축들이 숙소에서 '섰다'를 할 때도 따귀를 쳐 맞았다. 탁주집에 왕대포 심부름 갔다 오면, 왜 이리 늦었어, 민물자라한테 시켜도 네놈보단 빠르겠다는 잔소리와 함께 운전수의 검은 손바닥이 날아왔다. 그러니 공장생활 2년 동안 맞고 산 게 다반사여서 하루라도 때려치우고 싶지 않은 때가 없었다. 하지만 사람 사는 데는 언제나 행불행이 백 환짜리 동전의 양면처럼 따라다니는 법이었다. 자신의 운전수도 포함시켜야 할지 말지는 좀 더 고민할 일이지만, 만보는 공장 동료들을 통해서 만국의 노동자는 단결해야 한다는 걸 배웠다. 언어맞지 않

234

을 뿐 아니라, 지금처럼 새벽부터 늦은 밤까지 일할 필요도 없
는 세상을 만들어낼 수 있다는 거였다.

한나절만 일해도 충분히 먹고사는 세상이 도래할 거라는 말
에 만보는 희열을 감출 수 없었다. 더군다나 고작 한나절만 일
했을 뿐인데도 자신의 임금으로 온 가족이 배불리 먹고살 수
있다고 하니 세상 어디에 그보다 더한 감동이 있단 말인가. 위
대한 박헌영 선생을 알게 되었고, 함께 북조선에 가 있다는 이
승엽 동지도 알게 되었다. 종교는 인민의 아편이라는 것도 배웠
지만, 자신의 가족과 친구들이 믿는 기독교가 왜 인민의 아편
인지는 아직 정확히 몰랐다.

전쟁이 일어난 뒤로는 흥분이 배가 되었다. 이제 곧 꿈에 그
리던 세상이 오는 모양이라고 열에 들떠서 지냈다. 새 세상을
가져다줄 인민군을 조급하게 기다렸다. 그러나 서울에 입성한
인민군은 무슨 일 때문인지, 사흘이나 그곳에 머물러 있다가
한강을 건넜다. 어지간히 애를 태운 거였다. 만보는 그때까지 연
탄공장 숙소에서 동료들과 지내며 인민군 맞을 준비를 착착 진
행했다. 인민군이 서울에 입성했다는 소식이 들려올 때부터 공
장은 이미 해방구가 돼 있었다. 그 해방구가 내키지 않았는지,
또는 겁이 났는지 운전수는 출근하지 않았다. 그를 어떻게 할
건지에 대해 고민할 필요가 없어졌으니 차라리 잘된 일이었다.
그런 자에게 신경 쓸 여력이 없을 만큼 만보는 바빴다. 날마다
오류동 일대로 나가 인민군 환영대회를 준비하느라 미주알이

빠질 지경이었다.

만보가 꼭 필요한 곳이기에 만보 역시 오류동을 떠나고 싶지 않았다. 문제는 가족이었다. 전쟁이 났는데도 엄마의 보따리 옷 장사는 여전한 건지, 식구들이 하나같이 굶고 있는 건 아닌지, 특히 큰형 올 때만 기다리고 있을 만석은 굶다 지쳐 누워 있는 건 아닌지. 더 많은 일을 오류동에서 해야 했으나 그럴수록 가족이 눈에 밟혔다. 전쟁이 난 지 열이틀이 지났을 때 만보는 동료들이 어깨에 메준 쌀 닷 되와 함께 마침내 한강을 건너는 배에 올랐다.

집은 우려한 대로였다. 보따리 옷 장사를 하는 엄마는 인민 군의 서울 입성 뒤로 장사를 접었다. 양식을 비축해두고 사는 형편이 못 되니 죽을 쒀먹어도 하루 이틀이지 온 식구는 이제 굶어 죽는 일만 남은 상태였다. 술에 취해 살던 아버지까지 나서서 양식을 구해보겠다고 선언했지만 어림 반 푼어치도 없는 헛소리였다. 제 입에 풀칠할 주변머리도 없는 양반이 어디서 어떻게 양식을 구한단 말인가. 하물며 시장은 문 닫았고, 이웃은 만보네와 다를 바 없거나, 양식이 있어도 없는 거나 마찬가지인 때였다. 그러니 만보가 메고 온 쌀 닷 되를 보고 감격해마지 않는다면 그게 어디 가족의 일원이겠는가. 그래 봤자 일곱 식구 양식거리로 열흘이나 가면 다행할 양에 불과하지만 말이다.

가족을 돌아보고 다시 오류동으로 돌아갈 계획이 없지 않았으나 만보는 그 생각을 접었다. 새 세상이 올 때 오더라도 무엇보다 가족을 지키는 게 우선이었다. 만보는 집에서 가까운 보문동 자치대를 찾았다. 모든 유년의 추억이 고스란히 담겨 있는 신암교회가 자치대 사무실이었다. 만보로선 애틋한 추억을 파괴시키는 자치대 사무실이 몹시 마뜩잖았다. 하지만 교회도 원래 모습을 되찾는 날이 오려니! 그렇게 믿는 것으로 타협했다.

마침 의용군 모집에 혈안이 돼 있을 때였다. 전쟁은 막바지다, 한 달 내로 이승만 괴뢰집단은 부산 앞바다에 수장되고 말 것이다, 그러니 지금 영웅적 족적을 남겨야 할 때라고 말하면 만보는 그렇게 믿었다. 지금 굶주리는 자들은 복이 있나니 조만간 북조선에서 내려보낸 양식으로 떡은 물론이요, 술까지 담가 먹을 수 있을 거라고 말하면 만보는 그렇게 믿었다. 의용군으로 나가면 온 가족의 양식을 책임져준다는 말을 들었을 때도 만보는 또 그렇게 믿었다. 그렇게 믿었기에 만보는 오쿠바와 길동을 의용군으로 보내주고 싶었다. 승승장구하는 전쟁에 숟가락만 얹고도 충분히 영웅대접을 받을 수 있다면, 그보다 좋은 일이 어디 있겠는가. 더군다나 의용군에 나가면 가족의 양식까지 책임져준다고 하지 않는가.

"나나 길동이한테 먼저 물었어야지?"

성북천에 쏟아져 내리는 달빛만 주시하던 오쿠바는 처음으로 만보의 눈을 뚫어지게 쳐다보았다.

"지금은 후회하고 있어. 그때는 정말 한 달 안으로 부산까지 해방뇌는 줄 알있어."

만보 자신의 의용군 지원도 그렇게 믿었기에 그렇게 한 거였다. 전장에 배치되고서야 서울에서 듣던 거와 딴판이란 걸 알았다. 물론 그때는 이미 살아 돌아갈 희망조차 내려놓아야 할 때였다.

만보는 그 유명한 방호산의 6사단에 배속되어 경상남도 함안으로 내려갔다. 남해안을 휩쓸며 동으로 이동 중인 6사단이 멈춘 데가 함안군 진동면이었기 때문이다. 마산을 점령하고 나면 곧바로 부산이기에 피아간 전투는 치열했다. 그러나 말이 전투지 방호산 부대는 한 치의 전진도 없이 사상자만 쏟아내고 있는 중이었다. 미25군의 공격도 공격이지만 공군의 정찰기와 쌕쌕이의 기총소사, 남해안에 정박 중인 미군함의 대구경 함포사격까지 십자포화를 뿜어대니 만보의 부대는 속수무책이었다. 6사단은 참호 속에서 낮이고 밤이고 고개를 처박고 있는 게 다였다. 만보 역시 배치된 첫날 밤부터 참호 속에 머리를 처박고 있었다. 닷새째였나 엿새째였나, 엄청난 함포사격에 포연대장 장우철이 전사한 날이었다. 그날 만보는 오른팔 팔꿈치 아래를 날려 보내고 말았다.

"삼륜차 운전은 평생 못하겠군."

오쿠바는 만보의 오른팔 빈 소매를 가볍게 흔들었다.

"당장 길동이도 가만있지 않을 텐데, 이제 어떡할 거야?"

"몰라. 아무것도, 아무것도 모르겠어."

만보는 고개를 숙였다. 오쿠바는 만보의 어깨를 감싸고 일으켜 세웠다. 길동한테 맞은 데가 생각보다 심각한지 만보는 아까보다 더욱 다리를 절었다. 서늘한 밤바람이 몸속의 체온을 씻어갔고, 달은 길게 그림자를 끌었다. 집이 가까워졌을 때 만보는 몸을 떨면서 말했다.

"솔직히 무서워."

오쿠바도 만보의 두려움을 알 것 같았다. 삼륜차 운전수의 꿈을 짓이겨버린 병신의 미래가 두렵지 않다면 그게 이상한 거였다. 모든 인민이 한나절 노동만으로 배불리 먹을 수 있다던 꿈이 오히려 오른팔을 앗아갔고, 심지어 산산조각 내버렸으니 앞으로 어떤 미래가 닥칠지, 또한 두렵지 않다면 그게 이상한 일이었다. 마산 어름의 전장에서, 그리고 팔이 날아간 채 집으로 돌아오던 노상에서 목격했을 무수한 죽음을 두고 만보는 또 얼마나 떨었을까. 오쿠바의 뇌리 속으로 언뜻 눈을 부릅뜬 채 죽어간 구덩이 속 시신들이 다시 스쳐가고 있었다.

"팔 병신 돼서 돌아온 지 얼마 안 됐을 때야. 의용군 나가면 가족들 양식 챙겨준다더니 만석이까지 굶고 있었어. 눈이 확 뒤집혀 자치대 사무실 찾아갔는데, 거기가 교회잖아. 거기서 기선이를 만났어."

"기선일?"

"간호부로 의용군 나가게 됐다는 거야."

"그래?"

"끌려온 모양이야. 울고 있었어. 내가 위원장한테 잘려나간 팔을 들이밀면서 기선이 애는 꼭 돌려보내야 한다고 이판사판 붙었어."

"그래서?"

"집으로 돌려보냈지. 그런 일도 있었어."

그런 일도 있었어, 라는 걸 길동이 알아줘야 할 만큼 만보는 절박한 거였다. 어쨌든 오쿠바는 만보의 입을 통해 기선의 소식도 들었다.

만보의 집 앞에 이르러 그와 헤어졌다. 만보는 겁먹은 얼굴로 잘 가라는 말을 했고, 오쿠바의 눈길은 자신도 모르게 어느새 만보의 오른팔 빈 소매로 가 있었다. 등을 돌리고 성북천을 따라 돈암동으로 걷는 동안 오쿠바는 만보의 빈 소매를 떠올렸다. 길동을 어떻게 설득해야 할지 머리를 굴렸다. 기선의 얘기를 하면 가능할 것 같다는 생각도 해보았다. 그러나 길동을 설득하는 걸로 모든 게 해결될 건지도 모를 일이었다. 하긴 뭘 어떻게 생각해도 팔 없는 만보의 삶이 무던할 것 같지는 않았다.

실제로 길동은 기어이 만보를 고발했다. 인민군이 떠난 자리에 헤아릴 수 없이 많은 단체들이 우후죽순 생겨난 뒤였다. 대한청년단, 청년방위대, 신정동지회, 로터리애국단, 성북반공단, 보문특대처럼 반공이거나 애국이거나 민족을 내세운 단체들이 자고 나면 생겨날 때였다. 그 단체들 중 한 곳에 길동이 만보를 고발한 거였다. 복수가 일상화된 시절이었기에 그랬다.

오쿠바는 그 소식을 봉자한테서 들었다. 폐허가 된 의정부로,

영치네로, 영치 할머니와 한강다리로 정신없이 돌아다니는 동안에 이뤄진 일이었다. 만석을 앞세워 오쿠바의 집을 찾은 봉자는 만보 오빠를 어떻게 좀 살려달라고 울먹였다. 청년들이 만보를 끌고 갔다는 거였다. 엄마가 살려달라고, 절대 안 된다고 만보를 끌어안고 놓아주지 않자 청년단은 엄마를 두들겨 패기까지 했다. 얼마나 세게 팼는지 눈앞에서 만보가 끌려가는데도 엄마는 바닥에 쓰러진 채 신음소리조차 내지 못하고 눈물만 흘렸다. 길동은 그 모든 과정을 곁에서 지켜보았을 뿐 이제라도 나서서 말리지 않았다. 그러니 봉자가 찾을 수 있는 비빌 언덕은 오쿠바뿐이었다.

물론 오쿠바가 할 수 있는 일은 없었다. 설마 죽이기야 하겠는가, 길동이 맘을 바꿔먹는다면 조사가 끝나는 대로 돌아올 수 있지 않을까, 그렇게 희망을 걸어보는 게 다였다. 오쿠바는 봉자에게 며칠만 기다려보자고 말했다. 길동을 만나 기선의 얘기를 하면 마음을 돌려먹겠지, 그런 막연한 기대가 있을 뿐이었다.

만보는 돌아오지 않았다. 가을이 깊어가도록 돌아오지 않았다. 집으로 돌아가는 길을 청년단이 끝내 터주지 않은 거였다. 오쿠바의 설득에 길동이 최초의 신고처로 달려갔지만 돌아온 답은 끔찍했다. 빨갱이 친구 찾는 거 보니 네놈도 빨갱이 아냐?

만보를 다시는 볼 수 없게 된 것처럼 전쟁은 숱한 것을 빼앗아가 버렸다. 할머니만 남겨둔 채 영치네 가족도 끝내 돌아오지 않았다. 첫 의정부행 때는 형과 매형의 소식을 들을 수 없었다. 두 번째 의정부행 때부터 엄마와 원희 누나는 그곳에 눌러앉아 형과 매형을 찾아 헤맸다. 만약 죽었다면 그 소식이라도 듣고자 했는데, 집요한 노력의 최종결과는 전사했다는 소식이었다. 이미 어느 정도 각오한 바였지만 죽음을 확인했을 때 오는 쓰라림은 견디기 힘들었다.

원희 누나는 남편 없는 의정부 집을 정리하고 돈암동으로 돌아왔다. 엄마한테 박가분을 사다 주면서 재잘거리던 누나는 없었다. 생각이 많아진 듯 눈은 젖어 있었고, 아무 생각이 없는 듯 눈은 시력을 잃은 것처럼 보였다. 오쿠바가 그런 원희 누나를 조용한 목소리로 부르면 제법 동안을 둔 뒤, 불렀어, 하고 묻고는 했다. 바라보되 초점이 없었다.

그런 중에 최전방은 다시 소용돌이가 일었다. 중공군이 개입했다는 소식이었다. 곧 종전이 되면서 통일을 맞을 것처럼 설레발치던 정부는 또다시 거짓말을 늘어놓기 시작했다. 중공군에 밀려 국군은 이미 평양 사수도 포기한 마당에 압록강 변에서 중공군과 치열한 공방전을 벌이고 있다는 식이었다.

국군과 미군이 42만 명, 인민군과 중공군은 33만 명에 불과했으나 전선은 점점 남으로 밀려 내려왔다. 이승만 정부는 12월 24일이 되어서야 서울사람들에게 대피령을 내렸다. 한 번 속지 두 번 속나. 서울사람들은 이미 12월 초부터 하나둘씩 보따리를 싸기 시작했다. 이듬해 1·4후퇴 때는 80만 명 넘게 서울을 떠났다. 그때까지 서울을 떠나지 않은 사람은 13만 명에 불과했다.

오쿠바네 역시 12월 중순에 떠나는 길을 택했다. 지난 초여름 때처럼 엄마는 땅에 묻을 것을 먼저 챙겼다. 이불과 옷가지, 중요한 살림살이들을 두 항아리에 넣어 언 땅을 파고 깊이 묻었다. 대문 단속까지 끝내고 나서 오쿠바네는 피란길에 올랐다. 오쿠바는 자신이 겪었고, 자신이 겪을 모든 겨울 중에서 가장 혹독한 겨울을 피란길에서 보내야 했다. 연일 최악의 영하였다. 발은 감각을 잃은 지 오래였다. 그런데도 하루가 멀다 하고 눈보라가 몰아쳐대 살을 에어냈다. 짐 보따리를 어깨에 멘 채 볼때기를 때리는 눈보라를 헤쳐가며 오쿠바는 엄마와 원희 누나랑 근 이십여 일 동안 걸었다. 닿은 곳은 청주였다. 오쿠바의 외삼촌이 사는 데였다. 외삼촌은 청주 중앙공원에서 성안길로 오르는 목에서 삼천리약방을 열고 있었다. 약방은 문을 닫아걸었고, 안채에 있는 세 개의 방은 이미 만원이었다. 오쿠바의 외가식구란 외가식구는 죄다 삼천리약방으로 피란한 모양이었다. 오쿠바는 태어나 처음 보는 외사촌들과 가마니를 두 겹 세 겹으로 깔아놓은 광에서 그 긴 겨울을 보냈다. 그래도 무심천변에 길게 늘어세운 미군천막에 비하면 아방궁이 따로 없었다.

삼천리약방에선 해를 넘겨 버텼다. 휴전 얘기가 나온 뒤에도 오쿠바의 가족은 외삼촌네를 떠나지 않았다. 물론 피란처가 확실하긴 해도 걱정까지 사라진 건 아니었다. 오쿠바 나이는 언제

징집될지 모를 위험천만한 때였다. 큰아들을 잃고 딸을 과부로 둔 엄마는 애가 닳았다. 어떡하든 오쿠바의 징집만큼은 막아볼 생각이었다. 51년 2월 18일에 내려진 대학생 징집연기 조치는 엄마가 먼저 알았다. 오쿠바는 엄마의 재촉에 떠밀려 피란지 청주에서 임시로 문을 연 신흥대학에 입학했다. 경희대학 전신이었다.

색시집이 된 춘천 집

중공군의 3차 공습이 이어졌다. 1950년 12월 31일부터 이듬
해 1월 8일까지 일주일 남짓이었다. 그 일주일 동안 중공군과
인민군은 8천 5백여 명의 사상자를 냈다. 미군과 국군은 1만 2
천여 명의 사상자를 냈다. 80만 명이 넘는 이들이 서울을 떠났
다. 서울은 텅 비었고, 어떤 저항도 없었다. 중공군은 서울로 쉽
게 밀고 들어왔다. 살을 에는 눈보라만이 서울 하늘을 휩쓸어
댔다.

4차 공습은 그해 1월 25일부터 4월 21일까지였다. 톱질을 하
듯 서울로 밀고 들어오거나 밀려나기를 반복해온 중공군은 재
차 서울을 장악했다. 하지만 그들은 승리의 대가를 톡톡히 치
렀다. 탄약이나 양식을 비롯한 보급품은 일주일이면 동났다. 후
방에서 보급품이 도착하는 다음 일주일 동안 중공군은 거의
알몸으로 싸워야 했다. 미군은 그걸 알았다. 중공군이 알몸일
때 미군은 밀고 올라갔다. 4월 21일, 미군은 서울을 다시 탈환
했고, 더욱 밀고 올라가 삼팔선 이북으로 중공군을 밀어냈다.
그때부터 전선은 삼팔선 근처에서 교착상태에 빠졌다 북쪽에

서 일주일 밀고 내려오면, 남쪽에서 일주일 밀고 올라가는 식이었다. 기나긴 반복 속에서 죽어나는 건 민간인이었다.

모든 생산은 멈췄다. 정지된 피란지에서 살아남는 길은 아주 단순했다. 남자들은 군에 끌려가거나 보급품 나르는 일로 끼니를 찾았다. 역전 광장에는 지게를 내려놓은 채 막담배를 빨고 있는 초로의 남자들이 수두룩했다. 온종일 죽 때리고 있어봐야 제 밥그릇 챙기기도 힘들었다. 그러니 아무짝에도 쓸모없는 게 남자였다. 하지만 그런 매가리 없는 남자들조차 귀한 시절이었다. 전쟁이 끝난 뒤 보건복지부가 발표한 통계에 따르면 전국의 미망인 수는 55만 5천 명에 달했다. 그러니 아버지가 없거나 쓸모없는 아비를 둔 아이들은 동냥을 일로 삼았다. 아이를 업은 여자들도 동냥을 일로 삼았다. 아이를 떼어놓거나 아이가 없는 여자들은 아무 데서나 벗었다. 역전 변소에서 벗었고, 미군 막사에서 벗었고, 물 없는 봇도랑에서 벗었고, 안집 광에서도 벗었다.

더는 견딜 수 없게 된 피란민들이 남부여대하고 무작정 서울로 되돌아가기 시작한 건 1951년 4월 말부터였다. 삼팔선 어름에서 전쟁이 교착상태에 빠져든 때였다. 그러나 국군이 지키고 앉아 도강을 막았기에 피란민들은 한강을 건널 수 없었다. 강을 건너지 못한 피란민들은 흑석동 일대에다 천막을 치고 강이 열릴 때를 기다렸다. 임시 거처고 보니 흑석동의 삶이나 피란지의 삶은 다르지 않았다. 다르다면 두고 온 집이 강을 건너면 있다는 것뿐이었다. 그러니 흑석동의 삶 또한 날마다 피눈물이 엉겨 붙었다. 몰래 강을 건너던 자들은 군인들의 총에 맞아 죽거나 익사체로 건져졌다. 부황병이 든 얼굴은 차마 눈 뜨고 볼 수 없었다. 불에 볶은 왕겨가루와 나무껍질을 벗겨 끓인 껍질죽이 일용할 양식이었다. 똥구멍이 찢어지게 가난하다는 말은 나무껍질로 연명하면서 나온 거였다. 소화가 안 되는 나무껍질은 돌처럼 단단하게 미주알을 막았다. 엉덩이에 힘을 주면 똥구멍만 찢어졌다. 똥 눌 때마다 돌처럼 굳은 나무껍질을 파내지 않고서는 똥을 눌 수 없었다. 그러니 나무껍질 말고 한 끼 배불릴 수 있는 걸 찾아서 눈에 불을 켤밖에 없었다. 피란지에서 그랬던 것처럼 구걸은 항다반사였다. 하지만 똑같이 굶주렸기에 동냥은 불가능했다. 기중 괜찮은 원주민의 집을 찾아 손을 벌리면 문을 닫았고, 쪽박을 내밀면 걷어차버리기 일쑤였다. 여자들은 밀가루 두 바가지를 얻기 위해 옷을 벗었고, 미군담요 한 장을 얻기 위해 옷을 벗었다. 인간의 원초적 제일 본능에 따라 입속에 넣을 것만 있다면 뭐든 할 수 있었다. 그게 전쟁이었다. 어찌 보면 전쟁은 하도 정직하여 체면을 지웠고, 의리 같은 건 개나 주도록 하였다.

　오쿠바는 청주 큰 외삼촌네서 흑석동 소식을 들었다. 돌아가봐야 한강을 건널 수 없으니, 오쿠바 역시 흑석동에서 살지 말란 법이 없었다. 그냥 청주에 눌러앉아 있는 게 상책이었다. 다행히 4월이 되고 날이 풀리면서 청주 가까운 곳에 집을 둔 다른 외사촌들은 하나둘 떠나갔다. 조치원으로, 괴산으로, 진천으로 돌아간 거였다. 오쿠바는 광을 나와 사랑채로 옮길 수 있었다. 그곳에서 신흥대학을 다녔다. 배움이 목적이 아니라 입대를 피하려는 고육책이었다.

돈암동 집으로 돌아왔을 때는 진달래꽃이 흐드러지게 핀 그이듬해 봄이었다. 해를 넘겨서 돌아온 낯설디낯선 귀가였다. 아직 환도령還都令이 내린 건 아니었으나 한강을 건너는 일은 돈만 있으면 될 때였다.

집은 반기지 않았다. 해를 넘긴 데다, 모든 게 뜯겨나가는 겨울도 넘겨 돌아온 탓에 집은 배렸다. 안방이고 건넌방이고 손타지 않은 데가 없었다. 다락에 올려둔 이불 더미와 옷가지도 손을 탔다. 부뚜막에 걸어둔 가마솥도 없어졌고, 광에 있어야할 장작 더미도 알뜰히 쓸어가버린 상태였다. 아래쪽 경첩이 떨어져나간 대문은 그나마 기우듬히 자리를 지키고 있었다. 땅속에 묻어뒀던 항아리들이 손 타지 않은 건 얼마나 다행한 일인지 몰랐다.

비록 항아리 속 물건들이 온전했으나, 다른 모든 게 손 탄 집은 정나미가 떨어졌다. 문짝마다 덜렁거리는 게 동창이든 북창이든 귀신 드나드는 통로만 같았다. 집안 정리를 하면서도 원희누나는 틈만 나면 한숨을 푹푹 내쉬었다. 제일 먼저 이사 얘기를 꺼낸 것도 원희 누나였다. 의정부 집과 돈암동 집을 정리해목 좋은 곳을 찾아 새로운 삶터를 마련하자는 거였다. 살림집과 약방을 겸할 수 있는 곳으로 옮기자는 거였는데, 약방 경영이라면 이골이 난 터였다. 일 년 넘게 외삼촌 일을 거들면서 원희 누나는 약 이름이든 용도든 모르는 게 없었다. 원희 누나를 믿고 외삼촌이 얼마든지 외출할 수 있을 정도였다. 여태도 삼팔선 어름은 치열한 전투 중이지만, 서울은 그러구러 자리를 잡아가던 때였다.

하지만 엄마가 반대했다. 엄마는 이사할 이유가 없다고 했다. 춘천을 떠난 뒤 첫정을 들인 집이었다. 전사한 큰아들에 대한 잔흔 역시 버릴 수 없는 곳이었다. 원희 누나는 굴하지 않고 엄마를 설득했다. 엄마는 변함없이 고개를 저었지만, 그 의지가 한결같지는 않았다. 날이 갈수록 원희 누나의 설득에 귀 기울이는 빈도수가 높아졌다. 가진 것만으로 버텨내기에는 앞길이 구만리장천인 때문이었다. 그렇더라도 아직은, 아직은, 하고 엄마는 즉답을 피했으나 뜻밖의 사건이 엄마의 의지를 꺾어놓았다. 메리 엄마한테 다녀온 뒤부터였다.

"사람 그리 안 봤는데, 그러고 사네."

엄마는 잃어버린 무쇠가마솥이 메리 엄마네 부뚜막을 차지하고 있더라며 너덧 번이나 '주여'를 반복했다. 가마솥의 네 귀 중 한 귀가 나간 거랑, 솥뚜껑 꼭지가 패여 있는 게 영락없이 우리 거라는 얘기였다.

"메리 엄마가 부엌에 있대서 안으로 들어갔더니, 그 날렵한 몸으로 가마솥부터 가리더라. 더 눈에 들어오지 메리 엄마가 짜장 그럴 수 있냐. 안방 들어가봤으면, 우리 다락 옮겨놓은 줄 알고 기절했을지도 모르겠다. 순사한테 진주 맡긴 꼴이지. 믿을 놈 없으니 무섭기도 하고, 청주에서 늦게 돌아온 게 새삼 후회스럽기도 하고."

그때부터 엄마는 원희 누나의 말에 귀를 기울였다. 영치 할머니는 소사로 옮겨 갔는지 영영 볼 수 없을 때였고, 성북천을 떠난 만보네 역시 돌아오지 않은 때였다. 피란지 부산에서 신학교를 다니다가 돌아왔다는 길동은 교회에서 전도사라도 된 양 똥폼을 잡고 있을 때였다. 학교가 대구로 이사하는 바람에 겨우 6개월 다니다가 돌아왔다면서도 그랬다. 전쟁이 끝나면 복학할 거라고 했으나, 하룻강아지 학력으로 과하게 폼을 잡았다. 상고머리가 대세이던 시절에 그는 머리를 길러 올백으로 넘겼다. 가방엔 늘 성경을 넣고 다녔으며 한여름에도 굳이 넥타이를 맸다. 엄마의 말에 따르면 새벽예배 참석에도 열심이라는 거였다. 어른들 세계에선 이미 목회자나 진배없었다. 그러니 오쿠바를 대할 때인들 예전 같겠는가. 말을 섞기 불편할 만큼 한 자락 깔고 대하지 않으면 다행이었다. 기선과 쉽게 헤어진 것도 그랬다. 전쟁 나기 전까지만 해도 둘의 연애는 검은 머리가 파뿌리 되도록 이어질 것처럼 보였다. 원체 어른들 눈에 안 띄게 쉬쉬하는 연애였지만, 오쿠바와 만보의 눈까지 피해갈 수 있는 건 아니었다.

정릉리로 사진 찍으러 갔을 때였다. 산딸기가 지천에 널려 있어서 사진은 뒷전으로 밀렸다. 산딸기부터 입에 넣고 볼 일이었다. 입술 주위가 벌게지도록 따먹던 오쿠바는 만보가 옆구리를 찔러서야 돌아봤다. 길동과 기선이 안 보인다는 거였다. 어디 간 거냐고 묻자 만보는 검지를 입술에 갖다 댔다. 다른 손으로는 덩굴 저편을 가리켰다. 언뜻 옷자락을 본 것도 같고 그냥 숲인 것도 같았다. 둘은 덩굴을 헤쳐 살금살금 다가갔다. 길동이 기선을 안은 채 입술을 포개고 있었다. 녀석의 한쪽 손은 기선의 가슴 속으로 아예 푹 들어가 있었다. 기선의 젖가슴을 주무르고 있는 거였다. 이건 아주 넋을 빼고 볼 일이었다. 하지만 저주스럽게도 뒤따라온 영치가 찬물을 끼얹었다. 영치는 날카로운 목소리로 기선을 불렀다. 눈은 오쿠바를 서늘하게 노려보고 있었다. 놀란 길동이 잽싸게 손을 빼며 돌아봤고, 기선은 배꼽 위로 올라간 셔츠부터 내렸다. 아직 산딸기도 따먹지 않았을 텐데 둘의 입술은 뻘겠다.

그 사건 뒤로 길동은 오쿠바와 만보를 만날 때마다 입단속을 사정했다. 멍청한 길동이 아닐 수 없었다. 그걸 누구한테 얘기한단 말인가. 길동 엄마한테 할 수 있는 얘기가 아녔고, 기선 엄마한테 할 수 있는 얘기도 아녔다. 그렇다고 오쿠바가 원희 누나나 엄마한테 할 얘기도 아니었다. 오쿠바는 길동의 내숭스러움에 질려 하면서도 기선과의 그 짓이 그냥 부러울 따름이었다.

하지만 이젠 끝났다. 피란살이를 접고 돌아온 뒤부터 길동은 노골적으로 기선을 밀어냈다. 교회에서 마주쳐도 애써 데면데면 대했다. 오쿠바는 기선과 헤어진 거냐고, 이유가 뭐냐고 묻지 않을 수 없었다. 길동은 즉답을 피하다가 한번은, 기도 중에 다른 여자를 찾는 중이라고 말했다. 목회자를 내조하기엔 도무지 안 어울리는 성격이라는 거였다. 조신하지 못하다는 거였지만, 좋게 말하면 활달한 성격이 문제인 거였다. 오쿠바의 입안에선 허, 참, 별 미친놈 다 보겠네, 하는 말이 금방이라도 튀어나올 것처럼 맴돌았다. 길동은 이미 자신의 꿈에 도취돼 사는 거였다.

하늘에서 뚝 떨어지듯 길동에게 새로운 여자친구가 나타났는지는 확인되지 않았다. 길동이 워낙 내숭스러워 물어도 답할 리 없었고, 그즈음 오쿠바도 돈암동을 떠나게 되었다. 가는 곳은 청계천변에 있는 이층 붉은 벽돌집이었다. 휴전을 목전에 두었기에 정부의 환도가 코앞이고, 사람들까지 몰려들 게 빤하니 자고 나면 집값이 오를 때였다. 원희 누나는 전사한 남편의 신분을 십분 활용하여 싸게 그곳을 장만하였다. 구들 대신 다다미가 깔려 있는 적산가옥으로, 일층은 약방 겸 안채로 쓸 거라고 했다. 이층은 방이 두 개였는데, 오쿠바와 원희 누나가 나눠 쓰기로 했다. 아직 짐 정리가 남았지만 원희 누나는 약방에 정신이 팔려 틈만 나면 집 밖으로 돌기에 바빴다. 심지어 청주에 사는 외삼촌을 두 차례나 불러올릴 정도였다. 다행히 52년 5월 1일부터 한강철교가 복구되고 경부선 운행도 재개됐기에 외삼촌의 서울 원정은 그러구러 수월했다. 하지만 아직은 전시 중이고, 오랫동안 생산이 멈춘 터라 활명수든 다이아졸연고든 강신 빈대약이든 테라마이신이든 약 구하는 일이 난망이었다.

약업사 자격증까지 취득해 약방 문을 연 것은 이듬해 53년 여름이 되어서였다. 정전협정은 7월 27일에 발효됐고, 정부는 8월 15일에 서울로 환도한 상태였다. 피란길에 올랐던 대학들도 줄줄이 돌아와 있을 때였다. 약방 이름은 고향을 끌어들여 춘 천당약방으로 하였다. 군 문제가 걸려 있는 오쿠바로선 하루라 도 빨리 대학에 적을 둬야 할 때였다.

피란지에서 다녔던 신흥대학에 복학하는 게 무난했으나 엄 마가 문제였다. 청주에선 다른 선택의 여지가 없어서 신흥대학 을 다녔다. 이젠 목회자의 길로 들어서야 한다는 게 엄마의 주 장이었다. 그건 서언기도에 대한 의무였고, 길동에 대한 부러움 이기도 했다.

그러나 오쿠바에겐 신이 인간의 생사를 관장하지 않았다. 신 은 무기력했고 인간의 죽음 안에 갇혀 있었다. 형이나 매형이나 혜화동로터리에서 보았던 구덩이 속 인민군들의 죽음은 신의 의지가 아니었다. 반드시 죽이고야 말겠다는 인간의 의지에 따 른 결과였다. 한강다리에서 사라진 게 틀림없는 영치의 죽음 역 시, 다리를 파괴시켜야 내가 산다는 인간의 원초적 욕망에 따 른 결과였다. 구덩이 속 인민군들의 죽음은 참으로 처연했다. 오쿠바는 원망에 사로잡힌 부릅뜬 눈을 기억하고 있다. 겁에 질 려 몸뚱이를 움츠린 채 죽어간 죽음을 기억하고 있다. 두고 온 고향이거나 어머니이거나 아내에게 모든 슬픔을 건네듯 처연한 눈으로 죽어간 죽음도 기억하고 있다.

악이 신을 압도했다. 완전자인 신은 신이 창조한 세계 안에서 완전히 실패했다. 선악과를 따먹지 말라고 할 게 아니라 선악과를 만들지 말았어야 했다. 그 불완전성의 신을 어떻게 믿는단 말인가. 분노와 원망과 두려움과 슬픔을 안고 죽어가는 인간을 신은 그저 바라만 보았다. 그 무기력한 신을 왜 믿어야 한단 말인가. 그러니 밤하늘의 별 같은 표상일 뿐인 신을 두고 우리의 구세주라고 어떻게 전파할 수 있단 말인가. 오쿠바는 그 길로 가고 싶지 않았다. 가증스러운 길이 아닐 수 없었다.

그런 완전자이자 전지전능하며 영원한 현재인 신은 도대체 어디서 왔는가. 종종 교회에서 말해졌을 뿐, 실은 성경에서 말하는 신은 아니다. 성경이 우리에게 안내한 신은 인간의 행동에 따라 후회도 했다가 진노도 발했다가 기뻐하기도 한다. 성경이 말하는 신은 세계를 관조하는 것이 아니라, 인간을 이 세계의 공동창조자로 삼고 있다. 그 신은 모든 것을 일방적으로 결정하는 강압적이고 폭력적인 힘을 발휘하지 않는다. 인간의 자유로운 결정을 존중하면서 바른길로 유도해가는 설득적인 힘을 지니고 있다. 그 성경의 신은 사랑이라는 속성대로 선악의 구분 없이 모든 인간을 위해 온몸을 십자가에 던졌다. 그러므로 그 신은 윤리적 완전자임에는 분명하다.

오쿠바는 성경이 안내하는 신에 대해서라면 공부하고 싶은 마음이 있었다. 그게 엄마가 말하는 목회자의 길은 아니었다. 스스로를 옭아매는 길동의 길 같은 거라면 소름이 돋았다. 그 어떤 것에도 얽매이지 않는 기질이 오쿠바를 여전히 사진작가 의 꿈을 버리지 않도록 하는 거였다.

군 문제가 걸려 있기에 언제까지 탐색하고 고민만 할 일은 아 니었다. 오쿠바는 엄마의 완고한 고집 안에서 차선의 길을 찾아 야 했다. 그는 성경의 신을 찾기로 했다. 성경의 신을 통해 구덩 이 속 주검들의 눈을 받아들이고 싶었다. 형과 매형, 영치의 죽 음을 받아들이고 싶었다. 그는 한국신학대학으로 자신의 진로 를 결정했다. 신학교 중에선 유일한 4년제 대학이었다. 군 문제 를 연기할 수 있는 곳이었다. 4년제 학제로 학생을 모집하는 데 는 감리교신학교도 있었으나, 그곳은 아직 문교부 인가가 나지 않았다.

수업은 피란 전에 사용했던 남산 아래 동자동 교사에서 시작 했다. 수유리 학교 부지에는 아직 교사를 마련하지 않은 상태 였다. 오쿠바는 그런 한국신학대학을 다녔다.

동자동 일대는 혜화동처럼 전투가 치열했던 모양인지 성한 주택이 별로 없었다. 돌로 지어진 이층 강의실과 채플실은 그나 마 온전했으나, 단층의 교무실과 사택은 총상의 흔적이 역력했 다. 처마가 주저앉을 위험이 있는지 나무기둥을 받쳐놓은 데도 두어 군데 있었다. 공동변소는 거의 사나흘에 한 번 꼴로 수리 중이었다. 거의 모든 매화틀이 나무였던 시절에 청결을 유지한답시고 사기변기를 놓은 게 화근이었다. 먹고살 길을 잃었기에 천지에 도둑이 득시글하던 때였다. 그래도 그렇지, 사기변기만 엎어놓으면 밤새 뜯어 가기 바빴다. 다섯 차례나 변기 도둑을 맞은 학교에서 내놓은 묘책은 고육책이었다. 사기변기를 깨뜨려서 엎어놓는 방법이었다. 그제야 변기 훔쳐 가던 도둑의 발길이 끊겨 공동변소의 수리도 끝났다. 오쿠바는 별로 내키지 않는 그 조잡한 학교를 다녔다. 들어오라고 해도 들어갈 마음이 눈곱만큼도 없는 이층으로 된 기숙사는 그나마 지방학생만 기숙할 수 있다고 했다. 오쿠바는 을지로 춘천당약방에서 전차를 이용해 통학했다.

길동이 찾아온 건 학교를 다닌 지 한 달쯤 지나서였다. 그는 춘천당약방으로 약 사러 온 게 아니었다. 전적으로 오쿠바를 만나기 위해서 온 거였다. 그는 오쿠바의 엄마를 통해 오쿠바의 소식을 들었다. 을지로 이사를 계기로 오쿠바는 교회를 떠났으나 엄마는 여전히 신암교회를 다니고 있었다. 물론 일요일 낮만 그랬다. 새벽예배나 저녁예배는 집 가까운 교회를 택했다.

"약방도, 네 방도 어지간히 근사하네!"

약방을 거쳐 이층으로 올라온 길동은 방을 둘러보며 감탄사를 연발했다. 그는 여전히 올백머리였고 넥타이를 매고 있었다. 만보 사건 이후로 좀처럼 만날 이유를 찾지 못했으나, 초장부터 김새게 할 수는 없었다.

"학교는 복학했어? 잘 다니고 있지?"

오쿠바는 반가운 목소리로 그의 근황을 먼저 물었다.

"실은 그것 때문에 왔어."

"그것 때문에? 그게 뭐야?"

"우리 교회가 넘어갔잖아. 전국 장로교회 중 568교회, 261명 목사가 지난 6월에 기독교장로회로 넘어갔잖아."

장로교가 내홍에 휩싸였다는 건 오쿠바도 알고 있었다. 내홍의 빌미는 선교사 문제와 성경 무오설無誤說 말고도 여러 가지가 있었다. 물론 그때까지 오쿠바가 알고 있는 건 별로 없었다. 그냥 장로교의 주도권 싸움이려니 싶었다.

"걱정이야. 선교사들이 세운 정통을 따지자면 토 달 것 없이 복학해야 맞는데, 군대 문제 걸려 있고, 교회도 기독교장로회로 넘어가 있고. 나도 학교를 옮겨야 할까 봐?"

"그냥 다니던 데 다녀. 이미 넌 정통주의자잖아."

"내가 왜 정통주의자야?"

길동은 정색했다.

"그건 내가 왜 정통주의자가 아니냐고 묻느니만 못해."

맘 같아선, 머리 올백 넘겼지, 입술에 붙은 밥알도 무겁다는 삼복염천에도 넥타이 매고 다니지, 성경을 끼고 살지, 용서보단 징치에 혈안이 돼서 만보 목숨 넘겨줬지, 목사 마누라감이 아니라고 벌써부터 기선을 차버렸지. 그냥 넌 딱 미국 남장로회 선교사 스타일이야, 라고 말하고 싶었다. 하지만 그런 말을 어찌

면전에 대고 할 수 있겠는가. 오쿠바는 피식 웃기만 했다. 길동도 더는 따지지 않고 말을 돌렸다.

"근데 김재준 교수, 그 양반 강의는 어때?"

"나한테서 뭘 듣고 싶은 거야?"

"1947년인가? 그 양반 제자 중에 이일선이라고 있었잖아? 이일선이 『이상촌』이란 책을 쓴 건 알아?"

오쿠바로선 듣느니 처음이었다. 이놈이 별걸 다 안다 싶었다.

"그 책 보면 농번기엔 새벽과 밤에 예배드리고 낮엔 일하자는 내용이 나와. 도대체 교수가 어떻게 가르쳤기에 거룩한 안식일 예배를 편의에 따라 바꾸자고 주장할 수 있겠어? 자유주의 신학자라는 말이 틀리지 않아. 거기에 선교사를 배척한다 그러지, 성경 무오설을 부인한다 그러지, 이래저래 자질이 의심되는 양반이야. 심지어 전에 성진중앙교회 김춘배 목사가 「고린도전서」 14장을 두고, 그건 2천 년 전 풍습일 뿐 불변의 진리는 아니라고 말했을 때도 그걸 두둔하고 그랬다잖아. 여성은 교회 안에서 그저 조용히 하라는 말씀 말이야."

"틀린 말 아니네. 네가 그랬잖아. 복음서 어디에 예수의 좌편 우편이 기록돼 있느냐고? 그런데도 십자가에 매달린 사형수들 얘기할 때마다 왼편 사형수는 지옥구덩이에 떨어졌다고 하잖아? 자기네들은 좌익, 빨갱이 도식에다 좌편을 버젓이 꿰맞춰놓기까지 하면서."

학생부 시절 길동이 선생의 입을 다물게 했던 얘기이기에 길동도 웃었다.

길동은 그 뒤에도 끈덕지게 이것저것 물었다. 결코 즐거운 얘기는 아니었다. 지루했으나 그는 저녁까지 얻어먹고서야 밤길을 나섰다. 엄마랑 원희 누나는 오랜만에 왔다면서 이것저것 챙겨주기까지 했다. 기분이 괜찮았는지 길동은 또 오겠다는 말을 세 번이나 반복했다.

그날 이후 오쿠바는 애정을 두지 않던 것에 관심을 갖기 시작했다. 어차피 적을 둔 학교다 보니 설립 과정이나 성경 무오설 같은 것 정도는 알아야겠다는 생각이 든 까닭이었다. 그런 것들을 공부할 때 곁가지들이 얼마나 다양하게 뻗어나가는지, 그때만 해도 미처 상상하지 못한 터였다.

오쿠바는 장로교의 분열 과정을 공부하느라 사람을 만나고 책자를 찾았다. 분열 과정을 공부하고 나면, 평양신학교를 세웠던 선교사들이 이 땅을 줄줄이 떠나는 과정이 기다리고 있었다. 광복과 함께 미군정이 들어서고 선교사들이 다시 돌아왔을 때, 한국 교회는 그들의 그림자라도 잡고 싶어 혈안이 돼 있었다. 일제 말 만주로 도망갔다가 광복과 함께 돌아온 박형룡 목사가 선교사들을 붙잡았다. 남산신학교 교장이었다가, 고려신학교 교장이었다가, 광나루신학교로 더 알려진 총회신학교의 주축이 된 그의 헤게모니 장악 과정은 그렇게 시작되었다. 그렇다면 박형룡 목사와 함께 프린스턴신학교에 유학했던 김재준 목사가 불과 일 년 만에 웨스턴신학교로 옮길 수밖에 없었던 이유에 대해서도 파고들어야 했다.

김재준은 프린스턴신학교에서 충격적인 장면을 목도한다. 한국에 파견된 선교사들이 한국을 소개하는 사진전을 프린스턴신학교에서 연 거였다. 당시 선교사들은 삼십대 젊은이들이었다. 그들은 만주 땅 심양에서 성경의 한글번역에 몰입했던 로스John Ross나 맥킨타이어Macintyre 같은 1세대 선교사들과 달랐다. 평양신학교를 세운 그들 젊은 선교사들은 조선인을 종교도 없고 문화도 없고 영혼도 없는 열등한 민족의 전형으로 여겼다. 그들은 조선의 미개함을 알리고, 자신들의 영웅적 선교사업을 과시하기 위해 사진전을 십분 활용했다. 전시된 사진들은 눈물겨웠다. 길바닥에서 똥을 누고 있는 아이와 아이의 똥구멍을 핥고 있는 황구, 길섶에서 허연 엉덩이를 까고 오줌을 누고 있는 여인, 누더기도 없이 알몸으로 코 범벅이 된 채 거리를 쏘다니는 아이들, 뼈만 앙상한 장정들이 나무에 매단 개를 몽둥이로 때려잡는 장면, 장바닥에서 아이에게 젖을 물린 채 호박과 오이를 팔고 있는 여인, 일본 순사한테 따귀를 맞고 있는 초로의 지게꾼 같은 사진들이었다. 사진전을 돌아본 김재준은 치 끓는 분노를 가눌 수 없었다. 그는 프린스턴신학교 측에 항의서한을 전달했다.

"조선에는 찬란한 불교문화와 유교문화가 있다. 조선말을 읽기는커녕 겨우 몇 마디 하는 게 고작인 선교사들이 도대체 무슨 근거로 조선 문화를 능멸하는 사진전을 열 수 있단 말인가.

나 역시 미국의 빈민가 구석진 뒷골목을 다니면서 조선의 빈민촌보다 더욱 처참한 광경을 익히 보아왔다. 당신네가 조선 민족을 부끄럽게 함으로써 선교비를 모으거나 선교 열의를 높이려는 속셈이라면 나의 염치가 이를 용납하지 못한다. 그러니 사진전을 당장 불허하라."

훗날 김재준은 그토록 모욕적인 사진전을 일찍이 본 적 없었다고 말했다. 물론 그 사진전을 기화로 김재준이 프린스턴신학교를 떠난 것은 아니었다. 일본 아오야마학원의 자유로운 학풍에 젖어 있던 김재준은 그레샴 메첸 교수를 정점으로 하는 프린스턴의 근본주의신학과는 도대체 어울릴 수 없는 인물이었다. 학문의 자율성을 최우선에 두어온 김재준으로선 근본주의신학에 대한 의문을 안 가질 수 없었다. 그 결과 그는 학교를 웨스턴신학교로 옮길 수밖에 없었다.

그렇다면 근본주의신학이란 무엇인가. 오쿠바는 이에 대해 파고들어야 했다. 당연히 그 뿌리가 되는 청교도 정신에까지 파고들어야 했다. 왕정 치하의 영국에서 상공계급이 주류를 이룬 청교도는 소수파에 속했다. 하지만 경제력을 바탕으로 그들은 점차 의회를 장악해갔다. 급기야 올리버 크롬웰을 앞세워 그들은 청교도 혁명을 이루어냈다. 물론 오래가지 않았다. 크롬웰이 사망하자 다시 성공회가 득세하면서 청교도는 대대적인 탄압을 받게 되었다. 결국 그들 중 102명이 메이플라워호에 몸을 싣고 종교의 자유를 찾아 영국을 떠났다. 1620년 9월의 일이었다.

미국으로 건너간 청교도들은 정치적으로 치명적인 쓴맛과 단맛을 고루 맛보았다. 정치적인 것과는 선을 그어야만 살아남을 수 있다는 걸 뼈아프게 터득했다. 여기에 개척기의 무법상황까지 더해지자 그들은 무엇보다 개인의 죄악을 문제 삼는 쪽으로 경도되어갔다. 그 판단기준은 성경이었다. 성경을 근거로 그들은 자신의 신앙과 자유를 위협한다 싶으면 가차 없이 징치했다. 그래야만 자신과 신앙을 지킬 수 있다고 믿는 거였다. 그들은 영감에 의해 기록된 성경은 오류가 없다고 믿었다. 그러니 그 신성한 권위를 의심하거나 부정해선 안 된다고 가르쳤다. 그들은 하느님 주권에 대한 절대적 확신을 가져야 한다고 가르쳤다. 향락에서 벗어나 안식일을 철저히 지키고 경건한 생활에 치중해야 한다고 가르쳤다. 그들은 만악의 근원인 게으름을 떨쳐버리고 오직 성실한 실천으로써 교회를 섬기고 자신의 삶을 가꾸어야 한다고 가르쳤다.

근본주의자들에 따르면 일제의 식민지배는 하느님 주권에 의한 연단의 과정이었다. 식민지배를 거스름 없이 받아들여야 하는 거였다. 그들에 따르면 한국전쟁 또한 하느님 주권에 의한 심판의 과정이었다. 순순히 받아들여야 하는 거였다. 일제는 1944년 8월에 '여자정신근로령'을 공포한다. 12세에서 40세 미만의 조선 여성이 대상이었고, 7만여 명이 강제노역에 동원되었다. 미쓰비시 중공업 군용항공기 공장에 끌려가 무임노동을 한 조선 여성만도 4백여 명에 이른다. 그것 역시 하느님의 주권에 의한 혹사이고 능멸이었다. 형과 매형의 죽음, 영치와 만보의 죽음, 혜화동로터리에서 보았던 인민군들의 죽음조차 하느님의 주권행사에 의한 결과였다. 미국 북장로교나 남장로교 선교사들의 가르침을 받았던 이 땅의 근본주의자들은 분명 그렇게 믿고 받아들였다. 그들에게 오직 관심의 대상은 개인의 영혼구원이었다. 구조악에 대한 실천적 대응은 크리스천의 몫이 아니었다.

반면 송창근이나 김재준, 문재린의 고향인 함경도나 간도지역의 선교사들은 성경을 근거로 민족의 해방을 가르치고 설교했다. 그들은 개인구원을 위해서라도 구조악과 맞서야 한다고 주장했다. 캐나다 선교사들이나 독일의 루터교 선교사들이 그들이었다.

1892년 6월에 맺은 오큐파이occupy협정에 따라 미국 북장로교나 남장로교 선교사들은 서울이나 평양 같은 대도시에서 선교활동을 했다. 반면, 캐나다나 독일의 선교사들은 이 땅의 변방에서 선교활동을 했다. 보다 정확히 말하면 미국 북장로교는 평안도, 황해도, 경기도, 경상도를 선교지역으로 삼았다. 미국 남장로교는 전라도와 충청도를 선교지역으로 삼았다. 호주 장로교는 경상남도를 선교지역으로 삼았다. 캐나다 장로교는 함경도 지역을 선교지역으로 삼았다. 근본주의자들의 눈으로 보면 캐나다나 독일의 선교사들은 지나치게 정치적이었다. 만약 선교사들의 선교지역이 뒤바뀌었다면 어땠을까. 여전히 근본주의자들이 득세했을까.

　미국 근본주의 선교사들이 뿌려놓은 성경 무오설에 이르면 문제는 더욱 심각해진다. 성경은 영감에 의해 기록된 것이므로 한 점의 오류도 없다. 글자 하나하나를 신의 영감에 의한 것으로 절대시하는 축자영감설逐字靈感說은 동어반복이다.

　성경 무오설의 근원을 알기 위해선 루터의 교회개혁 당시로 거슬러 올라가야 한다.

　1517년 루터는 34세였다. 그는 독일의 엘베 강변에 위치한 비텐베르크 대학교회에서 임시 목회자로 있었다. 당시 로마의 베드로 대성당은 공사를 시작한 지 100년이 넘어갔으나 여태도 공사 중이었다. 성당 공사비를 조달하기 위해 레오 10세 교황은 1506년부터 면죄부 판매에 나섰다. 교황의 허락을 받은 독일의 마인츠 대주교 알브레히트는 마인츠, 마그데부르크, 할버슈타트에서 면죄부 판매를 실행했다. 그는 번번이 면죄부 판매의 반을 꿀꺽 삼킴으로써 돈맛을 들였다. 알브레히트는 기왕의 면죄부 판매사업을 확장하고자 도미니크 교단 수도사이자 당대 최고의 웅변가인 테첼Tetzel을 끌어들였다. 면죄부 판매에 관한 한 테첼을 따를 자는 없었다.

　"교회는 묶을 수도, 풀 수도 있는 권세를 받았다. 그 교회가 시방 천국과 지옥의 문을 열어놓았다. 면죄부를 사는 자는 바로 이 자리에서 죄 용서함을 받을 것이다. 만약 연옥에 있는 아버지나 어머니, 형이나 누나를 위해 이 표를 산다면, 그 은화가 헌금 궤에 떨어지는 소리와 함께 곧장 천국으로 올라갈 것이다. 사라, 나를 위해서! 사라, 효도 한번 제대로 못해본 연옥의 부모를 위해서!"

알브레히트의 동업자 테첼은 면죄부를 팔기 위해 루터가 있는 비텐베르크로 향했다. 그러나 면죄부에 깊은 회의를 느껴온 루터는 테첼을 증오했다. 루터는 성경을 읽은 사람이었다. 라틴어로 읽었고, 히브리어로 읽었고, 희랍어로 읽었다. 회심하여 아우구스티누스 수도원에서 수도사의 길로 들어선 이래 헤아릴 수 없이 성경을 읽었다. 루터가 읽은 성경 속에 교황은 없었다. 루터가 읽은 성경 속에 수도승이 농노에게 땅을 임대하고 농노의 딸을 겁탈해도 된다는 구절도 없었다. 면죄부는 말할 것도 없었다.

루터는 테첼이 비텐베르크에 발붙일 수 없도록 모종의 계획을 세웠다. 철저한 회개를 강조하고 오직 성경으로 돌아가자는 논조의 95개 조항 반박문을 비텐베르크 대학교회의 문짝에다 붙여놓았다.

루터의 용기가 대단했다면 그에 따른 위험 또한 대단했다. 루터는 목숨을 걸고 이를 감내하기로 했다. 다음 날 교회로 모여든 군중 앞에서 루터는 라틴어로 써놓은 95개 조항을 독일어로 낭독했다. 뜻밖에도 반향은 엄청났다. 그 자리에 모인 모든 군중이 루터의 편이 되었고, 비텐베르크 대학 설립자인 작센sachsen의 선제후 프리드리히 3세도 후견인으로 나섰다. 테첼은 감히 비텐베르크에 입성할 수 없었다. 루터를 낚아챌 수도 없었다.

루터는 3년 뒤인 1520년에 95개 조항을 강화한 「독일의 크리스천 귀족에게」라는 논문을 발표했다. 그는 교황만이 성경 해석권을 가진다는 주장을 부인했다. 교회 개혁의 권한 역시 교황만의 것이 아니라고 조목조목 비판했다. 그는 교황의 임명권이나 과세권을 억제해 교황의 학정으로부터 벗어나야 한다고도 주장했다. 부담스러운 제도는 당장 폐기해야 하며, 독일 교회 감독권은 독일 대감독이 맡아야 한다고 역설했다. 성직자의 결혼을 허락해야 하며, 과다한 교회 절기를 줄여나감으로써 인민의 고혈도 그만 짜내야 한다고 주장했다. 루터는 도미니크 수도회처럼 탁발을 일로 삼는 수도행위도 금해야 하며, 창녀촌을 없애야 함도 역설했다.

모든 주장의 근거는 성경이었다. 합스부르크 황제 카를 5세의 소환에 응해 보름스 국회에 섰을 때도 그랬다.

"이제라도 회개하고 교황님께 사과할 용의는 없는가?"

보름스 국회는 루터를 회유하고자 했다.

"당신들이 성경을 통해 교황의 권위와 면죄부의 정당성을 주장한다면, 나 또한 수없이 읽어온 성경을 통해 흔들림 없이 나의 주장을 펼쳐나갈 수밖에 없다."

루터는 성경을 준거로 삼아 결코 물러서지 않겠다고 선언했다.

진리인가 아닌가의 최종 권위를 성경에 둠으로써 루터는 이

단논쟁을 피해갔다. 뿐만 아니라 자신의 만인사제론을 현실화하기 위해 라틴어성경을 독일어로 번역하는 작업에도 전력을 다했다. 루터는 성경을 해석하는 방법에 문제제기를 한 것이 아니라, 성경 밖에서 벌어지고 있는 교회의 부패와 타락을 문제 삼은 거였다. 만약 성경 무오설을 염두에 뒀다면, 루터는 오역이 두려워서라도 독일어 번역을 포기하고 말았을 것이다.

때문에 루터의 종교개혁Protestant Reformation은 오역이다. 일본처럼 잡신이 많은 나라에선 종교개혁으로 번역할 수도 있겠으나 정역은 아니다. 그냥 개혁Reformation이라고 해야 옳거나, 교회개혁이라고 해야 정역이 된다. '종교개혁'으로 번역한 것을 그대로 받아들임으로써 개혁의 대상은 불분명해졌다. 루터가 목숨을 걸고 내디딘 개혁시대의 전범은 이 땅에선 그 어떤 반성의 거울도 되지 못했다. 그러니 안식일 예배를 왜 꼭 11시로 못 박아둬야 하는가를 두고도 근본주의자들은 가차 없이 이단으로 몰아세우지 않는가. 사도 바울의 여자들도 그렇다. 바울의 전도여행에서 여자들은 동료 사역자였고, 잊을 수 없는 은인이었다. 로마 전도여행에서 브리스길라, 유리아, 오림바, 드루배나, 드루보사, 유니아 같은 여자들은 바울의 동료들이었다. 그중에서도 유니아는 특별했다. 얼마나 힘이 되고 따뜻한 동료로 여겼으면 유니아를 나의 친척이라고 표현했을까. 고린도에서도 그랬다. 유복한 과부였던 글로애, 사업을 하는 루디아, 뵈뵈가 바울을 돕는 동료였다. 그러나 여자는 교회에서 잠잠해야 한다는 「고린

도전서」14장에 압도되어 근본주의자들은 여자의 목회 길조차 막아서고 말았다.

그러니 말이 떠돈다. 역사가 없고 실천이 없는 입술로만 나불대는 말이 그저 떠돈다. 말은 여기에 달라붙고 저기에 달라붙는다. 여기를 찔러서 분란을 일으키고 저기를 찔러 뼈아픈 상처를 남긴다. 루터가 살았던 시대는 제거된 채 근본주의자들에겐 오직 성경으로 돌아가자는 말만 남아 있다. 성경으로 돌아가자는 말은 시대를 거듭하면서 성경 무오설이 되었고, 근본주의자들은 이를 기관단총이나 수류탄으로 삼았다.

공부하는 내내 오쿠바는 분노하거나 서글픔에 잠겼다. 앎이 쌓여감에 따라 기묘한 희열도 맛보았다. 그런 동안에 주변에선 많은 일이 일어났다. 입대가 임박해지자 더는 저울질할 수 없게 됐는지 길동 역시 한국신학대학에 들어왔다. 전쟁 중이라 연락이 끊겼던 춘천에서도 소식이 날아왔다. 아버지의 실종소식이었다. 큰누나한테서 온 거였다. 형과 매형, 영치와 만보가 그랬던 것처럼 아버지의 죽음 또한 확인할 길은 없었다. 간호부 누나의 말로는 전쟁이 일어난 50년 가을에 아버지는 집을 떠났다고 했다. 곧 돌아올 거라는 말을 남긴 게 전부였다. 낙동강 전투에서 패한 인민군들이 능선을 타고 북으로 오를 때였다. 패잔병을 따라 북으로 갈 리 없고, 춘천보다 위태로운 서울로 갈 리도 없는 사람이었다. 남쪽 어딘가에 피신해 있을 거라는 생각만 해왔으나, 여태 돌아오지 않는 걸 보면 죽은 게 확실하다는 거였다.

생과 사의 불확실성. 전쟁은 그런 거였다. 불확실성을 확실성으로 받아들여야 하는 것, 그 난폭성이 전쟁이었다. 이번에도 오쿠바네 가족은 아버지의 죽음을 쉽게 받아들여야만 했다. 남은 건 아버지가 남긴 유산이었다. 아버지의 치과병원은 폭탄을 맞아 흔적만 남은 상태였다. 원장실 안쪽에 있던 아버지의 암실, 간호부 누나가 사이다를 꺼내 주던 우물엔 무너진 붉은 벽돌만이 쌓여 있었다. 그 벽돌 더미 위로 개망초가 멋대로 웃자라 있었다. 반파된 외벽에는 왜정시대부터 벽을 덮었던 담쟁이덩굴이 여전했다.

치과병원과 달리 집은 전쟁의 상흔을 입지 않았다. 하지만 더는 오쿠바네 집도 아니었다. 간호부 누나는 먹고살 길이 하도 막막하여 지난해부터 여자를 들였다고 했다. 색시집이 됐다는 말이었다. 엄마는 몸을 떨었고 들어가보는 것조차 엄두를 못 냈다. 아직 아버지의 생사를 확인하지도 않았고, 아버지의 가족한테 묻지도 않은 상태에서 색시집이라니! 오쿠바는 속이 벌겋게 끓어올랐다. 집 안으로 들어가 하나하나 똑똑히 확인하고 싶었다. 그는 신발도 벗지 않은 채 안으로 들어갔다. 거실을 가로질러 안방문을 열었다. 여자들 예닐곱 명이 둥글게 모여 앉아 화투를 치고 있었다. 거의 벗은 몸인데도 오쿠바의 눈길을 피하지 않았다. 바깥 소란을 알 법도 한데 그것조차 전혀 개의치 않는 것으로 보였다. 해도 안 떨어졌구만 넌 뭐야, 하는 뜨악한 표정만 지었다. 여긴 내 집이야, 내 집에서 내가 왜 참혹한 꼴을 봐야 하느냐고 소리 지르고 싶었다. 하지만 오쿠바는 단말마의 비명처럼, 나와, 당장 나와, 라는 소리만 질렀다. 그리고 화투판 안으로 뛰어들려는데 누군가가 뒤에서 끌어안았다.

"처남, 이러지 마. 나와, 나와서 얘기해!"

큰 매형이었다. 오쿠바는 끌려나오는 자가 되었다. 끌려나오지 않은들 그가 할 수 있는 일은 분풀이 말고는 없었다. 화투판을 뒤엎은들 뭐하겠는가. 여자들 두엇의 머리채를 휘어잡고, 나와, 나와, 하면서 고래고래 악을 쓴들 뭐하겠는가. 오쿠바는 분을 참지 못해 여전히 식식거렸지만, 큰누나의 변을 들으면서 오히려 끌려나오길 잘했다는 생각을 했다.

큰누나는 작년 가을에 간호부 누나를 만났다고 했다. 색시집으로 바뀌고 나서였다. 욕 한마디 할 줄 모르던 큰누나 역시 처음엔 간호부 누나한테, 이 미친년이 우리 집 망조 들게 한다면서 방방 뛰었다. 큰 매형이 중재에 나섰고, 옥화와 매매계약을 맺는 것으로 일단락 지었다고 말했다. 옥화는 간호부 누나의 이름이었다. 이미 색시집으로 바뀐 데다, 전쟁 통에 서울식구들에겐 연락할 길도 없었다고 했다. 한 푼도 건드려선 안 된다는 걸 모르지 않았으나, 서울의 굶주림은 유도 아닌 데가 강원도여서 계약금은 부득이 써버리고 말았다고 했다. 다행히 아직 잔금은 못 받은 상태라고 하면서 큰누나는 말꼬리를 흐렸다. 옥화는 올해 안으로 잔금을 치를 거라고 말을 받았다. 엄마는 한숨을 몰아쉬듯, 주여, 라는 말만 서너 번 반복했다. 하룻밤 주무시고 가라는 큰누나의 말에도 엄마는 고개만 저을 뿐 별다른 말이 없었다.

하지만 서울행 기차를 기다리는 대합실에서 엄마는 입을 열었다. 살아남은 가족이 모두 모인 자리에서 엄마는 단호한 목소리로 말했다.

"옥화가 주는 잔금이랑 네 아버지 병원부지는 아무도 손 못 댄다. 그건 학교 졸업하고 막내가 교회 개척할 때 내놓을 참이다. 그리들 알아라."

아무도 반박하지 않았다. 오쿠바 또한 예전의 오쿠바가 아니었기에 구태여 사진작가가 꿈이라는 말을 하지 않았다. 목회를 하기로 결심이 섰다는 게 아니라, 엄마를 자극하지 않기 위해서 그랬다. 목회는 아직 오쿠바가 가고 싶은 길이 아니었다.

강은호

교회가 대세였다. 미국 북장로교에서 보내온 구호물자는 교회를 살찌웠다. 삼대 들어서듯 곧고 뾰족한 교회들이 동네방네 세워졌다. 일요일 아침, 교회에 가면 아이들은 분유를 한 공기씩 얻어 마실 수 있었다. 운 좋은 남자들은 남방을 얻어 입었다. 극성을 떨어 몇 벌의 옷을 챙긴 여자들은 자르고 줄여서 아이들에게 입혔다. 특히 밀가루를 나눠줄 때는 그 줄의 끝이 보이지 않았다. 교회 청년들은 미군부대에서 나온 드럼통을 동네 길섶에 묻고 군용천으로 사방을 둘러주었다. 공동변소였다. 질기게 비가 내리면 지붕이 없으니 똥물이 넘쳤고, 동네 전체는 똥바다로 변하기 일쑤였다. 밀가루를 얻지 못한 사람들은 예수쟁이들이 생색만 냈다고 푸념을 늘어놓았다. 그들은 주둥이만 동동 뜨는 예수쟁이들이 하는 게 다 그렇지, 하면서 똥물 사이를 피해 다녔다. 이만만 해도 어디야, 지붕은 우리가 덮어야지, 하면서 지붕 없는 공동변소나마 감지덕지하는 이들도 있었다. 뒤늦게 루핑을 구해다 지붕을 얹게 되자 드디어 공동변소는 사철 쓸 만해졌다. 비록 미군을 등에 업은 몇몇 교회만의 구제사

272

업이었지만, 한국 교회 전체가 콩고물 떨어지는 곳으로 인식될 만했다. 그럴수록 아메리카는 젖과 꿀이 흐르는 가나안 땅이 되었고, 교회는 복의 기원이 되었다. 이 땅에서 축복이 실현되지 않더라도 저세상이 있기에 교회는 이래저래 천국 문 같은 곳이었다. 자고 나면 교인이 늘고, 자고 나면 교회가 생기는 건 당연한 이치였다.

그러니 교회가 대세였고 목회자가 대세였지만, 오쿠바는 조용히 학교를 다녔다. 그는 들뜰 이유가 없었다. 오늘의 교회가 축복과 구원이라는 양날의 칼을 앞세운 루터 시대의 교회만 같았다. 교회가 떠들썩할수록 오쿠바는 고개를 가로저었다. 하물며 그는 여태도 사진작가의 꿈을 버리지 않고 있었다.

1·4후퇴 때 광나루신학교에서 박형룡한테 배웠던 길동은 달랐다. 그는 침묵하지 않았다. 수업시간에는 교수와 부딪쳤다. 그 외 시간에도 오쿠바는 물론이고 다른 친구들과도 부딪쳤다. 시비는 늘 길동이 먼저 걸었다. 학문적 논쟁이 아니니 시비였다. 모세오경에 관해 수업할 때도 그랬다. 신 앞에서 지켜야 할 율법을 기록해놓은 게 구약성경의 모세오경이다. 「창세기」, 「출애굽기」, 「레위기」, 「민수기」, 「신명기」가 그거였다. 길동은 모세오경이 모세에 의해 기록됐음을 전혀 의심치 않았다. 그건 성경 무오설을 주장하는 이들의 절벽 같은 신념이었다.

"영감에 의해 기록된 성경에 오류가 있다고 의심하시는 건가요?"

교수의 강의를 듣던 길동은 차가운 목소리로 물었다.

"또 자넨가?"

"방금 모세오경은 모세의 의해 쓰인 게 아니라고 하셨잖아요?"

"그렇게 말했지. 근데 그게 성경을 의심하는 것과 무슨 상관이지?"

교수는 율법서인 모세오경에는 613가지의 율법조항이 들어 있다고 말했다. 그중에는 전쟁을 하기 전에 평화를 먼저 제의하라, 품삯은 당일로 지불하라, 안식일을 지키고, 이웃을 사랑하라는 것처럼, 긍정명령의 조항이 248가지 들어 있다고 했다. 뇌물을 받지 말라, 재판관은 어느 누구도 두려워해선 안 된다, 돼지고기를 먹지 말고, 다른 여자를 탐하지 말라는 것처럼 나머지 365가지는 부정명령의 조항이라고 했다. 여기까지는 길동도 재미있게 들은 모양이었다. 문제는 다음 설명이었다. 교수는 모세 시대부터 전승해 내려오던 것에 J, E, D, P 문서들을 더해 후세의 기록자들이 완성한 게 모세오경이라고 말했다.

"모세가 썼다는 걸 부정하셨으니 성경을 의심하는 거잖아요?"

"신약의 복음서를 예수가 기록하지 않았다고 해서 복음서를 의심하겠는가? 그건 있을 수 없는 일이잖나? 「이사야」를 한번 보게나. 「이사야」는 총 66장으로 돼 있네. 1부터 39장까지는 유다가 멸망하기 전에 쓴 것이네. 심판을 예언하고 있지. 40부터

55장까지는 유다가 멸망한 뒤 바빌론 포로로 끌려간 백성의 절망 속에서 쓴 것이네. 망국의 한을 치유하고 희망을 불어넣는 예언이네. 56부터 66장까지는 포로시대를 끝내고 예루살렘으로 돌아온 뒤에 쓴 것이네. 1부터 66장까지는 물경 2백 년이 넘는 세월의 간극이 존재하네. 그런데도 이사야 한 사람이 썼겠는가? 더군다나 문체도 다르고. 메시지도 다르네. 그런데도 성경 무오설을 주장하는 자들은 한 사람이 쓴 거라고 우기고 있네. 학자적 양심도 없는 돼먹잖은 고집 아니겠는가? 중요한 건 모세가 썼나 안 썼나가 아니네. 이사야 한 사람이 썼나 안 썼나가 아니란 말일세. 성경의 도저한 세계는 문학적 비평이든 역사적 비평이든 심지어 성경 무오설이든 간에 여하한 뛰어넘네. 성경은 지금 우리에게 어떤 메시지를 전달하고 있는가, 그걸 찾고 깨닫는 데 힘써야 하네. 이를 위해 비평적 연구자세야말로 절실히 필요하단 얘길세. 하물며 이곳은 고대근동의 세력관계도 모르고 풍습도 모른 채 성경만 달달 외우고 있는 야바위꾼이 만든 신학교가 아닐세. 신학을 하는 한국신학대학이란 말일세. 제군들, 명심하게나."

하지만 길동은 별로 명심하는 것 같지 않았다. 그는 뒤에도 종종 강의의 맥을 끊어놓고는 했다. 그건 알려고 하는 게 아니라 당신이 틀렸다는 전제로 일단 부딪치고 보는 꼴이었다. 보리 궁둥이에 코 박았다가 똥내에 질식할 놈이라는 욕설이 튀어나올 법도 했다. 하지만 그때미디 점잖은 교수 체면 때문인지 교수는 기꺼이 참는 게 역력했다. 뿐만 아니라 마르틴 루터를 예로 들면서 여전히 길동을 설득하고자 애썼다.

교수는 암흑의 중세에 어떻게 빛이 깃들기 시작했는지 설명했다. 문학과 과학, 종교에 대해 비판적 읽기를 시작함으로써 루터의 교회개혁이 시작됐음을 교수는 상기시켰다. 여기에는 읽기를 쉬지 않은 루터의 열정을 첫손가락으로 꼽지 않을 수 없다고 말했다.

루터는 구약성경에서 「역대기」보다 「열왕기」가 훨씬 신뢰할 만하다고 말했다. 모세오경이 모세의 작품이 아닌들 무슨 상관이냐고 따지기도 했다. 그건 교수의 생각과도 같은 거였다. 「이사야」나 「예레미야」, 「호세아」나 「전도서」는 필자가 모름지기 두 명 이상은 되는 것으로 봤으며, 「시편」의 각 장 제목과 연대는 역사적으로 부정확하다는 의견도 내놓았다. 그런가 하면 구약성경에서 「에스더」는 빼버리고 외경Apocrypha의 「마카베오기」를 넣었어야 하는 거라고 아쉬움을 표하기도 했다. 그건 읽기를 평생의 업으로 삼은 자가 갖는 자유의 극치가 아닐 수 없다고 교수는 말했다.

"그러니 편협하지 않은 자유로운 혜안을 얻기까지 성경을 읽게. 히브리어로 읽고 헬라어로도 읽세. 읽기를 반복할 때 깊어지고, 깊어질수록 얽매이지 않는 법이네."

그날 수업은 그걸로 끝났다. 교수는 출석부와 강의노트를 챙겨 들고 교실을 나갔다. 교실엔 한동안 침묵이 흘렀다. 침묵이 무얼 뜻하는지는 며칠 지나지 않아서 드러났다. 기숙사생들을 중심으로 원전 학습 붐이 일기 시작한 거였다. 히브리어, 헬라어, 독일어를 배우는 동아리가 생겨난 거였다. 기숙사생은 아니었으나 오쿠바도 독일어 학습반에 들었다. 목회자가 될 자신이 없는 마당에 죽은 언어는 별 흥미가 없었다. 오쿠바의 미래를 책임질 언어는 독일어였다. 사진작가의 꿈을 놓치지 않기 위해서였다. 카메라나 사진기술이라면 아직 독일을 따를 데가 없었다.

카메라는 광학기술 수준에 따라 차이가 확연하다. 일제는 독일제에 비하면 새 발의 피였다. 프락티카 카메라나 발데사 카메라, 원체 작아서 스파이용이라고 하는 미녹스 카메라가 모두 독일제였다. 렌즈는 더 말할 나위 없었다. 일본 카메라 업체들은 독일의 칼자이스 렌즈나 슈나이더 렌즈를 수입해서 쓰고 있는 실정이었다. 물론 롤라이플렉스를 메고 등교한 적은 몇 번 있었지만, 동료들에게 사진작가의 꿈을 피력한 적은 아직 없었다. 안다면 막연히 길동이나 알까, 그 정도였다. 오쿠바는 독일어 학습반에서 자신의 꿈을 드러내지 않은 채 꿈을 불태울 참이었다. 얄궂게도 한글판 교재는 마땅한 게 없어서 일어판 독어 교본을 쓰는 게 흠이라고나 할까.

길동도 합류했다. 그는 히브리어 학습반에 들었다. 넥타이 매고 머리 올백으로 넘기기까지 열 번도 넘게 거울 앞에 섰을 게 아닌가. 그렇듯 깊은 고민 끝에 히브리어 학습반을 결정한 거지, 그건 알 수 없었다. 다만 예전보다 시비 거는 일은 좀 줄어든 게 사실이었다. 질문을 해도 예전과 달리 시비라기보다는 알기 위한 물음이었다. 물론 강의시간에만 그렇다는 얘기였다. 동기들에겐 여전히 피란지에서 6개월 배운 근본주의신학을 우려먹었다. 어쩌면 머리에 콱 박혀 도대체 뽑아낼 수 없는 건지도 모를 일이다. 동기들은 길동을 벽창호로 여기지 않을 수 없었다. 타산적이고 재바른 놈이 어쩌다 저리되었는지 오쿠바도 이해할 수 없기는 마찬가지였다. 하지만 그는 기꺼이 이해하는 편이었다. 물론 갑자기 길동이 좋아졌기 때문은 아니었다. 좋아할리 있겠는가. 자신이 어떤 책을 읽고 어떤 강의를 듣든 사진작가의 꿈을 버릴 수 없듯, 길동 역시 처음 세계에서 좀처럼 벗어날 수 없기 때문이라고 보는 거였다.

아닌 게 아니라 정말 좋아할 수 없는 놈이 길동이었다. 춘천 당약방을 다시 찾았을 때도 그랬다. 그날 원희 누나가 지키고 있는 일층 약방으로 내려갔을 때 길동의 손에는 포장지로 싼 목판이 들려 있었다. 길동은 오쿠바에게 그걸 내밀었다. 묵직했다.

"이게 뭐야?"

"서각이야. 늦었지만 약방 개업 선물이다. 전에 맞춰논 걸 이제야 찾았다."

"개업한 지 일 년이 다 돼 가는데, 선물은 무슨?"

오쿠바는 탐탁잖은 투로 받았지만 싫진 않았다. 도대체 선물을 누가 싫어한단 말인가. 엄마랑 원희 누나는 놀란 눈에다 침까지 꼴깍 삼켰다. 오쿠바는 포장지를 뜯었다. 여태도 송진내가 은은한 널빤지였다. 널빤지 가운데는 먹 글자가 선명했다. "네 시작은 미약하나 네 나중은 심히 창대하리라"는 구약성경 「욥기」의 8장 7절이었다. 십여 년 뒤, 식당 건너 다음 식당 가면, 복덕방 건너 다음 복덕방 가면, 상회 건너 다음 상회 가면 일상적으로 보게 될 구절이었다. 엄마와 원희 누나는 눈이 휘둥그레졌다. 이 좋은 걸 어디다 걸지, 출입문 열고 들어오면 딱 보이는 데가 좋을까, 나갈 때 보이는 데가 더 좋지 않을까, 아 몰라, 하면서 좋아 미치려고 했다. 엄마는 심지어 감동을 주체할 수 없는지 원희 누나 곁에서, '주여'를 세 번이나 토해냈다. 길동도 뿌듯한 표정이었다. 오쿠바만 예외였다.

"이거 욥의 친구가 말한 거 맞아?"

"전에 쌀 팔러 갔다가 벽에 걸린 거 보고, 아! 이거다 싶었던 거야. 근데 왜? 빌닷이 말한 거 맞잖아? 갑자기 헷갈려?"

"성경엔 오류가 없다며? 그런 주장 할수록 신중해야지. 이걸 춘천당약방에 걸어뒀다간 동네 창피한 일 아냐?"

"왜? 뭐가 동네 창피한 건데?"

길동은 몹시 기분이 상했는지 망설이지 않고 되물었다. 놀란 건 원희 누나였다. 원희 누나는 오쿠바를 흘기면서, 어디다 걸지는 나중에 얘기하자며, 어여 이층으로 올라가라고 재촉했다. 누가 와도 내놓는 법 없는 커피를 타서 곧 올라가겠다는 말까지 덧붙였다.

오쿠바의 방으로 자리를 옮긴 뒤에도 길동은, 뭐가 창피한 일이냐고 다시 따졌다. 오쿠바는 정말 몰라서 묻는 거냐고 되물었다.

"알면 아는 대로 얘기해 봐?"

길동은 낯이 벌겠다. 교수한테는 어쩔 수 없을지라도 오쿠바한테까지 질 수 없는 거였다. 원래 그런 놈이었다. 동방박사가 몇 명이냐를 두고 학생부 시절에 한 번 당했으되, 그게 언제적이냐는 거였다. 하지만 길동은 또다시 꺾일 수밖에 없는 처지였다.

욥은 원래 우스 땅 최고의 부자였다. 양이 7천 마리, 암나귀가 5백 마리, 소가 1천 마리나 됐다. 10남매를 두었으니 정력도 남달랐고 자식복도 대단했다. 그러니 처음부터 미약한 사람과는 거리가 멀었다. 하늘도 무심하지, 그런 욥이 홀라당 망해 알거지가 되었다. 일곱 아들과 딸 셋도 죽었다. 가난이 방문 열고 들어오면 사랑은 봉창 열고 줄행랑친다더니, 같이 죽겠다던 아내도 떠났다. 설상가상 욥은 피부병까지 얻었다. 그는 폭삭 망한 집 마당에서 기왓장을 깨뜨려 피가 나도록 자신의 몸을 벅벅 긁었다.

하루는 엘리바스라는 노인네가 지팡이를 짚고 욥을 찾아왔다. 그는 욥에게 진정 어린 훈계를 했다. 그러나 욥은, 도대체 내가 뭘 잘못했는지 모르겠다며 기왓장으로 긁어 피가 흐르는 모가지를 빳빳이 세웠다. 마침 욥의 곁에 있던 빌닷이 그 꼴을 그냥 못 넘기고 버럭 소리를 질렀다.

"욥, 자네는 결코 하느님의 공의를 믿지 않는 거야? 잘못을 회개하면 평안한 길이 열릴 텐데, 도대체 자넨 교만이 하늘을 찔러. 이제라도 하느님께 돌아가! 네 시작은 미약하였으나 네 나중은 심히 창대할 테니."

길동이 갖고 온 널빤지 속 구절은 앞 내용이 빠졌다. 굳이 이 구절을 쓰고 싶다면 전제할 게 있다. "청결하고 정직하면 네 시작은 미약해도 네 나중은 심히 창대하리라." 물론 '청결하고 정직하면'이라는 전제조건을 달더라도 구멍가게가 백화점으로 번창하라는 의미로는 쓸 수 없는 거였다. 춘천당약방이 폭삭 망한 곳도 아니겠다, 세계적 제약회사로 번창하라는 축복의 의미로 쓸 수 있는 것도 아니겠다, 이 구절을 춘천당약방에서 눈에 확 띄는 곳에 떡하니 걸어놓으면 이래저래 망신살 뻗치는 건 불 보듯 빤한 일이었다.

오쿠바의 설명에 길동은 열이 올랐다. 원희 누나가 타온 달콤한 커피를 마시지만, 그는 달콤한 기분이 아니었다. 배갈 처마시고 만보랑 갈지 자로 걷던 놈이 감히! 새벽예배 한 번 안 나가본 놈이 감히! 길동은 속이 부글부글 끓었다. 무쇠도 녹일 만큼 펄펄 끓었지만, 그렇다고 에이 더러운 씨발놈이라는 욕설을 뱉을 수야 없었다. 올백머리에 넥타이 맨 신사 체면에 가당키나 한가, 그게 이유였다. 그는 겨우 혼잣말처럼 뱉었다.

"그러나 축복을 말하지 않는다면 교회성장은 없는 거지."

현세의 축복! 연옥에서 천국으로! 그게 면죄부 판매의 원천이 되었듯 놀랍게도 길동은 그걸 말하고 있었다.

그런 중에 해가 바뀌었으나, 봄은 한없이 더디 왔다. 그 시절엔 언제나 늦게 오는 게 봄이었다. 벚꽃은 4월 중순을 넘겨 피었다. 즐기고 볼 만한 게 없던 시절이니 장안 사람은 죄다 창경원으로 모여들어 벚꽃을 즐기던 시절이었다. 동물원을 보는 건 덤이었다. 학교 뒷산인 남산에도 벚꽃은 흐드러지게 피어났으나, 창경원 벚꽃과는 댈 게 아니었다. 창경원은 찾아가는 길부터 수월해 가족단위로 즐기기에 원체 좋았다. 1907년, 일제는 궁을 압도하느라 계획적으로 벚나무를 심었다. 계획적으로 심어놓은 탓에 꽃길도 가지런했다. 수령 50년을 넘긴 벚나무에서 쏟아지는 벚꽃은 장관이었다. 눈도 그렇게 흰 눈일 수 없었다. 흰 꽃길위에서 아이들은 눈 위를 뒹굴 듯 하염없이 뒹굴었다. 원숭이한테 푹 빠진 아이들은 벚꽃을 한 움큼씩 집어 들고 원숭이 우리에 던져주느라 바빴다. 기린한테 넋 나간 아이들은 꽃보다 기린이었다. 그러니 볼 것 많은 창경원에서 아이를 잃어버리는 건 다반사였다. 이제 그만 다른 거 보러 가자며 부모가 한발 앞섰다가 아이를 잃기 일쑤였다. 눈 깜짝할 사이에 사람 속에 묻혀버린 아이는 찾을 길이 없었다. 그러니 벚꽃 시절에 창경원 인근파출소는 아이의 울음과 어른의 통곡소리로 하루를 열고 하루

282

를 닫을 지경이었다.

오쿠바에게도 벚꽃 흐드러진 창경원은 특별한 기억의 장소였다. 영치는 벚나무 아래서 수줍게 웃었다. 꽃가지를 입에 물고 웃었고, 벚나무 줄기를 감고 얼굴만 내민 채 웃었다. 오쿠바에게 창경원 벚꽃 그늘은 영치에 대한 기억이었다.

그 봄에 오쿠바는 벚꽃구경을 가자고 길동한테 제안했다. 창경원 벚꽃 길은 그에게도 남다른 곳이기에 그랬다. 하지만 길동은 고개를 저었다. 기선과 헤어진 마당에 무얼 떠올리고 싶겠는가. 결국 오쿠바는 혼자서 창경원 벚꽃 그늘을 걸었다. 솜사탕을 떼어주는 남녀를 보면 오쿠바도 그렇게 하고 싶었다. 비단구렁이 앞에서 여자가 징그럽다고 비명을 지르면 남자는 여자를 감싸 안았다. 오쿠바도 그렇게 하고 싶었다. 케이블카를 타고 벚꽃 위를 지나는 남녀는 웃음을 흩날렸다. 오쿠바도 그렇게 하고 싶었다. 심지어 그 웃음이라도 주워 먹고 싶었다.

그러니 집으로 돌아가는 길은 다리가 무거웠다. 오쿠바는 그런데도 전차를 타지 않았다. 그냥 종삼 쪽으로 걷다가 춘천당 약방으로 걸어 들어갈 생각이었다. 전차 줄이 워낙 밀려 있기도 하지만, 노을 속에서 영치의 숨결을 찾아 천천히 걸어볼 참이었다. 하지만 머릿속 상념은 제각각이어도 처지는 같은 모양이었다. 늘어선 줄의 끄트머리에서 전차를 기다릴 수 없는 사람들이 오쿠바처럼 꾸역꾸역 종삼 쪽으로 밀려나왔다. 기억 속에서 영치를 끄집어내겠다던 생각은 그냥 짓뭉개졌다. 사람들 사이에서 부딪치지 않고 걸으면 다행이었다.

사람들한테 떠밀려 종로세무서 근처까지 왔을 때였다. 오쿠바는 그 아이들을 만났다. 울다 지쳤는지 목이 쉬어 꺼억꺼억대는 남매였다. 예닐곱 살쯤 돼 보였다. 제 아이들 챙기는 것도 정신없는지 남매한테 신경 쓰는 사람은 없었다. 오쿠바는 우는 아이들 곁으로 다가갔다. 엄마가 어디 있느냐고 물었다. 여자아이는 꺼억꺼억대느라 말을 못했다. 그런데도 남동생의 손만은 무섭게 움켜쥐고 있었다. 오쿠바는 두 아이의 눈물을 닦아주면서 울지 않아야 엄마를 찾을 수 있는 거라고 말했다. 여자아이는 겨우 눈물을 참고 오쿠바가 묻는 말에 답했다. 여자아이는 다섯 살, 남자아이는 네 살이었다. 코끼리를 보고 호랑이를 봤다는 걸로 보아 창경원에서 엄마를 잃은 모양이었다. 아이들에겐 천릿길이었을 종로세무서 근처까지 어떻게 온 건지 그게 불가사의했다. 아마도 사람들 사이를 무작정 걸은 모양이었다. 집이 어디냐고 물었더니 고개만 흔들었다.

남매를 어찌해야 좋을지 몰라 좀 난감했다. 창경원 인근의 파출소로 데려가는 게 좋겠다는 생각이 들었지만, 너무 멀었다. 도착도 전에 밤을 맞기 십상이었다. 오쿠바는 아이들을 살살 달래어 종로에 있는 파출소로 데려갔다. 경찰한테 넘기면 알아서 할 거라고 믿었다. 경찰은 두 아이를 끌고 들어오는 오쿠바를 보자마자 감을 잡은 모양이었다. 경찰은 어디서 길 잃은 아이들이냐고 물었다. 오쿠바는 길 잃은 게 아니라 엄마를 잃은 거라고 답했다. 그게 그거지, 하면서 경찰은 어디서 잃은 거냐고 다시 물었다. 오쿠바는 사실대로 얘기했다. 그럼 창경원 파출소로 데려가야지 여기로 데려오면 어떡하냐, 당장 거기로 데려가라고 목소리를 높였다. 놀란 남매가 다시 울음을 터뜨렸다. 이런 귀찮은 일이라면 숱하게 겪어봤는지 경찰은, 뚝, 뚝, 하면서 남매를 윽박질렀다. 오쿠바한테는 빨리 데려가라고 다시 언성을 높였다. 도대체 어이가 없는 개자식들이 아닐 수 없었다. 오쿠바는 아이를 두고 파출소를 그냥 나올까, 잠시 그런 생각을 해봤다. 차마 그럴 순 없었다. 나도 처음엔 창경원 쪽으로 데려다주려고 생각했다, 근데 거기 도착하면 밤이다. 그러니 파출소끼리 연락해 부모 찾아주는 게 옳다, 그렇게 말했다. 경찰은 자신들의 관할에서 일어난 사건도 아니겠다 학생이 알아서 하라고 아예 오쿠바를 파출소 밖으로 내몰았다. 당신들은 자식도 없고, 손자도 없냐고 맞대거리했지만, 남매의 울음보만 더욱 터뜨린 꼴이었다. 별수 없었다. 오쿠바는 혼잣말로, 더러운 개자식들이라고 욕설을 퍼부으면서 울음 터뜨린 남매를 끌고 춘천당약방을 향해 걸을 수밖에 없었다.

엄마는 수건을 적셔와 남매의 얼굴을 닦아주었고, 원희 누나는 먹을 걸 챙겨주었다. 울음이 그친 것만으로도 오쿠바는 안도했지만, 당장 내일부터 이 아이들을 어찌해야 할지 난감함이 밀려들었다. 곤죽이 된 아이들은 따뜻한 아랫목에서 두어 번쯤 고개를 끄덕이다가 이내 잠들었다.

다음 날 아침이 되었을 때 남매는 어제의 남매가 아니었다. 울지 않았고, 생각보다 밝았다. 묻는 말에 대답도 잘했다. 여자아이의 말을 정리하면, 남매는 외할머니네 갔다가 엄마랑 이모랑 창경원에 놀러 간 거였다. 집은 언덕을 올라가야 한다고 말했다. 장안 하늘 아래 언덕 아닌 곳이 어디 있나, 종로 말고는 없을 터였다. 그것만으로는 찾을 길이 없었다. 외할머니네를 물었더니 전차 타고 가는 거라고 말했다. 전차에서 내려 엄마랑 가면 바다가 있다고 했다. 배가 많다고 했다. 외할머니네는 '대동상회'라는 말도 했다. 울음만 터뜨리던 어제의 남매가 아니었다. 심지어 상호를 다 기억할 줄이야. 그건 깜짝 놀랄 실마리였다. 찾은 거나 진배없었다. 전차가 다니고 배가 드나드는 곳이라면 마포겠다 싶었다. '대동상회'라면 아마도 나루터 근처에 있는 어물전쯤 되겠다 싶었다. 오쿠바는 수업 끝나면 마포종점에 나가보겠다는 말을 남기고 춘천당약방을 나섰다.

오후에 마포나루로 가서 대동상회를 찾았다. 한 사람한테 물었는데 열 사람이 입을 모을 정도로 제법 유명짜한 곳이었다. 여러 사람이 답하니 오히려 헷갈렸다. 젓갈 도매업을 하는 곳으로 어물전 건너편에 있다는 게 답이었다. 일렬로 줄 서서 장을 열어놓은 어물전을 지나면 단독으로 문을 연 젓갈선들이 나오는데, 그중에서도 가장 크다고 했다. 소매전과는 덩치부터 다른 모양이었다. 일러준 대로 길을 따라 걷자 멀리서도 대동상회 간판이 눈에 들어왔다. 사대문 안 젓갈은 여기서 다 대는가 싶을 만큼 대단한 규모였다. 일하는 장정만도 서넛은 돼 보였다. 오쿠바는 그중 한 장정에게 남매의 이름을 대고 외할머니를 찾는 다고 말했다. 안쪽에서 주판알을 튕기느라 정신없던 흰 남방차림의 남자가 퍼뜩 고개를 들더니 쏜살같이 오쿠바에게로 달려왔다. 남매의 외삼촌이라고 하면서, 조카들을 봤느냐고 물었다. 오쿠바는 자초지종을 털어놓았다. 외삼촌은 이런 고마울 데가 어디 있느냐, 대학생이냐, 내 그럴 줄 알았다고 하면서 오쿠바를 세워둔 채 안으로 뛰어 들어갔다. 그리고 남매의 외할머니로 보이는 이를 대동하고 나왔다. 아이들 엄마와 이모는 아침부터 창경원으로 애들 찾으러 가서 돌아오지 않고 있다고 했다.

얼른 가보자는 흰 남방의 말에 오쿠바는 아무 생각 없이 대동상회를 나왔다. 셋은 시발택시를 탔고, 시발택시는 신작로를 따라 을지로 춘천당약방까지 전속력으로 달렸다. 그때까지 약방에서 잘 놀고 있던 아이들은 할머니, 외삼촌을 부르면서 다시 울음을 터뜨렸다. 할머니도 못지않았다. 내 새끼들, 내 새끼들, 하면서 아이들을 끌어안고 울었다. 그것으로 오쿠바와 춘천당 약방은 짐을 덜었다.

하지만 짐을 던 것으로 끝나지 않았다. 사흘 뒤에 남매의 엄마, 이모, 외할머니가 다시 춘천당약방을 찾았다. 강경젓갈이라는 것과, 광천어리굴젓이라는 것과, 연평도게장이라는 것을 한 보따리 안고 찾아왔다. 고맙다는 인사가 엄마와 원희 누나한테로 왔다. 뭘 이런 걸 싸오셨느냐는 인사가 세 모녀한테로 갔다.

원희 누나는 금쪽같다는 커피를 내왔다. 오쿠바는 커피까지만 마시고 이층으로 올라갔다.

표면적 이유는 인사차 찾아온 거였지만, 본격적인 얘기는 그때부터 시작된 모양이었다. 이층에 오른 오쿠바는 책이 안 잡혔다. 잠깐 봤을 뿐인데, 그나마 내내 고개를 숙이고 있어 제대로 보지도 못했을 뿐인데, 자꾸 이모의 얼굴이 눈에 밟혔다. 마빡과 양미간이 훤한 너그러운 얼굴이었다. 나이는 가늠할 수 없었으나 오쿠바보다는 어려 보였다. 그 얼굴을 다시 한 번 더 보고자 약방으로 내려가고 싶었다. 엄마처럼 '주여'라는 한숨이 튀어나올 지경이었다. 미친 척하고 내려가보기엔 도대체 낯이 뜨거웠다. 오쿠바는 참았다. 책을 집어던지고 창 밖 멀리 쥐들이 기어 다니는 청계천만 넋 빠진 얼굴로 쳐다보았다.

얼마나 지났을까. 손님들 가신다는 원희 누나의 목소리가 아래층에서 들려왔다. 오쿠바는 단숨에 뛰어 내려갔다. 남매의 외할머니가 오쿠바의 손을 잡고 아까처럼 사례했다. 오쿠바는 새삼 점잖은 척, 별말씀을요, 하고 말했다. 남매의 엄마는 좋은 인연인데 잘됐으면 좋겠다는 묘한 인사말을 건넸다. 이번에는 어떻게 대답해야 할지 몰라 오쿠바는 그냥 옅은 웃음만 지었다. 이모는 이찌나 음전한지 살며시 고개를 숙인 채 아무 말도 하지 않았다. 오쿠바는 두근두근 심장이 뛰고 침이 마르는 걸 느꼈다. 등하굣길에도, 남산에 올랐을 때도, 엊그제처럼 창경원 벚꽃 그늘 아래서도 얼마나 많은 여자가 자신 곁을 스쳐갔는지 모른다. 하지만 한 번도 이렇듯 가슴 뛰게 한 적은 없었다. 영치랑 연애할 때도 이러지는 않았다. 소사로 피란길에 오르던 밤, 오쿠바의 손을 덥석 잡았을 때도 이러지는 않았다.

그들이 총총 사라지고 나자 원희 누나는 오쿠바를 쳐다보며 싱글싱글 웃었다.

"애들 이모 어때? 맘에 들어? 맘에 드는 모양이네?"

원희 누나는 대놓고 물었다.

"근데 잘됐으면 좋겠다는 말은 뭐야? 무슨 얘기한 거야?"

오쿠바는 되물었다. 원희 누나는, 아 그거, 하면서 풋, 하고 웃었다. 안 그래도 말하려던 참이었어, 하더니 오쿠바를 약방 안쪽 방으로 밀었다.

"어쩌냐? 우리 막내도련님이 좋댄다. 엊그제 외할머니 모시고 온 외삼촌부터 이모까지, 온 식구가 너한테 팍 꽂혔대."

원희 누나는 오쿠바가 아직도 종로바닥을 땀 뻘뻘 흘리며 뛰어다니는 중학생인 걸로 착각하는 모양이었다. 안 그러고서야 실실 웃으며 농조로 말할 리 없었다. 그럼 자기는 뭐 아직도 화신백화점 다니는 처녀란 말인가?

"얘기를 좀 진지하게 해봐. 나 성인이야. 어린애가 아니라구."

그러나 원희 누나는 별로 개의치 않는 눈치였다.

"선본 셈이야. 우리 집안에 대해 묻고, 네 나이랑 학교에 대해 묻고, 여자네 집안 얘기, 그런 것도 듣고 그랬어."

누나의 목소리는 확실히 들떠 있었다. 곁에 있는 엄마도 흐뭇

한 모양이었다. 엄마는 양 볼과 입술 사이에 깊은 주름 골이 생겨나도록 아까부터 웃고 있었다.

아이들의 이모 이름은 강은호라고 했다. 2남 2녀의 막내였다. 지난해에 여고를 졸업하고 대동상회에서 큰오빠랑 경리 일을 본다고 했다. 비록 얼굴을 마주한 건 찰나에 불과했으나, 큰오빠는 오쿠바를 유독 맘에 들어 했다. 정직하고 신실한 사람일 거라는 게 이유였다. 큰오빠는 일제 때 북경대학에서 영어를 공부한 인텔리였다. 광복 뒤에는 미군정의 통역관으로 잠시 일한 적도 있었다. 영어만 되면 앞길이 창창하던 때였기에 안팎으로 큰오빠에 대한 기대는 엄청났다. 그러나 큰오빠는 한국전쟁 두 해 전에 통역관 일을 집어치웠다. 참으로 추접스럽고 모욕적이어서 견딜 수 없는 일이라고 했다. 통역업무를 보는 게 아니라 뚜쟁이 짓을 하는 게 그의 일이었기 때문이다.

그 당시 시인입네 하던 모윤숙이 만든 사교 클럽으로 '낙랑클럽'이라는 게 있었다. 낙랑클럽은 이화여전 출신을 중심으로 백여 명에 이르는 인텔리들이 회원으로 활동했다. 그네들은 미군정의 고급장교나 외교관들로부터 한반도 정책과 관련한 값싼 정보를 얻어내 이승만 정부 측 인사에게 넘겨주는 일을 했다. 애국을 빙자한 음주가무가 낙랑클럽의 일인 거였다. 당시 미군정청 건너편에 있는 내수동의 내자호텔은 낙랑클럽 회원들이 즐겨 찾는 곳이었다. 큰오빠는 미군정의 고급장교들과 거의 매일 내자호텔로 갔다. 장교가 낙랑클럽 회원 중에 비로도 원피스를 입은 여자를 찍으면 그녀에게 달려가, 저자가 당신을 맘에 들어 한다고 전하는 게 큰오빠의 일이었다. 또는 물방울 투피스를 입은 쭉쭉빵빵 여인이 큰오빠한테 다가와 곁에 있는 딘 중령한테 와인 한 잔 건네고 싶다면, 그 말을 전해주는 게 큰오빠의 일이었다.

그 저급함을 못 견뎌 하던 큰오빠는 결국 통역 일을 때려치우고, 아버지의 젓갈도매업을 물려받았다. 그는 신뢰가 가는 사람이었다. 그가 맡은 뒤로 대동상회가 날로 번창하지는 않았으나, 걱정은 까마귀한테나 줘도 될 만큼 아버지 못지않게 안정적으로 꾸려갔다. 강은호는 그런 큰오빠를 전적으로 신뢰하고 따랐다. 큰오빠가 오쿠바를 괜찮은 남자라고 했기에 강은호도 오쿠바가 괜찮은 남자일 거라고 믿었다. 하긴 대동상회까지 찾아와 잃어버린 두 조카를 찾아줄 정도니, 뉘라서 괜찮은 남자라고 하지 않겠는가.

엄마 잃은 남매 사건 덕에 오쿠바는 생각지도 않던 연애를 시작하게 되었다. 엄마랑 원희 누나는 막내가 젓갈도매점 막내 사위가 될 거라고 믿어 의심치 않았다. 엄마는 특히 입만 열면 하늘이 내려준 배필이라며 강은호를 보고 싶어 했다.

강은호와는 주로 편지를 주고받았다. 글씨에 자신 없는 오쿠바는 직접 대동상회로 찾아간 적도 있었다. 오쿠바가 그럴수록 은호도 종종 학교로 찾아왔다. 은호는 점심도시락을 싸가지고 올 때도 있었다. 그럴 때는 젓갈을 다른 친구들의 몫까지 푸짐히 싸왔다. 친구들은 오쿠바를 진심으로 부러워했다. 특히 길동이 그랬다. 예쁘고 너그럽고 교양도 있어 보인다는 게 그 이유였다. 거기다 장안 돈 죄 긁어모으는 대동상회 막내따님 아닌가. 오쿠바도 만날수록 은호가 맘에 들었다. 은호가 학교로 올 때면 친구들 앞에서 은근히 어깨를 으쓱거리기도 했다. 자신이 생각해도 은호는 나무랄 데 없는 여자였다.

은호랑 학교 뒤에 있는 남산에 오른 적도 있었다. 소나무 그늘 아래서 둘은 초여름 더위를 식혔다. 그리고 멀리 한강을 굽어보는데 은호가 조심스럽게, 오쿠바가 뭐예요, 왜 친구들이 오쿠바라고 불러요, 하고 물은 적 있었다. 오쿠바는 푸하하하, 웃었다. 그는 아버지 얘기를 해줬다. 친구들은 충치로 뽑혀나간 자신들의 어금니를 떠올렸기에 치과의사 아들을 그렇게 부른 거라고 말했다. 서울로 이사 와서까지 그렇게 불릴 줄은 몰랐다고 말했다. 어쩌면 무덤까지 갖고 가게 될지도 모른다고 하자, 정말 재밌어요, 하면서 은호는 이를 드러내고 웃었다. 오쿠바는 그게 재미있는 건 아니지 않느냐고 고쳐주려고 했다. 그러나 은호는, 아녜요, 정말 재미있는 내력이에요, 하면서 다시 또 웃음을 터뜨렸다. 그리고 자신도 별명이 있었으면 좋겠다는 말을 하기에 오쿠바는 즉석에서 젓갈댁은 어떠냐고 물었다. 은호의 희디흰 얼굴이 갑자기 발그스레해지는 것을 오쿠바는 보았다.

오쿠바가 대동상회로 찾아갔을 때는 둘이서 마포종점인 용강동은 물론 멀리 대흥동까지 산책할 때도 있었다. 두 동네는 독 짓는 막幕이 많았다. 젓갈 담는 옹이부터 물을 담는 동이까지, 온갖 독을 다 만들어 젓갈도매점이나 어물전에 댔다. 다 먹은 새우젓 독 밑구멍을 뚫어 두 개나 세 개 얹어놓은 새우젓 독 굴뚝이라면 오쿠바도 많이 보았다. 그만큼 젓갈도매점이 새우젓 독 소비를 많이 한다는 얘기였다. 은호는 동이 만드는 막이 많은 데여서 용강이나 대흥을 '동막'으로 부르기도 한다고 말했다. 오쿠바 역시 춘천이나 피란지 청주에서 동막골이라면 많이 들어본 지명이었다.

은호와 대흥동까지 갔을 때였다. 그날 오쿠바는 대동상회 막내따님을 실감했다. 동막을 둘러보고 있는데 한 노인네가 다가와, 아씨 오셨느냐고 은호 앞에서 고개를 숙였다. 은호의 얼굴이 빨개진 걸 아는지 모르는지 노인네는, 연애하시는 모양이라며 환하게 웃었다. 오쿠바는 눈이 휘둥그레졌고, 은호는 급히 오쿠바의 팔을 끌었다. 대동상회에 새우젓 독 납품하는 할아버지라는 건 동막을 돌아 나온 뒤에 들었다.

오쿠바는 그런 동막이 사라지기 전 카메라에 담고 싶었다. 겨울방학이었고 독일어 학습반도 쉴 때였다. 오쿠바는 춘천당 약방에서 일주일 동안 용강과 대흥을 매일 오갔다. 그럴 때는 은호도 만나지 않았다. 은호가 곁에 있으면 대상에 집중하기 힘들어서였다. 은호를 의식하게 되고, 은호를 의식하는 동안 집중력은 떨어질 게 뻔했다.

그 일주일 동안 오쿠바는 폐달을 밟아 독을 빚어 올리는 늙은 손을 찍었다. 잘 마른 독에 댓잎의 문양을 그려 넣는 손길을 찍었고, 거칠게 유액을 바르는 손길도 찍었다. 불길이 솟는 가마를 등지고 앉아 막담배를 빠는 주름진 늙은이의 얼굴도 찍었다. 사흘째였나, 아주 우연히 꽃가마에 오르는 신부를 본 적도 있었다. 오쿠바는 연지곤지를 찍은 신부의 볼때기 위로 두 줄 눈물이 흘러내리는 걸 보았다. 울지 말고 가라고, 어여 가서 잘 살라고 하는 노모의 위로에도 발길이 떨어지지 않는지 신부는 좀처럼 가마에 오르지 못했다. 오쿠바는 그 장면을 놓치지 않고 수없이 셔터를 눌렀다. 뒷날 오쿠바는 볼때기 위로 눈물 흘리는 신부의 사진을 '아픔'이라는 제목으로 관광사진공모전에 출품하기도 했다.

오쿠바의 입대는 은호와의 연애가 한층 깊어졌을 때 이루어졌다. 양가에서는 결혼 얘기도 여러 차례 오갔지만, 그때마다 오쿠바가 반대한 까닭에 별 진척은 없었다. 어른들은 서운하다고 했으나 오쿠바는 단호했다. 오쿠바에게 군대는 황천길과도 같은 거였다. 형과 매형의 죽음도 그렇지만, 1951년 초에 있은 국민방위군사건은 씻을 수 없는 충격이었다. 각지에서 끌어모은 장정들을 어떻게 12만 명이나 죽여버릴 수 있단 말인가. 전투에 내몰아 총알받이로 죽인 게 아니었다. 어떤 미친 또라이 장교가 장정들 속에 수류탄 수백 발을 던져 넣어 죽인 것도 아니었다. 처참하게도 12만 명이나 되는 장정들은 굶어 죽고 얼어 죽었다. 국민방위군 고위 장교들이 군수물자를 빼돌렸고 국고

금을 빼돌렸다. 얼어 죽어가는 장정들을 보면서도 담요를 빼돌린 거였고, 굶어 죽어가는 장정들을 보면서도 보리쌀과 밀가루를 빼돌린 거였다. 피란지인 청주에서 오쿠바가 부랴부랴 신흥대학에 입학한 것도 국민방위군에 끌려가지 않기 위해서였다.

그 야만과 부패의 군대는 휴전이 된 뒤에도 변함이 없었다. 잊을 만하면 사망 소식이었다. 휴전선 어름에서 교전 중에 죽었다거나, 지뢰사고로 죽었다거나, 탈영병의 수류탄 투척으로 죽었다거나, 그런 것들이었다. 가능하다면 병역기피를 하고 싶었다. 은호와 산속 어디라도 도망가 살고 싶었다. 물론 그거야말로 엄두가 안 나는 일이었다. 오쿠바는 입대를 결심했고, 3학년되는 해에 학교를 휴학했다. 은호와는 군대를 다녀와서 결혼할 생각이었다. 황천길로 가는 마당에 결혼부터 할 수는 없는 일이었다. 오쿠바는 자신의 2세에 연연하지 않았다. 오쿠바는 그토록 뻔뻔하지 않았다. 다행히 대재 이상은 학력혜택을 받아 1018 군번을 받던 시절이었다. 복무기간도 1년 6개월이면 끝났다. 입대는 길동을 비롯해 다섯 명의 친구가 함께했다.

이덕이

다섯 명이 함께 입대하자 그나마 위안이 되었다. 그러나 훈련소에서만 그랬던 거고, 자대를 향해 뿔뿔이 흩어지자 그걸로 끝이었다. 제대하는 날까지 다시는 친구들 얼굴을 볼 수 없었다. 뭉쳐 있는 꼴을 못 보는 데가 군대였고, 뭉쳐야 산다고 하는 데가 군대였다.

운 좋게도 오쿠바는 고향인 춘천의 제3보충대에서 군 생활을 시작했다. 보직은 생뚱 맞게도 군악대였다. 뭐 자신도 모르던 음악적 재능이 드러나 군악대에 뽑힌 게 아니었다. 하긴 일빵빵 소총수가 백발백중 명사수여서 뽑힌단 말인가. 삼둘공 무전병이 언제 목소리 테스트 거쳐서 뽑힌단 말인가. 모든 보직이란 게 그냥 복불복이었다. 오, 군악대의 경우 약간의 심사과정이 있기는 했다.

배치받은 지 사흘째였나, 본부 행정관이 오쿠바를 불렀다. 뭔가 잘못된 줄 알고 오쿠바는 긴장한 채 본부 행정실 문을 두드렸다. 그를 보자마자 행정관은 악보 볼 줄 아느냐고 물었다. 군대에서 웬 악보 타령인가, 오쿠바는 하도 뜻밖이라 잘못 들은 줄만 알았다. 대답을 못하고 멍청히 서 있자, 행정관은 악보가 그려진 오선지 한 장을 오쿠바의 코앞에 들이댔다. 그러고는 이 자식이 귓구멍이 삐었나, 악보 볼 줄 아냐고, 하면서 오선지를 마구 흔들었다. 그제야 상황 파악이 된 오쿠바는, 볼 줄 압니다, 하고 냅다 소릴 질렀다. 행정관은, 음, 오케이, 좋아, 나가 봐, 라고 말했다. 그게 군악대 차출 심사의 전말이었다.

군악대에서 오쿠바의 주특기는 트럼펫이었다. 피스톤트럼펫과 오보에트럼펫 중 오쿠바는 오보에트럼펫을 불었다. 그는 각종 행사에 불려 나가 볼때기가 빵빵해지도록 불었다. 물론 행사 때만 분 게 아니라 별일 없을 때도 별일 없이 불었다. 아침엔 내무반 동료들보다 십 분 일찍 일어나 기상나팔을 불었고, 밤에는 취침나팔을 부느라 동료들보다 십 분 늦게 담요를 덮고 누워야 했다. 남들은 이런 일을 짬밥이 적당히 붙으면 후임한테 물려주는 법이지만, 오쿠바는 제대하는 날까지 계속 불었다. 트럼펫을 불지 않으면 입술이 부르트거나 시력 감퇴가 오거나 호흡 곤란이 생겨서가 아니었다. 그는 제대하는 날까지 쫄다구였다. 학력혜택으로 남들보다 군 생활을 반만 하다 보니 고참들은 어떻게든 3년을 채워주고 싶어 안달이었다. 그게 오쿠바가 제대하는 날까지 트럼펫을 놓지 못한 이유였다. 뿐만 아니라 통상 한가지 악기만 다루면 되는 법이지만, 오쿠바에겐 색소폰까지 불도록 하여 도무지 쉴 틈을 주지 않았다. 두 악기를 쉴 새 없이 불어야 남들외 복무기간에 맞출 수 있다는 게 고참들의 셈법이었다. 그런데도 오쿠바가 제대하던 날 고참들은 미쳐서 눈이 뒤집히려고 했다. 특히 오쿠바보다 일 년 전에 입대했으나, 오쿠바보다 6개월 뒤에 제대하는 박 모 병장은, 군대가 왜 이리 좆같냐, 좆같은 군대 좆같은 새끼 좆나게 부럽다는 말을 오쿠바가 시야에서 사라질 때까지 계속 좆나게 퍼부어댔다.

오쿠바는 트럼펫이든 색소폰이든 다시 불면 내가 좆같은 놈이 되는 거라고 다짐하면서 무사히 황천길을 빠져나왔다. 서울행 기차를 기다리는 동안 약간의 갈등을 빚었다. 그동안 외출이나 외박 때 신세를 졌던 소학교 적 친구들한테 고맙다는 인사라도 하는 게 옳았다. 그러나 마음이 급했다. 친구들에겐 다음을 기약하기로 하고 그는 기차에 오르는 자가 되었다. 은호가 눈에 밟혀서 은호한테 달려가는 게 급선무였다. 서울에 도착한 뒤에도 오쿠바는 또다시 갈등할 수밖에 없었다. 은호가 먼저냐 춘천당약방이 먼저냐! 오쿠바는 은호한테 먼저 달려가는 자가 되었다. 그래서 연애를 하면 눈이 뒤집힌다는 원로들의 말은 옳았다. 이 땅의 원로들은 아들놈 낳아봐야 아무짝에도 쓸모없다는 말까지 입에 달고 살았는데, 그것 역시 옳았다. 결국 균형을 잃은 자에게 균형추 역할을 해주는 건 여자의 몫이었다.

두 차례 전차를 갈아타고 대동상회에 이르렀다. 가슴이 뛰었다. 오쿠바는 과감하게 대동상회 안으로 들어갔다. 주판알을 튕기는 흰 남방을 보았고, 곁에서 장부정리를 하는 은호를 보았다. 오쿠바는 여전히 가슴이 뛰는 상태였다. 은호가 다가오자 그는 흰 남방이 있건 말건, 일하는 장정들이 보건 말건 그녀를 덥석 끌어안기부터 했다. 은호도 덥석 안겼다. 얼마나 길고 달콤한 시간이 지났을까. 이제 아버지 어머니한테 인사드려야지, 하는 흰 남방의 목소리가 들려왔다. 그제야 정신이 든 오쿠바는 손목의 힘을 풀었다. 은호의 눈시울은 젖어 있었다.

분위기로 봐서는 근사한 저녁을 얻어먹을 판이었다. 하지만 은호가 균형추 역할을 했다. 은호는 오쿠바에게 저녁은 춘천당약방에서 먹는 게 옳겠다고 제안했다. 오쿠바에겐 먼저 돌아가 있으라고, 자신은 좀 천천히 춘천당약방으로 가겠다는 말을 했다. 저녁을 준비하기 위해, 뭘 차려야 할지 뭘 좋아하는지를 묻던 은호네 식구들은 순간 멈칫했다. 그러고는 갑자기 은호의 말이 옳다고 이구동성으로 찬동하는 바람에 오쿠바는 거의 대동상회에서 쫓겨나는 자가 돼야 했다. 춘천당약방으로 돌아오는 내내 어쩌다 저런 여자가 두 조카를 잃어버렸는지, 그 점이 참으로 불가사의하다고 생각했다.

그리운 춘천당약방은 그 자리에 그대로 있었다. 오쿠바는 약방 문을 열고, 패스 주세요, 라는 농을 먼저 날렸다. 방 안에 있던 원희 누나가 열린 문으로 내다보다가, 엄마야, 하는 비명을 질렀다. 그러고는 엄마와 함께 맨발로 달려 나와 오쿠바를 맞았다. 원희 누나와 엄마는 거의 동시에 오쿠바를 끌어안았다. 통곡이 먼저 터져 나온 건 엄마였다. 엄마의 울음소리에 설움이 북받치는지 원희 누나도 덩달아 펑펑 울기 시작했다. 아마도 엄마는 형을 떠올리면서 통곡하는 것 같았고, 원희 누나는 매형을 떠올리면서 펑펑 우는 것 같았다. 안 그러고서야 버젓이 살아 돌아온 아들을 그토록 섧게 맞을 일이 아니었다.

이윽고 정신을 차린 엄마가 오쿠바를 데리고 방으로 들어갔다. 말짱하게 살아 돌아온 게 감사하다며 '주여'로 시작되는 기도를 오랫동안 했다. 오쿠바로선 좀 지루한 기도가 아닐 수 없었다. 기도가 끝나고 나자 원희 누나는 오쿠바에게, 은호가 보고 싶지 않느냐고 물었다. 오쿠바는 속이 약간 뜨끔했다.

"보고 싶지만 뭐, 천천히 보지 뭐."

"군대에서 도 닦고 나오신 분 같네."

"말해 뭐하겠어, 보고 싶겠지. 근데 은호가 막내 제대가 오늘이란 건 알고나 있나?"

엄마가 끼어들었다.

"그럼요. 지난주 여기 왔을 때 얘기했잖아요. 설령 얘기 안 했기로서니 지들끼리 편지 숱하게 오갔을 텐데, 우리보다 더 잘 알걸요."

오쿠바의 속에 들어앉았다 나온 것처럼 원희 누나는 알기도 잘 알았다.

세 차례에 걸쳐 약방 손님이 다녀갔다. 그때까지도 은호는 약방 문을 열지 않았다. 해가 완전히 꺾여 어둑발이 축축 드리워질 즈음, 또다시 약방 문이 열렸다. 은호가 안으로 들어왔다. 생각보다 늦었다 싶었는지 원희 누나는, 일하다 이제 온 거냐고, 오늘 같은 날은 좀 일찍 나서지 그랬냐며 약간 뚱하게 은호를 맞았다. 오쿠바는 그냥 엉거주춤 서 있었다. 원희 누나는 눈을 흘기면서 어정쩡하게 서 있는 오쿠바의 등을 떠밀었다. 달려가 은호를 맞으라는 뜻이었다. 이미 대동상회에서 감격의 해후를 한 상태란 걸 원희 누나가 알 턱이 없었다. 오쿠바는 어떻게 해야 할지 잘 몰라 여전히 방 안에 선 채로, 어 왔어, 라는 말만 했다.

"무슨 남자가 이 모양이야? 달려 나가 꽉 좀 끌어안아주고 그래야지, 내가 은호한테 다 미안하네."

원희 누나의 한마디가 있자, 엄마도 그래야 한다고 맞장구쳤다. 오쿠바는 못 이기는 척하고 달려 나가 대동상회에서 그랬던 것처럼 다시 은호를 꼬옥 끌어안았다. 은호 역시 처음인 것처럼 쉽게 포옥 안겼다.

복학은 이듬해 봄에 했다. 오쿠바가 군에 있는 동안, 남산 아래 있던 동자동 교사는 수유리 산골짜기로 이전해 있었다. 정릉리나 빨랫골까지라면 카메라를 메고 여러 차례 다녀온 적 있었다. 돈암동에서 멀지 않은 때문이었다. 가오리 너머로는 발길한 적 없으니 수유리는 낯설었다. 미아리 차부에서 내린 오쿠바는 수유리행 버스로 갈아타야 했다. 방금 떠났기에 30분 이상 기다려야 한다는 게 매표원의 설명이었다. 젠장, 오쿠바는 걷기로 했다. 그는 아직 잔설이 남아 있는 논길로 향했다. 논길이 끝나자 배 밭이 이어졌고, 배 밭이 끝나자 작은 마을이 나왔다. 마을에서 학교 가는 길을 물었다. 거의 한 시간쯤 걸어서야 산속에 처박혀 있는 한국신학대에 닿았다. 서울역에서 가깝던 동자동 교사와는 전혀 딴판의 분위기였다. 속세는 끝났다, 모든 걸 잊고 수행에 목적을 두라는 수도원만 같았다.

교무처에서 복학수속을 밟았다. 달라진 게 있었다. 결혼한 경우를 제외하고 모든 학생은 기숙생활을 원칙으로 해야 한다는 거였다. 점점 수도원 모드였다. 오쿠바는 알겠다고 짧게 답했다. 교직원은 오쿠바의 방을 배정해주고 다음 주까지는 입실해야 한다고 일러주었다.

오쿠바는 예정된 날짜 안에 기숙사로 갔다. 책 보따리와 옷 보따리를 지거나 멘 상태였다. 방은 2인 1실이었고, 오쿠바가 지낼 곳은 이층 복도 끝에 있었다. 방문을 열자 약간 어수룩해 보이는 놈이 오쿠바를 맞았다. 키는 그냥저냥 중키였지만, 굶고만 살았는지 비쩍 말라 있었다. 지난해부터 그 방을 써왔다는 룸메이트였다. 올해 2학년이라고 하니 오쿠바보다는 4년쯤 후배였다. 이름을 묻자 김응태라고 답했다. 고향은 전라도 남쪽 끝에 있는 순천이라고 했다. 순천사범을 나왔다고 하기에 고향에서 아이들 가르칠 일이지 여긴 뭐하러 올라왔느냐고 물었다. 응태는 오쿠바로선 생소한 손양원 목사 얘기를 했다.

손양원은 전남 여수 율촌면에 있는 애양원교회 목사였다고 했다. 애양원에는 1천여 명의 나환자들이 수용돼 있었는데, 애양원교회는 그곳의 유일한 교회였다. 3남 3녀를 둔 손양원은 장남과 차남을 순천으로 유학 보냈다. 큰아들 손동인은 순천사범학교를 다녔고, 둘째인 손동신은 순천중학을 다녔다. 1948년 10월 19일, 여순사건 때 제주도행을 거부한 군인들이 순천으로 밀려들자 이에 동조한 순천사범학교 학내 좌익들이 들고일어났다. 좌익들은 동료 학생들을 선별해 살해했는데, 평소 자신들에게 적대적이었던 손동인과 손동신이 그때 희생되었다. 반란사건이 진압되고 두 아들을 살해한 범인이 체포되어 사형선고를 받았다. 손양원 목사가 나섰다.

"원수를 원수로 갚는 일이야말로 헛되고 헛된 일입니다. 두 아들을 죽인 안 군을 아들로 맞아 사랑의 사역자로 삼겠습니다. 그러니 석방을 간청합니다."

손양원 목사의 뜻대로 안 군은 석방되어 그의 양아들이 되었다. 성도 안가에서 손가로 바뀌었다.

여수 순천 일대에선 손양원 목사의 얘기가 오랫동안 회자되었다. 당시 소학교 상급반이었던 웅태 역시 모르지 않았다. 하지만 그때는 가슴에 품지 않았다. 자기 얘기로 받아들이지 않았다는 얘기다. 훗날 순천사범학교에 들어가선 달랐다. 선배들이 살육 당시의 현장을 가리키며 그때의 참상을 말했을 때, 이상도 하지! 웅태는 소름이 오싹 돋기보다는 느닷없이 손양원 목사가 떠올랐다고 했다. 가슴에 활활 불꽃이 이는 걸 느꼈다고 했다. 학년이 오를수록 식기는커녕 더욱 뜨거워져 견딜 수 없었다. 진로를 최종 결정할 때가 다가오자 응태는 초조해졌다. 마침내 그는 자신이 다니는 조례교회 담임목사를 찾아갔다. 그에게 속내를 털어놓았다. 담임목사는 가난한 소작농의 아들인 응태를 위해 어떻게든 한 학기 등록금만이라도 마련해보겠다고 약속했다. 장남의 졸업 때만 기다려온 부모로선 청한 하늘에 날벼락이 아닐 수 없었다. 응태는 하루빨리 교편을 잡아 집안을 꾸려가야 할 2남 3녀의 장남이었다. 부모의 만류를 뿌리치고 그는 결국 한국신학대에 입학했다. 손양원 같은 목회자가 되겠다는 게 이유였다.

오쿠바는 응태에게, 입때껏 엄마의 그늘에 있는 나보다 네가 낫다고 말했다. 응태는 선배의 자조 섞인 말에 큰 죄라도 지은 양 그저 몸 둘 바를 몰라 했다.

침대는 이층 침대였다. 책상은 두 개였는데, 창가 쪽과 안쪽에 있었다. 응태는 이미 이층을 잠자리로 삼았고, 책상은 안쪽을 쓰고 있었다. 불편한 이층보다 아래층이 좋을 테고, 책상도 기왕이면 창가 쪽이 좋을 텐데 그러지 않았다. 함께 지낼 룸메이트를 만나기도 전에 이미 배려하고 있는 거였다. 오쿠바는 그런 응태가 맘에 들었다.

응태를 만난 것도 그렇지만 대체로 수도원 생활은 지낼 만했다. 군대 경험 탓에 공동체 생활을 탐탁잖게 여겼으나, 군악대 시절과는 비할 수 없이 포근하고 아름다웠다. 오쿠바는 일단 영원한 쫄다구가 아니었다. 4학년들조차 오쿠바를 비롯한 복학생들에겐 새카만 후배들이었다. 줄로 세우면 아마도 수유리에서 미아리 차부까지 길게 늘어서고도 남을 줄이었다. 그러니 선배 대접받는 게 전혀 이상할 게 없지만, 그렇다고 선배입네 폼을 잡을 것도 없었다. 더더욱 폭력이 날뛸 리 없었다. 재미있느냐 하면 재밌기보다는 아기자기했다.

4월 초였나, 응태의 둘째 여동생이 무작정 서울로 올라왔을 때였다. 응태는 지난해부터 이덕이가 오빠 있는 서울로 올라오고 싶다는 편지를 종종 써댔다고 한다. 한심한 이덕이한테 응태는, 시방 등록금 마련해서 학교 다니기도 벅찬 마당이다, 일덕 언니가 시집가고 없으니 삼덕이랑 막내 응환이 잘 돌보며 부모님 돕는 게 지혜로운 일이다, 오빠가 자리 잡게 되면 어련히 이덕일 안 부르겠냐, 그때까지만 고되고 힘들어도 잘 버텨주길 바란다는 취지의 답장을 번번이 써야만 했다. 좀 고집스럽긴 해도 그만하면 오라버니 말을 알아들었으려니 했던 이덕이 끝내 사고를 친 거였다.

이덕인 밤차를 타고 무작정 서울로 올라왔다. 용산역에서 내려 서울에 있는 아무 교회나 가면 제 오빠와 연이 닿을 줄 알았는지, 이덕인 교회부터 찾았다. 교회에서 마침 만난 사찰집사에게 제 오빠를 좀 만날 수 있게 해달라고 사정했다. 다행히 그는 담임목사에게 이덕의 사정을 알렸고, 담임목사는 궁리 끝에 한국신학대 교무처로 연락을 취했다. 응태는 1교시 수업 중에 연락을 받고 곧장 용산으로 달려갔다.

응태가 돌아온 건 점심시간이 끝나갈 무렵이었다. 곁에는 둘째 누이로 짐작되는 단발머리 여자애가 작은 보따리 하나를 들고 서 있었다. 아직 추위가 가신 것도 아닌데, 여자애는 맨살이 드러난 검정치마에 고무신을 신고 있었다. 응태는 배식대로 가서 뭔가 설명하더니, 이윽고 아직 문 앞에 서 있는 제 누이를 불렀다. 밥을 타서 구석진 자리로 가려는 걸 오쿠바가 이리 와서 같이 먹자고 불렀다. 오쿠바는 번잡함을 피해 복학생 친구 셋과 늦은 점심을 먹고 있던 참이었다. 응태는 누이를 데리고 순순히 오쿠바 곁으로 왔다. 무엇이 그리도 미안한지 밥 먹는 동안 차마 고개를 못 들었다. 오히려 응태의 둘째 누이가 밥숟가락을 입에 넣으면서도 참참이 주위를 둘러보았다.

오후 수업이 곧 시작될 때여서 응태는 난감해했다. 그는 한숨을 길게 내쉬면서 오쿠바에게 이덕일 자기 방에서 좀 쉬게 하면 안 되겠느냐고 물었다. 밤기차로 올라오는 동안 한숨도 못 잔 데다 보낼 곳도 없다는 거였다. 다행히 남자기숙사 사감은 유학 준비하느라 사감실보다는 도서관에서 더 많은 시간을 보내는 터였다. 오쿠바는 상관없다고 말했지만, 오늘 밤은 어쩌나, 내일은 또 어쩌나, 그게 좀 걱정이었다.

독일어 학습반 모임까지 끝내고 방으로 갔을 때는 응태가 세 누이 곁에 앉아 뭔가를 열심히 설명하고 있었다. 이덕인 줄줄 눈물을 흘리고 있었다. 눈물만 그렇게 흘렸지 앙다문 입술로 보아 오빠의 말에 수긍하는 것 같지는 않았다.

"내가 역까지 델다 준당게? 니가 자꾸 이러믄 내가 좀 그란다. 선배님도 오셨다야."

이덕인 꼼짝도 않았다. 그냥 여전히 눈물만 흘렸다.

"니 나이가 인자 열일곱 아니냐. 내 말 알아들을 나이가 충분히 지났어. 근디 니가 이래 블믄 내가 어째야 좋겄냐."

"……."

"내가 진짜 니 때문에 속 터져 죽겠어야. 십자가도 이런 십자가가 없어야."

웅태는 묵묵부답인 이덕의 팔을 끌었다. 데리고 나갈 모양이었다. 구원을 청하듯 이덕인 아주 잠깐 오쿠바를 쳐다보았다. 그러고는 오빠가 팔을 당기는데도 그냥 계속 버텼다. 웅태는 돌아서서 오쿠바한테 죄송하다는 말을 두 번 했고, 이덕의 팔을 다시 끌어당겼다.

"우예 됐든 나가야 되지 않겄냐. 니도 알다시피 여긴 남자기숙사 아니냐. 내 속 터져분게 후딱 일어나야."

이덕인 마지못해 일어났다. 한 손으로 눈물을 훔치는가 싶더니 오쿠바를 곁눈질로 살피는 게, 여전히 방을 나가고픈 맘이 추호도 없는 거였다.

"그러지 말고 여기 좀 있어 봐."

오쿠바는 웅태의 동작을 제지하고 방을 나섰다. 복학생 친구인 박근원 방으로 가서 이 문제를 풀어볼 참이었다. 박근원은 여학생기숙사 사감과 가까웠다. 그와 상의하면 뭔가 해결의 실마리가 있지 않을까, 그런 기대가 있었다. 오쿠바가 방문을 열자 박근원은 안 그래도 궁금했던지 응태의 누이 소식부터 물었다.

"그 때문에 왔다. 이우정 선생한테 응태 동생 얘기 좀 해보면 안 되겠냐?"

"어떻게? 안 내려간대?"

"쉽게 내려갈 거면 올라오지도 않았겠지. 아무래도 여학생기숙사에서 며칠 묵게 하고 제 오빠 처지를 몸으로 느껴야 말이 통하지 않을까 싶다."

둘은 여학생기숙사로 갔다. 거실을 중심으로 방이 둘 딸린 단독주택들이 숲 속 구석구석에 들어서 있는데, 그게 여학생기숙사였다. 사감실은 그 숲의 초입에 있는 주택이었다.

현관에서 박근원이 힘차게 노크하자 사감실 맞은편 방을 쓰는 여학생이 문을 열었다. 신입생인데 원체 말이 없어서 오쿠바는 아직 이름도 모르고 있었다. 안에 선생님 계시냐고 묻자 그녀는 고개를 끄덕였다. 박근원은 일부러 목소리를 키워, 박근원입니다, 하고 외쳤다. 들어오라는 소리가 있었고, 박근원과 오쿠바는 사감실로 들어갔다. 흔한 인사 끝에 이덕의 얘기를 하자 사감선생은 심각하게 받아들였다.

"하룻밤이야 그렇다 쳐도 이덕이란 애가 쉽게 물러날 거 같지 않네. 응태도 봐, 얼마나 고집이 세."

"그건 그렇죠. 근데 다른 수가 없잖아요?"

"별일이야. 살다 보니 별일이 다 있네. 아이 참, 어떡하나? 별수 없지. 선희한테 물어보고 한 사나흘 같이 지내달라고 사정해야겠네."

신입생 이름이 선희란 건 그렇게 알게 되었다. 사감선생은 선희를 불러 이덕의 얘기를 했고, 어떠냐고 의사타진을 했다. 말이 의사타진이지 뉘라서 감히 사감선생의 말을 거역하겠는가. 선희는 고개를 끄덕였다. 그때부터 이덕인 사감실 맞은편 선희의 방을 같이 쓰게 됐다.

결과적으로는 잘된 일이었다. 이덕인 제 오빠가 근로장학생으로 저녁마다 채플실 청소를 도맡아 하고 있다는 걸 알게 되었다. 뿐만 아니라 학교에서 키우는 산양 열 마리도 오빠의 몫이라는 걸 알게 되었다. 웅태는 아침마다 산양 젖을 짜 우윳병에 담고 그걸 배달하러 다녔다. 대 먹는 집은 주로 학교 교수들 집이었지만 마을에도 십여 가구가 넘게 있었다. 웅태는 아침마다 자전거를 타고 이십여 가구에 양젖을 배달하는 거였다. 제 오라비의 처지를 알았으니 이덕인 이제 내려가는 길을 택했을까. 그건 웅태는 물론 사감선생, 교내식당 아줌마들까지 바라는 바였지만 이덕인 그러지 않았다. 사흘이 지났지만 이덕인 선희의 방에서 선희와 살았다. 열흘이 지났지만 이덕인 교내식당에서 뻔뻔하게 밥을 타 먹었다. 열닷새가 지났지만 이덕인 제 오빠를 도와 저녁이면 채플실 청소를 하고 있었다. 이덕의 고집을 꺾을 자는 아무도 없었다. 모름지기 아무도 없을 거였다. 그건 이덕이만큼 아무도 절박하지 않다는 뜻이기도 했다. 그동안 이덕이와 몇 차례 얘기를 나눠본 사감선생도 일찌감치 이덕의 귀향을 포기한 상태였다. 대신 이덕의 일자리를 찾아 여기저기 수소문해주었다.

정확히 스무하룻날이었다. 서대문 충정로에 있는 캐나다 선교사의 집에서 식모자리가 났으니 이덕일 보내라는 연락이 왔다. 원래 있던 식모가 결혼을 하게 되어 이덕일 받을 수 있다는 거였다. 거의 모든 식모가 먹여주고 재워주면 그뿐, 한 푼의 급여도 받지 못했으나, 이덕인 얼마간 용돈도 받을 수 있다고 했다. 그러니 소식을 듣고 뛸 듯이 기뻐해야 마땅하지만 어쩐지 이덕인 담담했다. 기쁘지 않느냐고 오쿠바랑 박근원이 물었더니, 오라버니랑 헤어지자네, 하고 고개를 약간 숙였다. 같은 서울 하늘 아래 있으니 오빠 자주 볼 거 아니냐고 하자, 딴 오빠들은 못 보자네, 하고 답했다. 아마도 이덕이 마음에 둔 오빠가 생긴 모양이라고 하자, 이덕의 얼굴은 금세 빨갛게 물들었다. 그러고는 엉뚱하게도 자기도 여기서 실컷 공부했으면 소원이 없겠다고 말했다. 새벽에 일어나 채플실에서 예배드리는 게 그렇게 좋을 수 없다고 했다. 오빠들이 돌아가면서 설교하는 걸 들으면 하루 종일 머리가 맑다고 했다. 오쿠바는 그 새벽이 그렇게나 싫었는데, 이덕인 그 새벽이 그렇게나 좋았던 모양이다. 이덕인 이상한 글자로 된 책을 펴놓고 공책에 옮겨 적으면서 공부하는 것도 그렇게 부러울 수 없다고 말했다. 자기도 그런 공부 실컷 해보고 싶다는 거였다. 아마도 헬라어나 히브리어 공부하는 걸 두고 하는 말일 텐데, 그게 얼마나 지겨운 일인지 이덕인 도무지 모르는 거였다.

이덕인 떠나는 날 새벽에도 예배에 참석했다. 그날 인도자는 특별히 이덕의 이름을 거론하며 어디에서 어떻게 지내든, 어떤 일을 만나든 용기를 잃지 않는 신앙인이 되게 해달라고 기도했다. 예배를 마치고 채플실을 나설 때는 일일이 이덕일 안아주면서, 잘 가라는 말을 남겼다. 이덕인 펑펑 울었고, 이를 보는 학생들도 저마다 눈자위를 훔쳤다.

캐나다 선교사한테는 응태가 데리고 갔다. 응태는 오후 늦게 돌아왔다. 오쿠바가 잘 들어간 거냐고 묻자, 응태는 그동안 고마웠다는 인사부터 했다. 선교사 부부와는 늦은 점심을 함께하면서 몇 마디 나눴다고 했다. 우리말을 전혀 못할까 봐 걱정했는데, 의사소통은 되더라며 이덕이 걱정은 안 해도 될 것 같다고 말했다.

그것으로 이덕이 문제는 일단락된 거였다. 수도원 생활은 다시 예전처럼 평이해졌다. 이덕이 있을 때 빨랫비누를 걸고 탁구 시합을 한 적 있었는데, 그날 공교롭게도 결승전에서 응태와 박근원이 맞붙었다. 이덕인 제 오빠 치는 꼴을 눈이 빠지게 쳐다봤다. 만약 박근원이 이겼다면 박근원의 머리카락은 한 올도 남지 않고 죄 뽑혔을 거였다. 박근원이 졌다. 이덕이 어찌나 뿌듯해하고 좋아하던지! 이덕인 허겁지겁 달려 나가 제 오빠를 꼭 끌어안고 오랫동안 자랑스러워했다. 이덕이 떠난 뒤 박근원과 응태가 다시 붙었는데, 응태는 보기 좋게 나가떨어졌다. 지난 번엔 박근원이 져줬다는 얘기였다. 생각할수록 이덕이 있던 스 무날 남짓은 엄청 즐거웠다. 주말에 은호를 만나면 이덕이 얘기 때문에 은호 역시 쉴 새 없이 웃고는 했다. 그러나 이제 그때는 옛날이 되었다.

5월 셋째 주에는 길동이 결혼을 했다. 오쿠바의 결혼은 양가 어른이 가을로 잡아놓고 있었다. 원래 결혼은 동기들 중에서 오 쿠바가 가장 먼저 할 거라고 자타가 인정하던 터였다. 오쿠바가 원체 느긋했거나 속도를 내지 않은 까닭이었다. 은호로선 오래 기다린 셈이지만, 함께 살게 될 수십 년을 생각한다면 연애기간 은 찰나에 불과하다는 게 오쿠바의 생각이었다. 아버지 때문이 었을까. 오쿠바는 가장으로서의 두려움이 있었다. 들판에서 결 혼이라는 철옹성 안으로 들어가야 하는데, 철옹성 안은 죽는 날까지 안녕한 건지, 다시 빠져나올 일은 없는 건지, 빠져나올 길이 있기나 한 건지, 다시 들판을 달리고 싶다면 아버지처럼 되는 건지, 그런 것들에 대한 두려움이었다. 물론 재면 잴수록 불가능한 게 결혼이었다. 그런데도 오쿠바는 솔직히 많이 망설 였다.

오쿠바가 그러는 동안 첫 테이프를 길동이 여지없이 끊어버 린 거였다. 원래 내숭스러웠기에 청첩장을 받기까지 뚜렷한 소 식도 소문도 없었다. 제대와 함께 교회를 옮겼다더니 신부는 옮

312

겨간 교회의 장로 딸이라고 했다. 오쿠바가 보기에 장로 딸이라는 명분 말고는 기선보다 나을 게 없어 보였다. 그렇다는 건 함진아비가 되어 신부 집을 찾았을 때 알아봤다.

그날 복학생들은 모두 출동했다. 함은 통상 결혼한 친구가 지는 거였으나, 그런 친구가 없으니 가장 먼저 결혼할 걸로 예상되는 오쿠바가 지기로 했다. 오쿠바는 한 필의 무명으로 띠를 만들어 함을 졌다. 견마잡이는 박근원이 했는데, 그의 목소리는 원래 커서 신부네 골목 초입부터 흥을 끌어올리기에 충분했다. 왁자지껄 떠들면서 한 발 한 발 다가가자 신부의 오라버니와 삼촌이란 자가 마중을 나왔다. 그들은 목회자 되실 양반들인데 그냥 조용조용 들어가자고 달랬다. 박근원은 이런 경사에 재수 옴 붙는 소리 하덜 말고, 함진아비 목 타 죽으니 술상이나 내오라고 소릴 질렀다. 오빠와 삼촌이 좀은 난감해하다가 후닥닥 집 안으로 들어갔다. 이윽고 한 상 제대로 차려 내왔는데, 어럽쇼! 안줏거리는 그럴싸한데 술은 없고 술의 칠팔 촌쯤 되는 감주뿐이었다. 젠장, 누가 장로 아니랄까 봐! 김이 샌 오쿠바는 그냥 함이나 던져주고 나와야겠다는 생각에 앞으로 나아가려 했다. 박근원이, 워워, 하면서 말렸다. 그때부터 골목 중간쯤에 버티고 앉아 술상 나오기를 고대하는데, 이런 젠장! 술도가가 브라질 상파울로쯤이라도 된다는 건지 도무지 나올 기미가 없었다. 시간 넘게 기다리던 복학생들은 결론을 아니 내릴 수 없었다. 그들은 의견통일을 이루어냈다.

그들은 자리를 털고 일어났다. 신부네 집으로 터벅터벅 걸어 들어갔다. 그들은 마루에 함을 던져놓다시피 내려놓았다. 그리고 근사하게 차려놓은 '감'주지육림甘酒池肉林 상을 얼핏 보았다. 그뿐이었다. 잘난 장로의 딸 얼굴도 못 본 채 그들은 깨끗이 돌아 나왔다. 장로 내외가 달려 나와, 이러시면 안 된다고, 제발 식사 좀 하시라고 붙잡았으나 기차는 이미 칠레를 떠나 아르헨티나로 가고 있었다.

복학생들은 쫄쫄 굶은 채 미아리 차부에서 내렸다. 가장 급한 건 배를 채우는 일이었다. 가난한 복학생들은 신부네 마루에 차려졌던 그림 같은 감주지육림 상을 떠올리며 허기진 배를 움켜쥔 채 멸치국숫집으로 들어갔다. 곱빼기를 먹고 나왔을 때는 밤 깊은 서러운 길이 기다리고 있었다. 그들은 포한이 진 술을 원 없이 마시기로 했다. 구멍가게로 들어가 사 홉들이 소주를 다섯 병 사서 가방에 넣고 학교로 향했다.

주말이었기에 기숙사엔 지방학생들만 남아 있었다. 복학생들은 이층 복도 끝에 있는 오쿠바의 방으로 몰려갔다. 선배들이 몰려들자 책을 읽던 웅태는 벌떡 일어섰다. 오쿠바가 옆방에서 의자 두 개만 빌려 오라고 하자 그는 슬리퍼가 타도록 달려 나갔다.

침대에 앉거나 의자에 걸터앉은 복학생들은 포한이 진 소주를 꺼냈다. 웅태가 놀란 표정을 짓자 박근원은 웅태부터 한잔하라고 잔을 건넸다. 웅태가 손사래를 쳤다.

"네 이노옴! 육肉은 사도요한의 사륵스sarx인가, 사도바울의 소마sw'ma인가? 육이 성령을 입어 성결해지는 건가, 성결한 육이니 이를 온전히 보전해야 하는가?"

"그건, 사도요한의 사륵스가 맞다 싶은디요."

"이노옴, 그러니 마셔! 술도 안 마셔본 놈이 술에 쩐 사람 심정을 어찌 알겠으며, 그네들을 어찌 구원하겠는고오! 모든 외식과 형식은 바리사이파의 것이요, 진실한 삶만이 예수의 것이니라."

박근원의 걸걸한 훈계에 웅태가 조심스럽게 잔을 받았다. 웅태는 꼴깍꼴깍 삼키는 자가 되었다.

한 순배 두 순배, 무진무진 돌았다. 사 홉들이 소주 다섯 병이 복학생들의 화를 삭였는지, 그들은 기분이 좋아졌다. 형식에 짓눌려 있던 웅태의 기분도 사뭇 좋아졌다. 누군가 웅태에게 노래 한 곡 하라고 주문하자, 웅태는 어렵지 않다고 답했다. 그는, 어둡고 괴로워라 밤이 깊더니 삼천리 방방곡곡 먼동이 튼다 선배들아 일어나라, 어쩌고 하는 '해방가'를 불렀다. 오쿠바가 좋은 노래라고 하자, 술에 풀려버린 박근원이 한 곡 더 하라고 주문했다. 웅태는 박근원보다 더 풀렸는지 지금부터 세 곡 더 하겠다고 한술 더 떴다.

그러나 별이 쏟아지는 고요한 수도원에서 두 곡은 무리였다. 사감실과 오쿠바의 방이 제아무리 이승과 저승만큼 떨어져 있을지언정, 달빛이 그윽한 수도원에서 두 곡은 아무래도 무리였다. 뚜벅뚜벅 사감이 올라왔다. 그는 노크를 했다. 박근원이 들어오라고 호기롭게 소리를 질렀다. 문이 열리자 찬물이 끼얹어졌다. 사감은 마치 김재준 교수처럼, 제군들 이게 뭔가, 하고 물었다. 오쿠바는 보면 모르냐고 답했다. 박근원은 유학 준비하시는 분이 여긴 웬일이냐고 되물었다. 응태는 혀가 꼬인 채, 모든 형식과 외식은 바리사이파의 것이랑게. 오직 거짓 없는 삶만이 예수의 것이랑게, 하고 박근원의 말을 그대로 따라했다. 사감은 술 마시는 게 거짓 없는 삶이냐고 심각하게 되쏘았다. 그리고 다음 주에 학생처에서 벌이 내려올 거라고 말했다. 만약 퇴교당하면 음부에서 고통 중에 눈을 들어 이곳 수도원을 그리워하게 될 거라고, 「누가복음」 16장 23절을 패러디했다.

좋았던 밤이 가고 나자 불안에 떠는 다음 주는 금방 왔다. 불행 중 다행인지 복학생들에게 별일은 없었다. 사감이 눈감아준 건지, 아직 처벌을 미루고 있는 건지 그건 알 수 없었다. 아무튼 그 와중에 길동은 결혼했고, 사흘 동안 경주로 신혼여행도 다녀왔다.

그는 몰라보게 살이 빠져서 돌아왔다. 사흘 동안 밤새 섹스만 하다 올라온 거냐고 박근원이 농을 걸자 길동은 몹시 불쾌한 얼굴로, 가자마자 배탈 나서 석굴암도 못 보고 왔다며 애써 해명했다. 그는 복학생들을 미아리 대지극장 옆에 있는 청요릿집으로 불러냈다. 자장면을 쏘는 것으로 복학생들을 달래고자 하는 거였다. 아니면 결혼식장에서 롤라이플렉스를 메고 뛰어

다녔던 오쿠바에 대한 답례였거나. 복학생들은 그날의 원혐을 가슴에 고이 간직한 채 자장면을 먹었다. 오히려 집들이 대신 청요릿집이 뭐냐면서 새로운 원혐을 쌓았을지도 모를 일이다. 분위기가 시큰둥하다고 느꼈는지 길동은 마지못해 배갈을 주문해 골고루 한 잔씩 돌렸다. 그러나 자신은 끝까지 마시지 않아 기어이 복학생들을 탄복시켰다. 그게 또 다른 원혐이 되었는지, 그건 잘 모르겠다.

위대한 롤라이플렉스

10월이 되었을 때 오쿠바는 수도원을 나왔다. 수도원은 들판이었다. 들판은 사방으로 열려 있다. 들판에는 회심의 길로 들어선 루터의 길이 있다. 하늘을 찢어놓을 듯한 날벼락에 놀라 법학도였던 루터는 남은 생을 신에게 던졌다. 대다수의 수도원 사람들은 그 길로 간다. 들판에는 또 다른 길도 있다. 기계공학도였던 스티글리츠는 베를린에 유학했다. 그는 상점 진열대에 놓인 카메라에 푹 빠져 즉석에서 7달러 50센트를 주고 그걸 구입했다. 그게 스티글리츠의 생을 바꾸어놓았다. 사진작가의 길로 들어선 거였다. 스티글리츠는 1907년 유럽으로 가는 호화 여객선 '카이저 빌헬름 2세'를 탔다. 갑판 위에서 찍은 「삼등 객실」은 사진 역사상 사실주의 미학의 대표작으로 꼽힌다. 그는 기록사진과 예술사진의 경계를 무너뜨린 사진의 아버지가 되었다. 수도원 들판에는 스티글리츠의 길도 펼쳐져 있다. 오쿠바는 들판 가운데서 서성일 뿐 아직 길을 잡지 않았다. 어떤 길도 잡지 않은 그에게 이제 철옹성으로 가는 길이 열렸다. 오쿠바는 철옹성으로 들어가는 자가 되었다.

신혼집은 미아리 차부 근처에다 얻었다. 방이 딸린 가게였다. 하필 사진관을 여느냐고 여름방학 내내 엄마는 지루한 반대를 했다. 엄마는 결혼과 동시에 오쿠바가 큰 교회에서 일하며 여러 가지를 배우기 바랐다. 아니면 차라리 다른 데 신경 쓰지 말고 무난히 졸업하기를 바랐다. 오쿠바는 오히려 색다른 경험이 자신을 성장시킬 거라고 되받았다. 은호는 엄마의 편도, 오쿠바의 편도 들지 않았다. 은호 역시 들판을 서성이던 끝에 무작정 철옹성으로 들어오게 된 거였다.

오쿠바의 결혼식은 엄마가 다니는 신암교회에서 치렀다. 그날 오쿠바는 아주 잠깐 하객으로 온 만석을 보았다. 만보의 막냇동생이 어느새 만보만큼 자라 있었다. 횟배를 앓던 배는 회충이 죄 빠져나간 모양이었다. 기계총을 앓던 까까머리도 가르마가 선명한 상고머리로 변해 있었다. 1·4후퇴 이후로 통 연락이 없어 죽은 줄만 알았는데 어떻게 소식 듣고 온 건지, 오쿠바는 묻지 않을 수 없었다. 만석은 엄마한테 들었다고 말했다. 엄마는 변두리에서 여전히 보따리 옷 장사를 한다고 했다. 사는 데를 물었더니 만석은 주저하다가 마들평야 쪽에서 벽돌 찍는 일을 하는데, 사는 곳도 근처라고 했다. 경기 북부지만 수유리에서 머잖은 곳이었다. 오쿠바는 자신의 신혼집이 미아리 차부 근처라고 하면서 꼭 놀러 오라고 당부했다. 경황이 없어 만석이 길동에게 인사를 했는지는 모르겠다. 잔치국수를 먹고 가긴 했는지 그것도 모르겠다. 오쿠바는 그날 하두 여러 사람을 만나

머릿속이 다 얼얼했다. 심지어 응태의 연락을 받았는지 이덕이까지 하객으로 달려왔다. 주례사가 뭐였는지 그게 생각나지 않을 정도였다.

가게는 신혼여행을 다녀와서도 계속 꾸몄다. 10월 말이 돼서야 문을 열었다. 간판을 뭐로 할지 한동안 고민하던 오쿠바는 스티글리츠의 「삼등 객실」을 따와 '삼등객실사'라고 이름 지었다. 은호가 몹시 촌스러운 옥호라며 불만을 토로했다. 오쿠바는, 그럼 처가가 마포종점이니 마포종점사는 어떠냐고 물었다. 은호는 보조개를 패며 웃더니, 그건 더 질 떨어진다고 말했다. 오쿠바는 은호에게 삼등객실사의 유래를 설명했다. 은호는 진즉 그 얘기를 해줬어야 하는 거라고 약간 뾰로통한 투로 받았다.

삼등객실사는 더 이상 두 과부가 사는 춘천당약방에 손 벌리지 않겠다는 각오로 문을 연 거였다. 하지만 솔직히 이미 많은 돈을 꼴아박았다. 간호부 누나인 옥화가 보내온 잔금을 고스란히 털어 넣었다. 그걸로 모자라 치과병원 터도 파느냐 마느냐로 고민했다. 교회 개척하기 전엔 절대 안 된다는 엄마의 선언에 더는 말을 못 꺼냈을 뿐이다. 장비 구입을 줄이는 길밖에 없었다.

그 시절 사진관은 카메라 대여가 필수였다. 대여 카메라는 일제 사모카samoca가 대세였다. 사모카는 대상과의 거리를 거리계로 측정해서 초점을 맞추도록 설계돼 있었다. 사용법이 단순한 반면 거리계로 초점을 맞추다 보니 정밀성이 떨어지는 단점이 있었다. 하지만 다른 카메라보다 가격이 싸고 사용법이 단순해 대여용으론 으뜸이었다. 원래는 사모카를 다섯 대 이상 비치하려고 했으나 여력이 안 돼 한 대만 구입하는 선에서 끝냈다. 만약 사진관을 해서 돈 벌겠다면 대여용을 다섯 대 이상은 구비해둬야 하는 거였다. 대여료도 챙기지만, 그보다는 사진 현상료가 알짠 돈이었다. 대여용을 열 대 준비해두면 놀면서도 장안 돈 긁어모은다는 시쳇말이 떠돌던 때였다. 밑천이 바닥난 오쿠바에겐 미제 아구스 카메라나 일제 페트리 카메라는 고사하고 사모카 두 대도 언감생심이었다.

낮에는 거의 온종일 학교에서 보냈다. 삼등객실사 일은 주로 밤에만 할 수 있었다. 낮 동안 증명사진, 우정기념, 의리파 5인 조기념, 첫돌기념, 약혼기념, 환갑기념을 인증하러 손님이 오면 은호는 저녁에 다시 와달라고 돌려보내곤 했다. 물론 은호는 필름을 팔고 카메라를 대여하고 현상할 필름을 받아두는 일도 했다. 학교에서 돌아온 오쿠바는 기다리고 있는 손님을 흰색 스크린 앞에 세우거나 앉혀놓고 셔터를 눌러댔다. 제법 바쁠 때는 저녁 먹을 새도 없었다. 늦은 밤이 되면 필름을 들고 암실로 들어가 붉은 오 촉 전구 아래서 현상작업을 했는데, 그때마다 은호는 오쿠바의 잔심부름을 도왔다. 물론 은호만이 할 수 있는 일도 있었다. 은호는 글씨가 예뻤다. 손님들이 사진에 문구를 넣어달라고 하는 경우, 그건 은호의 몫이었다. 문구는 비교적

천편일률적이었다. '사랑은 남고 미움은 먼 곳에!', '변치 말자 치옥아! 단기 4291년 낙엽 지는 가을에', '약혼기념, 단기 4291년 11월 28일', '영애와 미영, 끝까지 웃으면서 함께! 1958년 멜랑꼴리한 계절에', '만남, 우정, 사랑! 서기 1958년 12월 7일', '아버님의 만수무강을 기원! 아들 일동' 같은 거였다.

워낙 카메라가 귀한 시절이니 그것만으로도 먹고살 수는 있었다. 문제는 목돈이었다. 오쿠바는 아구스나 페트리 카메라를 장만하고 싶었다. 대여용인 사모카도 두 대는 더 비치해두고 싶었다. 내년 등록금도 준비해둬야 했다. 장로의 딸이자 길동의 아내인 옥치순 여사가 만삭이라는 얘기를 들었을 땐 큰 충격을 받기도 했다. 비록 학교 졸업 때까지 2세를 갖지 말자고 은호와 약속한 터였지만, 콘돔을 사러 가느니 섹스를 포기하는 게 나은 시절이었다. 피임은 불가능하거나, 흥분이 한창 극에 달했을 때 느닷없이 자지를 빼는 방법 말고는 없었다. 그러니 언제 생길지 모를 '리틀 오쿠바'에 대한 준비도 항시 염두에 둬야 하는 거였다.

오쿠바는 겨울방학을 절호의 기회로 삼았다. 그는 엄청난 모험을 감행할 준비가 돼 있었다. 그는 방학도 전에 명찰 만드는 가게로 갔다. 초록 완장에 '사진촬영'이란 흰 글자를 넣어달라고 주문했다. 이번에는 마을에 사는 논 주인한테로 달려갔다. 새해 2월까지 논을 빌려달라고 청을 넣었다. 어차피 모내기 철까지는 버려둘 논인데 세를 내면서 빌리겠다니 지주가 마다할 리 없었

322

다. 지주는 좋아 입이 찢어지면서도, 농사 짓는 데 문제없게끔 잘 쓰라는 군더더기를 달았다. 기운이 입으로 몰려 있는 게 꼰대였고, 꼰대는 원래 그랬다.

오쿠바는 겨울방학 전부터 세낸 논에 물을 댔다. 방학이 시작됐을 때는 2천 평 논에 찰랑찰랑 물이 넘쳤다. 기온이 급강하하면서 물이 얼기 시작하자 오쿠바는 순천에 내려가 있겠다는 응태를 끌어들였다. 2천 평 논에 듬성듬성 나무 기둥을 박고 띠를 둘렀다. 미아리 차부 근처와 논으로 가는 길목에는 '축 개장 미아스케이트장'이라는 현수막을 내걸었다. 응태는 입장료 관리를 했다. 팔뚝에 '사진촬영' 완장을 찬 오쿠바는 진종일 얼음판 위에서 스케이트를 타고 달렸다.

날이 갈수록 이용객이 늘었다. 괜찮은 스케이트장이라고 해봐야, 경회루스케이트장, 한강스케이트장, 뚝섬스케이트장이 고작인 때였다. 그나마 성북동이나 돈암동 북쪽으로는 오쿠바의 미아스케이트장뿐이었다. 그러니 벅찰 만큼 손님이 몰려들었다. 몰려든 젊은 남녀는 거의 반드시 당연히 기념사진을 찍었다. 오쿠바는 입이 벌어졌다. 돈 넣을 주머니가 부족해 나중에는 시장 상인들이 차는 전대를 허리에 차고 다녔다. 전대에 돈이 차면 새로운 전대를 찼다. 사진은 어디서 찾느냐는 물음에 지쳐, 아예 삼등객실사 약도를 넣은 현수막을 스케이트장 입구에 걸어놓았다.

저녁에 집에 돌아와 전대를 열면 지폐가 하염없이 쏟아져 나왔다. 그런 전대가 매일 두서너 개씩은 되었다. 은호와 둘이서 지폐를 세다가 지쳐 그냥 잠드는 날도 있었다. 그러니 겨울방학이 끝날 무렵엔 세상 어떤 부자도 부럽지 않았다. 스케이트장을 폐장하고 나서 응태를 불러 급여를 지급했을 땐 응태 역시 놀라지 않을 수 없었다. 순천만 바닷물이 넘실대듯 늘 가난이 넘실대온 응태에게 한 학기 등록금에 가욋돈까지 얹어 줬으니 기절하지 않는 게 다행이었다.

"이리 많이 주믄 지가 미쳐분당게요."

"덕분에 잘됐잖아."

오쿠바는 내년에 또 하자는 말을 덧붙였다. 응태는 마냥 감지덕지했다.

오쿠바는 원하던 것을 장만할 수 있었다. 사모카 카메라를 네 대 더 장만했고, 미제 아구스 카메라도 장만했다. 그럴수록 시간에 쫓겼고, 본업이 뭔지 의심이 될 만큼 공부는 뒷전이 돼 갔다. 그렇다고 사진작가적 행보에 더 많은 시간을 할애한 것도 아니다. 논문을 쓰기 위해 새로운 책을 읽고 사람을 만나야 했으나, 흰 스크린 앞에 고객을 세워놓고 셔터를 누르는 일이 더 많았다. 모레 있을 독일어 학습반에는 원문 한 꼭지를 번역해 가기로 했으나, 붉은 암실에서 작업하는 게 더 급했다.

오쿠바는 점점 철옹성에 갇혀갔다. 은호도 점점 철옹성에 갇혀갔다. 삼등객실사를 문 닫지 않는 한 빠져나갈 길은 없었다. 이게 사는 건가. 그런 생각이 좀 들었지만, 인생은 원래 길을 낸 데로 흘러가는 법이었다. 삼등객실사를 열었으니 당연히 그리로 흘러가는 게 인생인 거였다. 오쿠바는 삼등객실사를 끌어안은 채 발버둥 치듯 논문을 준비했다. 은호는 삼등객실사를 끌어안은 채 덜컥 임신을 해버렸다. '리틀 오쿠바'까지 들어선 마당이니 삼등객실사는 이제 철옹성이 돼버렸다.

때문에 엄마의 서언기도와 달리 오쿠바의 꿈은 삼등객실사에서 출발해야 했다. 꿈은 늘 발 딛고 있는 데서 출발하는 법이니까. 오쿠바의 꿈은 점점 사진작가 쪽으로 경도되어갔다. 그런데도 은호와 함께 춘천당약방을 찾으면 엄마는 엄마대로 꿈에 부풀어 있었다. 이제 졸업이 낼모레 아니냐, 네가 강대상 앞에서 설교할 날이 머잖았다, 그 생각만 하면 벌써 가슴이 뛴다, 사진관은 이제 은호한테 맡기고 길동이처럼 큰 교회 가서 배우고 그래야 되는 거 아니냐, 엄마는 번번이 그렇게 말했다. 오쿠바는, 걱정 마세요, 라고 말할 수밖에 없었다. 그럴 때마다 엄마는 길동의 얘기를 다시 반복하는 거였고, 오쿠바는 정말 재수 없는 놈이 끝까지 달라붙네, 하는 생각을 아니 할 수 없었다.

그날도 길동의 얘기 끝에 튀어나온 거였다. 엄마는 갑자기 생각난 듯 만석의 얘기를 꺼냈다. 결혼식 날 스치듯 인사했던 만석의 이름이 생각나지 않는지 엄마는, 네 친구, 걔 누구지, 하고 한참을 더듬거렸다. 오쿠바가 만보를 얘기하는 거냐고 묻자 엄마는 무릎을 치면서, 걔가 만보였지, 맞아 만보였어, 근데 걔 동생이 네 결혼식을 어찌 알고 왔대냐, 하고 물었다.

"수유 너머 마들평야 쪽에 산대요. 엄마가 여태 옷 보따리 장사 한대요. 여러 사람 만나는 일이니까 누군가에게 들었겠죠."

"그래도 빨갱이 집안이라고 소문나서 옛날 사람 함부로 못 만나고 그럴 텐데?"

"무슨 말씀이세요, 만보 죽은 지가 언제 적 얘긴데. 그리고 사람 끌고 가 때려죽인 놈들은 멀쩡히 돌아다녀도 되고, 만보도 아니고 만보 가족이 왜 사람 만나면 안 돼요?"

"그때 끌려 갔을 뿐 아니냐? 안 죽었을 수도 있지."

"우리가 피란 갈 때까지 돌아오지 않았으면 죽은 게 맞죠. 그리고 그때 반공청년대니 뭐니 해가면서 그놈들이 얼마나 많은 사람을 죽였게요. 야비하고 잔인한 놈들, 재산 욕심에 생사람 죽인 것도 숱하게 많아요. 그런 시러베 잡배들이 정치한다고 국회 들어앉아 있어요. 도대체 육이오 없었음 지금쯤 뭘 우려먹으며 살지 모를 놈들이에요."

만보만 떠올리면 오쿠바는 열이 뻗쳤다. 자신을 사지로 몰아넣은 게 만보였는데도, 왜 만보만 떠올리면 연민이 이는 건지 정녕 모를 일이었다. 엄마는 누가 들을까 봐 무섭다는 말을 했고, 네 형이나 매형을 생각해서라도 그런 말은 삼가야 한다고 말했다. 오쿠바도 더는 말하지 않았다.

만석을 찾아봐야겠다는 생각은 엄마와의 대화 끝에 나온 거였다. 만나서 뭘 어쩌겠다는 복안이 있는 건 아니었다. 그냥 만나봐야겠다는 것, 통과의례 같은 것, 그것뿐이었다. 오쿠바는 미루고 싶지 않았다. 이틀 뒤 수업이 없는 오후시간에 곧장 마들평야로 갔다. 벽돌공장만 찾으면 되려니 싶어 쉽게 발길한 거였다. 그러나 말들을 풀어 먹였던 너른 들판은 상상 이상이었다. 심지어 서울 공사판 벽돌은 죄다 여기서 찍어대는지 벽돌공장만 해도 한둘이 아니었다. 엄두가 안 났지만, 언제 또 오나 싶어 공장마다 찾아들어갔다. 네 번째였나, 아마 그랬던 것 같다. 오쿠바는 벽돌을 찍느라 틀을 잡고 연신 좌우로 흔들어대는 만석을 보았다. 오쿠바가 부르자 그는 전혀 뜻밖인지 당황하는 눈치였다.

"형이 여긴 웬일로?"

"네가 안 와서 와봤다. 엄청 넓네. 한참 찾았어."

"무슨 일 있어요?"

"일은 무슨. 그냥 궁금하고, 보고 싶어서 온 거지."

오쿠바는 공장장한테 양해를 구하고, 만석과 함께 동네로 가는 흙길로 나갔다. 난리 끝에 뜨내기들이 모여들어, 나무 판때기 이어 붙이고 살다 보니 동네는 성북천보다 하치였다. 다방은 커녕 구멍가게조차 있을 것 같지 않았다. 집이 어디냐고 묻자, 만석은 동네 안쪽을 가리키며 한참 들어가야 한다고 말했다. 집으로 가는 게 어떠냐고 하자, 집엔 아무도 없을 거라고 답했다.

"아버지도 돌아가셨어요. 만보 형 끌려 갔을 때도 괜찮았던 양반이, 벽 뚫고 들어온 총알에 엉덩이 맞은 뒤로 그냥 자리보전했어요. 하필 쫓겨 가던 중공군이랑 미군이 성북천에서 붙은 거예요."

"1·4후퇴 때 너넨 피란 안 갔구나?"

"형 죽은 뒤로 아버진 입만 열면, 씨발 좆도 될 대로 돼라, 그 말을 입에 달고 사셨어요. 가봐야 갈 데도 없고, 떠날 생각도 안 했던 거죠."

오쿠바는 끄응, 하는 소리를 흘렸다. 만석이 말을 이었다.

"피란 갔던 사람들 하나둘씩 돌아오자 아버지가 이사 가자고 시도 때도 없이 핏대를 올리는 거예요. 그 몸으로 어딜 가겠어요? 그런데도 하도 핏대를 올리니까 봉자 누나랑 엄마가 구루마에 아버지 싣고 여기로 온 거예요. 이사 가자고 난리 치던 양반은 정작 얼마 못 살고 그냥 가셨어요."

"봉자는 뭐 하고 살아? 시집갔어?"

만석은, 봉자 누나요, 하고 되묻더니 한동안 입을 닫고 걸었다. 돌무더기 있는 데가 나오자 오쿠바를 그리로 끌더니 다시 입을 열었다. 그는 둘째 형이 올 초에 군대 갔다는 얘기부터 했다. 작은누나 봉례는 몇 년 전부터 입을 덜기 위해 식모살이하러 갔다고 했다. 그러고도 봉자 얘긴 한참 뒤에 했다. 봉자는 종삼에 있다고 했다. 색시촌에 있다는 얘기였다. 마들로 이사 와 먹고살 길 없을 때부터 봉자는 가끔 밀가루를 구해왔다. 어떻게 밀가루를 구했는지는 오쿠바도 알 것 같았다. 만석은 휴전이 되기 전에도 종종 그랬지만 휴전이 된 뒤로 봉자 누나의 얼굴을 통 볼 수 없다고 했다. 그런데도 만석은 입때껏 종삼에 가

보지 않았다고 했다.

"엄마가 형 얘기 많이 했어요. 우리 형이 팔 병신 돼서 돌아왔을 때 형이 위해줬다며, 보고 싶어 했어요. 그게 고마워 결혼식에도 가보라고 한 거예요. 약방 연 것도 알고, 형이 목사님 될 거라는 것도 알아요."

만석은 봉자 얘기를 중동무이하고 말을 돌렸다. 오쿠바도 더는 묻지 않았다.

침묵이 꽤 길었을 때 만석은 이제 공장으로 돌아가봐야 한다고 말했다. 오쿠바는 말을 잊은 채 고개만 끄덕였다. 만석이 돌무더기에서 일어나자, 그제야 생각난 듯 싸전이 어디냐고 물었다. 만석은 오쿠바의 의도를 알겠다는 듯, 괜찮다는 말을 두어 번 반복했다. 오쿠바는 그런 만석을 앞세워 싸전으로 갔다. 만석의 등에 기어이 쌀 한 말을 지워 보냈다. 시간 나면 또 오겠다는 말을 남겼으나, 또 오게 될지는 자신도 알 수 없었다.

더는 끌리는 게 없어서일까. 오쿠바가 마들평야를 서서히 잊는 동안 마들평야도 더는 오쿠바를 끌지 않았다. 만보도 아니고, 만보의 막냇동생 만석에게 집착할 만큼 여유도 없었다. 몹시 궁금했던 소학교 동창을 만나 살아온 내력을 들은 뒤 갖는 엄연한 이치와 같았다. 궁금증은 서리 맞은 파밭처럼 급격히 식어버리기 일쑤 아닌가. 그렇다고 전혀 잊고 살기야 할까. 다만 만석에게 관심을 갖고 한결같이 대하기엔 오쿠바의 일상이 워낙 바쁘다는 거였다.

아주 가끔 벽돌공장은 잘 다니고 있는지 생각했다. 자리만 있다면 대동상회가 나을 거라는 생각도 했다. 그 정도였다. 그러다가 한번은 은호한테, 장사도 배울 겸 대동상회가 딱인데 만석의 자리가 있을까, 하고 물은 적 있었다. 은호는 물어보는 거야 어렵지 않을 거라고 짧게 대답했다. 그리고 잊고 살았는데, 은호가 친정 다녀온 날이었다. 은호는 오라버니가 수일 내로 만석을 보내보라고 했다며 잘될 것 같다는 말을 했다. 오쿠바의 말을 담아둔 거였다. 사랑스러운 은호가 아닐 수 없었다. 오쿠바는 기꺼이 마들평야로 갔다. 만석을 대동상회로 보냈고, 흰 남방을 만나게 했고, 처남은 만석을 받아들였다. 잘된 일이었다.

4학년 2학기가 되면서 학교는 일주일에 두 번만 나갔다. 한가하거나 여유가 생겼다는 건 아니다. 졸업은 해야지 싶어 논문을 썼고, 낮에는 받을 수 없던 손님을 받아 '뻐꾹'이라거나 '딸꾹'을 하라면서 셔터를 눌렀다. 밤에는 누누이 밝혔지만 붉은 암실이 기다리고 있었다. 덕분에 은호는 푹 쉬었나? 은호의 배는 아직 뚜렷이 불러오진 않았으나 임신한 태는 분명했다. 은호는 입덧이 심했다. 그 좋아하던 생선을 보기만 해도 메스껍다면서 밀어냈다. 춘천당약방에서 해온 장조림도 보자마자 구역질을 해댔다. 뿐만 아니라 남들은 임신 3개월째 반짝하고 만다던데, 은호는 4개월째인데도 여전히 헛구역질이었다. 삼등객실사를 수시로 드나들기 시작한 엄마도 엄청 걱정되는 모양이었다. 엄마는, 이러다 애 잡겠다며 하루는 은호를 춘천당약방으로 데려가겠다는 말을 했다. 곧 괜찮아질 거라고 은호는 거부의 뜻을 우회적으로 밝혔다. 그러나 엄마는 안가였고 은호는 강가였다. 둘다 막강한 고집을 자랑하지만, 은호는 엄마에게 댈 게 아니었다. 엄마는 아예 지금 당장 짐을 싸자고 재촉했다. 은호는 오쿠바의 눈치를 보면서 은근히 응원을 청했다. 당분간 혼자가 된다는 건 세상 최고의 일이라도 되는지 오쿠바는 엄마의 편을 들어, 맞아, 그게 좋겠어, 라고 답했다. 심지어 짐까지 챙기겠다고 나서대니, 은호는 꼼짝없이 짐을 꾸리는 자가 되어야 했다. 나중에 이 일을 두고 은호가 한마디 하자, 오쿠바는 정말 걱정이 많이 됐다고 둘러댔다. 아니면 둘러댄 게 아닐 수도 있었다.

은호의 입덧을 볼 수 없게 된 삼등객실사는 적막강산이었다. 오쿠바는 깊은 산중 같은 삼등객실사를 지켰다. 삼등객실사를 잠그고 학교 가는 날은 은호가 아쉬웠다. 사진에 문구 넣는 일을 할 때도 은호가 아쉬웠다. 이게 글씨냐, 개가 그림을 그려도 이 정도는 되겠다, 그런 손님이 있는 건 아니었다. 다만 손님이 사진에 적힌 문구를 뚫어지게 쳐다볼 때면 자격지심에 몹시 낯이 뜨거워졌다는 얘기다. 그런 허접한 괴발개발 글씨로 논문을 채워갔고, 틈틈이 자신의 인생에 결정타를 날리게 될 작업도 해나갔다.

그건 은호가 곁에 있었다면 힘들었을 작업이었다. 논문은 그렇다 쳐도 사진작업은 정말 그랬다. 오쿠바는 '관광사진공모전'을 준비하기 시작한 거였다. 새로운 사진작업을 하기엔 시간이 부족했다. 기존의 사진에서 이거다 싶은 걸 고르는 게 차선이었다. 작업은 늘 밤에 이루어졌다. 솨아솨아 낙엽 구르는 소리가 들려오는 밤, 물을 마시느라 뒷마당 우물가로 나가면 달빛이 은가루처럼 쏟아져 내렸다. 가을밤은 이상도 하지! 눈물겨웠다. 그 밤에 오쿠바는 연도별로 봉투묶음을 해둔 사진집을 꺼내 들고 한 장 한 장 기억을 더듬었다. 정능리에서 찍은 사진들을 열었다. 태조 이성계의 계비인 신덕왕후의 능이 있고, 홍살문이나 정자각이 있다. 영치에 대한 기억의 사진들이었다. 영치의 잔영 속에서 사진을 골랐다. 또 다른 봉투묶음을 열었다. 탑골공원에서 찍은 사진들이 나왔다. 원각사지십층석탑이 뼈처럼 단단한 자태를 드러내고 있다. 아들을 낳은 길동을 떠올렸고, 오래 전에 시집간 기선의 잔영을 떠올렸다. 어떤 밤에는 백범의 장례식장에서 찍은 사진집을 열었다. 또 어떤 밤에는 남산에 올라 한강을 굽어보며 찍은 사진집을 열었다. 그리고 어떤 밤에는 용강이나 대흥의 동막골에서 찍은 사진집을 열었다. 은호는 잘 있는가. 갑자기 군악대 시절이 떠올랐다. 은호의 달콤한 편지들이 떠올랐고, 엉뚱하게도 색소폰이 불고 싶어졌다.

　밤마다 그렇게 고른 사진이 수십 장이었다. 고른 사진들과 이야기를 나눴다. 영치의 그림자가 남아 있으니 너는 안 되겠다. 새로 입힌 단청 탓에 역사가 비껴가버렸으니 너 역시 안 되겠다. 엿판 앞에 모여든 사람들, 떡시루 앞에서 침 흘리는 아이들, 헤아릴 수 없이 많은 만장의 행렬, 백범의 꽃상여. 이승만 시대에 너희들 역시 기약할 수 없는 신세인 거구나. 원각사지십층석탑은 뼈가 드러나 강퍅함을 더했으니 너 또한 안 되겠다. 장엄하게 흐르되 강의 일반성을 뛰어넘지 못했으니 남산에서 내려다본 한강 역시 안 되겠다. 세월이 켜켜이 내려앉은 손, 그러나 손을 보기 위해 관광객이 몰려들지는 않을 테니 너 또한 안 되겠다. 최종적으로는 다섯 장의 사진을 골랐다. 그중에서도 염두에 둔 건 꽃가마에 오르면서 눈물 흘리던 신부의 사진이었다. 신부는 차마 어머니의 손을 놓지 못하고 연지곤지 위로 눈물을 흘렸다. 경사에 흘리는 눈물의 역설이 맘에 들었다. 지극히 한국적이기에 또한 맘에 들었다.

오쿠바는 다섯 장의 필름을 들고 암실로 들어갔다. 인화기에 필름을 넣고 조리개를 최대한 열었다. 조리개 값을 정한 뒤 인화지의 노출 시간을 조절했다. 3초를 노출시켰을 때, 5초를 노출시켰을 때, 8초를 노출시켰을 때가 각기 다르다. 오쿠바는 긴 반복 끝에 최적의 노출시간을 찾아내어 사진을 현상했다. 제목을 다는 일로도 며칠을 보냈다. 마침내 그는 다섯 장의 사진마다 「탑골의 오후」, 「천년의 손」, 「아픔」 등의 제목을 달았다.

은호는 달포가 지나서 돌아왔다. 논문은 끝났고 공모전 접수도 끝나 있었다. 그녀는 헛구역질을 하지 않았다. 부은 건지 살이 붙은 건지, 얼굴의 예리한 맛도 좀 무뎌져 있었다. 배는 제법 볼록했고, 엉덩이는 펑퍼짐해 있었다. 젖도 엄청 커진 것 같고, 젖꼭지 주위는 분홍빛 대신 검은빛이 완연했다. 은호는 내키지 않던 발걸음과 달리 춘천당약방에 있는 동안 모든 게 괜찮았다고 말했다. 얼떨결에 오쿠바도 모든 게 괜찮았다고 말했다. 은호는 서운한 눈빛으로, 나 없는 동안 뭐가 괜찮았던 거냐고 물었다. 오쿠바는 아차 싶었다. 논문을 끝냈더니 좀 들뜬 모양이라고, 그래서 나오는 대로 지껄인 거라고 얼버무렸다. 공모전에 사진 보냈다는 말은 하지 않았다. 잘되면 은호를 깜짝 놀라게 해줄 참이었다. 안 되면 뭐 없던 일로 하면 그만이었다.

은호의 배에 손을 얹어서 태아의 움직임을 느끼는 동안 늦가을 밤은 부단히 흘렀다. 그런 밤, 은호는 종종 아들의 이름을 생각해보자고 말했다. 오쿠바는 아들이라고 점찍는 것으로 보아 새로운 조물주가 납시었나, 하고 웃었다. 그리고 이름을 짓자면 두 경우 모두 대비해야 옳은 게 아니냐고 반문했다. 은호는 얼굴이 문드러지고 엉덩이가 커진 것으로 보아 아들이 분명할 거라고 말했다. 그건 자기 생각이 아니라고 덧붙였다. 어머니랑 신암교회에 갔을 때 거의 모든 사람이 그렇게 말했다는 거였다. 오쿠바는 고개를 끄덕였다. 그는 돌림자가 '있을 재在'니 어디 한번 은호가 지어보라고 공을 넘겼다. 은호는 '영'을 넣어봤다. '무'를 넣어봤고, '호'를 넣어봤고, '명'을 넣어봤다. 그러다가 임신의 무거움 때문에 스르르 잠이 들었다.

겨울방학은 그렇게 다가왔다. 오쿠바는 다시 바빠져야 할 운

명에 처했다. 그는 지난해처럼 스케이트장을 열 계획을 세우고, 학교 앞 마을에 사는 논 주인을 만나러 갔다. 논을 빌려달라고 말했다. 한데 지주 영감탱이가 달라져 있었다. 이유도 없이 그는 안 된다는 말부터 꺼냈다.

"예? 아니, 무슨 일 때문에?"

생각지도 못한 반응에 오쿠바는 놀랐다.

"아, 안 되면 안 되는 거지, 무슨 일은 대체 무슨 일이야."

"그래도 이유가 있으니 세를 못 놓겠다고 하시는 거잖아요?"

지주는 담배에 불을 댕겼다. 연기를 길게 들이마셨다가 오쿠바 쪽으로 내뿜었다.

"올 겨울엔 아들이 스께또장 하겠대. 그러니 자네한테 못 주는 거지. 그리 알고, 어여 가!"

"미아스케이트장을 알리고, 올해도 오면 탈 수 있다는 믿음을 준 건 제가 한 건데요?"

오쿠바는 뺏긴 건 없지만 엄청난 걸 빼앗긴 듯 더러운 기분이 되었다.

"그게 무슨 소린가? 내 논 내가 알아서 하겠다는데, 설마 이유가 있다는 건가? 시방 이유를 다는 건가?"

지주는 마지막 연기를 오쿠바에게 내뿜고는 재떨이에 불씨를 비벼 껐다. 젠장, 소리가 절로 나오는 영감탱이가 아닐 수 없었다. 분했지만 참아야 했다. 오쿠바는 타협점을 찾는 쪽으로 생각을 급선회했다. 그는 스케이트장에서 사진이라도 찍게 해달라고 사정했다. 지주는 그것마저 허락하지 않았다. 아들 친구 형이 월계에서 사진관을 하는데, 이미 계약을 해놨다는 거였다.

오쿠바는 기분이 개떡이 되었다. 계약서도 없고 들인 돈도 없으니 손해 본 게 없는데도, 도대체 뭔가를 빼앗긴 느낌을 지울 수 없었다. 이미 사모카 카메라 네 대와 미제 아구스 카메라를 장만했으니 어쨌든 벌었다고 자신을 위로해보지만 소용없었다. 스케이트장을 생각해내고, 사진촬영을 생각해낸 게 자신이었다는 생각에서 벗어날 수 없는 거였다. 만약 삼등객실사가 이 지경이 된다면 어찌 되는 건가. 건물주가 자기 아들 줄 테니 나가라고 한다면 그때도 국으로 쫓겨나야 하는 건가. 암실을 만들고 실내를 장식하고 진열대를 구비하느라 들인 비용은 그냥 물거품이 되는 건가. 생각은 또 새끼를 쳐서 계속 열불을 토해낼 뿐이었다.

오쿠바는 분노를 눅잦히면서 지주 영감탱이의 집을 나왔다. 논길을 걷는 동안 거의 무의식적으로 주위의 논들을 둘러봤다. 한숨이 절로 나왔다. 두 마지기 이상 되는 논이 보이지 않았다. 두세 군데 논둑을 터야 겨우 천 평이 나올까 말까 싶은 논들뿐이다. 그나마 천 평이라고 해봐야 썰매장이라면 모를까 스케이트장으로는 어림없었다. 논 주인이 다르다면 둑 트는 것도 쉽잖을 거였다. 설령 주인이 같은들 포크레인 끌고 와 대공사를 해야 하는 마당이니 흔쾌히 허락하겠는가. 젠장, 이래저래 가능성 없기는 마찬가지였다. 잔뜩 기대하고 있을 텐데, 웅태한테도 미안하게 됐다. 답답한 속을 끌어안고 오쿠바는 터벅터벅 삼등객실사로 돌아왔다.

맥이 탁 풀린 채로 다녀온 얘기를 전하자 은호는 또 불난 집에 부채질하는 건지 몹시 재수 없는 반응을 보였다. 안됐지만 한편으론 잘된 거라고 말한 거였다. 그것도 살포시 웃으면서 그랬다. 알아들을 수도, 알아들을 수 없을 것도 같은 말이었다. 오쿠바는 그게 무슨 소리냐고 겨르롭지 못한 감정을 드러냈다.

"졸업이잖아요. 삼등객실사를 연 뒤로, 그동안 바빠서 아무것도 돌아볼 새 없었잖아요."

은호는 오쿠바의 얼굴을 살피면서 말을 이었다.

"계속 삼등객실사를 할 건지, 아니면 새로운 길을 찾아볼 건지, 올 겨울은 돌아보는 시간을 가졌음 좋겠어요."

"그게 무슨 소리야? 몇 달 뒤면 똥강아지 같은 녀석이 태어날 거고, 힘들지만 또 이만큼 온 건데, 삼등객실사를 계속할 건지라니?"

"어머님이 원하시는 길도 있잖아요?"

"오잉?"

감전이라도 된 듯 오쿠바는 온몸이 저릿했다. 엄마한테 늘 들어왔으나, 막상 은호한테 들으니 강도나 질이 아주 달랐다.

"왜요? 진지하게 돌아볼 만한 길 아닌가요?"

"난, 이를테면, 만보네 식구 앞에서 어떤 것도 말해줄 수 없거든."

오쿠바는 마른침을 삼켰다.

"축복을 말한다면 가증스럽지. 기독교는 위로의 종교이자 어둠의 종교니까. 난 만보네 엄마든, 봉자든, 그 누구든 위로할 수 없어. 난 어둠 속으로 들어갈 수 없고, 어둠 속으로 들어가고 싶지 않으니까."

"어둠이 뭐예요?"

"희망이 없는 곳, 예수가 우리한테 안내한 곳, 그런 곳이잖아. 춘천에서 돈암동으로 이사했을 때 우리 엄마 맘이 그랬을까. 새벽종소리가 엄마의 어둠을 위로했어. 엄마의 어둠속으로 새벽종소리가 들어온 거야. 그런데 난 그들 곁으로 다가갈 수 없어."

"왜 갈 수 없어요? 길동 씨는 잘 가고 있잖아요?"

"한배에서 났어도 다 같을 순 없는 거야. 길동과 난 얼마든지 다를 수 있는 거지."

오쿠바는, 길동의 기독교는 축복을 말하니까 눈부시게 밝고, 자기 율법적인 신학에 사로잡혀 세상의 고통에는 눈감아버린 근본주의라고 말하고 싶었다. 그들은 자기 영역에 들어온 자들만 사랑하고, 신의 뜻대로 세상이 굴러간다고 믿기에 도대체 어둠에는 관심이 없다고 말해주고 싶었다. 하지만 참았다. 은호가 혼란스러워할 테니까.

"그럼 어머니의 기도는 어떻게 되는 거예요?"

은호는 결국 엄마의 기도를 말했다.

"내 욕망을 내려놓으면 그 길로 갈 수 있을까? 예수가 우리한테 안내한 어둠 속 그 길 말이야. 하지만 난 사진작가의 꿈을 버릴 수 없어. 혹시 몰라. 교회의 설교대가 아니라 카메라를 들고 그 길로 가게 될지는."

오쿠바는 웃었다. 철옹성에 갇힌 자의 헛헛한 웃음이었다.

삼등객실사는 그 웃음처럼 헛헛하게 긴 겨울을 맞았다. 오쿠바는 아주 가끔씩 미아스케이트장으로 몰려가는 사람들을 내다보았다. 눈은 종종 내렸고, 내릴 때마다 푸졌다. 내린 눈에 덮여 길이 사라진 것처럼 오쿠바는 지금 자신이 가야 할 길이 보이지 않는다고 생각했다.

그 소식은 그런 중에 받았다. 2월도 중순이 지났을 때였다. 날은 아직 덜 풀렸으나 얼음은 옅어져 있었다. 열 받는 미아스케이트장도 당연히 문을 닫았다. 좀 이르다 싶은 아침, 오쿠바는 관에서 보내온 등기우편물을 받았다. 연탄난로 앞에서 봉투를 열었다. '관광사진공모전'에서 보내온 대상 수상 안내문이었다. 해독이 잘 안 됐다. 오쿠바는 다시 읽었다. 엄청 난해한 안내문이었다. 시상자는 대통령 이승만이라고 돼 있었다. 하도 믿기지 않아 대통령이 상 받는다는 걸로 알았다. 젠장, 이승만도 사진작가였네. 그런데 가슴이 막 떨렸다. 오쿠바는 안내문을 다시 읽었다. 그제야 수상작이 눈에 들어왔다. 「아픔」이었다. 연지 곤지 위로 눈물 흘리던 신부의 사진도 「아픔」이었는데, 그 「아픔」이 수상작이었다. 오쿠바는 감전된 듯 정지했다. 오쿠바는 한참을 멍하니 앉아 있다가, 이윽고 떨리는 목소리로 은호를 불렀다. 은호는 방문을 열었다. 말을 잊은 오쿠바는 난롯가에 앉은 채로 안내문만 흔들었다. 은호는 만삭의 몸을 끌고 오쿠바 곁으로 왔다. 은호는 안내문을 건네받아 그걸 읽었다. 오쿠바가 그랬던 것처럼 은호 역시 믿기지 않는 모양이었다. 은호는 다시 또 안내문을 읽었다. 몇 번이나 안내문을 고쳐 읽은 뒤, 마침내 오쿠바를 끌어안고 울었다.

이 사진 언제 찍었어요? 공모전에 내놓을 생각은 언제 했어요? 대통령상, 이거 엄청난 거죠? 이제 어떻게 돼요? 그런데 시상식이 3월 18일, 졸업식과 같은 날이네요? 어떡할래요? 은호가 그런 물음들을 던진 건 정신이 돌아온 뒤였다.

들뜬 채로 몇 날 며칠을 보냈다. 춘천당약방도, 대동상회도 다녀왔다. 그러면서도 착오였다는 안내문을 받을까 봐 전전긍긍했다. 혹시 시상식이 돌연 취소되는 건 아닐까, 그런 걱정도 했다. 졸업식? 그런 건 안중에도 없었다. 사진작가의 길이 있을 뿐이었다. 하지만 전쟁이 터지자 국민을 속이고 줄행랑 놓은 대통령한테 상을 받게 된다. 새벽 2시경 한강 인도교를 폭파시켜 8백여 명을 수장시킨 그 대통령한테 상을 받게 된다. 영치를 죽인 그 대통령한테 상을 받게 된다. 간선제를 직선제로 바꾸고, 중임으로 모자라 대통령을 또 해먹겠다고 3선제로 바꾼 그 대통령한테 상을 받게 된다. 그런데도 이건 엄청나게 달콤한 일일까. 엄청나게 달콤한 일이었다. 시상식 날 대통령 이승만한테 상패와 상금을 받고 직접 악수까지 나누자 오쿠바의 감동은 극에 달했다. 3·15부정선거로 나라 안이 들끓기 시작했지만, 오쿠바는 대통령과 악수한 손을 닦고 싶지 않을 정도였다.

마산에서 시작된 3·15부정선거에 맞선 이승만 퇴진은 날이 갈수록 온 나라로 번져갔다. 오쿠바는 이승만과 악수한 손을 닦았다. 뒤늦게 이승만을 타도하겠다는 마음으로 닦은 건 아니었다. 그냥 더러워진 손을 닦은 거였다. 삼등객실사 앞에는 현수막도 내걸었다. 온 나라가 들끓었지만 이승만을 타도하기 위해 내건 것도 아니었다. 그냥 대통령상을 수상했다는 홍보용 현수막이었다. 오쿠바는 미아리 차부 어름에도, 대지극장 어름에도, 도합 세 장을 내걸었다. 그리고 삼등객실사를 지키는 쪽에만 전력을 다했다.

4월 19일에도 오쿠바는 삼등객실사를 지켰다. 시위대는 종삼과 서울운동장에서 경찰과 총격전을 벌였다. 어둠이 내리자 시위대는 40여 대의 차량에 나눠 타고 밤거리를 달렸다. 그들은 미아리로 왔다. 오쿠바는 삼등객실사의 유리창 너머로 미아리 차부를 빠르게 통과하는 시위대를 보았다. 그들은 수유리 쪽으로 계속 달려 마들로 갔다. 최종 목적지는 의정부 무기고였으나, 마들에서 경찰과 총격전을 벌인 끝에 시위대는 고려대 뒷산으로 퇴각했다.

다음 날 아침, 시위대는 신설동로터리 어름에서 계엄군 지프의 유리창을 모조리 깨부수었다. 그날 아침에도 오쿠바는 삼등객실사를 지켰다. 좀 잦아들었던 시위는 4월 26일 재개되었다.

그날 오전 이승만은 결국 사임을 발표했다. 삼등객실사는 그날 오후 오랜만에 문을 닫았다. 그로부터 사흘 밤낮을 내리 닫았다. 이승만의 하야에 슬픔을 가눌 수 없어서였나? 이승만의 하야에 기쁘기 짝이 없어서였나? 만삭의 은호가 춘천당약방에서 아기를 낳았기 때문이었다. 건강한 남아였다.

리틀 오쿠바는 1960년 4월 26일 저녁 8시경에 태어났다. 오쿠바는 미리 지어둔 이름대로 녀석을 재무라고 불렀다. 그는 은호 곁에서 사흘 동안 입버릇처럼 재무를 불러댔다. 재무의 꼬물거리는 손가락을 쉴 새 없이 만졌고, 귓불도 그렇게 만졌다. 그리고 사흘 동안 틈만 나면 은호의 젖꼭지를 빨아줘야 했다. 원희 누나는, 마누라가 함몰된 젖꼭진 줄도 모르고 도대체 여태 뭐했냐며 오쿠바를 달달 볶았다. 오쿠바는, 여자 젖꼭지가 다 그런 줄 알았지 뭐, 지금이라도 빨아주면 될 거 아냐, 하면서 원희 누나를 방에서 급히 내쫓았다. 그리고 입술이 부르트도록 필사적으로 은호의 젖꼭지를 빠는 자가 되었다. 음압기라도 있으면 그게 알아서 해줄 텐데, 뭐 하나 제대로 갖춰진 게 없던 시절이었다.

나흘째 되는 날, 은호는 빨갛게 성난 자신의 젖꼭지를 보여줬다. 일단 아프다는 말을 먼저 했다. 그리고 이 정도면 아기가 얼마든지 빨 수 있을 테니 더는 걱정 안 해도 된다고 말했다. 오쿠바는 그 말을 믿지 않을 수 없는 처지였다. 그는 이제 하루라도 빨리 삼등객실사로 돌아가야 했다. 은호를 남겨둔 채 그는 삼등객실사로 돌아갔다. 은호는 산후조리를 끝내고 한 달 뒤에 돌아가기로 했다.

아빠가 되었다는 실감, 그런 건 없었다. 사흘 동안이나 재무 이름을 불러댔는데도 내가 키워야 할 핏덩이라는 게 아직 낯설었다. 그는 그냥 쉽게 삼등객실사 일에 빠져들었다. 대통령상 효과는 대단했다. 비록 이승만은 끈 떨어진 채 하와이로 튀었어도 그가 남긴 상은 영롱한 빛을 발했다. 손님은 둘째 치고 일단 엄마의 입부터 잠재웠다. 춘천당약방에서 지낸 사흘 동안 엄마는, 너를 믿겠다는 말만 했을 뿐이다. 만약 대통령상을 받지 않았다면 결코 오쿠바를 그냥 두지 않았을 엄마였다. 일단 길동을 예로 들었겠다. 졸업하지 않았냐, 더군다나 아들도 보지 않았냐, 더 늦기 전에 목회자로 나서야 한다고 쉼 없이 재촉했을 엄마였다. 아, 서언기도는 반드시 지켜야 하고, 인간은 여하한 어길 수 없는 거라고 겁을 주기는 했다.

어쨌거나 대통령상 덕에 벅찰 정도로 손님을 받았다. 아침에 문을 열면 기다렸다는 듯이 꼬부랑 할머니를 대동한 열두 식구가 가족사진을 찍으러 왔다. 그들이 나가고 나면 영정사진을 찍겠다는 노인네가 아들에 이끌려 왔다. 즐거운 한때를 추억한다며 여고생 다섯이 몰려왔고, 첫 휴가를 나온 군인이 파마머리 여자와 약혼사진을 찍으러 왔다. 양복에 넥타이를 맨 젊은 신사가 멀리 길음에서 왔다며 이력서에 붙일 증명사진을 찍겠다고 말했다. 경주로 수학여행을 떠난다는 까까머리 중학생 둘이 사모카 카메라를 빌리고 필름 두 통을 사가기도 했다.

은호가 재무를 안고 돌아온 뒤에도 삼등객실사는 계속 바빴다. 은호와는 2호점 얘기를 나눴다. 은호는 지금도 바쁜데 감당할 수 있겠느냐고 물었다. 오쿠바는 조수 두 명을 두고 훈련시켜 2호점에 앉히면 되는 거라고 말했다. 돈은 있었다. 미아스케이트장을 해서 번 돈이랑 대통령상으로 받은 상금이 있었다. 은호는 동의했다. 오쿠바는 두 명의 조수를 두었다. 그들을 삼등객실사에서는 물론 출장촬영 때도 번갈아 데리고 나가 훈련시켰다. 2호점은 6개월 뒤에 우이동에다 냈다. 2호점 이름 역시 삼등객실사였다.

아들 재무

삼등객실사는 6년간 운영했다. 별일이 다 일어나고도 모자라, 또 다른 별일이 일어날 만큼 인정사정없는 시간이었다. 전도사로 시작한 길동은 3년의 준목 시절을 끝내고 어느새 담임목사가 돼 있었다. 삼등객실사도 시간의 이력이 차곡차곡 쌓였다. 오쿠바는 우이동에 낸 2호점 말고도 청계천에 3호점을 또 냈다. 그는 오토바이를 타고 다녔다. 오토바이로 거의 매일 우이동과 청계천을 돌아봤다. 출장촬영 때나, 아들 재무를 데리고 다닐 때도 오토바이를 탔다. 치과의사 아버지가 틈만 나면 오쿠바를 데리고 다녔듯, 오쿠바도 재무한테 그렇게 했다. 재무는 천재였다. 세상 모든 부모처럼 오쿠바도 재무를 그렇게 믿었다. 오쿠바가 롤라이플렉스를 메고 나설 때면 재무는 사모카를 들고 나섰다. 재무에게 카메라는 아직 이르다고 은호가 말렸지만 소용없었다. 사모카의 작동법이 단순하긴 해도 재무는 불과 몇 차례의 실패를 거친 뒤부터 봐줄 만하게 사진도 찍었다. 물론 은호가 보기엔 봐줄 만하긴커녕 필름만 아까웠다. 은호는 재무를 천재로 보지 않았다. 범상한 아이일 뿐이었다. 그런데도 오쿠바는, 재무는 천재야, 천재, 하면서 감탄을 연발했다. 워낙 바쁘니 틈이 자주 날 리는 없었다. 그러나 오쿠바는 틈만 나면 그런 재무를 데리고 놀았다. 당연히 은호는 심심했다. 심심해서 둘째를 낳았을 리는 없다. 뭐 어쨌든 둘째를 낳았다. 아들이었다. 이름은 재만으로 지었다. 재무와는 세 살 터울이니 벌써 네 살이 되었다. 이만만 해도 지난 6년 동안 삼등객실사에선 엄청난 일들이 일어난 거였다. 물론 그게 다는 아녔다.

청계천에 둔 삼등객실사 3호점이 지난해부터 문제를 일으켰다. 그러구러 잘나가던 3호점이었는데 영 아니올시다였다. 미아리와 우이동에서 번 돈을 청계천에 꼴아박는 형국이었다. 그럴리 없고 믿기지 않아서 오쿠바는 꼼꼼히 장부정리를 했다. 돈이 새고 있었다. 조수 놈이 문제를 일으킨 거였다. 조수 놈의 목덜미를 콱 움켜쥐어야 했다. 경찰에 넘긴 뒤, 시간 뺏기는 지루한 싸움을 준비해야 할 것인가. 오쿠바는 몇 날 며칠 고민 좀 했다. 불화는 오쿠바 스타일이 아니었다. 조수 놈을 좋게 내보내고, 3호점을 정리하는 길을 택했다.

비록 좋게 내보내고 정리했지만 화를 참았으니 화는 쌓였다. 화가 머리끝까지 치솟았다. 계기는 조수 놈 때문이었으나 결론은 자기 문제였다. 내가 도대체 뭐하고 살았단 말인가. 결국 원점 아닌가. 구심력에 이끌려 발버둥만 쳐온 게 아닌가. 결국 되돌아오기 위해 지난 6년 동안 건질 만한 단 한 장의 사진도 없이 살아온 게 아닌가. 억울했다. 미친다 미쳐, 소리가 절로 흘러나왔다.

살아지는 대로 사는 게 인생인가. 이게 사는 건가. 무척 서글
픈 생의 한복판에 서 있다는 생각도 들었다. 철옹성에 갇힌 자
에게 길은 정말 없는 건가. 길은 아주 끊긴 건가. 사자가 아니기
에 사자후를 토해낼 수 없었다. 호랑이가 아니기에 포효할 수
없었다. 오쿠바는 은호에게, 이게 사는 거냐고, 답답하지 않느
냐고 물었다. 3호점 문 닫은 때문인 줄 아는지 은호는 답답한들
어쩌겠냐고 쉽게 받았다. 오쿠바는 모든 걸 정리하고 춘천에 가
서 아주 살면 안 되겠느냐고 물었다. 은호는 눈이 휘둥그레졌다.
애가 둘인데 뭘 어떻게 먹고살겠다는 얘긴지 모르겠다고, 심하
게 말하면 무책임한 것 아니냐고 따졌다. 만약 오쿠바가, 산 입
에 거미줄이야 치겠어, 라고 한다면 여태 단 한 번도 거칠게 받
은 적 없는 은호지만, 나가 뒤지라는 말을 했을지도 모른다고
오쿠바는 생각했다.

박근원은 하필 그런 때 찾아왔다.

"어이, 사진작가 양반, 잘 지내셨는가?"

그는 여전했다. 화통 삶아 먹은 듯한 목소리도 변함없었다.

잔뜩 위축된 마당에 그는 청량제였다. 오쿠바는 반가워서 끌
어안았다. 그가 대학원 다니는 동안 종종 들렀기에 그를 잘 아
는 은호도 엄청 반가워했다. 박근원은, 재무 큰 것 좀 봐, 하면
시 녀석의 머리를 쓰다듬이졌다. 둘째 녀석 이름을 묻디니, 제
만인 갈수록 엄마 빼닮네, 아들 얼굴이 이렇게 곱상하면 어쩌

나, 하면서 은호를 돌아보고 웃었다. 그는 가방과 함께 들고 온 종이상자를 재무에게 안겼다. 종합선물세트였다. 재무는 입이 찢어져라 좋아했다. 오쿠바가 찾아온 연유를 묻자 박근원은 사진 찍으러 왔는데 상의할 것도 좀 있다고 말했다. 그는 다음 달에 미국 아이오와주에 있는 듀크대학이란 데로 유학 간다고 했다. 오쿠바가 화곡동교회는 정리한 거냐고 묻자 박근원은 씨익 웃었다.

"나 떠난다니까 교인들이 좋아서 난리야. 은혜가 없대. 입바른 소리 하고 싶은 걸 꾹꾹 참았는데도 그래. 목회는 정말 어려운 거야."

박근원은 연대장 부인을 예로 들었다. 연대장 부인은 화곡동교회 집사였다. 그녀는 남편의 승진을 위해 기도해달라고 했다. 목회자라면 병사들을 출세의 도구로 삼지 말고, 병사들의 자존감을 세워줄 줄 아는 연대장이 되라고 기도해야 옳은 거였다. 편법이 통하지 않는 정직한 사회라면 비록 느리더라도 그게 유일한 승진의 길이었다. 하지만 내년엔 꼭 별 달아서 사단장 되게 해달라고 기도하는 게 교회의 현실이었다. 그건 사실 박수가 할 기도지, 목회자의 기도는 아니었다. 박근원은 물론 박수의 기도를 했다. 박수는 '지금 당장'을 위해 매달리지만, 그리스도교는 궁극을 보는 거라고 했다. 오쿠바는 그리스도교의 궁극이 뭐냐고 물었다. 박근원은, 뭘 뭐야, 하느님 나라지, 하고 말했다. 이 세상에서 하느님 나라를 위해 노력하지 않는다면 저세상 따위는 말할 것도 없는 거라고 침을 튀겼다. 은호는 눈을 반짝이며 듣고 앉아 있었다. 고개를 끄덕이던 오쿠바는 유학 가서 뭐 공부할 건지 물었다. 학부시절부터 성례전聖禮奠 쪽에 관심이 많던 박근원은 루터의 성례전과 츠빙글리의 성례전, 캘빈의 성례전을 공부할 거라고 했다. 한국 교회는 말이 무성하고, 말이 떠돈다고 했다. 은혜에도 품격이 있다면서 성례전을 통해 침묵의 감동, 침묵의 은혜를 한국 교회에 심어볼 거라는 뜻을 밝혔다. 그는 은호에게 차 한 잔 달라고 말했다. 은호가, 내 정신 좀 봐, 하더니 급히 주방으로 달려갔다. 커피를 내오자 그는 잔을 받았다.

"삼등객실사는 잘되고 있나?"

"새삼 그런 걸 묻고 그래. 안 되면 구원의 손길이라도 내밀 건가?"

"내밀지. 내밀려고 왔네."

"그래? 그게 뭔데?"

"혹시 학교 갈 생각 있나?"

박근원은 뜬금없이 학교 얘기를 꺼냈다.

경북 봉화에 있는 봉화종고라고 했다. 박근원의 처삼촌이 교장으로 있는 학교였다. 윤리교사가 필요해서 박근원을 불렀으나 유학수속을 끝냈으니 그는 갈 수 없었다. 처삼촌은 대학동기 중 괜찮은 친구라도 소개해달라고 했다. 제2외국어로 독일어도 가르칠 수 있으면 좋겠다고 덧붙였다. 처삼촌 욕심이 가을

족제비네. 박근원은 속으로 그렇게 받았다. 그는 몇몇 친구한테 학교 얘기를 했다. 친구들 반응은 한결같았다. 어휴, 그런 산골! 그게 답이었다. 오쿠바도, 어휴 그런 산골, 하고 탐탁잖게 받았다. 박근원은 좀 난처한 얼굴이 되었다.

"뭐, 꼭 가라는 건 아닐세. 그런 데가 있다는 거지. 작품사진 찍으려면 시간 싸움이 중요한데, 교사는 여름겨울 방학이 두 번 있잖아. 그게 장점이니 고려해보라는 거지."

박근원은 여권사진을 찍었다. 오쿠바에겐 사진 찾으러 올 때까지 고민 좀 해보라는 말을 남겼다.

흘러가는 말로 넘기려 했으나, 박근원의 말은 내내 고여 있었다. 그날 밤 오쿠바는 은호와 탁 까놓고 상의했다. 은호는 삼등객실사 아까워서 쉽게 정리가 되겠느냐고 물었다. 춘천으로 무작정 떠나자고 할 때보다는 전향적이었다. 박근원의 말대로 오쿠바는 방학이 맘에 든다고 했다. 은호도 그게 맘에 든다고 했다. 그러나 낯선 곳에 대한 두려움 탓인지 은호는 주저했다. 오쿠바는 먼저 내려가 터 닦아놓을 테니 천천히 내려오라고 했다. 그리고 도저히 아니다 싶으면 언제든 올라오자고 설득했다. 은호는 어머니 문제로 넘어갔다. 결국 목회를 포기하는 거니까 실망이 이만저만 클 게 아니냐고 걱정했다. 아이들 못 보는 아쉬움도 클 테고. 오쿠바는 안 되는 쪽으로 고민하면 죽어도 안 되니, 가는 쪽으로 고민해보자고 설득했다.

사흘 동안 고민했다. 춘천당약방에 들러 엄마를 설득하는 일도 했다. 엄마는 왜 하필 그따위 산골이냐고 펄쩍펄쩍 뛰었다. 입때껏 하고 싶은 대로 했으니 사진관 문 닫는 길에 엄마 말 좀 들으라고 애를 태웠다. 오쿠바는 거짓말을 할 수밖에 없었다. 미션스쿨이에요, 아이들한테 설교하고 그러는 거니까, 그것도 목회긴 하잖아요, 라고 설득할밖에 없었다. 그런데도 엄마는 계속 오쿠바를 역으로 설득했다. 그러나 원래 자식 이기는 부모는 없었다.

결국 박근원이 왔을 때는 내려가겠다는 답을 내놓았다. 박근원은 고맙다는 말을 먼저 했다. 사택이 있다고 하니 우선 급한 대로 그걸 쓰면 될 거라는 말도 했다. 삼등객실사는 어떡할 거냐고 묻기에 오쿠바는 곧 정리될 거라고 답했다.

봉화종고 가는 일은 속전속결이었다. 오쿠바는 불과 이틀 뒤에 면접 보러 다녀왔고, 이십여 일 뒤에는 그곳으로 아주 내려갔다. 삼등객실사 정리할 일이 많이 남았으나, 은호한테 미룰 수밖에 없었다. 학교로 가는 건 그나마 여름방학 때여서 좀 지체해도 괜찮을 때였다.

봉화종고는 읍내에 있었다. 산골이나 다름없는 봉화에선 뜻밖에도 큰 학교였다. 학생수가 7백 명이 넘는다고 했다. 남녀공학이었다. 학년마다 진학반이 한 반, 기술반이 세 반이었다. 오쿠바는 가자마자 2학년 진학반 담임이 돼야 했다. 독일어는 진학반만 가르치면 됐으나, 윤리는 전교생을 상대로 하는 과목이었다. 오쿠바는 자신에게 바통 터치한 전임자를 교장의 주선으로 만났다. 그는 부산에 좋은 직장이 생겨 부득이 학교를 떠난다고 했다. 별로 친절한 사람 같지 않았으나, 묻는 말에는 성의껏 답하는 책임감 강한 사람이었다. 오쿠바는 그에게서 교재를 넘겨받았다. 교과 진행과정을 파악했고, 아이들의 성향에 대해서도 여러 가지를 물어 알게 됐다. 낯선 땅에서 처음 만난 꽤 고마운 사람이었다. 나중에 은호한테 보내는 편지에서도 밝혔듯 학교는 그만하면 쉽게 적응할 만한 곳이었다. 문제는 사택이었다.

사택은 총각이나 홀아비용이었다. 방 하나 부엌 하나였다. 그나마 대형 일자집 안에다 방과 부엌을 쪼개 넣은 꼴이니 옆방에서 코 고는 소리가 고스란히 전해졌다. 젠장, 이것도 사택이라고, 오쿠바는 투덜거렸다. 가족 딸린 교사가 있을 곳은 결코 아니었다. 오쿠바는 기분을 잡쳤고, 몹시 실망했다. 은호한테 삼등객실사가 정리되면 돈부터 부치라고 했다. 그 돈으로 차라리 집을 장만할 계획이었다.

은호는 3개월 뒤에 내려왔다. 두 군데 삼등객실사를 정리하느라 늦은 거였다. 오쿠바는 그동안 괜찮은 집을 장만해두었다. 사과나무와 감나무가 있는 마당 넓은 집이었다. 유동인구가 없는 산골이다 보니 집 장만하기까지 어려움이 좀 있었다. 내려온 지 두 달쯤 됐을 때 대구로 이사하는 집이 생겨서 용케 잡은 거였다. 은호는 집만 맘에 든다고 했다. 말이 산골이지 이렇게 깊은 덴 줄 몰랐다고 했다. 확 트인 마포 강가에서 자랐는데 꽉 막힌 산속이라니, 이건 굉장한 인생 역전이라고. 그러나 즐겁게 웃었다. 재무는 낯선 환경에도 불구하고 아빠를 만나서 좋은 모양이었다. 오쿠바를 졸졸 따라다니며 언제 사진 찍으러 갈 거냐고 계속 물었다. 재만인 붉은 홍옥을 보고 저거 따달라고 난리였다가, 빨갛게 물든 감에 꽂혀, 또 그걸 따달라고 난리였다.

학교만 파하고 오면 그 아이들과 놀았다. 그게 삼등객실사와 다른 점이었다. 재무와는 종종 원정 촬영도 다녔다. 풍기 인삼시장을 다녀온 날이 있었다. 영주 부석사를 다녀온 날도 있었다. 부석사에서 재무는 다른 사찰의 그것보다 몇 배나 큰 목어에 꽂혔는지, 그 앞에서만 필름 한 통을 고스란히 날렸다. 진정으로 장엄한 건 무량수전 배불뚝이 기둥에서 굽어보는 백두대간 능선이었으나, 아이들 눈에는 한없이 멀었던 모양이다. 그건 오쿠바가 교편을 잡으면서 만든 사진반 학생들도 마찬가지였다. 그들을 데리고 부석사를 찾았을 때 그들 역시 백두대간 충충이 능선에는 별로 눈길을 주지 않았다. 하면 세밀한 것에 관심을 갖고 셔터를 누를 법한데, 그것도 아니었다. 아이들은 인삼을 찍을 때 잔뿌리까지 놓치지 않고 찍는 게 아니라, 인삼을 들고 찍는 걸 좋아했다. 아직 작품에는 낯설고, 기념에만 눈이 가 있는 거였다.

그 아이들한테 들볶이는 동안 겨울은 홀연히 왔다. 11월 중순인데 얼음이 끼기 시작하더니 벌써 첫눈이 내렸다. 눈은 깊어서 서너 시간 만에 운동장을 덮었다. 겨울골짜기로 들어가는

353

첫인사 치고는 되우 푸졌다. 교실마다 장작난로에선 불꽃이 이글거렸다. 그 난로 위에는 아이들의 양은도시락이 차곡차곡 쌓여 있었다. 50분 수업이 끝날 즈음, 바닥에 깔린 도시락은 구수한 밥 탄내를 퍼뜨렸다. 종이 울리기 바쁘게 아이들은 위층 도시락을 아래층으로 바꾸느라 야단법석이었다. 교무실도 크게 다르지 않았다. 도시 학교 같으면 학교 주변 식당을 이용하겠으나, 여긴 봉화였다. 첩첩산중인 데다 학교 주변엔 어연번듯한 식당 하나 없었다. 그러니 교사들도 장작난로 위에 양은도시락을 올려놓았다. 밥 탄내 나지 않도록 수시로 도시락 바꿔놓는 일은 급사의 몫이었다. 교무실은 밥 탄내 대신 냇내만 은은했다. 그게 아이들의 교실과 달랐다.

수업 끝내고 교무실로 돌아온 오쿠바는 롤라이플렉스를 멘 채, 곧장 운동장으로 뛰쳐나가고 싶었다. 충동을 간신히 억제한 그는 창가에 서서 쏟아지는 첫눈을 멍하니 바라보았다. 1학년 진학반 담임인 김 선생이 그런 오쿠바의 곁으로 다가왔다. 오쿠바가 교사사택에 짐을 풀었을 때 옆방에 사는 국어교사라면서 무람없이 인사를 나누고 밑반찬을 건네던 이였다. 선한 인상의 노처녀였다. 그녀는 산골의 겨울은 원래 아차 하는 순간에 오는 법이라고 말했다. 봉화는 눈이 깊어서 겨우내 눈 속에서 살아야 한다고 덧붙이더니, 서울로 돌아가고 싶지 않으세요, 하고 물었다. 오쿠바는 여기가 좋다고 답했다. 그녀는 답답한 이 산골이 뭐가 좋아요, 하면서 엷게 웃었다. 그건 자기 삶이 없이 그저 휘말려 가듯 살아본 사람만이 아는 거라고 오쿠바는 답했다.

　국어선생의 말대로 눈은 정말 깊었다. 내린 눈은 녹지 않았고, 새로운 눈은 그 위에 쌓였다. 사람 다니는 길은 갈수록 좁아졌다. 길 가장자리로 쓸어 모았던 눈이 길 안쪽까지 쌓이기 시작한 거였다. 자동차가 다녀도 될 만했던 길은 두 사람이 겨우 다닐 정도로 좁아졌다. 그때쯤 방학은 시작되었고, 오쿠바는 꿈에 그리던 자유의 몸이 되었다. 그러나 눈에 막혀 작품촬영은 꿈에 불과했다. 집 안에 갇혀 있거나 책을 들고 학교로 가는 게 고작이었다. 돌아가면서 당직교사가 출근하는 터라 교무실은 늘 따뜻했다. 장작난로에선 연신 타닥타닥 소리가 흘러 나왔다. 바람이 모질어 교무실 창이 부르르 울어도 장작난로 덕에 교무실은 언제나 따뜻했다. 오쿠바는 그런 교무실에서 책을 읽었다.

　한번은 사진반 아이들이 집으로 찾아온 적 있었다. 은호가 내온 고구마와 옥수수차를 마신 녀석들은, 토끼 잡으러 가고 싶지 않으세요, 하고 물었다. 오쿠바는 별로였으나 재무가 솔깃해했다. 뿐만 아니라 재무는 아빠의 동의가 있기도 전에 모자를 찾는다, 장갑을 찾는다, 난리였다. 재무가 저렇듯 좋아하니 마다할 수 없었다. 기왕이면 카메라도 들고 나가자는 말에 오쿠바는 사모카를 들고 나섰다. 무릎까지 빠지는 눈밭을 헤치고 언덕을 오를 때 아이들의 속내는 쉽게 드러났다. 녀석들의 목적은 토끼가 아니었다. 녀석들은 눈 위에서 뒹굴었고, 연신 셔터를 눌러달라고 졸랐다. 사진은 재무가 찍었다. 재무의 실력을 의심하는 녀석들은, 선생님이 찍어주세요, 하고 졸랐다. 오쿠바는 그저 웃기만 했다. 모름지기 네놈들보다 재무의 실력이 뛰어날걸, 그게 오쿠바의 생각이었다.

봉화에선 4년을 살았다. 서울에는 관심을 끊었다. 계절에 한번 정도 춘천당약방만 다녀왔을 뿐이다. 꿈같은 4년이었다. 오쿠바는 행복했다. 은호도 그렇다고 했다. 그녀는 다시 배가 불러왔다. 딸 하나 낳는다면 나쁠 거야 없지만, 바라 마지않던 임신은 아니었다. 아주 고요한 밤, 그날도 눈이 내리던 밤이었을까, 아니면 늦겨울 삭풍에 별이 쏠려 가던 밤이었을까, 덜컥 애가 들어선 거였다. 초가을이 됐을 때 은호의 배는 청량산만 해졌다. 그런데도 오쿠바는 행복한 걸까. 은호는 셋째가 자라고 있는 배를 내보이며 오쿠바에게 심란하지 않느냐고 물었다. 오쿠바는 변함없이 행복하다고 했다. 설령 행복하지 않은들 새로운 생명 앞에서 고통스럽다고 말할 아주 멍청한 가장은 없을 거였다. 은호는 그걸 알고 물었을까. 어쨌든 은호 역시 변함없이 행복하다고 했다. 적어도 그 사건이 터지기 전까지는 그랬다.

가을이 걷잡을 수 없이 밀려들 때였다. 재무가 아팠다. 어느새 열 살이 된 재무는 그날따라 머리가 아프고 자꾸만 구역질이 난다고 했다. 학교도 쉬었다. 오쿠바가 봉화종고에서 돌아왔을 때 재무의 마빡은 펄펄 끓었다. 오쿠바는 약방으로 달려가 증세를 말하고 감기약을 사다 먹였다. 만약 낼 아침에도 열이 떨어지지 않는다면 영주에 있는 내과로 데려갈 참이었다. 봉화에 제대로 된 병원 하나 없던 시절이었다.

재무는 밤새 앓았다. 오히려 어제보다 상태가 더 안 좋았다. 녀석은 열만 있는 게 아니라, 설사를 했고, 목이 뻣뻣해서 고개도 숙일 수 없다고 했다. 오쿠바는 속이 탔다. 학교에 출근하는 대신 재무를 데리고 영주에 있는 내과로 갔다. 영주내과에선 감기몸살이 몹시 심한 상태라고 진단했다. 사나흘 입원 치료받아야 할 거라고 말했다. 오쿠바는 꼼짝없이 병원에 잡혔다. 학교에 전화를 넣어 사태를 알렸고, 급사를 보내 집에도 좀 알려달라고 청했다.

사흘 동안 재무의 상태는 호전되지 않았다. 열에 취해 혼수상태에 빠졌다가 아주 잠깐씩 정신이 돌아오는 정도였다. 더 악화된 것으로 보였다. 정신이 돌아올 때마다 재무는, 아빠, 무서워요, 아빠, 추워요! 그 말을 반복했다. 이러다가 아주 애를 잡겠다 싶었다. 오쿠바는 앰블런스에 재무를 태우고 대구로 달렸다. 동신병원 응급실에서 의사한테 보였을 때, 청진기를 대본 의사는, 애가 이 지경이 되도록 대체 뭐했느냐고 언성을 높였다. 오쿠바는 영주내과 개자식들을 증오하면서, 도대체 병명이 뭐냐고 의사한테 물었다. 의사는 뇌수막염이라고 하지 않고 뇌수막염인 것 같다고 말했다. 어쨌든 동신병원에서 감당할 수 없는 상태인 건 분명하다고 했다. 서울로 데려가라는 얘기였다. 아득히 먼 서울. 가다가 죽을 것만 같았다. 오쿠바는 가장 빠른 이송방법을 물었다. 의사는 헬기로 가는 방법이 있으나, 이송비가 엄청날 거라고 말끝을 흐렸다.

오쿠바는 헬기에 재무를 실었다. 하늘을 비행하는 동안 재무는 가끔 정신이 돌아왔다. 그때마다 아빠를 찾았고 춥다는 말을 반복했다. 초긴장한 상태기에 오쿠바의 등에선 땀이 흘러내리는데도 재무는 그랬다. 그러니 더욱 짠하고 가슴이 타들었다. 헬기는 왜 또 이다지 느린가. 오쿠바는 좀 더 속도를 낼 수 없느냐고 조종사를 향해 목소리를 높였다. 프로펠러 도는 소리 때문인지 대답이 없었다. 오쿠바는 더 큰 목소리로 다시 그 말을 반복했다. 부조종사가 고개를 돌렸다. 입 다물어달라고, 자꾸 이러시면 비행에 방해만 될 뿐이라고 준엄하면서도 건방진 목소리로 말했다. 오쿠바는, 지금 아들이 사경을 헤매고 있지 않느냐, 역지사지가 돼봐라, 그러니 제발 속도 좀 내라, 그렇게 다시 울부짖었다.

느낌대로라면 서너 시간은 좋이 걸려 대학병원에 도착한 것 같았다. 재무는 들것에 실려 곧장 응급실로 들어갔다. 오쿠바는 또다시 무한히 긴 시간을 기다려야 했다. 그는 기도했다. 아들의 죽음을 앞두고 무신론자도 매달릴 법한 그런 기도였다. 아들을 살려내고 차라리 내 영혼을 데려가달라는 그런 기도! 이윽고 재무의 보호자를 찾는 목소리가 있었다. 재무를 진료한 담당의사였다. 그는 뇌수막염인 것 같다는 모호한 말을 하지 않았다. 척수를 뽑아 검사한 결과 세균성 뇌수막염이라고 했다. 오쿠바는 세균성 뇌수막염이 뭐냐고 물었다. 쉽게 말해 뇌를 둘러싼 얇은 막에 세균이 침투해서 염증이 발생한 거라는 얘기였다. 수술할 방법은 없고 지속적으로 항생제를 투여해보는 게 유일한 방법이라고 했다. 수술할 방법이 없다니? 오쿠바는 하마터면 엄마처럼 '주여'를 토로할 뻔했다.

재무는 그날부터 이십여 일 넘도록 항생제를 맞았다. 중환자실에서 벌이는 처참한 사투였으나 재무는 혼자서 감내해야 했다. 오쿠바는 잠깐의 면회 외에는 재무 곁에 붙어 있을 수 없었다. 잠은 춘천당약방에서 잤고, 낮에는 엄마와 둘이서 중환자실 입구를 지켰다. 엄마는 틈날 때마다 '주여'를 토로했다. 엄마는 봉화로 내려가는 게 아니었다고 말했다. 삼등객실사를 접었을 때, 이제라도 목회를 시작했어야 하는 거라고 한숨을 쉬었다. 마치 목회를 안 한 것 때문에 재무가 그렇게 된 것처럼 들렸다. 그건 오쿠바한테 할 소리가 아니었으나 지친 오쿠바는 묵묵히 참아냈다.

재무는 돌아오지 않았다. 발병한 지 한 달 만에 기어이 황천길로 갔다. 엄마가 울고 원희 누나가 울었다. 오쿠바는 울음을 안으로 삼킨 채 자신이 해야 할 일을 했다. 최종적으로는 재무의 시신과 함께 은호가 있는 봉화로 돌아왔다. 봉화종고에서 건너다뵈는 낮은 언덕에 재무를 묻었다. 그건 오쿠바의 가슴에 묻은 거나 마찬가지였다.

은호는 재무를 묻은 지 채 일주일이 지나지 않아 딸을 낳았다. 죽고, 태어나고! 기막힌 비극에서 극단의 희극으로! 설득력 없는 반전이었기에 오쿠바는 웃지 않았다. 웃기는커녕 그는 태어난 생명을 거들떠보지도 않았다. 예전의 오쿠바가 아니었다. 그는 가장으로서의 책임감을 점차 잃어갔다. 재무를 살려내지 못했다는 자책이 날마다 가슴을 짓눌렀다. 절망에 이르도록 자신을 방치했다. 새벽에 일어나면 무섭고 춥다던 재무의 목소리가 귀청을 때렸기에 외투를 걸치고 방문을 열었다. 놀란 은호가 뒤따라 나와 이 새벽에 어디 가는 거냐고 물으면 오쿠바는 말했다.

"재무가 무섭고 춥대. 무섭고 추워서 견딜 수 없대."

은호는, 그래도 그렇지, 정말 재무한테 가는 거냐고, 제발 정신 좀 차리라고 오쿠바를 끌어안고 울었다. 오쿠바는 은호를 뿌리치고 기어이 무덤을 찾았다. 봉화는 산그늘이 깊어 밤이 긴데, 추위에 떨면서도 오쿠바는 아침을 맞기까지 재무의 무덤을 지켰다. 실성한 것 같았지만 그는 실성하지 않았다. 단지 그렇게 하고 싶을 뿐이기에 그렇게 한 거였다. 그는 더 이상 봉화에는 어울릴 수 없는 인간이 되어갔다. 사방천지 재무의 흔적이고, 천지사방 재무의 신음소리니 오쿠바에게 봉화는 곧 떠나야 할 곳이었다. 그는 봉화종고에 사직서를 제출했다. 은호에게는, 떠나자고, 무작정 떠나자고 말했다. 은호는 병든 오쿠바를 위해 그렇게 해야만 했다.

재무의 흔적만 남은 봉화를 뒤로하고 마침내 오쿠바는 떠났다. 정든 봉화는 없었다. 인생이란 환상과 같으니 종래에는 빈 곳으로 간다던 도잠陶潛의 시편들을 떠올릴 리도 없었다. 날개가 꺾인 것처럼 무작정 고향 춘천으로 가는 거였다. 오쿠바의 고향집에선 십여 리 떨어져 있는 우두동이었다. 오쿠바의 가족은 그곳에 짐을 풀었다. 그나마 있던 돈은 재무가 홀랑 가져간 터라 남은 돈은 봉화의 집을 판 게 전부였다. 오쿠바의 집은 오그라들었다.

3장
중세의 신,
근대의 신

은호를 만났다

오쿠바의 1심 재판은 1심 만기일을 꽉 채운 6개월 만에 끝났다. 이례적이었다. 시국 관련 정치범 재판이라면 혹 모를까, 일반수에 대한 재판 치고는 길어도 원체 길었다. 그만큼 범인으로 단정하기가 쉽지 않았다는 얘기일 수도 있었다. 검찰 쪽에서 내세운 증인만 해도 열다섯 명에 이르지만 사건현장을 목격했다거나, 피해자 장양을 유인하는 걸 봤다는 직접 증인은 전혀 없었다. 증거물로 내놓은 것도 유죄를 입증하기는커녕 오히려 무죄를 입증하기에 걸맞았다. 사건현장에서 처음 발견된 증거물은 머리빗, 슬리퍼 한 짝, 몽당연필 한 자루였다. 법정 증거물은 달랐다. 머리빗, 슬리퍼 한 짝, 살해당한 장양의 위에서 검출했다는 내용물, 그리고 단 한 차례만 깎아 썼을 뿐인 동아연필이었다. 동아연필은 오쿠바의 둘째 아들 재만의 거였다. 경찰이 사건조작을 위해 몽당연필 대신 동아연필로 바꿔치기한 거였다. 그렇더라도 오쿠바를 범인으로 몰기에는 허점투성이였다. 대머리에 스포츠머리인 오쿠바한테 머리빗이라니! 판사도 고개를 갸웃거리지 않았을까. 증거물인 슬리퍼 한 짝도 오쿠바의 발에는 맞지 않았다. 오쿠바의 발은 볼이 넓었고, 슬리퍼의 볼은 좁은 대신 길었다. 바꿔치기한 동아연필에 이르면 더욱 웃긴다. 처음 사건현장을 발견한 농촌진흥원 직원 이성록은 분명히 몽당연필을 봤다고 진술했다. 그의 진술을 스쳐 보내지만 않았어도 동아연필은 사건조작의 역증거물이 됐을 터였다.

그렇듯 법정 증거물조차 허술하기 짝이 없었음에도 불구하고, 오쿠바에겐 무기징역이 선고되었다. 증거의 꽃이라는 피의자의 자백만을 최우선에 둔 결과였다. 고문에 의한 억지 자백이었다고 오쿠바는 진술이나 탄원서를 통해 누누이 밝혔지만 전혀 무시되었다. 의심스러울 때는 피고인의 이익을 최우선에 둔다는 무죄추정의 원칙조차 1심에선 철저히 배제된 거였다.

아직 2심 재판일은 확정되지 않았으나 오쿠바는 춘천교도소에서 서대문구치소로 이감되었다. 정동에 있는 내 변호사 사무실에선 코 닿을 데로 옮겨온 거였다. 내게는 잘된 일이었다.

나는 오쿠바를 다시 만났다. 그는 춘천교도소 시절보다 훨씬 살이 빠져 있었다. 그에게 살이 많이 빠졌다고 하자 그는 희미하게 웃기만 했다. 가족이 면회 온 적 있느냐고 물었다. 오쿠바는 고개를 저었다. 부인인 강은호가 면회 온 적도 없었느냐고 다시 물었다. 그는 또다시 고개를 저었다. 하긴 전국을 떠들썩하게 한 살인사건 피의자를 가족인들 면회하고 싶겠는가. 하지만 그렇더라도 좀 이상하다. 은호는 오쿠바가 누명을 썼을 뿐이란 걸 알고 있지 않을까. 오쿠바의 억울함을 달래주기 위해서라도 충분히 면회할 법한데, 6개월이 넘도록 면회 한 번 없었다니? 나는 고개를 갸웃거렸다. 그동안 검찰 쪽 증인들 위주로 증언의 배경과 사실 여부만 캐물어온 게 불찰이었을까.

이제라도 은호를 기어이 만나볼 일이었다. 하지만 은호는 두 아이를 데리고 춘천 우두동 집에서 사라졌다. 가장이 살인자로 찍혔는데 누군들 떠나지 않겠는가. 모름지기 아무도 모르는 깊은 곳에 숨어들었을 게 분명하다. 거기까진 이해가 간다. 억울한 남편을 구명은 못하더라도 위로는 할 수 있는 일이다. 여태 면회 한 번 없었다는 것, 그게 참으로 이상했다.

나는 오쿠바에게, 가족이 이사했는데 혹 짐작 가는 데는 있느냐고 물었다. 변론을 위해 부인을 꼭 만나봐야겠다고 덧붙였다. 오쿠바는 한참을 생각하더니 춘천당약방이나 마포나루 어름에 있는 대동상회 말고는 짐작 가는 데가 없다고 했다. 알았다고, 부인을 만나면 서대문구치소로 이감됐다는 얘기도 해주고, 몹시 그리워하더라는 얘기도 전해주겠노라고 했다. 오쿠바와는 삼십여 분 더 얘기한 뒤 변호사 접견실을 나왔다.

은호가 오쿠바를 면회하지 않은 데는 어떤 사연이 있는 걸까. 나는 그게 정말 궁금했다. 궁금한 건 꼭 해결해야 직성이 풀리는 게 내 스타일이다. 그동안 내가 전진 전진만 해온 이유 중에도 그 같은 성격 덕이 크다. 쉴 새 없이 사전을 뒤적였고, 풀리지 않는 문제의 답을 찾아 새벽녘까지 헤맨 것도 꽤 된다. 물론 그런 성격 탓에 얻어터진 적도 많았다. 개망신당한 적도 부지기수였다. 그런 낯부끄러운 것들을 내 입으로 어찌 토설한단 말인가. 차마 말할 수 없는 것은 침묵하는 게 오히려 낫다.

나는 곧장 사무실로 돌아왔고, 사무원부터 불렀다. 지금 당장 춘천당약방을 다녀와야겠다고 말했다. 사무원은 느닷없이 웬 봉창 두드리는 소린가 싶은 표정이었다. 나는 오쿠바한테 들은 대로 춘천당약방의 위치를 말해줬다. 그리고 오쿠바, 아니 정원탁의 처에 대한 소식을 알아 와야 한다고 주문했다. 알아들었는지 사무원은 곧장 사무실을 나갔다. 뜸 들이고, 뭉그적대는 꼴을 죽어도 못 보는 내 스타일을 누구보다 잘 아는 사무원의 재바른 행동이었다.

사무원은 두어 시간 뒤에 돌아왔다. 춘천당약방은 이미 없어졌으며, 그 자리엔 식당이 들어섰더라고 했다. 동사무소까지 가서 전출지를 확인하려 했으나 그게 잘 안 됐다고도 했다. 그 즉시 사무원을 마포 대동상회로 보낼까 하다가 나는 애써 참았다. 퇴근시간이 임박했으니, 기어이 오늘 중으로 알고 싶다면 내가 가는 게 낫겠다 싶은 까닭이었다. 나는 직원들한테 들를 곳이 있다는 말을 남기고 먼저 사무실을 나섰다. 차를 몰고 대동상회가 있다는 마포나루를 향해 곧장 달렸다.

쉽게 찾겠나, 그런 걱정이 좀 있었다. 하지만 찾으려고 마음먹으면 결국 찾는 법이다. 하늘은 원래 스스로 돕는 자를 돕는다고 했으니까. 그 말대로였다. 더군다나 대동상회는 젓갈 도매상가를 한 바퀴 돌아볼 것도 없었다. 입구에 들어서자마자 제일 먼저 눈에 띄었다. 손님이 많은 시간인지 가게는 붐볐다. 한산해질 때까지 주변을 배회하기로 했다. 그 덕에 대동상회 안으로 들어간 건 도착한 뒤에도 사십여 분쯤 뒤였다. 주인장을 찾았다. 안쪽에서 흰 남방을 입은 중년남자가 무슨 일이냐고 물었다. 오쿠바의 처남쯤 되는 모양이었다. 나는 그에게 변호사 명함을 내밀었다. 뜻밖인지 그는 놀라는 표정이었다. 그러나 내가 강은호 씨를 만나러 온 거라고 말하자, 대번 경계의 눈길로 변했다. 뿐만 아니라 언짢은 감정을 섞은 작은 목소리로 무슨 일 때문이냐고 물었다. 오쿠바의 처남이 분명했다. 나는 그에게 남편의 누명을 벗기기 위해서 은호를 꼭 만나야 되는 거라고 말했다. 그는 주위를 둘러보면서 슬그머니 내 팔을 잡아끌었다. 계산대에 붙어 있는 쪽문을 열고 그리로 나를 안내했다.

그때부터 나와 흰 남방은 제법 긴 얘기를 나눴다. 그는 오쿠바를 의심하고 있었다. 아니 땐 굴뚝에 연기가 나겠느냐는 게 흰 남방의 생각이었다. 때문에 은호의 남편이란 걸 주변사람들이 알기라도 할까 봐 집안 식구 모두 전전긍긍한다는 거였다. 나는 그런 흰 남방을 설득해야만 했다. 가족 중 누군가가 선임한, 돈 몇 푼 챙기려는 변호사가 아니라는 것부터 강조했다. 의협심에 불타는 뭐 그런 것까지는 아니어도, 어쨌든 자발적으로 나선 국선변호사임을 강조했다. 그 사건은 분명히 조작됐다. 기필코 누명을 벗겨 당사자는 물론 가족의 명예까지 회복시켜야 한다고 결의에 차서 말했다. 이를 위해 은호를 만나 사건 당일

남편의 행적을 듣는 건 무엇보다 시급한 거라고 했다. 흰 남방
은, 은호도 제 남편이 살인할 사람이냐고 무섭게 따진 적이 있
기는 하다고 하면서도 주저했다. 은호의 근황을 좀처럼 쉽게 말
해줄 것 같지 않았다. 그만큼 동생을 걱정하는 게 역력했다. 나
는 한 번 더 은호가 있는 곳을 꼭 말해줘야 한다고 강조했다. 그
는 마침내 이게 은호를 위하는 건지 모르겠다고 하면서 입을 열
었다.

　은호가 야반도주를 하듯 춘천에서 서울로 온 건 그 사건이
일어난 지 두 달쯤 지나서였다고 했다. 은호는 참으로 처참한
꼴이었다. 외모도 그랬지만 정신적 충격이 상상을 초월할 정도
였다며, 그는 목소리를 흐렸다. 가족은 일단 은호를 거두었다.
은호는 단 한 차례도 바깥출입을 삼간 채 일주일을 보냈다. 두
아이도 제 엄마 곁에서 꼼짝하지 않았다. 아홉 살 재만인 학교
다녀야 할 텐데도 그랬다. 하도 걱정스러워 하루는 흰 남방이
언제까지 이렇게 살 거냐고 물었다. 시댁에 들어가는 건 어떻겠
느냐고 물었더니 은호는 놀라 펄쩍 뛰었다. 거긴 안 된다고, 멸
문의 에스컬레이터를 타는 거라고, 두 아이를 위해서라도 제발
아무도 모르는 곳에서 살아야 한다고 애원했다.

　"그렇게 영민하고 정숙했던 막내가 어쩌다 그리됐는지 나도
눈물 참기 힘듭니다. 지금은 홍제동 시장에서 젓갈 장사 하며
남매 키우고 삽니다. 아이들 위해 안면 있는 사람들 피한다고
기껏 그 골짜기로 들어간 거지요. 사는 데도 홍제동이지만, 집

보다는 시장을 찾는 게 수월할 겁니다."

흰 남방은 다시 또 막내의 처지가 애련한지 두 눈을 슴벅거렸다. 그는 동안을 됐다가, 매제가 참말로 살인자라고 하는 게 믿어지지 않으면서도, 또 믿어지는 게 사실이라고 속내를 털어놓았다. 일간지나 TV에서 얼마나 떠들썩했느냐고, 그러니 안 믿을 재간이 없다는 얘기였다. 봉건시대 멸문의 처벌이 현대에는 언론을 통해 고스란히 재현되고 있다는 거였다.

흰 남방은 그 욕스러움을 딛고 재기할 수 있을지 모르겠으나, 누명을 벗는 게 무엇보다 시급하니 제발 도와달라고 간청했다. 데면데면하던 처음과는 확연히 달라져 있었다. 나는 아주 뜨겁게 그와 악수를 나누고 헤어졌다.

다음 날은 오전 재판이 있었다. 폭력범 변론을 의뢰받은 나는 별스런 준비를 하지 않았다. 내가 누군가. 자나 깨나 전진만 해온 부장판사 출신 아닌가. 비록 박정희한테 한칼에 날아갔지만, 한때는 박정희를 무릎 꿇게 했던 전설 속 부장판사 아닌가. 썩어도 준치인 나를 두고 후배 판사들은 입때껏 알아서 돕는 쪽이다. 오의 사건처럼 살인을 인정하지 않고 사건 전체를 뒤엎겠다고 맞장을 뜨는 경우가 아니라면, 여전히 알아서 형을 깎아주거나 집행유예로 풀어주고는 하는 거였다.

강은호한테는 오후에 갔다. 이런 일은 예수쟁이가 곁에서 기름칠을 좀 해줘야 오가는 말이 자연스러워진다. 아니 아내가 그냥 서 있기만 해도 분위기는 사뭇 부드러워진다. 경험을 통해

나는 그걸 알고 있었다. 그러니 예수쟁이와 동행할밖에.

홍제동 시장은 무악재 지나 홍제천 어름에 있다는 정도는 알고 있었다. 이곳이 옛부터 자빠져 자는 동네라고 해서 홍제원인데, 지금도 그런지는 모르겠다. 하지만 홍제시장을 찾느라 차에서 내려 대략 둘러본 바에 의하면 지금도 그랬다. 거참, 여인숙이나 여관 같은 것들이 진짜 눈에 좀 띄는 거였다. 북악산기슭으로는 다닥다닥 판잣집들이 이어져 있었다. 이런 쌀 동네 한복판으로 들어서보기는 처음이었다.

시장 풍경은 더욱 낯설어 아내를 앞세웠다. 기도나 할 줄 알지 그 밖에 뭐 있나, 하면서도 아내를 따라 꾸역꾸역 시장 안으로 들어서자, 이윽고 예수쟁이는 시장 끄트머리에 있는 젓갈집을 가리켰다. 친정 가게 이름을 땄는지 간판이 '대동젓갈'이었다. 간판만 따지면 그럴듯했다. 하지만 노점도 아니고 가게도 아닌 어정쩡한 모습이었다. 그게 은호의 젓갈집이었다.

아내는 젓갈가게 주인여자가 은호라는 걸 확인하자마자, 예수쟁이의 진지한 모습을 유감없이 보여줬다. 일단 가게 한쪽에 다소곳이 서서 침묵의 기도부터 올렸다. 그 모습이 허풍스럽지 않았다. 갑자기 나 또한 실족한 가장을 위해 심방 온 목사가 된 기분이었다. 괜히 엄숙해졌다. 젠장, 별 기분 다 드는군! 속으론 실소했다. 여하튼 환상은 눈 깜짝할 새처럼 짧고, 현실의 벽은 마냥 거칠고 높은 법이다. 은호는 내가 명함을 내밀고 신분을 밝히자, 아니 찾아온 용건을 가감 없이 밝히자 막무가내로 필요 없다고 말했다. 어서 돌아가라고 싸늘하게 등까지 돌렸다. 마치 북해도에서나 봄 직한 빙산의 일각처럼 은호는 그렇게 차가웠다.

은호와는 초장부터 그렇듯 격렬히 부딪쳤다. 아휴, 엄청 완강하네, 안 되겠다 싶었다. 이럴 땐 어찌해야 하는 건지 나는 몰랐다. 성질 같아선 대동젓갈의 모든 젓갈이 바닥에 쏟아져버리도록 버럭 병을 드러내고 싶었다. 그러나 안 될 일이었다. 할 바를 몰라 무르춤히 서 있자 아내가 슬그머니 옆구리를 찔렀다. 나가 있으라는 뜻이었다. 나는 나가 있기로 했다. 홍제천을 따라 한 바퀴 돌다 와야겠다 싶었다. 그때쯤 예수쟁이가 얼추 정지작업을 해놓으려니, 그렇게 믿고 싶었다.

결과적으로는 예수쟁이를 데려가길 정말 잘한 거였다. 그렇다고 내가 꼭 뭐 마누라를 흠모해 마지않아 처갓집 말뚝에 절하고, 헤벌쭉 웃기까지 하는 그런 처량한 팔불출이란 뜻은 아니다. 아니고말고! 명색이 전진 전진만 해온 자부심 막강한 부장판사 출신 아닌가.

시장을 나와 천변을 거쳐 산기슭을 바라고 느긋이 걸었다. 언덕을 오르는 길목마다 다시 또 보니, 다시 또 여인숙이요, 여관이었다. 조금 더 기어오르자 다닥다닥 붙은 판잣집들 사이의 골목에선 엄청난 아이들이 땀을 뻘뻘 흘리고 있었다. 바야흐로 해거름이었다. 나는 그 아이들이랑 싸구려 숙박업소가 밀접한 관계라도 있는 양 상상하다가 아주 잠깐 실없이 웃었다. 언덕을 기어올랐고, 적당한 곳에서 아이들의 노는 꼴을 보기로 했다. 자리를 잡고 앉자 몇몇 아이들이 힐끔힐끔 나를 보았다. 왠지 계면쩍어하는 얼굴이었다. 그러나 그런 건 지극히 잠간이었다. 녀석들은 이내 노는 데로 휩쓸려 들어갔고, 금세 나를 잊은 것 같았다. 나는 그 아이들 속에 오쿠바의 아들도 있을까, 그런 생각을 좀 해봤다. 국민학교 2학년이라고 했으니 놀고 있는 아이들보다는 확실히 어리긴 하겠다. 설령 또래가 논다고 한들 법정에 섰던 오쿠바의 아들이 쉽게 어울려 놀겠는가 싶었다.

오쿠바의 탄원서는 처연한 고백이 많았으나 사실적시에도 충실한 편이었다. 특히 둘째 아들 재만이 법정에서 오쿠바와 마주한 장면은 분노로 치 떨리게 했다. 나는 그 장면을 지금도 선명히 기억한다. 이제껏 그토록 충격적인 사실적시를 본 적이 없으니까.

그날은 오쿠바가 두 번째로 법정에 선 날이었다.

검찰 쪽 증인으로 둘째 아들 재만이 그 법정에 섰다. 재만은 포승줄에 묶인 아버지를 보았다. 아버지는 요시찰이어서 수갑도 차고 있었다. 재만은 그 아버지를 보고 넋이 나간 것처럼 굳어버렸다. 통곡한 건 오쿠바였다. 그리고 방청석에 있는 강은호였다. 중국 속담은 '사람을 때려도 얼굴은 때리지 말라. 사람을 책망할 때도 그 사람의 치명적 약점은 찌르지 말라'고 했다. 하지만 검사 놈은 그 기본적인 것조차 지키지 않았다. 검사 놈은 얼이 빠져 있는 재만에게 물었다.

"이름이 뭔가요?"

검사 놈은 넋이 나간 재만한테, 이름을 말해야 한다고 강요했다.

"정재만이요."

"아버지 이름이 뭔가요?"

검사 놈은 넋이 나간 재만한테, 아버지 이름을 말해야 한다고 강요했다.

"정원탁이요."

"저 사람이 아버지 맞나요?"

검사 놈은 넋이 나간 재만한테, '네'라고 대답하면 되는 거라고 말했다.

"네."

"이 연필이 재만의 것 맞나요?"

검사 놈은 법정 증거물 중 하나인 동아연필을 들어 보였다. 넋이 나간 재만한테, 맞다면 '네'라고 대답하면 되는 거라고 말했다.

"네."

"이상입니다."

검사 놈은 자리에 앉았다. 재만은 법정 정리한테 이끌려 법정을 나갔다.

오쿠바는 그날을 죽어도 못 잊는다고 했다. 지지리 못난 아비 때문에 이제 겨우 아홉 살짜리는 조작이 능사인 법정에서 처참하게 으깨어졌다. 차라리 오쿠바가 살인사건의 진범이었다면 아들이 법정에 서는 일은 없었을 거였다. 경찰은 재만의 필통을 뒤져 동아연필을 챙겼다. 경찰은 몽당연필 대신 새것 수준의 그 동아연필로 증거물을 둔갑시켰다. 재만은 그 연필 때문에 법정에 선 거였다.

검찰은 경찰이 조작한 대로 흘러갔다. 하면 경찰은 왜 그런 짓을 했을까. 사건을 조작하면서까지 오쿠바를 범인으로 지목한 이유는 뭐란 말인가. 오쿠바의 탄원서는 정황증거 탓이라고 설명하고 있다. 살해당한 장양의 주머니에서 오쿠바의 만홧가게 입장표가 나왔다는 게 그 하나다. 또 다른 정황은 오쿠바가 충분히 의심받을 만큼 그렇게 살았다는 거였다. 대체 어떻게 살았기에 살인범으로 내몬단 말인가.

여하튼 나는 멀쩡한 사람을 살인범으로 내몬 경찰의 행태를 이해할 수 없었다. 그 점에 대해서라면 은호한테 분명히 좀 들어야겠다. 난 엉덩이를 털고 일어났다. 골목을 따라 걸었다. 홍해가 갈라지듯 놀던 아이들이 내 앞에서 재빠르게 갈라섰다.

젓갈집에 이르자 갈라졌던 홍해는 착 달라붙어 있었다. 그건 정말 귀신이 곡할 노릇이었다. 빙산의 일각 같던 강은호랑 예수쟁이가 서로의 손을 비벼대며 얘기를 나누고 있는 거였다. 난 예수쟁이의 능력에 새삼 감탄하지 않을 수 없었다. 은호는 울었던 모양인지 눈물 자국이 남아 있었고 눈자위도 벌겠다. 아내도 덩달아 울었는지 은호만큼이나 눈자위가 붉어 있었다. 예수쟁이는 나를 보자마자 마침 잘됐다며, 당신 먼저 들어가면 안 되겠느냐고 물었다. 뭐야, 이거. 그사이 만리장성이라도 쌓았나? 그래도 그렇지! 나는 기연가미연가 싶어 예수쟁이를 살짝 째려봤다. 그런데 정말이었다. 아내는, 알고 보니 은호 씨가 여고 4년 후배예요, 전 얘기 좀 더 하다 갈게요, 하는 거였다.

연이 그런 식으로도 연결될 수 있다는 게 경이로웠다. 어쨌든 좋은 일이었다. 난 그러시구랴, 하는 즐거운 얼굴이 되었다. 버스 타고 올 수 있겠느냐고 물었지만, 그건 그냥 해본 소리였다. 하지만 아내는, 걱정 마세요, 조심히 들어가세요, 하면서 진지하게 걱정하는 거였다. 그게 예수쟁이의 스타일이었다. 난 은호와는 단 한 마디도 나누지 못한 채 가볍게 눈인사만 하고, 대동젓갈을 나오는 자가 되었다.

아내는 뿌리를 뽑았다. 늦은 저녁이 됐는데도 돌아오지 않았다. 전에 없던 일이었다. 난 한 번도 밥을 차려 먹은 적이 없었다. 밥때가 지나자 배가 고팠다. 난 좀 투덜거렸다. 변론을 위해 내가 물을 게 따로 있는 건데, 예수쟁이가 별걸 다 묻고 있는 거 아냐, 그런 푸념이 흘러나왔다. 저녁은 일단 집 밖으로 나가 해결하기로 했다. 배를 채우고 다시 돌아왔지만, 예수쟁이는 아직도 돌아오지 않았다. 이럴 줄 알았으면 홍제동에서 돌아올 때 최 변호사를 불러내 술이라도 한잔 할걸 그랬어, 하는 후회가 밀려들었다. 예수쟁이는 밤 9시를 넘겨 돌아왔다. 어이가 없었다.

봉화에서 고향 춘천으로 왔을 때 오쿠바는 한동안 고향 친구들이자 소학교 동창들과 어울렸다고 했다. 오쿠바를 처음 오쿠바로 부르기 시작한 친구들이었다. 그들에게 오쿠바는 치과의사의 아들로서 여전히 부자였다. 뿐만 아니라 사진으로 대통령상까지 받은, 자신들과는 비할 바 아닌 엄청 대단한 인물이었다. 오쿠바는 그들과 자주 어울렸다. 오쿠바는 술을 샀다. 술에 취하는 빈도수가 높아지자 적어도 거기 가면 안 되는 곳에도 갔다. 한때는 자기 집이었던, 지금은 간호부 누나인 옥화가 운영하는 술집이었다. 배알조차 남을 줘버린 거였다.

옥화의 술집에 가면 여자를 불렀다. 떡이 되었고, 한때는 자신의 침대가 있던 방에서 여자와 잤다. 술값이나 화대는 거의 외상이었으나, 옥화의 술집에선 그게 가능했다. 은호는 이게 뭐냐고, 이러자고 춘천으로 온 거냐고, 제발 정신 좀 차리라고 종종 오쿠바를 붙잡고 애원했다. 고작 그깟 일로 파괴의 끝에 닿은 거라고 할 수 있는 건지는 모르겠다.

외상값 때문에 옥화가 오쿠바의 집을 찾아온 적도 있었다. 돈이 없는 오쿠바는 자신의 살이고 뼈인 카메라를 내놓았다. 그건 오쿠바의 인생 대부분을 내놓은 거나 마찬가지였다. 다른 말로 하면 꿈을 버리겠다는 거였다. 지금은 비록 사모카 카메라로 그쳤으나, 전쟁 중에도 잃지 않은 롤라이플렉스인들 내놓지 말란 법 있겠는가. 옥화는 사모카를 들고 돌아갔고, 은호는 오쿠바가 바닥을 친다고 생각했다. 어떻게 아버지를 가져갔고, 집을 가져간 여자한테 갈 수 있다는 건지 은호로선 전혀 이해할 수 없었다. 그러니 은호는 최후의 체면도 없고 배알도 없는 오쿠바란 인간을 때려잡고 싶었다. 미친 개놈의 자식, 본데 없는 쌍놈의 자식, 죽은 재무 그만 좀 우려먹어, 그런 욕설을 쏟아내고 싶었다. 하지만 은호는 여태 그런 욕을 해본 적 없었다. 은호는 치밀어 오르는 화의 반대급부로 오쿠바에게 또박또박 말했다.

"춘천당약방 다녀와요. 어머니한테 말씀드려 병원부지 팔자고 해요. 사진관 다시 내요."

어머니한테라니? 더욱이 사진관이라니? 오쿠바는 절레절레 고개를 흔들었다.

은호는 노기가 뚝뚝 떨어지는 얼굴이었다. 은호는 그럴수록 더욱이 또박또박 말했다. 재무만 당신 자식이면 이 두 아이는 뭐냐고 물었다. 목회 안 해 벌받은 거라고 어머니가 말했다면, 당신의 신앙은 별거냐고, 고작 재무한테 갇혀버린 그런 신앙 아니냐고 물었다. 오쿠바는 신에 대한 원혐이 아주 없는 건 아니지만, 재무가 죽은 뒤로 그냥 어떤 무엇에도 흥이 나지 않는 거라고 말했다. 은호는 신에 대한 원혐이란 건 또 뭐냐고 물었다. 오쿠바는 머뭇거렸다. 그런 건 지금 여기서 하고 싶은 얘기가 아니라고 얼버무렸다. 그러나 은호는 분노에 호기심이 섞인 눈빛으로 기어이 말하라고 재촉했다. 오쿠바는 마지못해 입을 열었다. 그는 먼저 어머니의 신에 대한 얘기부터 늘어놓았다.

우리는 신이 기뻐할 것이라고 믿기에 예배를 드린다. 예배의 대상인 신은 의심할 바 없이 완전하다. 완전하다는 건 그 어떤 것에도 의존할 필요가 없음을 뜻한다. 그러니 예배는 신에게 아무것도 기여하지 못한다. 신에게 기쁨을 전하고 싶지만, 신은 인간에 의지하여 기쁨을 누리거나, 겨우 이따위 수준의 예배냐며 화를 내는 분이 아니다. 인간의 예배에 반응하지 않는 그런 완전한 신에게 어머니는 아들을 목회자로 키우겠다고 약속했다. 신은 완전한데 한 여자의 아들이 목회자가 되든 말든 무슨 상관이란 말인가. 엄마는 신이 완전자이기에 재무를 살려낼 수도 있다고 믿었다. 그러나 신은 완전하기에 재무를 살려낼 이유가 없었다. 재무가 죽은 뒤로 엄마는 모든 원인을 오쿠바한테로 돌렸다. 목회를 하지 않은 벌이라는 게 엄마의 생각이었다. 하지만 완전한 신은 저 높은 창공에서 홀로 존재할 뿐이다. 인간의 사소한 삶에 일일이 관여할 이유가 없는 신이다. 캔터베리의 대주교였던 안셀무스가 「프로슬로기온」 3장에서 말하는 "더 위대한 아무것도 생각될 수 없는 그런 존재"인 것이다.

그처럼 전통적 유신론有神論에서 말하는 신은 불변하고 영원하며 전지전능하고 영원한 현재로서 존재한다. 말할 나위 없이 그건 형이상학적 개념이고, 개념화된 우상이다. 우상이 뭐 금송아지나 젖가슴이 1톤쯤 되는 바알종교의 풍요의 여신만이 우상인가. 공동체의 삶보다 우위에 두는 것들, 그 모든 게 우상인 거지.

그러니 의존성이 항상 결함인 것만은 아니다.

성경의 신은 인간에게 의존한다. 인간의 행동에 따라 웃기도 하고 슬퍼하기도 한다. 언제나 인간의 다양한 사건과 함께하며 자기극복을 해나간다. 이스라엘 백성이 왕을 세워달라고 했을 때도 그랬다. 백성의 요구에 신은 공동체의 삶이 파괴될 거라며 주저한다. 너희는 등가죽이 벗겨지도록 세금을 내야 할 것이다, 너희는 딸들을 왕에게 빼앗길 것이다, 너희는 왕을 지키기 위해 아들들을 빼앗길 것이다, 그렇게 우려를 표한다. 그러나 백성의 요구가 거듭되자 신은 그들의 요구를 들어준다. 결과는 신이 우려한 대로였고, 신은 역시 왕을 세울 게 아니었다고 후회한다. 그게 구약성경의 신으로, 인간을 세계의 공동창조자로 삼고 있는 신이다.

신약에 이르면 그 신은 아버지로서의 신이 된다. 그 아버지는 통제보다는 자율을, 징치보다는 용서를 존중하는 현명한 아버지이다. 그러니 신약의 신은 모든 걸 일방적으로 결정하는 강요적 형태 대신 우리의 자유로운 결정을 존중한다. 그 신은 피조물이 바른길로 가도록 무한히 기다린다. 설득적인 힘으로 우리를 이끌고자 한다. 설득적인 힘은 물론 사랑이다. 오쿠바가 믿어 의심치 않는 신이다.

그런데 종종 우리는 오해한다. 우주공간에 대한 자연과학적 지식이 확장될수록 인간이 신을 멀리하게 될 거라는 오해다. 성경에 대한 언어학적이고 역사 비판적 깊이가 더해질수록 신을 멀리하게 될 거라는 오해다. 천만의 말씀이다. 신앙에 대한 최후의 위협은 삶의 자리에서 나온다. 홀로코스트에서 살아남은 유태인 신학자 샬롬 벤코린의 말대로 내가 처한 삶의 현실로부터 신앙의 위협이 초래된다는 말이다. 혜화동 구덩이에 쌓여 있던 인민군의 주검 앞에서 성경의 신은 밤하늘의 표상일 뿐이었다. 무섭고 춥다며 달달 떨던 재무는 죽었다. 그 죽음 앞에서 성경의 신은 액자화되었고, 상징으로만 간신히 남아 있다.

오쿠바는 뭘 어떻게 해도 지킬 수 없다면 되는 대로 사는 거 아니냐고 거의 혼잣말처럼 중얼거렸다. 은호는 오쿠바의 그 말을 들었다. 되는 대로 사는 게 다 뭐냐, 두 아이를 앞에 두고 그런 말이 나오느냐, 문제는 당신의 무기력증이라고 또박또박 반박했다. 그리고 국수집이라도 내서 먹고살아야겠다고 덧붙였다. 오쿠바는 마치 남의 일처럼 고개만 끄덕이는 수밖에 없었다.

며칠 뒤 방향을 잃고 헤매던 오쿠바는 인부 두 명을 불렀다. 그들과 부엌에 딸려 있는 광을 뜯어고쳤다. 흙바닥에는 모래와 자갈을 깔았고 시멘트를 발랐다. 하나의 창문도 냈다. 네 개의 데이블을 들여놓았다. 은호는 거기서 국수를 파는 여자가 되었다. 역전도 아니고 정류장 근처도 아니니 동네사람을 대상으로 하는 국수집이었다. 그러니 뭐 국수장사는 빤했다. 부업으로 삼을 일을 주업으로 삼았기에 앞날은 어두웠다. 은호는 오쿠바에게 어둠을 헤쳐 나갈 길을 찾으라고 들볶지 않을 수 없었다.

오쿠바는 술 취한 채, 이런 젠장이라는 욕설을 대상 없이 지껄였다. 그럼 뭘 할까. 도대체 뭘 해야 먹고산단 말인가. 그런 고민도 했다.

그 끝에 나온 게 만홧가게였다. 오쿠바는 집에서 2백여 미터 떨어진 곳, 이층상가의 이층에 만홧가게를 열었다. 막판에 돈이 모자라 춘천당약방을 다녀와야 했으나 그는 끝내 안 갔다. 희망의 마지막 보루였던 카메라들을 모두 팔아치웠다. 심지어 대통령상을 안겨주었던 롤라이플렉스도 팔아치웠다. 롤라이플렉스를 팔아치웠으니 미제 아구스 카메라를 아껴둘 이유는 더욱 없었다. 내 인생에 재기전 따위는 없는 거야. 생은 도무지 어쩔 수 없어, 살아지니 그냥 사는 거지. 그러니 아구스, 너도 젠장, 잘 가라!

그런데도 돈이 모자랐다. TV 때문이었다. 만홧가게를 운영하려면 TV가 필수품이란 걸 뒤늦게 알았다. 80킬로그램 쌀 한 가마가 3천 5백 원 하던 때였다. 그 무렵 TV는 가격이 좀 떨어졌으나 여태도 집 한 채 값 언저리였다. 10만 원이 넘었다. 그러니 일시불로 매입하는 건 엄두도 못 낼 일이었다. 장기할부로 매입해야 했으나 계약금으로 낼 돈이 원체 컸다. 쌀 열 가마 값이었다. 한 동네에 TV를 갖고 있는 데가 아직 두어 집뿐일 때였다. 오쿠바는 춘천으로 이사한 뒤 아직 한 번도 인사하러 간 적 없는 당숙모 댁을 찾았다. 당숙모는 강원도 평강 여자였다. 징용나간 남편이 해방 뒤에도 돌아오지 않자 그녀는 대담하게도 삼팔선을 넘었다. 아들 하나 데리고 남편의 고향인 춘천을 찾은 거였다. 오쿠바의 부모는 서운함이 어느 나라 말인지 모르게 사촌 제수씨와 어린 조카를 챙겼다. 살 집을 마련해줬고, 먹고살 길을 마련하기까지, 반 년 동안 양식도 대주었다. 오쿠바네와는 그런 사이기에 당숙모인 송경림을 만나 2만 원을 빌려볼 생각이었다. 2만 원에 나머지 돈을 보태 TV 할부계약금을 치르면 만홧가게는 완성되는 거였다.

오쿠바는 송경림을 만났다. 당숙모 아들 원태는 일 나가고 없었다. 오쿠바는 당숙모에게 살아온 얘기를 했고, 우두동으로 이사했다는 말도 했다. 송경림은 오쿠바가 고향으로 돌아온 게 든든해서 좋다고 말했다. 든든해서 좋다는 당숙모에게 오쿠바는 TV 얘기를 꺼냈다. 물론 2만 원 얘기도 꺼냈다. 송경림의 밝았던 얼굴이 잽싸게 어두워졌다. 이놈이 든든해서 좋은 게 아니라 근심덩어리였네, 하는 표정이었다. 하지만 오쿠바의 부모를 생각한다면 가당찮은 부탁인들, 안 돼, 라고 단매에 내칠 일은 아니었다. 잠시 생각에 잠겼던 송경림은 이윽고 궁리가 끝났는지 빌려주되 조건을 달았다.

"원태 장가갈 밑천입메. 원주가 고향인 에미나이랑 석 달 뒤면 결혼합메. 그때까지 해줄 수 있음메?"

돈 빌리는 자가 나중 생각할 게 뭐 있나. 원래 미래는 불투명할 뿐이다. 그런데도 그렇게 말해서는 안 된다. 오쿠바는, 걱정 마세요, 라는 말을 두어 번 반복했다. 송경림은 마지못해 2만원을 내미는 여자가 되었고, 오쿠바는 '너무'라는 부사까지 넣어, 너무 걱정 마세요, 라는 말을 한 번 더 반복했다. 그리고 당숙모로부터 총총 사라지는 자가 되었다.

송경림은 두 달쯤 지났을 때부터 꿔준 돈을 받으러 다녔다. 그때부터 오쿠바는 죄송하다는 말을 입에 달고 살았다. 술에 취한 오쿠바를 보면 송경림은 이러고서 언제 갚겠음메, 하면서 한숨을 내쉬었다.

만홧가게 영업이 시원찮은 건 아니었다. TV를 들여놓은 뒤부터 아이들은 눈에 띄게 늘었다. 어른들도 꽤 드나들었다. 초저녁부터 7시까지는 빨리 인간이 되고 싶다던 요괴 삼남매가 등장하는 〈요괴인간〉이나 〈명견 래쉬〉, 〈우주소년 아톰〉 같은 만화영화를 보려는 아이들 세상이었다. 7시부터 9시 뉴스가 시작되기까지는 연속극을 보려는 어른들의 세상이었다. 왼쪽 눈썹 위에 붙은 점이 유난히 커 보였던 태현실의 〈여로〉가 눈물을 자아냈다면, 〈파란 눈의 며느리〉는 애잔하면서도 웃음을 머금게 하는 연속극이었다. 〈동물의 왕국〉이나 〈타잔〉은 나이와 상관없이 즐겨 보는 프로였다. 김일의 레슬링이나 김기수의 동양타이틀매치, 세계타이틀매치, 국가대항축구시합 역시 온 동네사람을 TV 앞으로 모여들게 했다.

만화책은 주로 아이들 차지였다. 엄마가 빌려 오라는 것으로 보아 어른들도 아주 안 보진 않았다. 어른들이라면 특히 마을 뒷산 어딘가에 있다는 방첩대 사복군인들을 빼놓을 수 없겠다.

일반인처럼 머리를 기르고 다녔던 그들은 꽤 중요한 고객이었다. 그들은 〈돌아온 외팔이〉 시리즈를 좋아했고, 〈시라소니〉나 〈똘이 장군〉 같은 책들을 좋아했다. 향원의 〈떠돌이 검둥이〉, 〈도사견 밴〉도 마다하지 않았다. 그들이 산다는 방첩대 막사나 훈련장 위치는 미루어 짐작할 뿐, 정확히 아는 이는 없었다. 군사기밀지역은 일반인 접근이 불허되던 시절이니, 그냥 산속 어딘가에 방첩대가 있을 거라는 짐작뿐이었다. 그럴수록 방첩대원들은 두렵거나 몹시 신비로운 대상이 되었다. 해마다 두어 차례씩 북한을 드나든다는 소문이 있었다. 멧돼지 정도는 맨손으로 쉽게 때려잡는다고 했고, 일반인은 두 시간 이상 소요되는 산 정상까지 단 십 분이면 오른다는 소문도 있었다. 그들이 동네를 활보하는 걸 사람들이 좋아할 리는 없었다. 움직이는 폭탄처럼 몹시 꺼림칙해했다. 언제 터질지 모를 사고뭉치로 보았다. 그들의 눈은 매섭고 하나같이 팍팍해 보였다. 하지만 중요한 고객 중 하나니 오쿠바는 굳이 싫은 내색을 하지 않았다. 가끔씩 찾아오는 그들은 어쨌든 별일 없이 만화책을 보았고, 밤 9시경이면 서둘러 만홧가게를 나갔다.

살인사건은 그해, 1972년 9월 27일 저녁에 일어났다. 만홧가게를 연 지는 일 년쯤 지났을 때였고, 방첩대원들도 여전히 만홧가게를 드나들 때였다.

역전파출소 소장의 딸인 장양은 그날 저녁 6시 반쯤 집을 나섰다. 칼국수와 김치로 배를 채운 그녀는 만홧가게에 다녀온다는 말을 엄마에게 남겼다. 하지만 그녀는 만화가게에 나타나지 않았다. 집으로 되돌아가지도 않았다. 그녀는 다음 날 아침 농촌진흥원 시험답지 논두렁에서 시신으로 발견되었다. 농촌진흥원 직원 이성록이 발견한 거였다. 시신은 알몸이었고, 그 곁에는 몽당연필 한 자루, 검은 빗 하나, 슬리퍼 한 짝이 떨어져 있었다. 사건현장을 수습하면서 경찰은 그녀의 성기 주변에서 범인의 것으로 보이는 음모 두 가닥을 추가증거물로 확보했다. 음모 두 가닥은 기록물보관소에서 나 역시 확인했다. 음모의 주인공은 혈액형이 A형이었다. 오쿠바의 혈액형은 B형이다.

기록물보관소엔 장양의 위에서 검출했다는 칼국수와 김치 쪼가리도 있었다. 경찰의 의뢰를 받아 1차 검시를 한 춘천도립병원 외과과장 이석은 소화된 정도로 보아 음식물을 섭취한 지 30분에서 1시간 사이에 살해된 것으로 보았다. 이석의 소견에 따르면 6시 30분경 집을 나온 장양은 7시에서 7시 30분 사이에 살해된 거라는 얘기였다. 하지만 강원도경에선 문제의 내용물을 서울의 국과수로 보내어 재차 검시를 요구했다. 국과수의 소견은 음식물을 섭취한 지 2시간에서 3시간 사이라고 했다. 이는 내용물이 춘천에서 서울까지 운반되는 동안 부패의 정도를 고려하지 않은 소견이었다.

강원도경은 국과수 발표에 따랐다. 웬일인지 춘천도립병원 외과과장 이석의 소견은 무시되었다. 졸지에 장양이 살해된 시각은 7시에서 8시부터 9시 사이로 바뀌었다. 이것만으로도 경찰은 배제와 실수를 서슴없이 자행한 꼴이었다.

사건 당일 오쿠바는 은호의 국숫집을 넓히느라 두 명의 목수를 불렀다. 김연식과 이우식이었다. 오쿠바는 그들과 주방을 좀 줄이고 홀을 확장하는 공사를 했다. 테이블도 두 개를 더 짰다. 작업은 6시가 넘어서 끝났다. 오쿠바는 두 목수에게 막걸리를 대접했다. 은호가 눈치를 줬지만 젠장, 술도 못 마시나! 오쿠바는 흔쾌히 잔을 들었다. 그들은 석 되 들이 주전자를 두 번 비웠다. 김연식과 이우식은 8시를 넘겨 국숫집을 나섰다. 오쿠바도 그때쯤 만홧가게로 돌아가 종업원을 집으로 보내야 했다. 만약 그랬다면 오쿠바는 시간적으로 장양의 살해범으로 내몰릴 수도 있었다. 하지만 TV 계약금 2만 원을 빌려준 당숙모 송경림이 아까부터 안방에서 그를 기다리고 있었다.

송경림은 열이 엄청 났다. 아들 장가밑천이라고 그렇게 말해왔으나 오쿠바는 늘 한 귀로 듣고, 한 귀로 흘렸다. 아들 원태의 결혼은 결국 그 돈 없이 치렀다. 원태가 결혼한 지도 어언 5개월이 지났다. 오쿠바는 여전히 입만 열면 죄송하다는 말로써 은근슬쩍 넘기려들었다. 그 돈이 어떤 돈인데, 존간나새끼 매일 술 처먹을 돈은 있어도 그 돈은 없다 이 말임메, 기가 찰 노릇이었다.

"원탁이 이따위로 실없는 놈인 줄 미처 몰랐음메. 더는 못 기다림메. 오마니한테 병원부지 팔라고 해야 되지 않겠음메. 그렇게라도 빚을 갚아야 하는 거 아임메."

목수들과 마신 술로 꼭지까지 취기가 오른 오쿠바는, 허허 웃었다. 당숙모 돈은 잊지 않습니다. 기다리는 길에 조금만 더 기다려줘요. 그렇게 말했다.

"내레 관두라우. 올 때마다 취해 있으니 뭘 어찌하겠음메. 아무래도 춘천당약방 내가 다녀와야겠음메."

송경림은 자리에서 일어섰다. 그때가 밤 9시경이었다. 그녀는 막차를 놓칠지도 모르겠다며 총총 사라졌다. 기분이 언짢아진 오쿠바는 송경림을 바래다주지 않았다. 그러니 오쿠바는 밤 9시까지는 집 밖으로 나선 적도 없는 셈이었다. 그가 집을 나섰을 때는 이미 9시를 넘긴 뒤였다. 그는 약간 비틀거리면서 2백여 미터 떨어진 만홧가게로 향했다. 여종업원을 퇴근시키고 TV를 지키기 위해선 어쩔 수 없는 일이었다. 말이 어쩔 수 없다는 얘기지, 오쿠바에게 만홧가게는 실인즉 해방구였다. 그는 만홧가게 맞은편에 있는 구멍가게에서 막걸리 두 되와 양갱 두 개를 샀다. 아주 근사한 밤이 시작될 참이었다.

여종업원 은실에겐 양갱 하나를 내밀었다. 은실은, 자기가 만홧가게에서 자면 안 되겠느냐고 물었다. 아니, 이건 또 웬 달밤에 해 뜨는 소린가? 오쿠바는 무슨 일 있는 거냐고 하면서도 TV 때문에 그건 절대 안 된다고 고개를 저었다. 은실은 집에 안 들어갔음 좋겠다고 말했다. 손님들 테이블에 앉을지도 모른다는 게 공포라는 거였다.

은실의 집은 주점이었고, 세 명의 색시를 두고 있었다. 서울

약수동에서 식모살이를 하다, 올 여름 집으로 돌아온 그녀는 물오른 스물한 살이었다. 시집가는 대신 집으로 돌아온 게 치명적 화근이었다. 술손님이 많은 날은 그녀도 테이블에 앉을 때가 있었다. 의붓아버지가 그녀를 그렇게 하도록 시켰다. 굴러먹다 기어들어온 년이 진자리 마른자릴 가리냐? 손님이 은실을 찾으면 그는 늘 그렇게 말했다. 그러니 집은 은실에게 숨 막혔다. 그녀는 저녁마다 만홧가게로 달려왔다. 돈이 떨어졌고, 닷새 전부터는 만화방 종업원이 되었다. 급여 같은 건 없었다. 은실 역시 시간 때우는 것으로 족했다. 그녀는 오쿠바가 저녁 먹으러 갈 즈음부터 오쿠바가 돌아올 때까지 가게를 지켰다. 말이 종업원이지 그냥 아이들과 어울려 TV를 보거나 만화를 보는 게 그녀의 일이었다.

그런 은실을 집으로 돌려보낸 뒤, 오쿠바는 문을 걸어 잠갔다. 이제 오쿠바의 세상이었다. 집에서는 은호 때문에 쉽지 않은 그 얼마나 알딸딸한 세상인가. 이 좋은 세상을 두고 집으로 돌아가라니! 얘가 정신이 있는 애야 없는 애야! 오쿠바는 흡족한 기분으로 주전자를 기울였다. 꼭지가 뱅글뱅글 돌 때까지 그는 여거푸 마셨다. 초가을 밤 농촌진흥원 시험답지에서 무슨 일이 일어났는지 그로선 알 턱이 없었다.

밖에서 문 두드리는 소리가 났을 때엔 이미 자정이 지났을 거라고 생각했다. 그는, 이런 젠장, 이 야심한 밤에 웬 미친 존재란 말인가, 도대체 누구요, 하고 버럭 소릴 질렀다. 그는 문을 땄다. 은실이 안으로 들어왔다. 어휴 참, 왜 온 거야? 난 테레비를 지켜야 한다고오! 오쿠바는 그렇게 말했다. 주점에서 도망 나온 거라고 은실이 말했지만, 오쿠바는 그걸 못 알아들었다. 난 테레비를 지켜야 한다고오! 자꾸 그 말만 반복했다.

아침이 돼서야 오쿠바는 곁에서 자고 있는 은실을 발견했다. 어라, 이 아이가 왜 여기서 자는 거야. 어젯밤을 떠올려봤지만 문을 잠근 건지 문을 딴 건지 그것조차 불확실했다. 다만 그림같이 잠든 은실의 자태에 잠시 숨이 막혔다. 머릿속으론 수많은 생각이 흘러갔다. 욕망이 상층을 자리했으나, 두려움이 욕망 위에 있었다. 이걸 깨워서 보내야 하는 건가, 아니면 슬그머니 내가 빠져나가야 하는 건가, 그도 아니면 둘이서 그냥 국으로 처박혀 있어야 하는 건가, 도무지 정리가 안 됐다. 오쿠바는 일단 은실을 깨웠다. 언제 들어와 잔 거냐고 물었다. 은실은 어젯밤 문 열어주시지 않았느냐고 되물었다. 하긴, 열어줬으니 들어와 잤겠지, 하면서도 난감하기 짝이 없었다. 오쿠바는 다른 어떤 말도 생각나지 않았다. 얼떨결에 어서 나가라는 말을 되풀이했다. 은실은 잠결에 날벼락 맞은 것처럼 만홧가게 문을 열고 나서게 되었다. 계단을 내려갔고, 집으로 사라지는 화근덩어리가 되었다.

사건이 일어난 뒤 탐문수색을 하던 경찰은 일단 오쿠바를 주목했다. 장양의 엄마가, 딸애는 만화방에 간다는 말을 남긴 게 전부다. 만홧가게와 관련된 인물이 범인일 게 분명하다. 그 같은 확신에 찬 발언을 한 까닭이었다. 촌 동네 무지렁이라면 그냥 무시했겠으나 장양의 엄마가 누군가? 파출소 소장의 부인이었다. 더구나 장양의 바지주머니에서도 TV 시청권이 나왔다. 그러나 역으로 보면 파출소장의 딸이기에 동네사람은 결코 범인이 아닐 수도 있었다. 누가 감히 파출소장의 딸을 그렇게 할 수 있단 말인가. 하지만 경찰은 분명히 오쿠바를 용의선상에 올려놓았다. 다만 정황적 증거가 좀 미흡하다고 보았다. 현장에서 수집한 증거물도 범인의 목덜미를 틀어쥘 만한 것들은 아니었다. 확실한 건 목격자를 찾아내는 일이었다. 경찰은 이를 위해 은밀히 탐문수사를 지속해나갔다. 물론 뜸을 들여가며 오랫동안 수사할 처지는 아니었다. 장양의 피살사건은 전국을 들썩인 사건이었다. 엽기적 살인사건의 피의자가 갑남을녀의 딸이 아니라 파출소장의 딸이었기에 더욱 그랬다. 도대체 얼마나 간이 부은 놈이기에 파출소장의 딸을 그 지경으로 만든단 말인가? 전 국민의 시선이 금번 살인사건에 쏠려 있다 해도 과언이 아니었다.

대통령이 신경질적으로 내무장관 김현옥을 불렀다. 파출소장의 딸을 살해했다는 건 다시 말해 공권력에 대한 도전이다. 닷새째 범인을 못 잡고 있다. 영구집권으로 가는 길목에서 그따위 사소한 도전조차 뿌리 뽑지 못한다면 말이 되나. 반드시 범인을 잡아들여야 한다. 앞으로 열흘이다. 화를 참느라 뚝뚝 끊어지는 목소리로 군바리 출신 대통령은 엄히 말했다. 화들짝 놀란 군바리 출신 내무장관 김현옥은 무조건 열흘 이내에 잡아들이겠다고 화끈하게 장담해버렸다.

장관실로 돌아온 김현옥은 땀을 삘삘 흘렸다. 엄청난 호언장담을 해버렸으니, 자칫 모가지가 날아갈지도 모를 판이었다. 그는 마음이 급해졌다. 당일치기로 아예 특별담화까지 발표해버렸다. 엽기적 살인사건이 일어난 지 닷새가 지나도록 사건 해결을 못해 국민 여러분께 송구하다, 10월 10일까지는 범인을 검거하겠다. 만약 그때까지 범인을 검거하지 못한다면 수사 관계자들을 엄히 문책하겠다는 시한부 검거령 같은 담화였다.

더욱 다급해진 건 강원도경이었다. 강원도경은 일단 수사과장 전준익부터 경질했다. 대신 경찰대학 출신으로 범죄심리학을 전공했다는 최철주를 그 자리에 앉혔다. 최철주는 졸지에 호랑이 등에 올라탄 자가 되었다. 문제는 호랑이 등에서 떨어지는 경우였다. 다리 부러지고 허리 부러져 집에서 한숨 농사나 지을게 빤했다. 그러니 영전이 기회이긴커녕 정말 재수 없는 인생패착이 될 수도 있었다.

최철주는 마른침을 삼키며 수사관들을 불러 모아 사건의 경위를 들었다. 용의선상에 오른 30여 명에 대한 브리핑도 받았다. 그는 수사계장 이용갑, 수사관 이준상과 변현기의 용의자 브리핑에 주목했다. 그들 수사관은 오쿠바의 주변에 대한 탐문수사를 집중적으로 해왔다. 그들은 만홧가게 맞은편 구멍가게 여주인한테서 뜻밖의 정보도 입수했다. 사건 다음 날 이른 아침, 여종업원 은실이 만홧가게에서 나오는 걸 봤다는 증언이었다. 수사과장 최철주는 범죄자를 추적할 실마리라도 찾은 듯 엷은 희열을 느꼈다.

지금까지의 사건 수사는 범죄의 동기를 찾아내는 데에 주력 해왔다. 수사의 초점이 '사건'에 맞춰진 거였다. 피해자와 주변 인물에 대한 역학관계를 탐문조사한 뒤, 가장 유력한 동기를 가진 자를 용의자로 지목하는 방식이었다. 그 같은 재래의 수사 기법은 한계에 봉착했다. 이제는 '사건' 대신 '범죄자'를 추적하 는 방식으로 전환해야 한다. 범죄심리학을 전공한 최철주는 그 선봉에 자신이 서 있다고 믿었다.

최철주는 범죄자들이야말로 그들만의 독특한 병적 심리가 있다고 믿었다. 오쿠바의 경우 일반인과는 다른 병적 심리가 분 명 있는 것으로 보였다. 잠자리를 집 대신 만홧가게로 옮긴 것 부터 일반인과는 다른 병적 심리가 작동한 거였다. 최철주는 만 홧가게를 잠자리로 삼았다는 게 범죄적 환경을 이미 조성해놓 은 거라고 믿었다. 그는 사건 다음 날 아침 여종업원 은실이 만 홧가게에서 나왔다는 건 오쿠바의 병적 심리를 여실히 드러낸 증거라고 보았다. 정원탁은 즉흥적 만족에 중점을 둔 인물이다. 충동적이고 허영에 차 있는 게 분명하다. 아니라면 동네 한복 판 만홧가게에서 버젓이 불륜을 저지를 수 있단 말인가. 결론적 으로 정원탁은 장양을 살해한 뒤에도 일상을 영위할 만큼 병적 심리의 소유자다. 이런 자들은 사고력을 주관하고, 행동을 조절 하는 전두엽 기관이 정상인과는 아주 다르다. 정상인보다 감각이 무딘 만큼 고문도 모름지기 더 잘 견뎌낼 것으로 사료된다.

수사과장 최철주의 사람 잡는 추리에 수사관들은, 역시 경찰대 출신은 다르다며 혀를 내둘렀다. 그는 수사관들의 존경과 흠모와 앙모의 눈길을 흠뻑 받고 싶었다. 하지만 일각이 여삼추였다. 그는 수사관들을 오쿠바의 만홧가게로 급파했다. 아침 식사를 하고 만홧가게로 돌아온 오쿠바는 막 청소를 끝낸 상태였다. 수사관들은 오쿠바에게 수갑부터 채웠다. 오쿠바는 당연히, 이게 무슨 짓이냐, 도대체 무슨 일이냐, 영장이라도 보여달라고 절규하지 않을 수 없었다. 수사관들은, 예상대로 개새끼가 진짜 독종이네, 서에 가서 다 말해주지, 하면서 지프에 오쿠바를 구겨 넣었다. 그리고 춘천경찰서로 급히 차를 몰았다. 1972년 10월 7일 오전 10시경이었다. 내무장관 김현옥이 못 박은 날까지는 불과 사흘 남은 때였다.

오쿠바는 지하 취조실로 끌려 들어갔다. 수사관들은 오쿠바의 수갑을 풀어주는 대신 그를 의자에 앉혔다. 그들은 백지와 볼펜을 내밀었다. 그들은 9월 27일 사건 당일과 다음 날 행적을 숨김없이 기술하라고 말했다. 그리고 취조실을 나갔다. 오쿠바는 혼자가 되었다. 내가 왜 여기 와 있는지, 내가 왜 용의자로 내몰렸는지, 아직 아무것도 짚히는 건 없었다. 그는 그냥 넋이 나간 얼굴로 천천히 방 안을 둘러보았다. 삼십 촉 백열전구가 빛을 발하는 방 안은 음산하게 어두웠다. 한쪽 벽에는 수건, 포승줄, 쇠줄, 쇠파이프 같은 것들이 전시물처럼 늘어서 있었다. 훅, 공포가 끼쳐왔으나, 이상도 하지, 오쿠바는 주르륵 눈물부터 쏟았다. 아무것도 하지 않았던 삶이 짧게 스쳐갔다. 오쿠바는 백지에 그날의 행적을 쓰기 시작했다. 설마 무슨 일이 있을까, 자신을 달래가며 국숫집을 넓히기 위해 두 명의 목수, 김연식과 이우식을 부른 사실을 기록했다. 두 목수와 일을 끝내고 밤 8시경까지 막걸리를 마신 사실도 기록했다. 두 목수를 보낸 뒤 안방에서 기다리고 있는 당숙모한테 9시경까지 빚 독촉에 시달린 사실도 기록했다. 그리고 TV를 지키기 위해 집을 나온 것과 만홧가게에서 잔 사실도 기록했다. 만홧가게의 단골이자 종종 마을을 휘젓고 다니는 방첩대원들을 조사해보는 건 어떻겠느냐는 의견을 덧붙이고 싶었다. 하지만 그건 오쿠바의 일이 아니었다. 그러니 더 쓰고 싶어도 더 쓸 게 없었다.

두 시간은 좋이 지났을 법한데도 수사관들은 좀처럼 나타나지 않았다. 오쿠바는 속이 탔다. 빨리 사실을 확인하고 빨리 나가고 싶었다. 이 음산한 방에서 나가면 술부터 당장 끊어야겠다고 다짐했다. 이게 다 그 어떤 것에도 흥미를 잃고 아무것도 하지 않은 삶에 있다고 여겼다. 정신의 메마름과 생을 쉽게 포기한 미숙함 탓에 있다고 여겼다. 이제라도 다시 꿈을 밀어가는 삶으로 환골탈태할 거라는 각오도 다졌다. 그런데도 수사관들은 돌아오지 않았다. 불길한 예감이 밀려들었다. 유년시절에 봤던 『순애보』가 갑자기 떠오르기도 했다. 살인누명을 쓴 주인공 문선이 머릿속에서 뱅뱅 돌았다. 내가 미쳤고 아는 게 병이지,

모든 게 명확한데 내가 왜 누명을 써야 한단 말인가. 오쿠바는 고개를 절레절레 흔들었다.

그는 지쳐갔다. 오직 빨리 나가고 싶을 뿐이었다. 연행할 때 이미 많은 모욕을 안겨줬던 수사관들이 오히려 생명의 은인처럼 기다려졌다. 수사관들은 그때쯤 취조실로 들어왔다. 롤러코스터를 탄 오쿠바의 감정변화가 무색하게 그들은 어떤 말도 하지 않았다. 오쿠바 앞에 놓인 진술서를 집어 든 채 그들은 조용히 그걸 읽었다. 이윽고 수사관 이준석이 오쿠바에게, 후라이까지 말라고 했다. 그게 무슨 말인지 몰라 오쿠바는 멍한 눈으로 이준석을 바라봤다. 수사관 이준석은 느닷없이 오쿠바의 따귀를 쳤다.

"이은실 얘기가 왜 빠졌어? 이은실이랑 내연관계고, 그날 밤도 이은실이랑 같이 잤잖아? 어디서 후라이를 까려구? 이은실이 벌써 다 불었어."

수사관의 입에서 은실이 튀어나오자 따귀를 맞았다는 그 욕스러움조차 순식간에 날아가버렸다.

오쿠바는, 그건 전혀, 그게 아니라고 더듬거렸다. 은실과 내연관계라니, 그건 상상도 못할 일이라고 다시 또 더듬거렸다. 수사관 이준석은, 더러운 개새끼라고 하면서 오쿠바의 옆구리를 걷어찼다. 오쿠바는 의자와 함께 바닥으로 나뒹굴었다. 이준석은 그런 오쿠바를 몇 차례 더 걷어찼다. 오쿠바의 입에서 비명이 흘러나오는 동안 수사관 변현기는 책상과 책상 사이에 쇠파이프를 올려놓았다. 그들은 오쿠바를 바닥에서 일으켜, 포승줄로 팔과 다리를 쇠파이프에 묶었다. 오쿠바는 책상과 책상 사이에 통닭처럼 매달리는 자가 되었다. 그들은 오쿠바의 얼굴에 수건을 덮었다. 그들은 수건 위로 물을 붓기 시작했다. 오쿠바는 숨 쉴 때마다 폐로 물을 들이마시는 자가 되었다. 정신을 잃으면 얼굴을 덮었던 수건이 벗겨졌다. 정신을 차리면 같은 물음이 반복되었다. 그리고 다시 수건을 덮었다. 그때부터 오쿠바에겐 오직 죽음만이 오고갔다. 그가 눈을 뜨면 수사관은 다시 그걸 또물었다.

"여종업원 이은실과 내연관계라는 거 다 알고 있어. 아무것도 숨기지 마. 언제부터야? 언제부터 내연관계냐구?"

그건 사건과 전혀 무관한 거였으나, 수사관 이준석은 집요하게 그것만 물었다.

정신이 돌아올 때마다 오쿠바는, 그건 아니기에 아니라고 더듬거렸다. 다시 오쿠바의 얼굴에 수건이 덮여졌고, 다시 물이 부어졌다. 물을 부으면서 이준석은 혼잣말처럼, 정상인보다 잘 견딘다더니 수사과장 말대로 이놈 진짜 독종이네, 하고 중얼거렸다.

그들은 이틀 동안 오쿠바를 재우지 않았다. 오쿠바는 이틀 동안 잘 수 없었다. 그들은 이틀 동안 아무것도 먹이지 않았다. 오쿠바는 이틀 동안 아무것도 먹을 수 없었다. 그들은 이틀 동안 오쿠바의 얼굴에 물을 부었고, 뼈를 으스러뜨리는 고통을 안

졌다. 오쿠바는 이틀 동안 폐에 물을 채웠고, 뼈가 으스러지는 고통에 치를 떨었다.

이제 내무장관이 정한 마지노선은 하루 앞으로 다가왔다. 경찰은 초조했다. 수사과장 최철주는 물론 모든 수사관이 오쿠바에게 매달렸다. 그들이 매달릴수록 오쿠바는 죽고 싶었지만 살고 싶었다. 죽고 싶다고 욕망할 때 본능은 삶에 집착하는 까닭이었다. 천하고 모욕적인 삶이 끝이 보이지 않았으나 죽음은 삶을 압도하지 못했다. 오쿠바는 살고 싶었다. 오쿠바는 받아들였다. 오쿠바는 경찰의 탁월한 추리와 수사에 전혀 흠결이 없다고 인정했다. 여종업원 은실과는 수십 번도 넘게 자지를 밀어 넣고 빼온 내연관계임을 인정했다. 양갱으로 장양을 농촌진흥원 시험답지로 유인했고, 발가벗겼고, 자지를 밀어 넣었음도 인정했다. 애초에 죽일 생각은 없었으나 장양이 소리 지르며 반항하자, 우발적으로 죽이게 됐음도 인정했다.

그때부터 모든 일은 급행열차보다 빨리 달렸다. 오쿠바가 내세웠던 증인들은 형사들의 겁박에 놀라 하나같이 경찰 쪽 증인으로 바뀌었다. 두 목수 김연식과 이우식은 저녁 6시 무렵 국숫집을 나온 자들로 바뀌었다. 당숙모 송경림도 8시경에 오쿠바의 집을 나선 거라고 말을 바꿨다. 몽당연필을 봤다던 농촌진흥원 이성록은 동아연필을 본 자로 바뀌었다. 은실은 서울살이를 끝내고 집으로 돌아왔을 때부터 오쿠바의 내연녀가 된 거라고 말했다. 오쿠바와는 그동안 수십 번도 더 같이 잔 여자가 되었다. 은실은 사건현장에서 발견한 증거물 중 하나인 머리빗도 오쿠바의 것이라고 증언했다.

그런데도 경찰은 그걸로 그치지 않았다. 그들은 국숫집을 여러 차례 찾았다. 오쿠바의 아들 재만의 동아연필을 필통에서 빼내기 위해 찾아간 건 오히려 양반이었다. 그들은 오쿠바와 은호 사이를 이간질시켰다. 수사관들은 은호한테 말했다. 오쿠바가 만홧가게에서 잔 건 테레비 때문이 아니다, 여종업원 은실과 오래전부터 내연관계였다, 그게 그들의 말이었다. 오쿠바와는 이미 정이 났기에 은호는 의심하지 않았다. 그녀는 입술을 사리문 채 오쿠바한테서 영원히 마음을 거둬들이기로 했다. 그건 조작을 위해 오쿠바의 아홉 살 아들까지 법정에 세운 경찰이 현실의 가정뿐만 아니라, 마음속 가정까지 짓뭉개버린 거였다.

그리하여 경찰은 내무장관이 못 박은 날짜를 엄히 지켰다. 처음엔 '사건'을 좇았던 경찰이 최철주가 수사과장으로 부임한 뒤부터는 '범인'을 좇았다. 그러나 최종적으로는 10월 10일까지라는 '날짜'를 좇은 거였다.

1972년 10월 10일, 그들은 일계급 특진이라는 쾌거를 얻어냈다. 오쿠바는 진화를 덜한 본능에 충실한 동물 수준의 살인마로 전락했다.

무기수

고등법원 항소심재판은 1973년 5월에 시작되었다.

1심 재판 때는 일곱 차례나 공판이 이어졌다. 공판 때마다 검찰 쪽 증인이 불려 나와 증언했다. 오쿠바의 당숙모 송경림은 2차 공판에선 오쿠바의 집에서 저녁 8시쯤 나왔다고 증언했다. 그러나 4차 공판에선 오쿠바의 집에서 9시쯤 나온 게 맞다고 양심 증언을 했다가 위증죄로 법정구속되었다. 처음 사건현장을 발견한 이성록은 송경림과는 반대의 경우였다. 2차 공판에서 이성록은 몽당연필을 봤다고 증언했다. 그러나 4차 공판에선 동아연필이 맞다고 증언했다가 위증죄로 법정구속되었다. 이은실은 2차 공판 때부터 머리빗 주인이 오쿠바가 아니라고 양심 증언을 했다가 위증죄로 법정구속됐다. 송경림과 이성록은 구속된 지 보름 만에 집행유예로 풀려나왔다. 이은실은 2심 재판이 시작된 현재까지 구속 상태였다.

2심 재판의 공판은 두 차례 열렸다. 1차 공판이 열린 1973년 6월 22일, 나는 춘천도립병원 외과과장 이석, 오쿠바의 당숙모 송경림, 오쿠바의 아내 강은호, 만홧가게 종업원 이은실, 영화를 보고 돌아오는 길에 오쿠바가 손 씻는 것을 보았다던 이상구, 김명자를 증인으로 신청하였다. 검찰은 국과수 감정사인 정성웅을 증인으로 신청했다. 그러나 2심 재판부는 외과과장 이석과 국과수 감정사 정성웅만을 증인으로 채택했다.

2차 공판이 열린 7월 6일 검찰 쪽 증인 정성웅은 피해자의 위에서 나온 내용물의 부패 정도로 보아 사건이 일어난 시간이 오후 8시 30분에서 9시 사이가 맞다고 증언했다. 외과과장 이석은 끝내 출석하지 않았다. 사유는 송달 불능이었다. 나는 심지어 이석을 만나기 위해 그가 옮겨 갔다는 강서구 등촌동의 수도통합병원을 찾아간 적도 있었다. 그러나 그는 내 앞에 나타나지 않았고 끝내 법정에도 나타나지 않았다. 결국 살인사건 시간은 8시 30분에서 9시 사이로 굳어졌다. 시간을 앞당길 수 없다면 나로선 오쿠바가 사건 당일 집에서 나간 시간이라도 분명히 밝혀야 했다. 그러나 2심 재판부는 당숙모 송경림과 강은호의 증인신청을 거부했다. 오쿠바가 손 씻는 것을 보았다던 이상구, 김명자의 증인신청도 거부했다. 이상구, 김명자는 다리 위를 지나다 건너편 봇도랑에서 손 씻고 있는 오쿠바를 보았고, 집으로 들어갔을 때 9시 뉴스가 막 시작됐다고 1심에서 증언했던 자들이다. 하지만 이미 밝혔듯 그날은 박스컵 축구 결승전으로 한국과 버마의 축구시합이 중계되고 있었다.

나는 2심 재판의 2차 공판이 열린 1973년 7월 6일, 마지막 심정으로 기록열람실에서 보았던 두 가닥 음모에 기대를 걸었다.

피해자 장양의 성기에서 발견한 그 음모는 혈액형이 A형이었다. 오쿠바의 혈액형은 B형이다. 이 사실 하나만으로도 모든 증언이나 자백을 송두리째 뒤엎고도 남을 거라고 믿었다. 그러나 2심 재판부는 달랐다. 그들은 충분히 참고할 만한 사항이되 범행을 뒤엎을 만한 결정적 증거라고는 볼 수 없다고 했다.

2심 재판부는 경찰에서 오쿠바의 범행자백이 위력에 의한 허위자백이었음을 받아들여보자고 했다. 그렇더라도 바뀌는 건 없다고 했다. 오쿠바는 검사 앞에서 두 차례 조사받을 때도 범행을 인정하는 자백을 했다. 특히 경찰과 달리 검찰에선 어떤 고문이나 협박이 없었는데도 범행을 시인하지 않았는가. 검사 앞에서의 자백은 분명 겁박에 의한 자백이 아니었다. 오쿠바 스스로도 임의任意의 자백이었다고 인정했다. 그러므로 2심 재판부는 검찰에서 행한 오쿠바의 두 차례 진술에 의심할 만한 이유가 없다고 밝혔다.

제아무리 증거의 꽃이 자백이라지만, 음모의 혈액형이 A형이고, 오쿠바의 혈액형은 B형 아닌가. 그보다 더 확실한 증거가 세상 어디에 있단 말인가. 이제라도 2심 재판부는 오쿠바가 경찰에 이어 검찰에서도 같은 자백을 한 이유에 대해 충분히 돌아볼 일이다. 나는 부장판사 시절 후배 검사가 내게 했던 경험담을 2심 재판부 앞에서 피력했다. 그리고 경찰에서 받은 고문의 두려움이 검찰에서도 변함없었던 거라고 역설했다. 그러나 소귀에 경 읽기였다.

2심 재판부는 오쿠바의 항소를 기각하고, 1973년 8월 9일 무기형을 확정했다. 판결문을 읽어내려 가는 동안 그들은 고개를 들지 않았다. 목소리엔 매가리가 없었다. 난 그들이 겁에 질려 판결한 거라고 믿었다. 범인체포 최종기일을 1972년 10월 10일까지라고 못 박아 놓은 자들을 떠올린다면 충분히 그럴 거라고 믿었다. 만약 오쿠바에게 무죄판결이 내려진다면 내무장관과 대통령을 농락한 꼴이 된다. 유신의 대통령이 누군가? 죽을 때까지 대통령을 해먹어도 아무도 이의제기를 할 수 없으니 마치 조선의 왕이 재림한 꼴이다. 그런 왕 앞에서 오쿠바에 대한 무죄판결은 거대한 파도에 휩싸일 각오를 하지 않고서는 불가능하다. 그래도 그렇지! 네놈들은 불알도 없냐? 이 유신 판사놈들! 내 입에서는 목구멍을 타고 꾸역꾸역 그 목소리가 밀려나왔다.

나는 오의 확정판결 때처럼 절망하지 않을 수 없었다. 그나마 오의 사건은 연분순 혼자서 죽였을 리 없을 거라는 정황적 증거나마 원체 강했다. 증거를 조작할 것도 없었고, 증거를 조작하지도 않았다. 오쿠바의 사건은 총체적인 조작이고, 총체적인 부실이었다. 이따위 것 하나 올바로 규명하지 못하는 사법부가 과연 존재할 이유가 있는가.

나는 처참한 심정으로 오쿠바를 만났다. 내가 그러니 당사자인 오쿠바는 오죽하겠는가. 이제 더는 기대할 게 없음에도 불구하고 그에게 희망의 끄나풀이라도 안겨야 했다. 대법원에 상고

하자고 했다. 그는 희망이 있는 거냐고 물었다. 나는 고개를 끄덕였다. 오쿠바는 그렇게 하겠다고 말했다. 나는 그와 헤어지기전, 신을 믿느냐고 물었다. 신을 믿는다면 여전히 희망의 끈을 놓지 않으려니 싶어서였다. 오쿠바는 갑자기 귀가 먹먹해오고 눈앞이 흐려지고 가슴이 미어지는지 좀처럼 입을 열지 못했다. 그는 마침내 눈물을 떨구었고, 끝내 아무 말도 하지 않았다.

그로부터 일주일 뒤인 1973년 8월 16일, 그는 광주교도소로 이감됐다. 화기 앞에 세 번 엎드려야 삼복염천을 지난다고 했다. 마지막 복伏인 말복을 지난 지는 나흘째 되는 날이었다. 하지만 아직 입술에 붙은 고춧가루조차 무겁다는 삼복지간의 더위가 계속되고 있을 때였다.

오쿠바는 아주 가끔 정동의 내 사무실로 편지를 보내왔다. 고맙다는 인사말 뒤로 그는 자신의 별명에 대해 말했다. 그는 더 이상 오쿠바가 아니라고 했다. 감옥에서 그는 물총으로 불렸다. 간통범, 강간범, 강간살인범에게 붙는 별명이 그거라고 했다. 사기꾼들은 접시, 마약사범들은 뽕, 절도범처럼 돈 없는 자들은 개털 같은 식이었다. 그는 물총으로 불릴 때마다 피가 거꾸로 솟는다고 했다. 그럴수록 대법원 판결에 마지막 기대를 걸수밖에 없다면서 전적으로 나를 믿는다고 했다. 그건 위험한 기대였다. 유신 판사들이 얼마나 겁쟁이들인지 나는 잘 알고 있었다.

대법원 재판은 법률심이기에 대법관들이 피고 측에서 제출한 항고서를 검토하고, 1, 2심 재판의 합법성 여부를 판단한다. 특히 법 적용에 부적합한 게 있는지 없는지를 중점적으로 살핀다. 대법관 수가 적은 이 나라에선 판결이 늦어질 수밖에 없다. 그런데도 오쿠바의 상고심은 빨라도 너무 빨랐다. 2심 판결이 있은 지 불과 3개월이 지난 1973년 11월 27일에 있었다. 정해진 수순을 밟듯 속전속결로 처리하는 걸 보면 기대할 것도 없었다. 그럼에도 혹시나 했으나, 예상대로 기각판정이었다.

이제 오쿠바가 법으로 해볼 수 있는 길은 막혔다. 재심신청의 길이 남아 있긴 해도 이미 확정된 판결을 뒤집은 사례란 없었다. 김포공항에 배 들어오는 것보다 더욱 힘든 일이었다. 오쿠바는 춘천 우두동에서 일어난 10세 여아의 강간살인범으로 확정되었다. 그는 무기수가 되었고, 이제 죽음만이 그를 자유롭게 할 수 있었다. 법정에는 오쿠바의 스승인 김재준 교수가 함께했다. 기각판정 뒤 그와 나는 말없이 법정을 나섰다. 그는 곧 캐나다로 떠나야 할 처지라면서 심히 고통스러워했다. 유신의 종신 대통령이 국제사면위원회 한국위원장을 그냥 두고는 못 보는 까닭이었다. 그는 제자의 누명이 못내 밝힌다면서 하늘을 올려다보며 자꾸만 눈을 슴벅거렸다. 흐린 하늘에선 사선으로 눈발이 날리고 있었다. 젠장, 아름답기는커녕 재수 옴 붙는 첫눈이었다. 아직 쌓이지는 않고 있었다. 쌓이겠지! 종신제의 과욕이 나의 전진 전진을 가로막고 법정을 만신창이로 만들었듯, 오쿠바의 한이 차곡차곡 쌓여가듯 그렇게 쌓이겠지! 나는 소리 지르고 싶었다. 허탈과 분노로 투명해진 머릿속에는 부을 수 있는 대로 술을 붓고 싶었다. 김재준과는 주차장 입구에서 헤어졌다.

"이 나라 법정이 심히 민망합니다. 제자를 위해 시간 되면 광주에 한번 다녀오시지요? 그게 정원탁을 변론해온 자로서 드릴 수 있는 마지막 당부입니다. 아마도 충격 때문에 제정신으로 수형생활하기 힘들지 않을까 싶습니다. 저는 참, 도저히 못 가겠습니다."

김재준은 흐릿한 눈으로 나를 바라보았다. 눈물이 맺힌 것으로 보였다. 그는 꼭 그렇게 하겠다면서 손을 흔들었다.

오쿠바한테서 다시 편지가 온 건 그로부터 두어 달쯤 뒤였다. 신을 믿느냐는 물음에 대한 답을 해야 할 때라는 생각이 들었다고 했다.

대법원 기각판결이 있은 뒤, 그는 이불홑청을 뜯어 목을 감았다. 그는 완벽한 세상 하직을 꿈꾸었으나 감옥은 결코 완벽한 죽음의 장소가 아니었다. 같은 방 막내 절도범이 그 새벽에 오줌 누려고 일어났다가 목을 맨 오쿠바를 발견한 거였다.

"물총이 넥타이 맸다."

방 사람들이 모두 일어났고, 복도를 지키던 담당 교도관이 달려왔다. 오쿠바는 목줄에서 풀려나 숨을 할딱거렸다. 뒤늦게 관구장과 땜통들이 달려왔다. 그는 혼거방에서 끌려나왔다. 그는 징벌방으로 끌려갔고, 며칠인지 모를 며칠을 보냈다. 그가 징벌방에서 풀려난 건 김재준 교수 때문이었다. 그는 캐나다로 떠나기 전 광주에 꼭 들르겠다던 약속을 지켰다. 오쿠바를 면회한 거였다. 오쿠바와 마주 앉는 특별면회였다. 교도소 측은 김재준에게, 광주에 이감 와서 또 자살을 시도했다, 춘천교도소 때까지 합치면 벌써 세 번째 자살시도다. 수형생활 잘할 수 있도록 격려와 조언이 필요하니 잘 부탁한다고 말했다. 김재준은, 무고한 사람이 누명 끝에 무기수가 된 거라면 당신네들 역시 자살 충동을 견디겠느냐고 되받았다. 어쨌든 잘해보자고, 나 역시 내 제자에게 희망을 주고 싶은 마음 간절하다고 말했다.

오쿠바는 춘천교도소 면회 때처럼 말없이 흐느끼기만 했다. 무슨 말을 하겠는가. 김재준 역시 어떤 말도 없이 오쿠바의 등만 두드려주었다. 그게 다였다. 30분 넘도록 면회하는 동안 어떤 말도 하지 않았다. 헤어질 때 김재준은, 살게, 살아야 누명을 벗을 게 아닌가, 앞으론 아마 김군, 응태가 면회 올 걸세, 라는 말을 남겼다. 김재준은 제자에 대한 마지막 깊은 신뢰를 남기고 면회실을 나섰다. 그건 마이스터의 입을 빌려 괴테가 한 말과 같았다.

"있는 그대로 사람을 받아들이는 건, 그 사람을 더 나빠지게 만드는 겁니다. 그는 적어도 이래야 하는데, 라는 생각으로 대하면 그를 원하는 방향으로 이끌 수 있게 되는 거죠."

김재준은 오쿠바가 살인자가 아닐 거라는 믿음이 확고했다. 그는 제자가 살인자의 누명을 쓰고 무너지는 꼴을 원치 않았다.

　희망을 남기고 면회실을 떠나는 김재준에게서 오쿠바는 인간의 얼굴을 하고 온 신의 모습을 보았다고 했다. 신은 언제나 그랬다. 신은 느낌으로 온다. 때로는 빛으로 오기도 하고, 목소리로 오기도 한다. 때로는 어둠으로 오기도 하고, 때로는 혹독한 추위로 오기도 한다. 그 신을 받아들이지 못하고 여전히 찾아 헤맨다면 니체의 '알려지지 않은 신'처럼 절규할 수밖에 없다고 오쿠바는 말했다.

　"알려지지 않은 이여, 당신을 알고 싶나이다. 내 영혼 바닥에 이르시는 이, 내 삶을 유린하시는 사나운 광풍이시여! 개념할 수 없으면서도 인연이 있는 분이시여! 나 당신을 알고 싶나이다. 또한 섬기고 싶나이다."

　몸부림치며 신의 응답을 기다릴수록 신은 존재의 근거를 남기지 않는다. 바르샤바의 유태인 게토에 쓰여 있는 벽서가 니체에게 닿을 리 없는 거였다. "태양이 비치지 않을 때도 태양을 믿듯, 사랑을 느낄 수 없을 때도 사랑을 믿듯, 신이 보이지 않을 때도 신을 믿네."

　그러니 라이너 마리아 릴케처럼 그 신을 받아들인다면, 그건 굉장히 다행한 일이다. 릴케는 신의 온기로 내가 살아 견디는 거라고 말했다. 릴케는, 내가 아는 건 그 밖에 더 없으니, 내 모든 가지와 잎이 저 깊은 데서 안식하며, 그저 바람에 따라 손짓하는 까닭이라고 말했다.

오쿠바는 릴케처럼 인간의 얼굴을 하고 온 신을 만났다. 하지만 그 신은 중세의 신이 아니다. 중세의 신은 사건의 목적을 좇도록 한다. 신이 나를 강간살인범으로 만든 목적이 무엇인가. 목회를 안 했기 때문인가. 아니면 시련을 통해 더 큰 길을 예비해뒀기 때문이란 말인가. 철저히 신의 관점에서 사건을 돌아본 뒤에야 나를 돌아본다. 오쿠바의 엄마가 믿고, 대다수의 한국 교회가 믿는 신이 그렇다. 그게 중세의 신이다.

근대의 신에 이르면 인간 이성이 빛을 발한다. 인간은 신의 목적에 따라 맡겨진 존재가 아니다. 인간은 자신 앞에 닥친 사건을 두고 이제 신에게 목적을 묻지 않는다. 인간 이성이 그 사건의 원인을 좇는다. 왜 내가 강간살인범이 돼야 하는가. 도대체 내가 뭘 잘못했기에 이 고통을 감내해야 하는가. 당연히 사건은 신이 일으킨 게 아니다. 그러니 사건은 전적으로 내가 풀어나가야 할 숙제다. 그러나 나는 이 고통을 감내할 수가 없다. 나는 미친다, 미쳐! 근대의 신은 그런 내게 인간의 얼굴로 다가와 내 등을 쓰다듬고 위로한다. 누명을 쓴 게 확실하다면, 그 누명을 벗기 위해 끝까지 살아남아야 한다고 위로한다. 나로부터 출발하여 신에게 이르는데, 그 근대의 신에게 이르는 유일한 길은 '회개'다.

오쿠바는 김재준을 통해 자신을 위로하는 신을 만났다고 했다. 그러니 법으로는 막혔으나 누명을 벗기 위해 그는 살아남을 거라고 말했다.

응태의 면회는 그때쯤부터 시작되었다.

응태는 고향인 순천에서 목회한다고 했다. 순천중앙교회 담임목사가 된 지 벌써 십 년이 넘었다고 했다. 응태는, 아따, 선배님, 이게 뭔 일이다요, 맴이 짠하고 짠해 어쩌쓴디야, 하면서 거의 울상을 지었다. 오쿠바는 궁금한 것부터 물었다.

"이덕인 잘 살아?"

응태는 이 와중에 이덕이 소식 물을 정신은 있느냐고 되물었다.

"몽니가 심한 그 가시나는 캐나다서 잘 산다요. 선교사 내외가 돌아갈 적에 이덕일 데리갔는데, 토론토에서 잘 산다요."

오쿠바는 고개를 끄덕였다. 이제 자신의 얘기를 해야 하지만 입이 잘 열리지 않았다. 누명을 썼을 뿐이라고 변명 같은 얘기를 할밖에 없으니 그게 별로 내키지 않았다. 하지만 그것 말고는 할 얘기도 없었다. 오쿠바는 응태에게 나는 사람을 죽이지 않았다고 말했다. 학교 다닐 때도 그랬는데 여태도 촌티가 묻어나는 응태는, 안당게요, 안당게요, 하면서 울먹였다. 오쿠바가 나를 믿어줄 수 있느냐고 묻자 응태는 단호히 그렇다고 말했다. 그는 선배님 누명 벗는 날까지 늘 기도하겠다고 덧붙였다. 오쿠바로선 더 이상 어떤 말도 바랄 게 없었다.

그때부터 응태는 자주 오쿠바를 면회했다. 원래 응태는 무척 고지식한 면이 있었다. 세월이 가도 그딴 건 결코 바뀌지 않는 모양이었다. 순천에서 광주가 내 하나 건너면 되는 거리도 아닌데, 웅태는 결심한 듯 꼬박꼬박 면회를 왔다. 웅태가 불의의 사고로 면회하지 못한 적이 있기는 했다. 그러나 그때는 웅태의 아내가 대신해주었으니 웅태는 변함없이 끈질기게 오쿠바를 면회한 셈이다.

웅태가 입은 불의의 사고란 민청학련사건과 무관하지 않았다. 1974년 4월, 종신대통령이 선포한 긴급조치 4호에 의해 민청학련사건이 터졌을 때였다. 그건 1,024명이나 구속 수사를 받고, 그중 180명이 구속 기소된 야만적 조작사건이었다. 그런데도 비상군법회의 검찰부는 그걸로 만족하지 않았다. 이참에 아예 민주세력의 씨를 말리겠다고 기세등등했다. 그들은 1,024명의 주변 인물들까지 뒤지기 시작했다. 위기감이 고조되자 전남대생 두 명이 순천중앙교회로 숨어들었다. 그들은 웅태를 붙잡고 도움을 청했다. 웅태는 그들을 자신의 서재에서 살도록 도와주었다. 한 달쯤 지나자 그들은 집에 가고 싶어졌다. 함께 움직이면 위험하다 싶었는지 곱슬머리가 먼저 다녀오겠다고 말했다. 뿔테안경은 고개를 끄덕였다. 곱슬머리는 이틀이 지난 저녁에 순천중앙교회로 돌아왔다. 그러나 혼자 온 게 아니었다. 주렁주렁 형사들을 달고 왔다. 뿔테안경은 물론이고 웅태까지 형사들 차에 실렸다. 그 와중에도 웅태는 감옥에 있는 선배를 부탁한다는 말을 아내한테 남겼다.

모든 일은 곱슬머리가 집을 향해 살금살금 전진 전진한 까닭이었다. 매복 중이던 형사들은 꼴깍꼴깍 침을 삼켰다. 그리고 잘코사니! 곱슬머리를 낚았다. 단 일 분만이라도 엄마 얼굴을 보고 싶었으나 곱슬머리는 못 보고 말았다. 그간의 소식도 듣고 싶었으나 시절은 그의 곱슬머리 끄덩이를 잡아당겼고, 팔을 뒤로 모아 수갑을 채우는 것으로 대신했다. 형사들한테 끌려간 곱슬머리는 뒈지기 싫으면 어여 불라는 재촉에도 약간 버텼다. 하지만 오래 버틸 강단은 애초에 없었다. 따귀 서너 대에 곱슬머리는 뿔테안경이 있는 곳을 불었다. 숨어 있던 순천중앙교회도 불었다.

응태는 범인은닉죄로 구속되었다. 그는 두 달 간 감옥살이를 한 끝에 집행유예로 풀려났다. 그동안 정보원들은 교회 장로들한테 김응태 목사를 쫓아내야 한다고 쉬지 않고 회유했다. 누구나 수긍할 만한 위기를 교회가 잠시 겪은 거였다. 교회는 겁박과 회유에 눌리지 않았다. 교회는 응태를 다시 열렬히 맞았다. 덕분에 지방 소도시의 소박한 순천중앙교회는 빨갱이 목사를 다시 맞아들인 빨갱이 교회가 되었다.

달라진 건 뭐 별로 없었다. 교인들은 자신이 기르는 암소가 송아지를 낳을 때면 변함없이 응태한테 기도를 청했다. 응태는 변함없이 달려가 송아지 울음이 울려 퍼지는 단란한 가정이 되도록 해달라고 고지식하게 기도했다.

응태는 아내한테 미뤄뒀던 오쿠바의 면회도 재개했다. 오쿠바의 감옥살이는 그런 응태 덕분에 충분히 살 만해졌다. 눈에 보이는 것만 해도 그랬다. 겨울내복을 입게 되었고, 방 사람들에게는 빵과 고구마를 나눌 수도 있게 되었다. 웅태의 마음이 깊이 들어왔기에 오쿠바의 보이지 않는 마음의 변화 역시 엄청났다.

광주로 이감한 지 10개월 만에 오쿠바는 요시찰 명찰을 떼었다. 웅태가 면회를 시작한 지는 9개월 만이었다. 그는 여전히 물총으로 불렸지만 받아들였다. 폭력배들의 시집살이에도 예전처럼 붙고 보는 게 아니라 침을 삼키며 참아냈다. 그는 다른 죄수들과 출역을 나가게 되었고, 조화공으로 종이꽃을 만드는 자가 되었다. 나중에는 전혀 상상도 않던 나팔과 색소폰을 다시 불게 되었다. 악보를 본다는 이유로 교도소 악대부에 등록한 것이 이유였다.

당시 광주교도소엔 수형자 인성교육을 목적으로 다양한 외부인사의 강의가 있었다. 조선대 음대 장신덕 교수 역시 그들 중 하나였다. 그는 악대부를 대상으로 음악이론과 실기를 가르쳤다. 오쿠바는 워낙 탁월해서 단숨에 장 교수의 눈에 들었다. 그는 오쿠바에게 따로 배우고 싶은 게 있느냐고 물었다. 덕분에 오쿠바는 바이올린도 배울 수 있었다. 그리고 대위법, 화성학, 악식론, 관현악법에 더해 작곡이론까지 배울 수 있었다. 감옥살이 12년 만인 1984년 10월 2일, 오쿠바가 무기수에서 20년 형으로 감형됐을 때, 장 교수는 진심으로 축하한다며 바이올린을 선물하기도 했다.

출소

1972년 10월 10일 춘천 우두동에서 구속된 뒤로 오쿠바는 15년을 감옥에서 보냈다. 그는 1987년 12월 24일 광주교도소를 나왔다. 모범수로 가석방된 거였다. 삼십대 후반의 나이는 어느덧 오십대 중반이 돼 있었다.

그는 서울로 올라왔다. 갈 곳은 없었다. 은호가 하는 홍제동 젓갈가게를 찾아가 하룻밤 묵었으나, 이틀을 묵을 곳은 못 되었다. 은호는 마음을 열지 않았다. 이은실과 내연관계였다는 건 경찰이 하면 안 될 도 넘긴 거짓말이었다. 내 아내는 은호에게 그건 경찰의 조작극이라고 누누이 밝혔다. 그런데도 은호는 마음을 열지 않았다. 이은실과의 관계 때문이 아니라 한 맺힌 15년이 문제였다.

은호는 오쿠바 없이 홀로 남매를 키웠다. 아들 재만은 아홉 살에 법정에 섰던 만큼 골 깊은 상처 속에서 성장했다. 원체 주눅 들어 자기 의견도 못 내던 아이는 덩치가 커지면서 매사에 피를 불렀다. 소름 끼치게 싸웠다. 주먹이 안 되면 벽돌을 들었다. 벽돌이 안 되면 슈퍼 앞에 쌓인 맥주병을 깼다. 칼을 들고

백 미터를 12.7초에 달린 적도 있었다. 11초에 달리기만 했어도 상대방 등에 분명히 칼을 꽂았을 아이였다. 돈 좀 모을 만하면 치료비로 합의금으로 그렇게 다 날렸다. 녀석 덕에 홍제동 산동네를 벗어날 길은 묘연했다. 재만인 그렇게 굴러먹었다. 그게 다 살인누명을 씌운 공권력의 몫이었다. 그러나 한풀이 대상으로 삼기에 공권력은 불가능의 영역이었다. 은호는 공권력 대신 미움과 한을 고스란히 오쿠바한테 뒤집어씌운 채 15년을 보냈다. 미아리 차부에서 삼등객실사만 계속했더라도, 삼등객실사를 접는 길로 목회자가 되기만 했어도, 재무가 죽었지만 재만한테 정성을 쏟기만 했어도, 봉화종고를 그만두지만 않았어도 이따위 파멸의 길은 걷지 않았을 거라는 게 은호의 한 깊은 응어리였다.

오쿠바는 은호의 곁을 떠나지 않을 수 없었다. 어느 누구의 배웅도 받지 못한 채 그는 홍제동을 나왔다. 그는 고인이 된 김재준 교수의 무덤을 찾아 경기도 여주로 갔다. 그리고 내게로 왔다. 숱한 편지를 최근까지 받았으나 나는 그를 알아보지 못했다. 그가 자신의 얘기를 하고 나서야 나는 그를 끌어안았다. 고생 많았다는 얘기를 하자 그는 살게 해주셔서 고맙다는 인사말을 했다.

그에겐 그랬으나 내게는 그가 최후의 절망이었다. 그의 사건은 전진 전진뿐이던 내 인생의 최종 기착지가 되었다. 그 사건 이후로 희망 없음이 나를 압도했다. 나는 이 나라 법정을 완전히 믿지 않게 되었다. 내 희망의 마지막 보루였던 사법연수원 강의도 그날 이후 미련 없이 관뒀다. 그러니 술기운을 빌릴지라도 오쿠바와는 말 한마디 섞고 싶지 않았다. 인생 뭐 있어, 라던 냉소에 다시 절망의 찬물을 끼얹고 싶지 않았다. 하긴 변호사와 형기를 마친 의뢰인이 함께 잔을 기울였다는 얘기는 입때껏 들은 바 없다. 그럴 시간도 없지만 혹시 모를 안전을 위해서라도 금기로 여기는 터였다. 하지만 나는 그를 술집으로 이끌었다. 누명 쓴 긴 세월에 위로주 한 잔 붓지 않는다면 예수쟁이의 남편이 아니지.

내 맞은편에 조용히 앉은 그에게 술을 쳤다. 그와 나는 잔을 기울여 단숨에 목구멍 속으로 털어 넣었다. 나는 다시 그의 잔에 술을 쳤고, 이제 뭘 어떻게 하면서 살 거냐고 물었다.

"재심신청 해야죠."

단순명료한 답이었다. 그리고 대단한 집념이었다.

"여태 이 나라 사법부를 믿는 모양이네."

"믿든 안 믿든 제게 남은 유일한 길이니까요. 지금껏 살아온 이유이기도 합니다."

"살 곳은 정하셨나?"

"아직입니다. 홍제동 은호한텐 안 되겠습니다. 원희 누나한테 가볼 생각입니다."

원희 누나는 어디 사느냐고 물었다. 남원에서 혼자 산다고 했다.

원희 누나는 죄인처럼 피해 다니면서 살았다. 얼굴 아는 사람 만나는 걸 극도로 두려워했다. 춘천당약방은 고향당약방으로 바뀌었다. 고향당약방은 석관약방으로 바뀌었다. 그런데도 서울은 좁았다. 서울을 떠나지 않는 한 살인자의 가족은 언제든 드러나는 법이었다. 아무도 눈치챌 수 없는 머나먼 곳을 찾아 남원으로 내려갔다. 아들을 목회자는커녕 살인자로 키웠다는 자책에 시달리던 엄마는 남원에서 생을 마감했다. 엄마의 장례식에 원희 누나와 큰누나는 오쿠바를 부르지 않았다. 직계가족 사망 시 가출소가 허락되지만 사람 눈이 두려웠다. 그 대신 원희 누나는 장례가 끝난 뒤 오쿠바를 면회했다. 첫 면회였다. 하염없이 울기만 했다.

그때부터 원희 누나는 잊을 만하면 한 번씩 광주로 내려와 오쿠바를 만났다. 엄마 장례식에 부르지 않아서 서운하지 않느냐고 물었다. 오쿠바는 이해할 수 있는 일이라고 짤막하게 답했다. 힘들지 않느냐고 묻기에, 누나가 나를 힘들게 했다고 말했다. 원희 누나는 놀라서 그게 무슨 소리냐고 다시 물었다. 내가 살인자란 걸 기정사실로 받아들이지 않았느냐, 적어도 내 동생이 정말 살인자일까, 왜 그런 물음을 단 한 번도 던질 생각을 못 했느냐, 그게 못내 서운한 거라고 말했다. 원희 누나는 사람 눈을 피해 도망 다니기 급급했다고 자신을 짧게 변호했다. 그리고 한참을 주저하더니 축축이 젖은 목소리로, 신문 1면마다 대문짝만하게 춘천살인사건의 범인으로 네 얼굴이 나왔는데, 그걸 보고 안 믿을 재간이 있겠느냐고 반문했다. 그러냐고. 하지만 나는 사람을 죽이지 않았다, 춘천살인사건은 처음부터 끝까지 조작 아닌 게 없다고 오쿠바는 또박또박 말했다. 아세테이트판 너머에서 원희 누나는 기어이 울음을 터뜨렸다. 오쿠바에 대한 죄책감인지, 아니면 여태도 반성이 없는 동생에 대한 실망 탓인지, 그건 알 수 없었다.

"남원에 내려간 뒤로 원희 누나는 약방도 접었답니다. 과수원이랑 논을 소작 놓고 그냥저냥 사는 모양입니다. 재심신청 해서 받아들여지면 재판 끝날 때까지 어떻게든 서울에 있을 생각이지만, 어떡합니까? 정 안되면 남원 내려가야죠."

오쿠바와 나는 자정을 넘겨 술집을 나왔다. 나는 택시를 탔다. 그는 근처에 있는 여관으로 들어가 잠을 청한 뒤, 내일 아침 남원으로 내려갈 거라고 말했다. 우리는 그렇게 헤어졌다.

남원으로 내려간 오쿠바는 그곳에서도 종종 편지를 보내왔다. 원희 누나는 남원시 산동면 중절리에 있는 논밭을 오쿠바 명의로 돌렸다. 목회를 시작하기 전에는 절대 팔지 않겠다던 아버지의 병원 터가 섞인 논밭이었다. 오쿠바는 그곳에서 농가 한 채를 마련해 살았다. 밭 한쪽을 떼어 철망을 치고 꽃사슴 세 마리도 키웠다. 조용히 살다 쓸쓸히 가는 게 인생이라면, 15년 감옥살이 끝에 맞은 괜찮은 노년이었다. 하지만 그에겐 누명 벗는 일이 남아 있었다.

그는 부단히 서울을 드나들었다. 내게 녹용을 들고 찾아온 적도 있었다. 그는 무척 더디지만, 재심신청을 차곡차곡 준비했다. 나는 그에게 수사기록과 공판기록이 포함된 모든 변론자료를 넘겼다. 그리고 사법연수원 제자인 박찬운 변호사를 오쿠바에게 붙여줬다. '정동칼럼'을 쓰면서 알게 된 동아일보의 몇몇 논설위원에게 춘천살인사건 기획보도 기사를 부탁하기도 했다. 나는 아마도 내 죽음을 예감했던 모양이다. 나는 끝내 오쿠바의 누명 벗는 날을 보지 못했다.

나는 고단한 암 투병 끝에 1996년, 냉소를 던져온 세상을 떠나야 했다. 떠나기 전 농을 좋아하는 자답게 예수쟁이한테 물었다.

"당신 아직 환갑 멀었잖소? 좋은 남자 있으면 재가하겠소?"

"당신도, 참! 아파 죽겠다면서 그런 농이 나와요?"

"고주망태와 사느라 고생 많았소."

"무슨 말씀이세요? 당신은 늘 의리를 지킨 최고의 남자예요. 다만 한 가지, 그것만 받아들이면 저로선 더 어떤 소원도 없겠어요."

"예수를 영접하라는 거 아니오?"

예수쟁이는 뼈만 앙상한 내 손을 부여잡고 그렇다고 고개를 끄덕이면서 말했다. 그녀의 목소리가 하도 뜨거워서 나는 델 뻔했다. 나는 애써 웃었다.

"미안하오."

예수쟁이는 방울방울 눈물을 떨궜다. 내 손등으로 눈물이 뚝뚝 떨어져 몸속으로 퍼졌다. 나는 한 번 더 재혼을 고려해보라는 농담을 하려고 했으나 더는 어떤 말도 꺼낼 수 없었다. 남아 있는 기운을 소진한 거였다.

오쿠바는 재심청구서를 1999년 12월에 제출했다. 재심청구의 대상을 정하는 문제로 박찬운 변호사와 상의한 오쿠바는 서울고등법원을 대상으로 정했다. 1심인 춘천지법은 워낙 교통이 안 좋은 데다, 사건 조작의 근원지라는 점에서 근처에도 가고 싶지 않았다. 재심의 이유는 세 가지였다. 이 사건은 피고의 자백을 증거의 꽃으로 믿고 있으나, 그건 고문경찰의 위력에 의한 허위자백이었다. 동아일보의 특별취재로 새로운 증거를 확보한 것도 재심청구의 이유였다. 원심 때 이덕열 변호사가 국군수도 통합병원까지 찾아가서 만나고자 했던 이석 외과과장의 증언을 동아일보 취재기자가 확보한 거였다. 또 고문경찰관 중 한 명이 인터뷰에 응해 가혹행위를 인정한 것도 큰 힘이 되었다. 따라서 형사소송법 제420조 5호 규정에 의거, 원심판결의 유죄증거들에 대한 재심판결은 불가피하다고 보았다. 그게 이유였다.

하지만 2001년 10월 4일, 이 사건의 재심청구를 재판부는 이유 없음으로 기각한다고 판결했다. 당시 재판장 정성태 판사는 판결문에서 이렇게 말했다.

"재판부의 기각 결정은 분명하다. 그러나 신의 눈을 갖지 못한 재판부로선 감히 이 사건의 진실에 도달했다고 자신할 수는 없다. 다만 피고가 범인이라는 확실한 근거도 없이 그동안 겪었을 고통에 대해서 사죄하는 바이다. 아울러 그의 무죄를 향한 불굴의 의지와 행동에 사법부는 경의를 표하는 바이다."

범인이라는 확실한 근거가 없다면 지금이라도 누명을 벗겨줘야 마땅한데, 재판부는 끝내 그러지 않았다.

오쿠바는 누리끼리한 법정을 나왔다. 박찬운 변호사와 임영화 변호사가 면목 없다는 말을 했다. 자신들의 능력이 미치지 못한 까닭이라는 건지, 이 나라 법정의 민낯이 다시금 만천하에 드러났기 때문이라는 건지 그게 좀 애매했다. 동아일보 취재 기자는 몇 번이나, 이럴 수가, 이럴 수가, 하면서 혀를 찼다. 남편의 한이 풀리는 걸 보러 왔다던 이덕열 변호사의 부인은 오쿠바의 엄마가 그랬듯, 주여, 주여, 라는 말로써 깊은 한숨을 대신했다.

오쿠바는 다시 남원으로 내려가야 했다. 발길이 떨어지지 않았다. 남원이 무슨 자카르타 남쪽에 있는 마타하리 섬이라도 되는 양 아득히 멀었다. 이러다 사슴 곁으로 갈 수나 있을까 싶었다. 용산역에서 기차에 오른 오쿠바는 평택을 지났다. 누렇게 익은 황혼의 들판 위로 김재준 교수의 얼굴이 언뜻 스쳐갔다. 이덕열 변호사의 얼굴이 드러났다 싶으면 이내 사라졌다. 갈 수 없는 홍제동 산동네가 못내 그리웠다. 은호한테 보여줄 게 없으니 산동네는 이 세상 가장 먼 나라의 끝에 있었다. 이집트로 끌려가며 목 놓아 통곡하던 예레미야의 절규가 그랬을까.

"내가 모태에서 죽어 어머니가 나의 무덤이 되었어야 했는데. 내가 영원히 모태 속에 있었어야 했는데. 어찌하여 이 몸이 모태에서 나와 이처럼 고난과 고통을 겪고, 나의 생애를 마치는 날까지 이러한 수모를 받는가."(「예레미야」 20장 17~18절)

오쿠바는 아무도 없는 세상에서 내렸다. 아무도 없는 세상으로 그는 갔다. 그동안 새끼를 쳐 일곱 마리가 된 사슴만이 뿔 빠지게 그를 기다리고 있었다. 오쿠바는 사슴 곁에 섰다. 사슴이 오쿠바의 이마를 핥았다. 지난 하루 내내 굶었을 사슴들에게 오쿠바는 옥수수 사료를 뿌려줬다.

사는 이유가 오직 사슴 때문인 것처럼 오쿠바는 사슴과 살았다. 드물게 원희 누나가 찬거리를 들고 찾아왔으나 그건 가물에 콩 나듯 했다. 원희 누나는 제 몸 가누기도 힘들 만큼 폭삭 늙었다. 오쿠바 역시 일흔에 접어들고 있었다. 아무도 없고 어떤 것도 바랄 게 없는 세상에서 그는 그냥 살아져서 살았다. 서울에선 노무현 정권이 들어섰다고 했다. 2003년이었다. 이듬해 2004년 광복절 기념사에선 대통령이 진실·화해를 위한 과거사 정리위원회를 언급했다고 했다. 그게 나랑 무슨 상관인가. 오쿠바는 사슴들에게 옥수수 사료를 뿌려주면서 시큰둥하게 흘려보냈다.

2005년 12월. 오쿠바는 한 통의 전화를 받았다. 이덕열 변호사의 부인이었다. 그녀는 이달 초에 과거사위원회가 발족됐다고 말했다. 그게 나랑 무슨 상관인가. 오쿠바는 또다시 시큰둥

했다. 부인은 오쿠바의 무덤덤한 반응에 놀랐는지 다급하면서
도 절박한 목소리로 말을 이었다. 이건 당신만의 문제가 아니
다, 죽은 내 남편의 한이 밤마다 방 안을 배회하고 있다, 그러
니 꼭 반드시 함께 풀어야 할 숙제다, 제발 딱 한 번만 더 믿어
보자, 어서 서울로 올라와 과거사위원회에 청원서를 제출해보
자, 지난번 재심 때 도와줬던 박찬운 변호사는 아이들 가르친
다고 한양대로 갔다, 하지만 그분이 임영화 변호사를 붙여준다
고 했다, 또 젊은 정영대 변호사도 적극 나선다고 했다, 제발 좀
딱 한 번만 더 믿어보자, 대략 그런 얘기였다. 오쿠바는, 다시 인
간 원숭이가 되라는 건가, 하면서도 이덕열 변호사의 부인이기
에 그리하겠다고 받아들였다.

　과거사위원회를 찾아 그는 다시 서울로 향했다. 사건 관련
자료를 첨부해 청원서를 최종 접수한 건 2006년 2월이었다. 청
원서를 제출하는 데는 이제 막 변호사 개업을 시작한 새끼 변
호사 정영대가 도왔다. 결정을 기다리는 일만 남았다. 남원으로
내려와 사슴과 함께 살면서 어떤 기대도 하지 않는 척했지만,
오쿠바는 과거사위원회의 결정을 실인즉 눈이 빠지게 기다렸
다. 그래 봤자였다. 과거사위원회의 결정은 한없이 더뎠다. 7개
월쯤 지나자 늙은 오쿠바는 속이 탔다. 언제 죽을지 모르는데,
이놈들이 누리끼리한 콧구멍만 쑤시고 있는 건 아닐까. 다시 서
울행 기차를 탄 그는 길동과 약속을 잡아놓고 한국기독교장로
회 총회를 찾아갔다.

길동은 서울에서 꽤 큰 교회 담임목사직을 수행했다. 총회장도 역임한 그는 현재는 은퇴목사였다. 목회자 세계에선 성공사례였기에 은퇴를 했을망정 여전히 영향력 있는 목회자였다. 오쿠바와는 거의 50여 년 만에 만난 사이니 할 얘기라면 많았다. 오쿠바는 사건 관련해서만 간단히 말했다. 길동은 언론을 통해 알 만큼 안다고 대꾸했다. 오쿠바는 그게 다 조작된 거라고, 그러니 도와달라고 부탁했다. 재심을 위해 마지막 희망을 걸고 과거사위원회에 청원서를 제출했다. 그런데 7개월이 지났는데도 함흥차사다. 한국기독교장로회 이름으로 심사를 촉구하는 탄원서 한 장 써준다면 큰 힘이 되겠다고 했다. 길동은 떨떠름한 표정이었다. 다 늙었는데 이제 와서 진실을 밝힌들 뭐하겠느냐고 힘을 뺐다. 정치적 문제도 아니고 개인적 사안에 교단 이름을 걸고 탄원서를 제출한다는 것도 좀은 민망한 거라고 말했다. 힘이 좍 빠지는 개 같은 소리만 했다. 감옥에서 배운 대로 하자면, 에라 씨발자식, 소리가 절로 나와야 했다. 오쿠바는 입을 굳게 다문 채 총회 사무실을 걸어 나왔다.

과거사위원회의 결정은 청원서를 제출한 지 1년 9개월 만인 2007년 11월에 나왔다. 숨 막히게 긴 시간이었다. 그 긴 시간 동안 그들은 콧구멍만 쑤시고 있었던 게 아니었다. 그들은 춘천살인사건 당시 검찰 쪽 증인 15명을 모두 만났다. 과거사위원회는 천안을 다녀왔고, 부산을 다녀왔고, 춘천을 다녀왔고, 창원을 다녀왔고, 경기도 광주를 다녀왔다. 오쿠바의 아들 재만을 만나기 위해 홍제동 산동네도 다녀왔다.

"내가 처음 본 건 몽당연필이 맞아요. 경찰이 동아연필이라고 하라니 그렇게 말한 겁니다."

"내용물 부패 정도로 보아 식후 30분 내에 사망한 게 맞습니다."

"형사들이 느닷없이 나타나 나를 강변여관으로 끌고 갔다니까. 그놈들이 나를 발가벗겼어. 홀랑 벗겼다구. 손가락으로 내여길 만지기까지 했어. 몇 번 잤냐, 내연관계인 거 다 안다, 정원탁이 벌써 다 불었다, 빨리 실토해라, 그랬다니까. 오싹 소름 끼쳐 그놈들 하라는 대로 다 했어. 머리빗도 정원탁 거라고 하잖으면 콩밥 먹을 각오하라잖아, 그러니 무서워서 그렇게 한 거지. 얼마나 끔찍한지 안 당해본 사람은 절대 몰라."

"목수 일 끝내고 막걸리 마시다가 밤 여덟 시 넘어서 국숫집 나온 게 맞아. 경찰이 여섯 시쯤 나온 거라고 해라, 안 그러면 쥐도 새도 모르게 죽는다. 그래서 그렇게 한 거지. 그땐 그렇게 말 안 하면 나도 감옥 가는 줄 알았으니까."

"고문이랄 것까지야 있나. 그냥 관행적인 선에서 위력을 가한 일이 없잖아 있긴 있었지만."

승인들은 과거의 증언이 하나같이 위력에 의한 증언이었다고 실토했다. 과거사위원회는 그들의 증언을 바탕으로 춘천살인사건에 대한 결정을 내렸다.

"정원탁의 어린이 강간 및 살인죄에 관한 재판사건은 고문에 의한 허위자백 및 증거조작으로 인한 인권침해사건으로, 국가의 사과와 재심을 권고한다."

관이 처음으로 오쿠바의 손을 들어준 사례였다. 법원은 즉각 오쿠바의 재심신청을 받아들였다.

원심확정 이후 두 차례 재심신청은 유례가 없는 이례적인 일이었다. 그것 자체만으로도 하나의 사건이었다. 사건이 있으니 기자들이 모여들 수밖에 없었다. 특히 대법원 판결이 있은 2011년 10월 27일은 방청석에 자리가 없었다. 발 디딜 틈 없었다. 그중 반수 이상이 기자들이었다.

대법원은 오쿠바의 당시 자백부터 문제가 있었음을 지적했다.

"피고인이 수사기관에서 고문 같은 가혹행위로 강제적 자백을 했다면, 검사의 조사단계에서도 같은 심리상태가 계속되어 동일한 자백을 할 수밖에 없었다고 보아야 한다. 비록 검사의 조사단계에서 고문 등 가해행위가 없었다고 해도 강제적 자백이라고 보아야 한다는 것이다."

대법원은 사건현장에서 발견한 증거물과 당시 증인들에 대해서도 문제 삼았다.

"이 사건 공소사실에 부합하는 주요한 증거는 범행현장에서 발견된 연필, 머리빗이 피고인의 것이라는 데 있다. 그러나 이와 관련 증인들의 진술도 신빙성이 전혀 없는 것으로 보아야 한다."

대법원은 검찰의 상고를 기각하고, 오쿠바의 손을 들어주었다. 1972년 10월 10일 오쿠바가 구속된 이래 40년 만에 받아든 무죄판결이었다. 오쿠바의 나이 일흔일곱이었다.

법정을 나서자 오쿠바는 기자들한테 포위됐다. 마치 40년 전 현장검증 때와 같았다. 사진기자들은 「아픔」으로 대통령상을 받았던 오쿠바 앞에서 엄청나게 카메라 플래시를 터뜨렸다. 재판결과에 대해 한 말씀만 해달라고 마이크와 녹음기를 들이밀었다. 오쿠바는 웃었다. 눈물 섞인 웃음이었다.

"카메라부터 치워주세요. 늙고 쭈글쭈글한 내 얼굴, 더는 세상에 드러내고 싶지 않습니다. 이제 편히 죽으러 가야지요."

그런데도 기자들은 플래시를 계속 펑펑 터뜨렸다. 헤아릴 수 없이 많은 비슷비슷한 질문 역시 계속됐다. 그때마다 오쿠바는 짤막하게 답했다.

기자들이 좀처럼 물러설 것 같지 않자 오쿠바는 변호사들과 이덕열 변호사의 부인, 웅태와 박근원을 비롯한 대학 동문들, 그 외 가까운 이들의 도움을 받아 기자들 속에서 벗어났다. 오쿠바 일행은 법원 앞 식당으로 향했다. 넌덜머리 나게도 그곳까지 따라온 여기자가 있었다. 기독교계 잡지사 기자였다. 그녀는 정말 죄송하다고 운을 뗐다. 한 가지만 묻고 싶어서 여기까지 온 거라고 거듭거듭 고개를 숙였다. 이제 좀 한숨 돌린 오쿠바는 묻고 싶은 게 뭐냐고 물었다. 여기자는 고맙다는 말을 먼저 했다.

"항소심 끝나고 인터뷰하신 거 보니까 어머니 얘기도 하시고, 독실한 크리스천으로 알고 있는데요, 기적을 일으키셨잖아요? 유례없는 두 차례 재심도 그렇고, 40년 만에 벗은 살인누명도 그렇고, 그게 온전히 하느님의 은총이 아닐 수 없을 텐데, 그간의 신앙역정을 듣고 싶어서요."

"은총?"

오쿠바는 정색하고 되물었다.

"그건 나한테 용기적 고백을 하라는 것과 같네요. 일곱 명의 아들이 죽고, 세 명의 딸이 죽었어요. 아내는 떠났고, 피부병을 앓는 욥은 기왓장을 깨뜨려 목을 긁고 등을 긁었어요. 그런 욥에게 신은 이전보다 더욱 엄청난 축복으로 위로했지요. 그러나 십 남매를 잃은 통한을 메워줄 축복은 세상 어디에도 없는 거예요. 오늘의 무죄판결, 그건 신의 은총이 아네요. 만에 하나, 무죄판결이 신의 은총이면 지나간 40년은 도대체 뭐란 말인가요? 불행은 물물이 일어났고, 내 삶의 정원은 폐허로 변했어요. 40년을 능가하는 축복이나 은총, 인도, 그런 건 없어요. 다만 광주교도소에 있을 때 인간의 얼굴로 오신 그분을 통해 용기를 갖게 된 점, 그것만이라면 은총이랄 수도 있겠네요."

"내게 그런 용기를 주신 분이 오늘의 판결도 이끌어내신 건 아닐까요?"

여기자는 오쿠바의 얼굴을 진지한 표정으로 살폈다.

"다시 말하지만 40년은 도대체 짧은 여행이 아네요. 난 이제 죽는 날을 기다릴 만큼 폭삭 늙었고, 오늘 재판에도 오지 않았 듯 아내와 아이들 역시 영영 떠나버렸어요. 이 사건은 용기를 잃지 않은 인간의 의지에 따라 인간이 만들어낸 기적이에요. 신 에게 감사한 건 인간이 일으킨 사건을 두고 나와 내 이웃들이 꺾이지 않도록 용기를 주셨다는 것, 그것이겠네요."

"신 존재를 의심하고, 그런 건 아니시군요?"

"천만에요. 이제 내겐 그런 추상적 질문은 필요 없거나 의미 가 없어요. 은호가 나를 받아주겠는가? 아들 재만인 내가 키워 온 사슴을 키우겠는가? 얼마 남지 않은 내 앞길에는 그런 구체 적 질문들만이 남아 있을 뿐이에요."

여기자는 더 많은 것을 묻고자 했다. 오쿠바의 일행이 더 이 상 여기자를 곁에 두지 않으려고 했다.

여기자는 떠났다. 이덕열 변호사의 부인은 아직도 간간이 눈 물을 찍어대고 있었다. 웅태와 한없이 늙은 영감탱이가 된 복학 생들은 묵묵히 오쿠바의 얼굴만 쳐다봤다. 그들 중에는 길동도 있었다. 정영대, 임영화 변호사는 이제 형사배상과 국가를 상대 로 한 민사소송을 준비해야 한다고 말했다. 죽음은 내부로부터 오는 건데, 아직 죽을 수 없는 조건이 남아 있는 바깥세상이 고 마웠다. 오쿠바는 어디 끝까지 한번 가보자고 말했다.

〈끝〉

작가의 말

　홍대 앞에서 활동하는 뮤지션들이 3천 명? 무슨 소리? 더 된
다. 공연장은 열두어 곳에 불과하다. 일 년 가봐야 단 한 차례
도 공연 못하는 뮤지션들이 부지기수다. 햇볕 좋은 날 길바닥
공연이라도 하는 뮤지션은 그나마 복받은 거다. 드럼세트까지
구비한 풀 밴드는 아예 설 곳이 없다. 설 곳 없는 뮤지션들에게
시대를 노래하라니? 아휴, 서글프다.

　다큐멘터리 영상물은 어떤가? 해마다 생산되는 작품은 1백
편을 웃돈다. 하지만 영화제나 상영관을 통해 관객과 소통하는
작품은 10여 편에 그친다. 그런데도 다큐 감독들에게 시대를
기록하라는 격려 아닌 고문을 하다니? 아휴, 서글프다.

　『넥타이를 세 번 맨 오쿠바』는 뮤지션들이나 다큐 감독들에
게 '진지'를 만들어주겠다는 일념으로 원고지를 메운 결과다.
나의 그녀가 운영하는 '두리반'이 망하면 나도 망하고, 별 기대
안 하는 척하면서도 기대 엄청 하는 뮤지션들이나 감독들도 망
한다. 그러니 두리반을 지켜내는 땜빵이 먼저였고, 소설은 땜빵
하면서 틈틈이 쓴 거다.

환타지가 아닌 이상, 소설은 언제나 사실을 기반으로 한다. 비록 살인누명이라는 골격을 제외하면 모든 게 상상력에서 비롯됐지만, 남원에 계신 오쿠바 어르신이 아니었다면 『넥타이를 세 번 맨 오쿠바』는 나올 수 없었다. 그러니 모욕을 견뎌온 그분의 삶에 이 소설이 작은 위안이라도 되기를! 아울러 많이 팔려, 가난은 강물 곁에 누워 늘 같이 흐른다던 시인 나해철의 절규처럼 '진지'가 없는 가난한 예술가들에게 '진지'를 열어주는 밑천이 되기를!

'두리반'에서 홀 서빙을 마친 봄날 오후에

유채림 고백

공연장, 상영관, 전시관?
어쨌든 '진지'를 향하여!
한 걸음 더!